W0252895

Une reine de l'Occupation

Gilbert Joseph

Une reine de l'Occupation

La vie incroyable et aventurière de Laure Dissard

Albin Michel

© Éditions Albin Michel, 2005

« Vous deviendrez une autre Pénélope : pourtant on dit que toute la laine qu'elle fila pendant l'absence d'Ulysse ne servit qu'à remplir Ithaque de mites. »

Shakespeare, *Coriolan*,
acte I, scène 3.

CHAPITRE 1

Une armure en satin

« C'est une fille ! » Probablement est-ce par ces mots que le 18 avril 1914, dans une salle de la maternité de l'hôpital départemental de La Roche-sur-Yon, fut saluée l'irruption de Laure Dissard dans ce monde.

Elle était la fille d'Eugénie Dissard, née Brière, cuisinière de son état, âgée de vingt-huit ans, et de Marin Dissard, trente-trois ans, marchand forain, qui tenaient ensemble un éventaire aux marchés de cette ville créée par Napoléon dont les rues rectilignes se coupant à angle droit marquent une rigueur géométrique tout à l'opposé des voies sinueuses que Laure emprunterait.

Quatre mois plus tard, la Grande Guerre commençait son long cours à travers l'horreur. En 1916, Marin Dissard était tué à l'ennemi. Après les hostilités, Laure, enfant unique, deviendra à six ans pupille de la nation, l'État lui devant, en principe, aide et protection jusqu'à sa majorité. Quant à Eugénie, sans appui dans une République dure aux gens du peuple, son infime pension de veuve de guerre ne lui permettant pas de subsister avec sa fille, elle reprit son tablier de cuisinière[1] *.

---

* Les notes appelées par chiffre se trouvent en fin de volume, p. 369.

À sa naissance, Laure avait été placée en nourrice à Vaiges, un village de la Mayenne, où son père, d'extraction paysanne et originaire de la région, avait des accointances. Elle y resta trois ans, puis fut emmenée à Ballancourt (Essonne), lieu d'élection de la famille maternelle. En grandissant auprès d'oncles, tantes, cousins, cousines voués à une existence scellée par la médiocrité, Laure apparaît comme une sorte de merveille pleine de vie et de gaieté, gracieuse et s'évadant de son entourage par des rêveries fantastiques. Déjà, elle interprète des rôles variés, son imagination tendant à confondre mythe et réalité. Dès cette époque, ses mensonges sont proférés avec un naturel achevé. Une enquête de gendarmerie révèle que, vers sa quinzième année, elle fréquentait des individus de mauvaise réputation[2].

Son penchant pour le luxe et une société choisie conduisit sa mère, malgré la dépense, à l'inscrire à l'âge de seize ans dans une dispendieuse institution de jeunes filles à Versailles. Elle entra en classe de seconde. Simulant une maladie, elle n'y resta qu'un trimestre, jusqu'en décembre 1930, mettant fin à sa scolarité, et elle partit pour Londres rejoindre sa mère qui avait trouvé une place de cuisinière chez un lord gastronome résidant à Mayfair, le quartier aristocratique de la ville. La veuve Dissard espérait que sa fille, qu'elle couvait littéralement, pourrait parfaire son éducation. Laure apprit quelques rudiments d'anglais en prenant ses repas avec les domestiques, mais ne résista pas aux tâches ménagères qui lui étaient imposées. Précédant sa mère, elle rentra en France, ayant quand même beaucoup appris et noté des noms et des adresses utiles à connaître. Il était grand temps de commencer à vivre. Elle avait mesuré son ascendant et éprouvé sa force de caractère. Il semblait que cette jeune fille mature avait acquis ce qui allait lui être utile dans la vie. Dotée d'une grande facilité de parole, elle s'exprime d'une voix mélodieuse et rédige d'une écriture élégante des lettres pleines d'entrain et de drôlerie.

Elle se lance à la conquête de Paris accompagnée par un danseur de cabaret dont elle se débarrassera assez vite. Elle se fixa à Montparnasse, arrondissement qui doit sa renommée aux peintres et écrivains habitués des palabres nocturnes autour de tables chargées de bouteilles dans des lieux enfumés et bruyants où se confondaient presque toutes les langues de Babel. Quoique déclinant, ce monde artistique et cosmopolite fascine une bourgeoisie qui remplit brasseries, cafés et boîtes de nuit, attirée par la liberté des mœurs.

Dans ce climat favorable, Laure s'inventa un emploi et se fit connaître sous le nom d'Anika Moor, ou encore mistress Moor. Elle se disait chorégraphe et artiste de cinéma, ce que personne n'éprouva le besoin de vérifier, mais, en cas de nécessité, elle avait des « preuves » toutes prêtes et des histoires bien rodées. Surtout, elle exerça sa capacité de subjuguer les hommes et, dès ses premières armes, là où l'expérience lui faisait encore défaut, l'instinct l'accomplit.

Poser à l'artiste sans l'être lui donna l'envie de le devenir. Elle sollicita des imprésarios, sans succès. Multipliant les rencontres, s'attablant avec toutes sortes de gens, elle menait la vie de bohème, mais attentive aux affaires qui se combinaient autour d'elle et attirée par un type d'homme auquel elle pourrait s'associer à l'exclusion des jeunes qui, selon elle, ne possédaient ni l'envergure ni le sang-froid requis.

C'est ainsi qu'elle croisa Charles Ricou dont les relations mondaines et artistiques l'appâtèrent, mais, par calcul, elle y mit les formes. « C'est en 1930, je crois, que j'ai fait la connaissance de Laure Dissard, déposera ce dernier en 1947. Elle s'est présentée à moi comme une grande star de cinéma se trouvant momentanément en difficulté. Sa mère et son oncle se sont également présentés à moi, la première comme caution des dires de sa fille, le second comme son manager, ce qui fait que j'ai accepté de m'occuper d'elle[3]. »

Laure avait dix-sept ans et Ricou quarante-trois. Charles Ricou, dit Charley de Ricou, de nationalité britannique, était né à Hong-Kong. Venu en France en 1922 avec sa femme, une Anglaise qui lui avait donné trois enfants, il divorcera en 1927. Trois semaines après, il épousait une demoiselle Gruber, fille du riche fabricant de bière du même nom établi à Melun et dont il aura un fils. Il assurait qu'avant son arrivée en France il avait occupé à Macao, colonie portugaise, les fonctions d'ingénieur de la compagnie des chemins de fer portugais. D'après des renseignements parvenus à Paris, Ricou avait quitté Macao à la suite d'une faillite frauduleuse. En France, après quelques essais tournant à sa déconvenue, il reparaît à la tête d'une société anonyme, Les Pétroles réunis, au capital de 40 millions de francs, ayant son siège avenue de l'Opéra, alors privilégiée par les grosses firmes. Après neuf mois d'activité, l'entreprise fut dissoute et les dirigeants poursuivis pour infraction aux lois sur les sociétés.

D'écueils en affaires mirobolantes, Ricou devint administrateur de la Société automobile BNC, vite déclarée en faillite. En 1933, on le retrouvera administrateur de la Société électrique et mécanique, qui coule à pic au début de l'année suivante. Après une série de délits, il fut finalement embauché par un administrateur de sociétés, Félix Sanguinetti, qui amassait une fortune en tant qu'intermédiaire spécialisé dans le recouvrement de créances détenues par des Français sur la Russie, lesquelles créances étaient gelées ou irrécupérables à la suite de la révolution bolchevique, ce qui lui permettait d'encaisser tranquillement des honoraires sans parvenir à aucun résultat.

Ces diverses activités finirent par s'ébruiter et désignèrent Ricou comme « le type parfait de l'aventurier aux antécédents les plus mauvais[4] ».

Portant beau et d'une élégance toute britannique, grâce à son mariage, il pouvait se flatter de brillantes relations. Peu avant sa rencontre avec Laure Dissard, il avait fait construire sur une colline de Ciboure une villa baptisée Mona Baëta, jouissant d'une vue panoramique sur la rade de Saint-Jean-de-Luz, entretenue par une domesticité nombreuse. Il avait toutes les apparences d'une importante fortune, alignant dans sa propriété trois voitures de prestige et amarrant dans le port voisin de Socoa un voilier auquel deux bateaux viendront s'ajouter, ce qui lui permettra de participer avec faste à des fêtes nautiques.

Le port de plaisance de Socoa était un centre de mondanités. En 1931, fut créé le Yacht Club, une société par actions regroupant une cinquantaine de membres, notamment des Français, des Britanniques, des Espagnols de haute volée. Parmi les animateurs, figurait M. de Maura, ancien ministre du dernier cabinet de la monarchie espagnole. Ricou et sa femme, Simone Gruber, en devinrent membres participants. La république étant proclamée en Espagne, Ricou acheta au gouvernement espagnol, par l'entremise de M. de Maura, deux yachts ayant appartenu au roi Alphonse XIII, à l'ancre dans le bassin de Saint-Sébastien et qui furent convoyés jusqu'à Socoa.

Mis en évidence comme il l'avait médité, Ricou acquit la majorité des actions du Yacht Club dont il fut nommé président. Comment tirer profit de cette situation nouvelle ? Il se plaça à la tête d'une Société de défense du port de Socoa ayant vocation de recueillir des fonds destinés à des aménagements et au dragage du plan d'eau.

Son règne en Pays basque touchait à sa fin. Les deux sociétés de Socoa qu'il administrait, devenues déficitaires, furent mises en liquidation et il fut relevé de ses fonctions. Les faillites en cascade de ses entreprises à Paris et les jugements rendus contre lui le contraignirent à vendre les yachts royaux à un armateur de Concarneau. Comme il ne les avait pas payés, M. de Maura fit opposition. Ricou était également redevable de sommes importantes à des fournisseurs de Saint-Jean-de-Luz. Sa villa de Ciboure fut vendue sur décision de l'autorité judiciaire.

Dès le commencement de leur liaison, Laure Dissard accompagnait Ricou sur la côte basque et occupait une maison à Saint-Jean-de-Luz où on ne la connaissait que sous le nom d'Anika Moor se disant danseuse. Leurs agissements à tous deux et leurs fréquentations dans cette zone frontalière extrêmement sensible finirent par être remarqués, d'autant que Ricou entretenait des rapports avec l'Allemand Dornier, constructeur d'avions des plus inventifs qui, depuis l'avènement de Hitler travaillait sur des prototypes d'appareils de combat dont la fabrication avait été interdite par le traité de Versailles. Le 20 janvier 1934, le 2e Bureau du ministère de la Marine les signala tous deux comme « suspects du point de vue national[5] ». Laure n'avait pas encore vingt ans.

En quatre ans, trois juges d'instruction ouvrirent des informations à l'encontre de Ricou : abandon de famille, abus de confiance, chèques sans provision. Souvent menacé de prison, il sera l'objet d'une mesure de refoulement faute d'un permis de séjour régulier. Bataillant ferme, il écrivit au ministre de l'Intérieur certifiant qu'il était bel et bien Français, né hors des frontières nationales mais de parents français. Malgré sa carte d'étranger, la mesure qui le frappait bénéficia du sursis et se perdit dans les méandres administratifs du ministère de l'Intérieur et du ministère de la Justice conjointement saisis, jusqu'à la déclaration de guerre en 1939 où sa trace s'évanouit.

Sa liaison avec Ricou accentua l'errance domiciliaire de Laure qui au cours de sa vie aura plus de cent adresses. Quand la police commença à s'intéresser à elle dans le courant de 1933, elle demeurait à l'hôtel Royal Monceau, un palace parisien où elle occupait une chambre contiguë à celle que louait Ricou, présent chaque jour. Elle y habita le temps de dénicher un luxueux appartement meublé dans un immeuble cossu, 26 avenue Henri-Martin, où Ricou l'installa. Trois domestiques assuraient le service de cette jeune femme de dix-neuf ans.

Un matin, la veuve Dissard sonna à la porte de l'appartement, ayant enfin découvert l'adresse de sa fille dont elle était sans nouvelle depuis plusieurs mois. Elle était accompagnée par son frère, tous deux d'autant plus furieux qu'ils avaient misé sur les bonnes manières de Ricou. Madame mère intima à Laure l'ordre de plier bagage et de la suivre. La présence de l'oncle porta la nièce, encore mineure, à obtempérer. Elle se retrouva chez son ancienne nourrice près de Laval, étroitement surveillée et enrageant devant l'interruption d'une carrière si bien lancée.

Informé par les domestiques, Ricou fulminait. Laure parvint à l'alerter. Sans tarder, il déposa plainte au parquet de Laval contre la veuve Dissard pour séquestration. Il prétendait que « Mlle Laure Dissard était une amie de sa famille, qu'il l'avait connue chez lui au cours d'une soirée mondaine, qu'il s'intéressait à elle, qu'il lui avait même avancé de l'argent en attendant de régulariser sa situation[6] ».

Devant le scandale qui s'annonçait et dépassée par les événements, la veuve Dissard indiqua qu'elle ne s'opposait pas à la « vocation » de sa fille, sous réserve qu'elle pourrait résider avec elle et, en tout cas, serait toujours informée de son lieu de résidence. Trop heureux d'échapper aux conséquences imprévisibles d'une action en justice hasardeuse, Ricou promit, Laure jura. La plainte fut retirée au soulagement de tout le monde. Sauvant les apparences, la veuve Dissard se mettait sans réserve au service de son unique enfant qui était sur la voie de la fortune. Les deux femmes emménagèrent à Paris au 89 rue de la Pompe, et pour que la fête soit complète, Ricou, qui avait abandonné le domicile conjugal, habita avec elles.

Ricou, à bout d'expédients, s'emballa pour le commerce des thermomètres à cadran. Il lui fallait une secrétaire. Laure se souvint qu'à l'époque où elle voulait devenir une vedette de cinéma, elle s'était présentée sous le nom d'Anika Moor à un imprésario anglais, Gerald Chamberlain, qui avait lancé Jany Holt, une actrice alors en vogue. Elle avait été reçue par la secrétaire, Jeanne Molla. Elles avaient bavardé et Laure, se mettant comme d'habitude sur un piédestal, avait promis à la secrétaire, mécontente de son sort, de se souvenir d'elle dans un proche avenir. Peu de temps après, elle offrait à Mlle Molla d'entrer comme secrétaire chez le « comte Charley de Ricou », ami du roi d'Espagne Alphonse XIII, qui montait une entreprise de thermomètres à cadran appelés *rototherm*. Mlle Molla accepta la place et les promesses mirifiques qui s'y rattachaient. Elle resta six mois sans réussir à se faire payer et constata qu'il n'y avait ni affaire à traiter ni client[7].

La période où Ricou gouvernait Laure était achevée. Il subissait à présent l'influence de cette jeune femme insatiable. Il savait qu'elle mentait avec encore plus de brio que lui, mais elle s'y prenait avec tant d'habileté et de naturel, donnant à ses fables une si grande vraisemblance, qu'il n'y résistait pas. Bien des années après, désenchanté et vieilli, il dira : « Ce n'est que peu à peu que je me suis rendu compte que Laure Dissard était une mythomane ;

très dangereuse du fait de la perfection avec laquelle elle sait son rôle[8]. »

Après l'échec du *rototherm*, Ricou eut l'idée de fabriquer une *bombe pyrofuge* qui se solda aussi par un fiasco. Pressés par leur besoin d'argent, Laure et Ricou se lancèrent, au milieu de 1935, dans l'escroquerie courante. Ils furent poursuivis pour faux et usage de faux, et ce n'est que trois ans plus tard qu'ils réussirent à obtenir un non-lieu. Paradoxalement, Laure mettait à profit cette guérilla judiciaire pour élargir le cercle de ses relations. Criant à l'injustice, à la persécution, elle rencontra quelques-uns de ces hommes friands de jolies femmes qui truffent le milieu politique et celui des affaires et qui s'entremettent facilement.

Maintenant, Laure servait d'intermédiaire à des opérations douteuses en ayant toujours l'air de rendre service, et il lui arrivait de compléter ses revenus par l'émission d'un chèque sans provision que, tant bien que mal, Ricou parvenait à provisionner avant l'engagement des poursuites. À deux reprises, à la fin de 1934 et dans le courant de 1935, elle se rendit en Angleterre où elle plaça des fonds au nom de sa mère, agissant suivant un plan médité qui devait lui permettre de masquer ses origines modestes et de jouir à son gré des sommes déposées. D'autres voyages à Londres suivirent. Toutefois, bavarde et extravertie, incapable de passer inaperçue, elle finira par être repérée et fera l'objet d'une surveillance discrète.

Ces activités ne correspondaient pas à son désir de traiter de grandes affaires et d'être une sorte d'astre rayonnant. En 1937, elle pensa avoir trouvé une source de profits substantiels. Elle était entrée en relations avec un ecclésiastique de quarante-sept ans, l'abbé Alphonse Boyer, se disant « prêtre libre » et membre de l'ordre des jésuites. Il était connu des services de la police judiciaire à la suite de plusieurs plaintes en escroqueries adressées au parquet de la Seine. Selon l'enquête, l'abbé Boyer aurait été l'objet de nombreuses réclamations émanant de l'archevêque de Paris et radié de l'ordre des jésuites, mais il revêtait une soutane pour commettre des abus de confiance. Il entretenait une liaison avec une veuve Chesnais, son aînée de douze ans. Laure fréquentait ces deux personnages, promettant de leur obtenir une situation dans la vente ou la représentation de produits chimiques. L'abbé Boyer assurait avoir découvert une substance destinée à l'anesthésie locale, baptisée par lui Nectol. Certifiant qu'il allait exploiter commercialement sa découverte, il avait réussi à soutirer quelques centaines de milliers de francs.

Laure, qui opérait souvent sous le nom d'Anika Moor, décida d'exploiter elle-même le filon. Ayant consulté des brochures traitant de l'anesthésie, retenu certains mots savants et préparé son discours, elle proclama qu'elle avait mis au point un « anesthésique pour petites opérations ». Elle se présentait comme étant « licenciée ès sciences », se consacrant depuis belle lurette à l'étude des terres rares et aussi à des analyses microbiennes[9]. Avec le concours de Ricou, elle se mit en état de réunir de futurs actionnaires, mais, soudain, elle arrêta cette industrie à la suite d'une rencontre qui l'incita à endosser le déguisement d'une honnête jeune femme qui rêve de fonder un foyer.

Au cours d'un séjour sur la Côte d'Azur, elle avait été présentée à un banquier hollandais nommé Nordguin. Elle le revit quelquefois à Paris et, dans le courant de 1937, à l'occasion d'un repas pris en sa compagnie, elle se trouva à table en présence d'un commensal qu'elle ne connaissait pas : Walter Kleinknecht[10]. Elle fut rapidement intéressée par ce convive : il était banquier et en instance de divorce.

CHAPITRE 2

Les recettes de la fortune

Sans être une de ces beautés dont l'apparition fait sensation, Laure Dissard, alors âgée de vingt-trois ans, savait être séduisante par toutes sortes d'artifices. Elle mesurait 1,59 m, une taille, suivant les canons de l'époque, qui la plaçait parmi les femmes bien plantées, et elle avait un air de grâce et de fraîche jeunesse. Sa chevelure foncée se mariait avec un visage qu'avivaient des touches de fard si estompées qu'elles se noyaient dans son teint, un visage que barrait comme un trait de sang des lèvres enduites de rouge vermeil. Elle savait jouer de ses attraits, esquissant parfois, en manière d'invitation au voyage, des poses qu'on avait envie de voir renaître et elle se montrait devant certains hommes dans ce que la femme a de plus troublant. Son regard et sa voix se prêtaient à toutes ces comédies. Elle perfectionnait sans cesse sa méthode, motivée par un seul dessein : édifier une fortune et s'établir dans la bonne société.

Walter Kleinknecht, sujet allemand né en 1891 à Rathenow en Souabe, avait vingt-trois ans de plus que Laure Dissard. C'était un homme plutôt massif sans être gras, au visage qui s'empâtait et au front très dégagé avec un reste de cheveux bruns plaqués en arrière. Il semblait peu porté à extérioriser ses sentiments. Il entrait dans la vie de Laure en un temps de tragédies et d'incertitudes, après la prise de pouvoir d'Adolf Hitler en 1933, quatre ans plus tôt.

Kleinknecht avait participé à la Grande Guerre comme lieutenant dans l'armée allemande. Après, il eut une activité bancaire à des postes de responsabilité, résidant à Berlin, mégapole en perpétuelle agitation depuis la défaite. La police française consignera que sa première visite en France datait de 1932, en tant qu'envoyé de la Berliner Handels Gesellschaft chargé de sauvegarder les intérêts de certaines firmes allemandes et de délégué spécial du conseil d'administration de la Berliner National Bank qui possédait une succursale à Paris. On le revit pendant quelques jours l'année suivante et il obtenait même une carte d'identité. En 1934, il se rendra en Hollande et effectuera encore quelques brefs séjours à Paris où l'on relève son passage dans divers hôtels, tout en ignorant quelle est au juste son activité. Le 12 mars 1934, il écrit au préfet de police que « quittant définitivement Paris, il le remerciait d'avoir bien voulu lui accorder le séjour en France qui lui avait permis de se perfectionner dans la langue [1] ».

À Paris, Kleinknecht était entré en relation avec Jean Furstenberg, financier de grande envergure d'origine allemande, qui avait été l'associé de la Berliner National Bank avant de quitter l'Allemagne après l'avènement de Hitler, frappé par les mesures raciales. Furstenberg, qui devait être naturalisé français peu de temps avant la guerre, avait fondé à Amsterdam en août 1933 la banque Handels-Unie dont il était le principal actionnaire. Kleinknecht ayant de bonnes recommandations, Furstenberg, en quête de collaborateurs compétents, le nomma directeur de sa banque hollandaise. Il obtint même par la suite le titre d'administrateur délégué, une fonction honorifique compte tenu de la forme juridique de la banque et, rapidement, il accéda à des postes de direction de deux autres établissements affiliés à la Handels-Unie, attestant l'estime que Furstenberg lui témoignait alors.

Décidée à séduire Kleinknecht, Laure cessa de cohabiter avec Ricou et, tout en restant dans son sillage, emménagea seule avec sa mère dans un appartement du seizième arrondissement, situé rue du Lieutenant-colonel-Deport, à l'ombre d'une église, où elle pouvait recevoir Walter Kleinknecht, comme une jeune personne rangée dont la duègne s'éclipsait quand il le fallait. Toutefois, pour faire face à l'imprévu, elle loua secrètement, sous le nom d'Anika Moor, un autre appartement, rue Pétrarque, dans le même secteur. À force d'intrigues et d'affabulations, elle parvint à circonvenir Kleinknecht en citant parmi ses familiers des gens de la haute société et d'autres relations extraordinaires, inventant à leur propos toutes sortes de circonstances qui les rendaient encore plus intimes. Pressée de conclure un riche mariage qui lui donnerait l'assise sociale qu'elle ambitionnait, elle suivit Kleinknecht à Amsterdam. Celui-ci, en toute confiance, la présentait partout où il avait l'habitude d'aller, et comme elle le tenait dans sa main, elle ne tarda pas à savoir tout ce qu'elle désirait de ses affaires. Cette progression dans le monde de la banque lui conféra une superbe assurance et la dota d'un langage approprié qui forçait l'attention. Non seulement elle assimilait ce dont elle prenait connaissance mais, en virtuose, elle avait toujours des variantes à proposer plus rémunératrices, ce qui enchantait Kleinknecht appâté par le gain. Il comptait épouser sa compagne, son divorce ayant été prononcé en novembre 1937.

Ils avaient élu domicile près d'Amsterdam, à Blaricum, petite ville fleurie et verdoyante située dans le Gooi, une région provinciale abritant plusieurs localités résidentielles habitées surtout par des Hollandais nantis. Dans ces Pays-Bas attachés à leur neutralité, les services de renseignement étrangers étaient particulièrement actifs. Un essaim d'individus suspects se formait autour de Laure, singulièrement des ressortissants allemands ou proches de l'Allemagne.

Laure effectuait fréquemment des séjours à Paris où elle retrouvait Ricou, toujours industrieux. Elle maintenait avec lui une association bien que leurs relations connussent des hauts et des bas. Un jour, alors qu'elle venait de Hollande, son comportement relança une enquête émanant de l'état-major de l'armée qui la soupçonnait d'espionnage, et qui s'échelonnera de 1937 à 1939[2].

Kleinknecht, qui avait la fibre paternelle, se montra heureux quand Laure fut enceinte. Ils précipitèrent leur mariage. Le 26 mars 1938, Laure Dissard épousait Walter Kleinknecht, directeur de banque, à la mairie du seizième arrondissement dépendant du domicile parisien qu'elle partageait avec sa mère. Elle avait réussi à supprimer de son acte de naissance la profession de ses parents afin de ne pas démentir le beau conte qu'elle avait servi à Kleinknecht. Orné de sa particule et se déclarant ingénieur, Charles de Ricou fut le témoin de la mariée : « M. de Ricou a été témoin de mon mariage, mais tout de même, je n'aurais jamais admis qu'il le soit s'il avait été mon amant[3] », dira-t-elle sur un ton de candeur offusquée, après la guerre. Quant à Kleinknecht, il se satisfit d'un électricien de rencontre. Il n'y eut pas de contrat de mariage devant notaire. Laure conservait la nationalité française.

Une semaine avant le mariage de Laure Dissard, le IIIe Reich avait absorbé l'Autriche qui perdit jusqu'à son nom. L'Anschluss annonçait d'autres fais accomplis.

Huit mois plus tard, Laure accouchait d'un fils, français par le droit du sol et le choix de ses parents. Sa condition d'épouse permit à Laure de s'impliquer dans les entreprises d'un mari soumis à son influence croissante. Le couple décida de s'établir à Paris. Au début de 1939, la Handels-Unie avait chargé Kleinknecht de procéder à des investissements en France à l'aide d'un premier crédit de 900 000 florins.

Le 27 avril 1939, Walter Kleinknecht franchissait la frontière française avec un passeport allemand comportant la mention « sans profession ». Il obtint de la préfecture de police une carte d'identité valable trois mois. Le 15 mai, les époux Kleinknecht s'installaient au 22 boulevard de La Tour-Maubourg dans un hôtel particulier en location dont la clause principale du bail stipulait l'aménagement d'une habitation et d'un laboratoire.

À l'extérieur, les événements se précipitaient. Hitler et Mussolini signaient le « pacte d'acier » qui liait leurs deux pays dans un dessein belliqueux. L'Allemagne avait envahi et démantelé la Tchécoslovaquie qui, elle aussi, perdit son nom, occupé le territoire autonome de Memel, et menaçait maintenant la Pologne. La marche vers la guerre s'accélérait. Au cours de manifestations rassemblant des foules énormes et que la radio retransmettait, Hitler fanatisait ses auditoires par des harangues qui exaltaient le culte d'une prétendue race germanique et proclamaient l'avènement de l'« homme nouveau ». Avant même le recours aux armes, l'Allemagne l'emportait dans des domaines vitaux : la propagande qui mobilisait le peuple, la production de matériel de guerre et la rénovation des conceptions et du commandement militaires. Et pourtant, l'opinion occidentale était convaincue qu'en cas de guerre l'armée française, alliée à la Grande-Bretagne, vaincrait.

Cet optimisme, au début de l'année 1939, avait incité le financier Furstenberg à procéder, pour le compte de la Handels-Unie, à des investissements en France où cette banque ne possédait pas d'actifs importants, répondant ainsi de manière positive aux propositions de Kleinknecht.

Il accepta de commanditer des fabrications de métaux légers qui faisaient défaut et dont Kleinknecht, son mandataire, devait assurer la réalisation et la gestion.

Une semaine après avoir emménagé boulevard de La Tour-Maubourg, Kleinknecht faisait enregistrer par notaire les statuts de la Fonderie et application des métaux légers (FAML), dont le siège était fixé à l'adresse de son domicile. Cette société avait pour objet l'étude, la recherche, la prise de brevets, licences, secrets de fabrication ayant trait à la fonderie de tous métaux ou alliages, plus spécialement de métaux légers, leur usinage et leur application industrielle dédiés surtout à l'aviation. Il n'en fallait pas davantage pour que Laure s'empressât d'annoncer la création du « groupe Kleinknecht » destiné à croître et à prospérer et qui se composait uniquement d'elle-même et de son mari.

En tant qu'Allemand – bien qu'il déclinât une identité de banquier hollandais –, Kleinknecht ne pouvait apparaître à la tête d'une entreprise française. Il se mit en quête d'un Français représentatif. Dès son premier séjour à Paris en 1932, il s'était préoccupé de connaître des gens susceptibles de lui rendre service. Parmi ceux-ci, le docteur Lièvre-Brizard qui mariait l'exercice de la médecine avec l'intérêt qu'il portait aux affaires. Âgé de soixante-douze ans, ce médecin accepta d'être le président de la FAML et un important souscripteur. Le capital de 1 million de francs (environ 300 000 euros*), réparti en 2 000 actions, fut souscrit par huit particuliers, parmi lesquels la veuve Dissard, la plus importante actionnaire, figurait pour

* Nous nous sommes efforcé de donner aux anciens francs puis aux francs la valeur équivalente en euros tout en tenant compte de l'inflation et de l'usure des monnaies. Toutefois, les modes et les niveaux de vie des époques évoquées ne peuvent être comparés en se fondant uniquement sur la valeur des monnaies.

275 000 francs (75 000 euros), soit plus du quart du capital, et servait de prête-nom à sa fille. Pour Laure, l'apparition de sa mère sous les traits d'une riche investisseuse lui permettait d'affirmer haut et fort que celle-ci détenait des intérêts financiers. Elle inventa même la fable selon laquelle la veuve Dissard possédait en Angleterre une usine de conserves, les conserves Dissard – appelées également Libby's, une marque réputée dont elle avait attrapé le nom au vol et dont la propriété fictive travestissait ses parents en bourgeois nantis. L'opération de la FAML s'était faite à l'aide des florins de la Handels-Unie, mais cet apport ne figurait nulle part. La présence dans le capital de la veuve Dissard, puis de sa fille occultait l'origine des fonds[4].

Il apparut rapidement que le docteur Lièvre-Brizard s'était fait allouer « un traitement hors de proportion avec les ressources de la FAML ». Voulant s'en débarrasser, Kleinknecht consulta un cabinet d'experts financiers qui convoqua le docteur et lui démontra qu'il était incompatible pour un médecin d'une certaine dignité d'exercer des fonctions commerciales rémunérées. Lièvre-Brizard accepta de renoncer à ses avantages et démissionna. Il céda ses actions dont Kleinknecht lui avait avancé le montant.

Ce dernier s'était abouché avec un officier d'artillerie à la retraite, le commandant Longuevergne, et l'avait entretenu de ses projets. Longuevergne en parla à son ami le général d'aviation Joseph Tulasne qui, alléché, apprit ainsi que Kleinknecht était prêt à investir 7 millions de francs (2 500 000 euros). Longuevergne amena Tulasne à Kleinknecht. Laure assistait à l'entretien. La présence de la jeune femme, sa magie, enflamma le général, âgé de soixante ans et de trente-cinq ans son aîné. Laure devait en faire un être docile. Les époux Kleinknecht comprirent tout de suite que Tulasne était l'homme à mettre dans leur jeu, encore que Laure eût également des vues particulières qui devaient concourir à asseoir sa propre autorité, même aux dépens de son mari.

Joseph Tulasne, né à Tours en 1879, avait le rang et les prérogatives de général de corps d'armée. Commandant pendant la Grande Guerre, il ne s'était pas particulièrement distingué. Au long de sa carrière, ce général d'aviation avait été blessé trois fois en service commandé mais à la suite... de chutes de cheval en temps de paix* ! Quand les Kleinknecht firent sa connaissance, cet ancien élève de l'École polytechnique, grand officier de la Légion d'honneur, était inspecteur de l'aéronautique militaire, membre du Conseil supérieur de l'Air, situation officielle qui excluait tout emploi salarié dans le privé.

Après que Lièvre-Brizard eut résigné ses fonctions, le capital fut redistribué sur les fonds qu'avait avancés la Handels-Unie. Désormais, Laure Dissard apparaissait en nom. Ayant repris 1 050 actions à cinq autres actionnaires, elle se retrouva majoritaire sans bourse déliée. Le général Tulasne, détenteur de 10 actions seulement, fut nommé président. Laure devint administrateur de la société et occupa aussi la fonction de secrétaire général. De propos délibéré, la nomination de Tulasne en tant que président et administrateur de la FAML ne fut pas mentionnée au registre de commerce de la Seine contrairement à la législation en vigueur sur les sociétés anonymes. Malgré la fraude, le général passera outre. Il ne se contrôlait plus, pris dans les rets de Laure qui affolait ce militaire. Dans un rapport, un commissaire divisionnaire des Renseignements généraux note que « Tulasne était en effet devenu, malgré de pres-

* La carrière active de Joseph Tulasne s'étendra sur quarante-trois ans jusqu'en 1941. Archives de l'armée de l'Air, D005716, état de service de Tulasne Joseph (1879-1948).

sants avertissements de ses amis, un véritable jouet entre les mains de cette aventurière prodigue de ses charmes ». Il l'escortait partout, rendant cette liaison de notoriété publique au point même de passer parfois pour son vieux mari aux yeux de ceux qui ne les connaissaient pas[5].

Que faire de cette coquille vide qu'était la FAML ? La guerre approchait. Le gouvernement français disposait de crédits énormes pour la défense nationale. Le général Tulasne avait des relations et Kleinknecht jouissait d'un préjugé favorable. Le service des étrangers de la préfecture de police consignait à son propos : « Ancien fondé de pouvoir de la Berliner National Bank, fonction qu'il aurait volontairement abandonnée en 1933 à l'avènement de M. Hitler pour prendre la direction de grosses entreprises financières [...] De confession évangélique, il parlerait couramment notre langue et se serait rapidement assimilé à nos mœurs et coutumes. Ancien officier de l'armée allemande, il aurait pris part aux hostilités de 1914-1918, manifestant cependant des sentiments de loyalisme à l'égard de notre pays. Sa conjointe, par contre, est notée très défavorablement en raison de ses relations avec Ricou. A fait l'objet d'une information pour faux et usage de faux[6]. »

Le général Tulasne se faisait fort d'obtenir des commandes de l'État pour la fabrication de munitions. Des bombes, précisa-t-il. Devant l'enthousiasme de Laure, il était impossible de reculer. Il fut décidé que ce serait des bombes incendiaires en magnésium. « Une nouveauté », assura le général, posant du même coup un sérieux problème technique à ces gens tout à fait incompétents.

Il vint à la connaissance de Kleinknecht et Tulasne que l'ingénieur anglais Devereux détenait la solution. Les brevets Devereux permettaient en effet de traiter à haute température le magnésium destiné à l'aviation et pouvait s'allier avec l'aluminium pour la fabrication de bombes en magnésium. Ils apprirent que René Lévy, directeur général de la société Messier, fabricant de trains d'atterrissage, entretenait des relations amicales avec Devereux qui était disposé à céder ses brevets en vue de constituer une société française. Ne pouvant s'y intéresser lui-même, René Lévy accepta de rencontrer un groupe de personnes conduites par Tulasne et Kleinknecht. Celui-ci se présenta d'abord comme banquier hollandais. Lévy leur obtint sans difficulté un rendez-vous en Angleterre avec Devereux.

Au mois d'août 1939, quelques jours avant l'entrée en guerre de la France contre l'Allemagne, une petite délégation se rendit à Londres, comprenant entre autres Laure Kleinknecht, secrétaire général de la FAML, le général Tulasne, son président, l'ingénieur René Pare, personnage officiel attaché à l'Armement et acquis aux intérêts des époux Kleinknecht, et Walter Kleinknecht. Ce dernier acheta les brevets à la firme High Duty Alloys dont Devereux était le président, acceptant sans discussion les conditions imposées. Il paya comptant 5 000 livres sterling à titre d'option sur la licence de forge et 1 000 livres pour les procédés de fabrication des bombes en magnésium. Kleinknecht déclara à cette occasion qu'il voulait monter une grande affaire pour combler le désir de son épouse française et prendre une position importante en France. Il annonça qu'il était banquier en Hollande mais de nationalité allemande, ce qui ne souleva aucune objection de la part du vendeur britannique.

Mis au courant, René Lévy alerta le ministère de l'Air sur le fait qu'un Allemand allait s'entourer d'un appareil industriel capable de produire des bombes en magnésium. Il s'étonnait que le général Tulasne soit président d'une telle fabrique, l'ayant connu comme directeur du matériel au ministère de l'Air et sachant qu'il n'avait aucune des compétences requises.

Prévoyant une situation complexe, Laure avait persuadé son mari de prendre la nationalité française. En juillet, Kleinknecht avait adressé au garde des Sceaux sa demande de naturalisation, citant comme témoin de moralité le consul de France à Amsterdam et deux médecins français, dont le docteur Lièvre-Brizard. Cette démarche coïncidait avec l'expiration de sa carte d'identité. Il en obtint une autre valable un an portant la mention « sans profession – réfugié politique ». Les premières appréciations contenues dans le dossier de naturalisation reprenaient les déclarations de l'intéressé : « Placé à la tête d'une grosse fortune, cet étranger aurait l'intention de financer une future société anonyme : Fonderie et application des métaux légers, qui permettrait d'exploiter une licence anglaise [7]. » Une deuxième note de la préfecture de police émettait un avis favorable avec la mention suivante : « Commanditaire de sociétés nombreuses, dispose de revenus personnels, désire fonder une société ayant pour objet le traitement industriel du magnésium. Pourrait être utile au point de vue Défense nationale [8]. » Cette dernière appréciation trahissait l'influence de Tulasne qui intervenait inlassablement en faveur de Kleinknecht.

Impatient d'obtenir à titre définitif le droit de résider en France et les autorisations nécessaires à ses entreprises, Kleinknecht prétendait se heurter à une certaine somnolence administrative. Il s'en ouvrit à Tulasne qui alerta *La Justice*, journal récemment créé par un groupe militant pour le réarmement rapide de la France face au péril allemand. Le 17 mai 1939 paraissait un article dont nous citons cet extrait : « TOUT DE MÊME – La France accorde un asile facile aux étrangers. Un de ceux-ci, riche industriel hollandais, marié à une Parisienne, devant acheter trois usines en France, ce qui aurait permis de faire travailler des centaines d'ouvriers français pour les besoins de la Défense nationale, n'a pu obtenir audience de M. le préfet de police que sur l'intervention réitérée du ministère de la Guerre. Cet étranger a été reçu par un jeune rédacteur de vingt-cinq ans, représentant du préfet de police. Cette façon de recevoir un riche étranger désirant mettre ses capitaux à la disposition de la Défense nationale a été sévèrement jugée dans certains milieux, et cet étranger, M. K., n'a que la ressource de quitter notre pays en emportant son argent. »

Laure avait fort bien compris que la période était propice à la fortune des marchands d'armes. Elle poussait Kleinknecht à étendre ses participations. En quelques mois, elle avait pris un tel ascendant sur son mari que non seulement elle lui dictait sa conduite mais, comme ils n'étaient pas sous le régime de la communauté, elle entendait s'approprier la plus large part des capitaux qu'il était censé investir pour le compte de la Handels-Unie en se faisant octroyer des actions ou des parts qui ne lui avaient rien coûté.

Sur ses conseils, Kleinknecht avait appointé un Suisse, Frédéric Muller, sorte d'intermédiaire fixé en France. Pendant que se préparait le contrat d'exploitation des brevets Devereux, Muller avait appris par des services du ministère de la Guerre et du ministère de l'Air que la Société hydro-électrique de la Moyenne-Garonne était fragilisée par les dettes accumulées et les échéances à venir. Cette entreprise avait construit deux importantes usines destinées à la fabrication du magnésium avec des fonds avancés par la direction de l'Armement. Paul Lacabe, président-directeur général, était l'inventeur du procédé. Informée, Laure poussa à la roue et convainquit son mari de l'aubaine. Un plan fut arrêté. Lacabe reçut la visite de Muller qui lui proposa de résoudre ses difficultés matérielles en recourant à Walter Kleinknecht, représentant un groupe bancaire hollandais. La rencontre eut lieu au mois de juillet 1939 en présence du général Tulasne dont la sympathie agissante et la caution morale permirent à Kleinknecht de s'imposer facilement. Ce dernier exigeait 50 % des actions de la Moyenne-Garonne, soit 2 000 actions d'une valeur nominale de 2 millions de francs (750 000 euros) cédées à moitié prix, moyennant quoi il s'engageait à soutenir l'entreprise par des versements échelonnés à concurrence de 2 millions de francs. Il informa Lacabe que M. Furstenberg, haut dirigeant de la banque Handels-Unie, était le bailleur de fonds. Acculé, Lacabe accepta l'offre. Cet accord donnait droit au groupe Kleinknecht de convoquer des réunions, de nommer la moitié des administrateurs, en fait de contrôler cette importante société.

Vint l'heure du règlement. Profitant de la confiance de Furstenberg, Kleinknecht ne lui avait pas communiqué le montant exact de l'acquisition des actions. Au lieu de lui demander de débloquer un crédit de 1 million de francs conformément au prix convenu avec Lacabe, il annonça la somme de 1 600 000 francs dont il empocha au passage 600 000 francs (230 000 euros) à l'instigation de Laure.

D'abord, Kleinknecht écrivit à Lacabe que, le créancier de son entreprise étant la Handels-Unie, les écritures devaient être passées au nom de cette banque. Apprenant cette régularisation, Laure s'emporta et fit pression sur son mari afin que les actions ne fussent pas restituées à Furstenberg. Kleinknecht s'inclina et, par une autre lettre, il informa Lacabe que les 2 000 actions étaient la propriété de la FAML, dont Laure était devenue l'actionnaire majoritaire par un tour de passe-passe. Ce coup-ci, elle s'attribua nommément 1 970 actions et se proclama secrétaire général de la Moyenne-Garonne.

Les services du ministère de l'Air n'ayant pas confirmé par écrit l'accord verbal qu'ils avaient donné au contrat signé entre la Handels-Unie et la Moyenne-Garonne, Kleinknecht se libéra de ses obligations à l'égard de cette société à laquelle il était tenu d'apporter une contribution financière, mais il comptait bien conserver ce qu'il avait pris.

Le 23 août, l'Union soviétique et l'Allemagne signaient un pacte de non-agression, coulant à pic l'espoir français d'une alliance franco-anglo-russe. Le lendemain le gouvernement français mobilisait les réservistes et réquisitionnait les usines travaillant pour la Défense nationale. L'Allemagne massait ses forces armées. La Pologne décrétait la mobilisation générale. Une semaine après, les armées du Reich envahissaient son territoire. Le surlendemain, 3 septembre, la Grande-Bretagne et la France, honorant leur alliance avec la Pologne, déclaraient la guerre à l'Allemagne.

Le général Tulasne poursuivait ses activités vouées aux intérêts des époux Kleinknecht, bien qu'incompatibles avec son statut d'officier supérieur en temps de guerre. Le 13 septembre, dix jours après le début des hostilités, un ministère de l'Armement était créé. Le titulaire, Raoul Dautry, qui passait pour un homme énergique, était entouré par un collège de collaborateurs à la tête duquel se distinguait son directeur de cabinet, Jean Bichelonne, âgé de trente-cinq ans, polytechnicien, ingénieur des Mines, organisateur et mathématicien de grande valeur, qui, dans un avenir proche, se montrerait sensible, trop sensible au charme de Laure. Dans ce ministère, où le général Tulasne était « comme un poisson dans l'eau », se distribuaient d'énormes commandes aux industriels travaillant pour la Défense nationale souvent complétées par une avance de trésorerie.

L'action de pénétration du général Tulasne était relayée par Laure qui, dans son hôtel particulier du boulevard de La Tour-Maubourg, recevait avec prodigalité des ingénieurs de haut rang et des officiers du ministère plus particulièrement attachés aux services de l'aviation, parmi lesquels l'ingénieur René Pare, qui avait accompagné les Kleinknecht en Angleterre lors de la cession des brevets Devereux, et Marcel Riffard, de la société aéronautique Caudron, qui jetait les bases d'un type d'avion à réaction, aussi bon ingénieur que faiseur de ragots, et que rien ne pourra détacher de Laure qu'il méprisait et adorait tout à la fois. Malgré la situation qui imposait une certaine retenue, elle organisait des déjeuners, des dîners aux chandelles et même des fêtes où elle se montrait dans des robes de haute couture. Au cours de ces agapes, elle tenait des propos patriotiques, claironnant qu'elle était française avant tout et que cette qualité prévalait. Kleinknecht, moins démonstratif mais aussi convaincant, ajoutait sa voix à celle de son épouse. Nombre de bouteilles se vidaient en toasts dédiés à la victoire. Des cadeaux étaient remis discrètement à certains convives influents. Dans cette ambiance de décomposition se formait un petit clan d'officiels disposé à favoriser les offres des Kleinknecht.

L'exploitation des brevets Devereux et l'implantation d'une usine en province impliquaient des déplacements soumis à des autorisations tant en France qu'en Angleterre, deux pays en guerre, où les voyages étaient réglementés. « Drôle de guerre », disait-on. La Pologne avait été écrasée en trois semaines pendant que l'armée française restait l'arme au pied et que, sur la frontière franco-allemande, régnait un calme que de rares escarmouches troublaient de loin en loin. Dès l'invasion de la Pologne, le gouvernement français avait édicté des mesures à l'encontre des ressortissants ennemis. Kleinknecht était menacé d'internement.

Pour y parer, le général Tulasne se démenait. Une note des services de la Surveillance du territoire indique que sur « une intervention de M. Tulasne, général de division, ministère de l'Air, Kleinknecht Walter est excepté des mesures générales adoptées à l'égard des ressortissants allemands et ex-autrichiens [9] ». Ayant écarté cette menace, Tulasne lui obtint un permis de circuler auprès du bureau central militaire de la circulation grâce à la complaisance du général Jouart, disant qu'il se portait garant de la personne de Kleinknecht dont la demande de naturalisation était en bonne voie. Laure bénéficia de la même autorisation.

Dans cette conjoncture, en octobre et novembre, malgré l'avis défavorable du ministère de l'Air, le général Tulasne et Laure prirent l'avion à destination de l'Angleterre pour mettre au point l'application des accords Devereux. « J'avais tout de même trouvé troublant que cette femme, mariée à un Allemand, accompagnait un général français en Angleterre pour des questions sans doute secrètes concernant l'Armement français [10] », déclarera Édouard Caradec, l'expert financier français travaillant pour le compte de Furstenberg qui, par l'intermédiaire de banques amies, avait lancé des avis d'enquête tant sur Kleinknecht que sur Laure et avait obtenu sur cette dernière des renseignements précis. À son retour, Laure dépêcha en Angleterre l'ingénieur français Kluytens, embauché par Walter Kleinknecht, afin de dresser l'inventaire du matériel à fabriquer, et elle le chargea d'obtenir, en dehors de toute règle, certains secrets de fabrication [11].

Pendant qu'ils commandaient du matériel et qu'ils s'enquéraient sur ce qu'il fallait entreprendre au juste pour fabriquer des bombes incendiaires, un rapport de 38 pages des Renseignements généraux traitait des cas de Walter et de Laure Kleinknecht. Concernant Kleinknecht, il apparaissait que « le passé de cet étranger nous est complètement inconnu et que la régularité de son activité financière n'a pu être déterminée [...] La seule présence de Mme Kleinknecht au sein même de la société Fonderie et application des métaux légers (FAML) suffirait pour entraîner une prudente réserve en ce qui concerne le degré de confiance que l'on peut accorder à Kleinknecht et, par voie de conséquence, à tous ceux qui l'entourent [12] ».

À ce rapport était jointe une enquête du 2e Bureau de l'état-major de l'armée, datée d'octobre 1937 qui faisait état de mystérieux conciliabules se déroulant à Paris au 1 avenue Montaigne, où se réunissaient vingt-trois personnes dont chacune avait donné lieu à des investigations. Plusieurs d'entre elles étaient « suspectes du point de vue national » ou s'adonnaient au trafic de stupéfiants. C'était l'époque où Laure Dissard fréquentait l'abbé Boyer et certifiait avoir produit un anesthésique pour petites opérations. Elle paraissait sur cette liste sous les deux noms qu'elle utilisait : Anika Moor et lord d'Issard. Le nom de Ricou était également cité. Menées avec discrétion, ces investigations n'eurent pas de suite.

Les activités douteuses des Kleinknecht greffées sur la Défense nationale attisèrent les soupçons de la police en ces temps de guerre.

Le 15 octobre 1939, le directeur général de la Sûreté s'enquérait auprès du garde des Sceaux du sort réservé à la demande de naturalisation de Walter Kleinknecht et précisait : « Nos services procèdent actuellement à une enquête sur le compte de cet étranger [13]. »

Le 22 novembre, le garde des Sceaux répondait au ministre de l'Intérieur (Sûreté nationale) : « La demande de naturalisation formée par M. Kleinknecht est irrecevable[14] » et que, le 4 septembre, le préfet de police avait été chargé de le notifier à l'intéressé. Ainsi, au lendemain même de la déclaration de guerre, Kleinknecht avait dû être informé de ce rejet, ce qui ne l'empêchait pas, comme le général Tulasne, de clamer partout que sa requête était en voie d'aboutir.

L'enquête se poursuivait, menée par différents services. Le 2 janvier 1940, une note manuscrite émanant des autorités militaires stipulait :

« Le 5e Bureau de l'état-major des armées ne peut que maintenir l'avis défavorable qu'il a émis en octobre dernier sur Kleinknecht et donne verbalement et confidentiellement les raisons de cet avis :

« 1. se dit hollandais mais est sujet allemand, ancien officier, devrait être dans un camp de concentration ;

« 2. ne fait pas preuve de sentiments particulièrement francophiles mais passe plutôt pour un affairiste aventurier qui cherche à faire en France des affaires fructueuses ;

« 3. a déclaré avoir été chassé d'Allemagne par les nazis, malgré cela est entré librement en Allemagne en avril et mai dernier ;

« 4. a épousé une Française dont le passé est lourdement chargé.

« On dit au ministère de l'Air que le général Tulasne, qui appartient à la même affaire que Kleinknecht, avait récemment fait un voyage aérien en Angleterre avec la femme de ce dernier malgré un avis défavorable émis par le ministère[15]. »

Ignorant ces investigations, les Kleinknecht et Tulasne, conjuguant leurs efforts, finirent par aboutir. Le 14 février 1940, le ministère de l'Armement passait à la FAML un contrat pour la fabrication de la partie arrière de bombes en magnésium fondu en coquille, d'un montant de 36 millions de francs (13 millions d'euros) assortis d'une avance de 825 000 francs (320 000 euros). Le général Tulasne avait rencontré le ministre Dautry et son directeur de cabinet Bichelonne qui avaient donné leur accord. « La chose a été convenue sans difficultés, déclarera-t-il. Elle a été traitée ensuite par les bureaux et j'ai ensuite reçu le marché pour signature*. » Tulasne avait été soutenu par les ingénieurs qui fréquentaient le ménage Kleinknecht, et René Pare rédigea l'acte final.

Comment honorer cette commande ? Rien dans les mains, rien dans les poches, aurait dit un prestidigitateur. Campés sur l'enveloppe vide de la FAML, les Kleinknecht n'avaient ni usine ni ouvriers. Le général Tulasne relatera que ce ne fut qu'après l'obtention du marché qu'ils se mirent en quête de locaux. Ils louèrent au nom de la FAML un bâtiment industriel vacant à Arandon (Isère) qu'ils décidèrent d'équiper suivant les procédés Devereux. Le matériel acheté en Angleterre devait être progressivement installé par du personnel qualifié, difficile à recruter tandis que l'armée mobilisait. Une opération qui, dans les meilleures conditions, s'étendrait sur de longs mois.

Cette situation étonna la Sûreté nationale : « Bien que devenu ressortissant ennemi le 1er septembre 1939, Walter Kleinknecht réussissait, en pleines hostilités, à s'introduire dans les différents départements du ministère de la Guerre et à obtenir un marché de 36 millions de l'État pour fabriquer des bombes incendiaires alors qu'il n'avait pas, manifestement, à l'époque les moyens d'exécuter cette commande [16]. »

* Le général Tulasne fit cette déclaration devant le juge d'instruction militaire le 14 juin 1948 alors qu'un hommage était rendu à son neveu, le commandant Jean-Louis Tulasne, chef de la légendaire escadrille Normandie-Niemen, tué au combat en 1943 lors de la grande offensive soviétique d'Orel.

D'un bureau à l'autre, l'enquête cheminait. Il était avéré que Kleinknecht, s'étant rendu fréquemment en Allemagne juste avant la guerre, ne pouvait être un « réfugié politique » comme il l'assurait et que ses agissements étaient davantage ceux d'un agent de renseignement sous la couverture d'une pseudo-nationalité hollandaise, d'autant que le 5e Bureau le soupçonnait, avec son épouse, d'être à l'origine de la disparition de documents secrets et de favoriser en France l'investissement de capitaux allemands[17]. Ces incriminations provoquèrent une note personnelle du ministre de l'Air Guy La Chambre au président du Conseil, l'informant des procédés du couple Kleinknecht : « Les renseignements recueillis par la Sûreté nationale représentent Kleinknecht et sa femme – celle-ci une aventurière notoire – comme en relation avec des escrocs internationaux et des individus des plus suspects[18]. » La note dénonçait aussi le compagnonnage du général Tulasne et préconisait de mettre un terme au régime de faveur accordé à Kleinknecht en lui appliquant les mesures prévues pour les ressortissants allemands et ex-autrichiens, et de prescrire aux départements de la Défense nationale de ne pas traiter avec la FAML dont les installations pourraient être réquisitionnées.

Le même jour, le ministère de l'Air informait la direction générale de la Sûreté nationale que « la participation financière que peut avoir M. Kleinknecht dans la société Moyenne-Garonne ne peut pas être considérée comme ayant un intérêt pour les productions concernant la Défense nationale ».

Le 18 février, le président du Conseil faisait savoir au ministre de l'Intérieur que les renseignements recueillis au cours de différentes enquêtes prouvaient que Walter Kleinknecht « ne présente pas les garanties suffisantes pour être autorisé à séjourner librement sur notre territoire.

Les antécédents de sa femme, aventurière, signalée ainsi que son amant Charles Ricou comme suspects au point de vue national, la moralité de certains personnages intéressés dans les différentes affaires dont il s'occupe, sont autant d'éléments défavorables qui justifient à l'égard de cet Allemand une mesure qui s'impose d'urgence en raison de la situation actuelle. En conséquence, j'ai l'honneur de vous demander de bien vouloir faire appliquer à Kleinknecht les dispositions concernant tous les ressortissants allemands [19] ».

Quatre jours après, le matin du 22 février, se réunissait la commission interministérielle permanente de criblage. Elle décida l'internement immédiat de Kleinknecht dans un « camp de rassemblement des ressortissants allemands ». D'autre part, les établissements travaillant pour la Défense nationale étaient informés de ne pas traiter avec la FAML. Trois inspecteurs de police arrêtaient Kleinknecht à l'heure du déjeuner dans l'hôtel particulier du boulevard de La Tour-Maubourg. Après être passé par un poste de police, Kleinknecht fut interné le 24 février dans le stade de tennis Roland-Garros, au bois de Boulogne, transformé en centre de transit.

Sans perdre un instant, le général Tulasne et Laure brûlèrent des papiers compromettants dans la chaudière et travaillèrent à la libération de Kleinknecht. Faute d'y parvenir par des démarches régulières et, sur le conseil d'un avocat, Me Berthon, ils voulurent verser de la main à la main 10 000 francs (3 800 euros) à l'inspecteur Susini, connu pour sa « compréhension » et chargé de l'enquête ouverte sur la FAML à la suite de l'arrestation de Kleinknecht. Il s'était présenté au domicile des intéressés et Laure avait pu le jauger, mais les intermédiaires chargés de lui remettre l'argent le gardèrent pour eux. Malgré des tentatives successives, Kleinknecht, bientôt hors de portée, ne fut pas relâché. Le 15 mars, il était transféré au camp de Damigny (Orne). Sur le questionnaire qui lui fit remis, il ne mentionna pas le rejet de sa demande de naturalisation, mais sollicita de nouveau l'obtention de celle-ci et déclara se tenir à la disposition des autorités pour accomplir son service militaire dans l'armée française.

L'enquête sur la FAML détermina le cabinet du ministre de l'Air à attirer l'attention du général Tulasne « sur la composition plus que suspecte du conseil d'administration de cette société dont il est le président administrateur délégué[20] ». Convoqué par le général chef du cabinet militaire du ministre de l'Air, Tulasne reconnut l'« oubli » de son inscription sur le registre de commerce de la Seine. Écartant d'autres reproches, « il affirmait n'avoir jamais rencontré d'homme aussi honnête que Walter Kleinknecht[21] ».

En pleine alarme, afin d'éviter la réquisition de la FAML qui les priverait du bénéfice de la commande des bombes en magnésium, Laure et Tulasne vont s'ingénier avec succès à maquiller l'origine des fonds. Toutefois, contrecoup de la déclaration de guerre et des soupçons qui pesaient sur eux, le ministère de l'Air fit réquisitionner la Moyenne-Garonne pour les besoins de la Défense nationale.

Cette réquisition faisait obligation de désintéresser les créanciers dont le plus important était la Handels-Unie. Or, quand Kleinknecht avait acheté 2 000 titres au porteur de la Moyenne-Garonne, ces titres, faute d'être déjà imprimés, n'avaient pas été matériellement délivrés mais avaient fait l'objet d'un certificat provisoire régulièrement signé. Les titres commandés furent livrés par la suite, mais ne furent pas remis à Kleinknecht qui n'avait pas respecté les accords financiers. De ce fait, le certificat au porteur entre ses mains était nul, d'autant qu'il avait reconnu par une première lettre que le créancier était la Handels-Unie. Les 1 970 titres que Laure s'était octroyés n'avaient plus aucune validité.

Le 31 mars 1940, Furstenberg releva Kleinknecht de ses fonctions et cessera toute relation avec lui. Laure, furieuse de ses déboires, imputa au financier la responsabilité de l'internement de son mari alors qu'il n'y était pour rien, et, se répandant en propos vindicatifs, promit de se venger. Quant à la FAML, bien que la banque hollandaise ait avancé les fonds, Kleinknecht en restait le maître, vu les structures de cette société. La paix revenue, Furstenberg renoncera à des poursuites vouées à l'échec, tous les actifs ayant disparu.

Questionné après la guerre, il déclarera à propos de Laure : « En ce qui concerne Mme Kleinknecht, je l'ai vue une ou deux fois en Hollande avant la guerre, mais je l'ai mieux connue à Paris, à l'époque où furent faits les investissements susmentionnés (FAML et Moyenne-Garonne). Je ne cache pas que mon impression n'a pas été favorable. J'ai cru me trouver devant une personne intelligente mais détraquée. Peut-être l'ai-je jugée trop favorablement au début puisqu'elle était l'épouse du directeur d'une de mes affaires, auquel elle venait de donner un fils. Par la suite j'ai dû me rendre compte que c'était une aventurière exerçant une forte et mauvaise influence. Tous les renseignements que j'ai alors recueillis sur son compte semblaient le confirmer. Mon absence de Paris m'empêchait de vérifier les nombreuses indications défavorables qui me furent transmises. Avant, pendant et après la guerre, cette dame a toujours réussi à trouver des protecteurs haut placés, ce qui rendait toute démarche fort difficile. [...] En résumé, je crois pouvoir constater que la personnalité de Mme Kleinknecht dominait nettement celle de son mari, qu'elle a fait d'un homme travailleur et sérieux un noceur ne s'arrêtant pas devant des actes indélicats et qu'elle n'a pas été sans influence sur sa déchéance morale[22]. »

Après l'arrestation de Kleinknecht, le général Tulasne s'était établi avec des grâces de vieux marquis dans l'hôtel particulier du boulevard de La Tour-Maubourg où on lui prépara une chambre. Sans doute expliqua-t-il à son épouse, reléguée dans le domicile conjugal de Verrières-le-Buisson près de Paris, qu'il était retenu par son travail et que le couvre-feu l'empêchait de rentrer.

Maintenant que son mari était interné, Laure allait plus fréquemment à Ballancourt, non loin de Corbeil, où, disait-elle, sa mère possédait un château. En réalité, vingt ans plus tôt, la veuve Dissard avait acheté pour 2 000 francs (1 400 euros) un petit terrain dans cette bourgade, rue Jules-Ferry, une voie courte et étroite que bordaient plus de friches que de maisons. L'absence de viabilité l'avait contrainte à forer un puits. D'après les factures, elle avait mis dix années pour acquérir le petit pavillon qu'elle avait fait construire, financé par un organisme HBM (habitat bon marché). Elle était devenue propriétaire en 1938 moyennant la somme de 22 000 francs (8 900 euros). Malgré l'ascension de sa fille, l'intitulé de son compte en banque portait toujours en guise de profession la mention : « cuisinière », une tare pour Laure qui s'évertuait à imposer de sa mère l'image d'une bourgeoise riche à millions.

Laure, actionnaire principale de la FAML, se rendait une fois par mois à l'usine d'Arandon en compagnie du général Tulasne, dans une limousine conduite par un chauffeur. Quelques machines étaient livrées mais impropres à l'emploi car rien ne constituait encore une unité de production capable de traiter l'aluminium à haute température et de fabriquer la coque des bombes. L'incompétence bridait leurs décisions et ils veillaient surtout à la dépense, ne forçant pas sur les livraisons dont les retards ne les inquiétaient pas. Laure, toujours volubile, ébahissait ses interlocuteurs en débitant les termes techniques qu'elle avait appris. Sans s'attarder, les deux voyageurs repartaient et retournaient froisser du papier dans l'hôtel particulier du boulevard de La Tour-Maubourg.

Il y régnait une atmosphère faite de suspicion et de sous-entendus. Les collaborateurs de la FAML se bornaient à cinq personnes chapeautés par les époux Kleinknecht et le général Tulasne : deux ingénieurs ; Muller, l'intermédiaire suisse nageant toujours entre deux eaux ; un garçon de bureau ; et la demoiselle Germaine Véry, secrétaire.

Cette dernière observait ce qui se tramait avec une certaine répugnance. Elle avait vite décelé que Kleinknecht avait créé avec la FAML une société fictive, destinée à couvrir des opérations suspectes, où il plaçait des hommes de paille[23]. Mlle Véry aurait pu également s'étonner du rôle de mari complaisant de Kleinknecht si elle n'avait pas compris qu'il privilégiait surtout son alliance avec l'indispensable général Tulasne. Elle avait compris aussi que la jeune Mme Kleinknecht acceptait à vingt-six ans d'avoir un géronte pour amant uniquement parce que Tulasne l'introduisait dans des milieux gouvernementaux propices à ses ambitions.

Mlle Véry ne paraissait guère surprise que ses patrons s'échinassent à obtenir des commandes industrielles de l'État alors qu'il n'y avait ni usine ni ouvriers et employés. Ce qui se passait dans cette maison ne l'étonnait pas. Quand le garçon de bureau fut trouvé assommé dans l'escalier de la cave, Kleinknecht, qui l'avait découvert, pressa Mlle Véry de descendre constater la chose. Elle alerta aussitôt Police Secours. L'ayant appris, Laure et Tulasne lui adressèrent des reproches véhéments : « La police dans la maison, mademoiselle, y pensez-vous ![24] » s'emporta Mme Kleinknecht. Assurant avoir fait des études de médecine, elle voulut relever le blessé dont elle ignorait l'état, mais la secrétaire s'y opposa. À l'arrivée de la police, le général Tulasne déclina ses titres et déclara que lui-même avait découvert le blessé afin d'éviter que Walter Kleinknecht figurât sur le procès-verbal.

Le 10 mai 1940 l'armée allemande passa à l'attaque, violant la neutralité des Pays-Bas, de la Belgique et du Luxembourg, avec une maîtrise opérationnelle qui stupéfia les Alliés. Trois jours après, la Wehrmacht perçait les défenses françaises à Sedan et par cette trouée franchissait la Meuse dans un déferlement d'hommes et de matériels qui décida du sort des armes. Le retentissement fut énorme. Paris était visé. La peur des bombardements et les alertes répétées poussèrent Laure à quitter la capitale chaque soir pour Ballancourt en compagnie du général Tulasne qui disposait d'une voiture. Tous deux couchaient chez la veuve Dissard.

Peu de temps avant, la commande de bombes incendiaires, dont les Kleinknecht étaient incapables d'assumer la fabrication, fut annulée à la suite de la décision du 12 mars pris par le président du Conseil de ne pas admettre la FAML aux marchés de la Défense nationale et de la Guerre, et le 18 avril, la direction générale de l'Intendance maritime décidait que cette société serait également exclue des fournitures de la Marine. Après des négociations facilitées par des relations complices, les dirigeants de la FAML reçurent à titre de dédit la somme de 4 millions de francs (1 290 000 euros).

Dans sa débâcle, l'armée française s'amenuisait de jour en jour par le nombre de morts et de prisonniers laissés derrière elle. Les Allemands ne semblaient même plus maîtriser leur avance. Quand le 10 juin, un mois après le début de l'offensive, le gouvernement quitta précipitamment Paris, Laure et le général Tulasne se préparèrent à l'imiter, mais le 12, le blocage des routes les refoula dans la capitale. Avant de se séparer, il fut convenu que le général Tulasne conduirait le soir même son épouse à Tours, sa ville natale, afin de la mettre à l'abri et qu'il rejoindrait le lendemain Laure Kleinknecht à Ballancourt.

Moins de quarante-huit heures après, les troupes allemandes entraient dans Paris, déclaré ville ouverte, qui s'offrit sans opposer de résistance.

CHAPITRE 3

Aperçu d'un monde nouveau

Il régnait une grande effervescence chez la veuve Dissard à Ballancourt quand un cycliste apporta à Laure un message du général Tulasne. Son voyage à Tours, dans le chaos de l'exode, s'était révélé plein d'embûches et le retour à contre-courant du flux des réfugiés l'avait contraint à se rabattre à Pithiviers où il était en sûreté chez le gardien d'un camp réservé à l'internement des étrangers. Privé de moyens de locomotion, cet officier de haut rang qui avait préféré au service de la patrie celui d'une dame se trouvait coincé comme un bleu.

Laure partit immédiatement pour Pithiviers, conduite par Pierre Pettinati, mari de sa modiste, que Tulasne avait eu l'idée de mettre au volant et auquel il recourait quand il avait besoin d'un homme disponible. Ils ramenèrent le général à Ballancourt où étaient réunis la veuve Dissard, le fils de Laure, d'autres parents et une bonne autrichienne.

Des unités de la Wehrmacht ayant débordé Paris atteignirent Corbeil, à une demi-heure de Ballancourt. Tout se précipitait vers une fin depuis longtemps programmée par le commandement suprême allemand. Le 17 juin, le maréchal Pétain, régulièrement appelé à la présidence du Conseil, avait formé à Bordeaux un gouvernement décidé à s'entendre avec l'Allemagne nazie. Aussitôt nommé, il annonçait à la radio qu'il avait demandé à l'« adversaire » – et non pas à l'ennemi – ses conditions pour cesser le combat « dans l'honneur[1] ». Compte tenu de la situation militaire et politique qui prévalait, ce ne pouvait être qu'une demande d'armistice, même si ce mot n'était pas prononcé.

Ayant mis à l'abri sa famille, Laure fixa l'objectif : Bordeaux, et tenter de retrouver Kleinknecht interné dans les parages au camp de Bassens d'où il devrait être relâché maintenant que la France était vaincue. Elle annonça à Pettinati qu'ils allaient chercher son mari, un banquier hollandais, actuellement dans un camp d'entraînement de l'armée française comme engagé volontaire.

Laure s'embarqua avec Tulasne vers le 19 ou le 20 juin pendant que s'achevaient les préliminaires de l'armistice avec l'Allemagne qui sera signé le 22. L'itinéraire suivi par Laure et ses compagnons était situé dans la zone occupée par l'armée allemande et régie par son administration. Le général Tulasne, en costume civil, indiqua la route à suivre vers le grand axe menant à Bordeaux.

Dans le courant de l'après-midi, croisant des convois allemands et bloqués sans cesse par les réfugiés, ils arrivèrent à Étampes, à court d'essence, ayant parcouru une vingtaine de kilomètres. À peine dans la cité, un pneu de la voiture creva. La situation se compliqua quand ils apprirent que garages, restaurants et hôtels étaient fermés, ainsi que la plupart des commerces. De durs combats avaient fait quelques centaines de morts et de blessés.

Les Allemands tenaient cette ville aux maisons désertées, aux volets clos. Le commandant de place s'était installé à côté de la mairie où les voyageurs se rendirent en quête de renseignements pour apprendre d'un certain Pachinart que la puissance occupante détenait tous les pouvoirs. Laure entra dans la Kommandantur et réussit à être reçue par un officier auquel elle raconta que son mari, un Allemand des plus loyaux, avait été interné par les Français et que, désireuse de le rejoindre à Bordeaux, elle avait besoin d'être secourue. Elle fut si charmante, si convaincante, endossant l'habit qui convenait, que ses compagnons restés dehors la virent revenir avec plusieurs soldats allemand bottés, casqués, armés. Ces derniers transportèrent la roue crevée au seul garage ouvert où la réparation fut effectuée. Puis ils firent le plein d'essence, ajoutant même dans des bidons une réserve de cinquante litres au lieu des cinq octroyés parcimonieusement à certains réfugiés favorisés.

Ils retournèrent à la mairie où ils revirent M. Pachinart. « Où pouvons-nous coucher ?[2] » s'inquiéta Laure. M. Pachinart les invita chez lui et leur annonça qu'ils étaient conviés à dîner à la table des Allemands dans un bâtiment réquisitionné. Laure et Tulasne étaient les seuls Français, en dehors de quelques employés de la mairie, à s'attabler avec les Allemands. Pettinati mangea à la cuisine, tandis qu'à l'extérieur d'autres civils recevaient de la soupe par une distribution faite exprès pour eux. La propagande allemande avait apposé des affiches annonçant que « le soldat allemand prend soin de la population française abandonnée ». Laure se répandait en sourires, assurant incidemment que Tulasne était son oncle, et celui-ci, s'accommodant de la situation, s'arrangeait pour que ses hôtes sachent qu'il était général.

Le lendemain matin, Laure, escortée par l'« oncle » Tulasne, se rendit à la Kommandantur. Elle étoffa ce qu'elle avait esquissé la veille, à savoir que son mari, fidèle sujet du Reich, victime des mesures édictées par un gouvernement qu'elle n'avait pu fléchir, croupissait dans un camp à Bassens. Le but de son voyage était de le ramener à Paris où il dirigeait d'importantes entreprises pouvant être utiles à l'Allemagne. Le commandant de place, le major Schreitenbrunner, lui donna audience. Elle sut le séduire. Avec la reconnaissance d'une naufragée, elle le remercia de l'assistance qu'il lui avait prêtée depuis la veille et elle assura qu'elle serait honorée de l'inviter à ses réceptions dans son hôtel à Paris, la ville d'Étampes n'étant guère éloignée de la capitale. Il lui délivra un laissez-passer rédigé en allemand autorisant l'aller et retour jusqu'à Bordeaux.

Le chauffeur Pettinati n'en revenait pas de l'aplomb de cette femme dont le mari, jusqu'alors banquier hollandais, se muait soudain en un industriel allemand car, loquace suivant son habitude, elle en rebattait les oreilles des voyageurs afin qu'ils se pénètrent de cette vérité, la seule valable à l'avenir. Pettinati crut comprendre que le commandant de place les avait présentés, elle et Tulasne, à un général d'aviation allemand qui, après les avoir retenus à dîner, les avait emmenés dans un château des environs pour y passer la nuit. À chaque barrage allemand, Laure exhibait le laissez-passer vite qualifié par elle de « magique ». Quand par hasard quelques gendarmes français, en faction sur la route conformément aux ordres allemands, stoppaient la voiture, le général Tulasne montrait ses papiers et les pandores se mettaient au garde-à-vous.

Sur les bas-côtés de la route et en lisière des champs s'étalaient dans une continuité tragique des carcasses noircies de véhicules, du matériel de guerre à l'abandon dans un fouillis de ferraille. Encombrant la chaussée, des épaves humaines se traînaient à bout de fatigue ne sachant plus quelle direction prendre puisque la guerre était terminée et que la carte du pays était bouleversée par des tracés de frontières intérieures qu'on ne savait pas encore localiser.

Après des incidents de parcours inhérents aux circonstances, ils arrivèrent devant le camp de Bassens dont l'entrée était gardée par des Allemands. Laure arbora le laissez-passer qui produisit son effet. Bien que retenue hors de l'enceinte, elle finit par apprendre que Kleinknecht était parti sans qu'il soit possible de connaître sa destination. Elle décida de prendre le chemin du retour[3].

Après la guerre, lors d'un interrogatoire, elle affirma que son mari avait quitté Bassens avant l'arrivée des Allemands pour leur échapper[4]. La réalité était autre. Kleinknecht s'en était allé du camp de Bassens « dans un état vestimentaire très défectueux » quelques jours avant l'armistice, à une date indéterminée, quand les Allemands avaient occupé la région[5]. Il se rendit dans les environs, chez des gens de connaissance, et fut hébergé par Gaston de Sainte-Croix qui, ayant fait l'exode, s'apprêtait à regagner à Paris en voiture. Il prêta une bicyclette à Kleinknecht qui lui confia une lettre destinée à son épouse. Dès son arrivée à Paris, Sainte-Croix devait déposer la lettre chez les Kleinknecht, boulevard de La Tour-Maubourg.

Après quelques jours de repos, Kleinknecht se présenta à la Kommandantur de Bordeaux où, un temps limité, il servira comme interprète. Il fut aussi en charge de compatriotes en détresse et plus particulièrement d'Allemandes. Il organisa leur subsistance dans un restaurant tenue par une dame Lavenet, rue Sainte-Lucie, où il déclina son identité et sa nationalité en montrant son passeport. Il exposa qu'il appartenait à la Kommandantur, affecté au service des réfugiés allemands libérés des camps de concentration. Il amena vingt-deux femmes que le restaurant devait nourrir par ordre des autorités d'occupation, et se montra pour sa part aimable et généreux. Il apprécia plus particulièrement une serveuse, Jeanne Laforgue. Il lui dit qu'il dirigeait des entreprises à Paris. Voulait-elle venir travailler avec lui ? Il fixa les conditions. Elle accepta[6]. C'était son système d'engager qui l'avait bien servi la veille et pourrait lui être utile le lendemain. Frappée par la logique de cette méthode, Laure l'utilisera pour ses besoins en personnel.

Du 7 juillet jusqu'au 2 août, Kleinknecht s'était installé dans un hôtel à La Teste, près d'Arcachon, et il se rendait chaque jour en voiture à la Kommandantur de Bordeaux. À la fin de cette période, il rentra à Paris. Il retrouva chez lui sa femme et Tulasne comme si les temps n'avaient pas changé, à ceci près que désormais ce dernier avait ouvertement sa chambre à côté de l'appartement des époux Kleinknecht.

Dès son retour, le général avait pris la précaution d'apposer sur la porte cochère une affichette portant la mention écrite de sa main : *Haus besetzt* – maison occupée – espérant éviter toute réquisition et éloigner les indésirables. Le général avait dicté à la secrétaire, la demoiselle Véry, sous forme d'un article, sa pensée en réaction aux événements. « Voisinage ou bon voisinage ? » s'interrogeait-il avant de se livrer à de longs développements. D'abord, il se félicitait qu'il y eût à Paris « moins de juifs et de métèques ». Considérant que la France était « foutue » pour au moins vingt ans, il préconisait la pratique d'un bon voisinage avec l'Allemagne dont la France allait dépendre économiquement, et il se réjouissait que le maréchal Pétain fût aux commandes, lui qui avait aboli la République et dont la haute conscience était indispensable au pays. Il avait aussi des mots de mépris à l'égard de la Grande-Bretagne, l'ancienne alliée bientôt vaincue par l'invincible Wehrmacht, prédisait-il. « Pour nous, concluait-il, le devoir est plus simple : nous devons respecter nos anciens ennemis comme ils nous respectent et nous devons vivre avec eux dans un bon voisinage. Ceci est sans conteste la meilleure règle de conduite. Ce bon voisinage entraînera une meilleure connaissance mutuelle et l'estime qui doit en résulter*[7]. »

Assurément, le ton avait changé à l'hôtel particulier des Kleinknecht. Aux tirades à la gloire des Alliés que Laure servait à ses invités pendant la « drôle de guerre », avait succédé une autre profession de foi face à des invités d'une autre sorte, et les uniformes allemands qui se promenaient dans ses salons confirmaient cette mutation.

Différente fut la métamorphose de Kleinknecht. Qui était-il exactement ? Dès son retour à Paris, il avait reçu dans le privé, et au cours de soirées organisées par Laure, deux Allemands de poids appartenant à l'Abwehr, les services spéciaux militaires de l'Allemagne dont les bureaux en France étaient installées dans le vaste et confortable hôtel Lutétia réquisitionné. Ces deux hommes, tous deux officiellement membres de la Luftwaffe, étaient physiquement dissemblables, l'un grand, l'autre petit.

Le plus petit était le major Emil Kliemann, quarante-cinq ans, le sourcil broussailleux, le cheveux grisonnant. Il parlait couramment français. Avant la guerre, il avait été un représentant de l'industrie lourde. À présent, il était chargé de collecter des renseignements sur le matériel d'aviation britannique, de recruter et d'installer des agents en Angleterre dans la perspective de l'invasion projetée par le Führer. Il était en rapport avec des indicateurs en Espagne et au Portugal, centres actifs d'espionnage, où il se rendait fréquemment.

L'autre, le plus grand, Ludwig Vogel, était un solide spécimen de trente ans, brun, cheveux plaqués en arrière, sans que rien d'autre ne le distingue vraiment. Il parlait

* Malgré les preuves écrites de sa main, le général Tulasne niera être l'auteur de cet article après la guerre. (JM. Procès-verbal du tribunal militaire permanent de Paris, 14 juin 1948.)

français et avait appris l'anglais au cours d'un séjour de vingt mois aux États-Unis. C'était un ingénieur de l'aviation et un pilote. Envoyé à Paris après la victoire de l'Allemagne, il était délégué de l'industrie aéronautique allemande en France. Il était *ein Luft*, c'est-à-dire qu'en dehors de ses fonctions officielles, il travaillait pour l'Abwehr. Très compétent, il jouissait d'un grand crédit auprès des autorités d'occupation et de celles du IIIe Reich à Berlin. À titre anecdotique, mentionnons que, menant la grande vie, il rencontrera Florence Gould, milliardaire par son mari, une mécène des lettres françaises, très active pendant l'Occupation, attirant chez elle des Allemands parmi lesquels des officiers de la SS. Vogel deviendra l'amant de cette Américaine de quatorze ans son aînée. Il ira habiter dans un immeuble contigu au sien. Quand l'Allemagne déclarera la guerre aux États-Unis, Florence Gould sera exemptée par les Allemands des mesures frappant les ressortissants des pays ennemis. De son côté, Laure, allant au-devant des désirs de Vogel, lui faisait des cadeaux coûteux.

Kleinknecht semblait extraire d'une vie parallèle toutes sortes d'Allemands dont Laure elle-même n'avait pas soupçonné l'existence. Avides tous deux de luxe et d'argent, les circonstances leur permettaient de forcer le monde des affaires où les occasions de profits leur germaient dans la main. Kleinknecht, qui renâclait à financer les dépenses de sa femme, entendait, grâce à ses camarades allemands, s'introduire dans un circuit lucratif.

Sachant jouer de tout, Laure agrandissait le cercle de ses connaissances allemandes. Elle créa un « salon » où se succédaient déjeuners et dîners marqués par la bonne chère. Les conversations étaient ouvertes, instructives, les renseignements circulaient dont Laure ne perdait rien. Ceux des Allemands devenus des habitués venaient parfois en civil. Quelques-uns préféraient d'ailleurs ne pas se montrer en uniforme.

Tous les quinze jours, il y avait un bal où se déhanchaient une quarantaine de personnes parmi lesquelles, Laure n'étant pas une ingrate, on reconnaissait le major Schreitenbrunner, le chef de la Kommandantur d'Étampes. Ces soirées commençaient à 20 heures et se terminaient sur le coup de 3 heures du matin[8]. Des tables chargées de mets étaient dressées dans un décor de fleurs. Des Allemands, fiers de leur éducation, s'inclinaient pour un tour de danse devant des femmes attrayantes mais qui ne portaient pas ombrage à Laure, à une exception près. Une exception qui la faisait enrager. L'ingénieur de l'armement René Pare, qui avait facilité l'obtention de la commande de bombes en magnésium, venait avec sa fille qui était fort jolie et incontestablement l'étoile de la fête. Laure cessa de l'inviter.

Un samedi sur deux, l'après-midi, les Kleinknecht offraient une réception moins convenue sous forme d'un buffet froid dont l'abondance et la variété réjouissaient les nombreux invités en cette époque de pénurie.

Cette abondance de victuailles supposait un grand ravitailleur. Laure avait le meilleur : la maison Félix Potin, en la personne de Jean Potin, patron de cette célèbre chaîne succursaliste vantée par divers slogans publicitaires. Ils avaient lié connaissance au Secours national, institution charitable créée lors de la Première Guerre mondiale et qui avait repris force et vigueur lors de la Seconde, placée après l'armistice sous le patronage du maréchal Pétain. Le Secours national, chargé de recueillir des dons en espèces et de collecter des vêtements, faisait surtout appel à des bénévoles. Laure qui recevait chez elle G. Pilon, secrétaire général de cette organisation caritative, se fit nommer « inspectrice sociale », ce qui lui permettait d'accroître ses relations en s'introduisant dans les administrations et dans les annexes des ministères autorisés à siéger à Paris, où le Secours national quêtait des subsides. Avec l'entrain qu'elle montrait en toute circonstance et son art de la séduction, elle devint rapidement une figure populaire. Or, à la fin de 1940, un collaborateur du Secours national fut arrêté par les Allemands. Laure le fit libérer quelques jours après. Devant cette efficacité, M. et Mme Jean Potin, bénévoles eux aussi, firent appel à elle. Ils possédaient une vaste propriété qui incluait un haras à Bois-le-Roi, près de Fontainebleau, frappée par une réquisition qui les privait même du droit d'y pénétrer. Laure puisa dans son vivier d'Allemands et en retira Farenholz, Hauptmann (chef) de la section des transports. En sa compagnie et celle d'autres Allemands utiles, elle se rendit au haras de Tournezy et, quelques semaines après, elle en restituait l'usage aux Potin. Ils avaient également un fils qui avait quelques ennuis, Laure y remédia. Dès lors, le couple fit partie du cercle rapproché de Mme Kleinknecht. Jean Potin assurait son ravitaillement à profusion[9]. Elle ouvrait ses tiroirs et lui remettait des liasses de coupons d'alimentation obtenus par d'obscurs canaux qu'il utilisait à plein, complétant ce qui manquait, et Laure réglait les factures, ou plus précisément, dans un premier temps, ce fut Walter Kleinknecht qui payait en poussant de hauts cris.

Au Secours national, elle se lia avec un autre bénévole, Gabriel Cognacq, héritier des grands magasins de la Samaritaine, engagé dans la Collaboration au point de signer des accords plaçant pratiquement cette entreprise sous la dépendance d'un groupe allemand. Laure recourra parfois à lui pour faciliter certains contacts politiques.

Profitant de sa position, elle savait attirer des hommes d'influence français ralliés à l'ordre nouveau en magnifiant ses invités allemands. À propos du colonel Beins, chef d'état-major de la Luftwaffe en France, elle déclarait : « Il est le Führer de l'aviation*. » D'un autre, nommé Scheiding : « Directeur du plan de quatre ans**. » De Kliemann, elle glissait sur un ton de confidence : « Grand personnage allemand, un peu mystérieux, observateur et conseiller personnel de Hitler et ami de Goering », ou encore : « Il est l'œil de Hitler. » Le baron von Bentheim, vice-président de l'industrie aéronautique du Reich, lui envoyait d'extraordinaires gerbes de fleurs. Et ainsi de suite[10].

Dans une première phase, la plupart des invités allemands touchaient à l'aviation. Les Français attablés avec de telles personnalités, et empressés à le raconter, devenaient les meilleurs rabatteurs de Laure dont le salon se peuplait de gens importants, affriolés par les rencontres qui pouvaient se produire. Elle notait leurs noms, non par crainte de les oublier mais pour le plaisir de les écrire, et quand le personnage lui paraissait réellement important, elle en couvrait toute une page. De même quand elle haïssait quelqu'un, il fallait qu'elle écrive son nom de manière répétitive. On trouve dans ses papiers des feuilles noircies du même nom.

Elle dirigeait seule sa maison et dominait son mari tout en le mettant en valeur auprès de ses invités, et elle recou-

---

* Le titre du colonel Beins était *Generalluftzeugmeister*, en abrégé *GL*. Il contrôlait l'implantation de la Luftwaffe en France, tant en ce qui concerne les aérodromes, que le personnel et le matériel. C'était un personnage clé. Le chef nominal de la Luftwaffe en France était le général Friedrich Hanesse qui s'occupait surtout de la discipline militaire.

** Parfois orthographié Scheidin, Sheiding ou Chaidin. À l'origine, coiffé par Goering, le plan quadriennal imposait au IIIe Reich une modernisation de son économie et de son industrie tant pour la production civile que militaire. En temps de guerre, le plan organisait et contrôlait la mobilisation totale des ressources nécessaires à l'industrie d'armement.

rait à lui pour la mise en œuvre des combinaisons par lesquelles elle espérait conquérir puissance et fortune. Quant au général Tulasne, toujours aux ordres, il était entre les doigts de Laure comme un projectile qui fonce dans la direction vers laquelle elle le propulsait.

CHAPITRE 4

Changement de camp, changement de cap

Dès l'armistice, Laure avait compris que les Allemands régenteraient l'économie française, procurant des sources nouvelles d'enrichissement aux Français qui coopéreraient avec eux et dont les services se révéleraient indispensables.

Plus intéressant encore, elle apprit de ses invités allemands que la législation antijuive en vigueur dans le Reich serait rapidement appliquée à la France et qu'au cours d'une première phase les entreprises concernées seraient « aryanisées », c'est-à-dire confisquées et dotées d'administrateurs provisoires chargés de spolier les propriétaires après les avoir chassés. Le vertige des grandes affaires s'empara d'elle devant le champ immense qui s'ouvrait à son savoir-faire. Il s'agissait de précéder l'événement et d'être la première en piste.

Un nom s'imposa à elle : la société Messier, dont les Kleinknecht avaient rencontré le président-directeur général, René Lévy, lors de l'achat des procédés Devereux. Une proie idéale, un joyau de l'industrie nationale dont la réputation s'étendait hors des frontières. Elle équipait en train d'atterrissage 85 % des avions français et possédait de nombreux brevets de haute technologie. Laure chauffa son mari et Tulasne qui convinrent de l'intérêt à s'introduire dans cette entreprise, les circonstances étant propices.

Les événements allaient vite les seconder. Le 27 septembre, trois mois après la signature de l'armistice, la première ordonnance allemande contre les juifs était promulguée. Elle prescrivait le recensement des personnes et l'apposition d'affiches à l'extérieur des magasins juifs les désignant comme tels en langue allemande et française.

Walter Kleinknecht se chargea de la prise de contact avec René Lévy. Le prétexte était facile. Au mois de mars 1940, Tulasne avait informé René Lévy que Walter Kleinknecht était interné dans un camp et que son épouse était le jouet d'avocats marrons qui la poussaient à verser des sommes d'argent en pure perte, contre la promesse de l'élargissement de son mari. Considérant qu'on ne doit pas abandonner dans le malheur ceux qu'on a connus en des temps meilleurs, René Lévy rendit une visite de politesse à Laure. C'est en se référant à ce geste que Kleinknecht lui téléphona à Paris en octobre 1940, juste après la première ordonnance allemande. Il l'assura qu'il voulait, en souvenir de son attitude amicale, essayer de lui éviter le pire [1].

Au cours de longs entretiens, Kleinknecht parla de ce qu'il avait vu en Allemagne après la prise du pouvoir par Hitler et comment les persécutions avaient abouti à une spoliation, sans oublier les sévices et les camps. Il y avait urgence. Dès le début de l'Occupation, les Allemands avaient montré leur intérêt pour la société Messier en occupant une usine et en commençant à démonter les machines à destination de l'Allemagne. Le fait que Mme Lévy, née Bonamy, veuve de Georges Messier, le fondateur de l'entreprise, épouse séparée de biens de René Lévy, était catholique et possédait 55 % des actions, plaçait en théorie cette société à l'abri de la loi allemande et de la nomination d'un administrateur, mais il convenait aux Allemands de considérer que Messier était sous influence juive et ils entendaient s'emparer d'une firme dont le potentiel stratégique était utile à leur production de guerre.

L'ensemble de la participation juive se montait à 18,40 %. René Lévy qui détenait 12 % des actions décida de les céder à des membres de la famille de son épouse et, par surcroît de précaution et afin d'éviter toute mainmise allemande, il démissionna de sa fonction d'administrateur délégué et se retira officiellement de l'affaire qu'il dirigeait.

Précédant les mesures discriminatoires, Laure s'était mise en rapport avec Mme René Lévy. Après avoir épuisé les politesses d'usage, et annoncé ce qui allait se produire, elle dit que, Française avant tout, elle voulait aider ses compatriotes dans l'épreuve d'autant que son mari, Allemand d'origine, était informé à la source des décisions qui allaient être prises contre les personnes de confession israélite, mais qu'il partageait les vues de sa femme et était disposé à aider ses amis frappés par cette épreuve. Elle insista sur la nationalité de Kleinknecht comme étant une garantie qui conférerait l'immunité à ceux auxquels il prêterait son concours. Ce dernier argument se révélera déterminant dans la décision que devaient prendre les époux Lévy.

Laure était tout excitée par une perspective dont l'accomplissement la propulserait dans les sphères dirigeantes de l'industrie, fascinée qu'elle était par la conquête d'un pouvoir indiscuté. Elle savait qu'elle ne gagnerait pas en quelques réunions la confiance des Lévy. Elle les convia chez elle à déjeuner, à dîner, parfois seuls, parfois en compagnie de convives agréables dont la conversation ne pouvait les heurter. Peu à peu, les Lévy furent séduits par le charme, la générosité, l'optimisme contagieux, l'énergie qui émanaient de Laure, hôtesse incomparable, et par la présence de Kleinknecht dont la retenue et la solidité apparente étaient du meilleur aloi. Une amitié semblait née. Il fut même question que Mme Lévy, catholique, devînt la marraine du jeune fils des Kleinknecht pas encore baptisé[2].

Comme il fallait être réaliste et que les sentiments ne suffisaient pas, Laure se référa à un consortium placé sous son égide, le CIFA destiné à favoriser la « collaboration industrielle franco-allemande » dont, affirmait-elle, le général Tulasne devait devenir le président et qui arrangerait tout au mieux. Elle cita encore le nom de Scheiding, celui qu'elle présentait comme étant le « directeur du plan de quatre ans » et qu'elle affirmait être très bien disposé à l'égard de Messier.

Le 18 octobre, une nouvelle ordonnance prescrivait le recensement des entreprises juives et comportait l'interdiction de transactions et la nomination d'administrateurs chargés de la gestion. Cette ordonnance propulsait d'un coup les victimes dans une zone de non-droit, sans aucune protection, surtout que le même jour le gouvernement du maréchal Pétain faisait paraître au *Journal officiel*, dans un grand concours de propagande, le premier « statut des juifs », aligné sur la législation raciale du IIIe Reich et même la dépassant dans ses prémices.

Laure n'aimait pas les juifs, non qu'elle éprouvât à leur égard une animosité militante, elle ne les aimait pas, cela faisait partie de la tradition populaire qui marquait le milieu social dont elle était issue. En l'occurrence, elle savait déborder de sympathie et trouva les mots qui convenaient à un moment où les Lévy, acculés par les événements, cherchaient une solution acceptable. Malgré la nouvelle répartition du capital qui aryanisait largement la société, les Allemands persistaient à affirmer qu'elle était sous influence juive, pressés de mettre en place un commissaire spécial à leur dévotion. Laure assura à René Lévy, technicien hors pair apprécié des Allemands, qu'elle se faisait fort de lui obtenir le statut d'« aryen d'honneur », de sorte qu'il pourrait poursuivre sa tâche chez Messier. Devant tant de dévouement, René Lévy projeta de lui offrir une broche en diamants ornée d'un aigle, emblème de Messier, indépendamment du paiement d'une forte commission, mais il déclina la proposition d'être fait « aryen d'honneur » et même de recevoir une carte de « juif économiquement utile ».

La présence lénifiante de Walter Kleinknecht et celle rassurante du général Tulasne, garant de la droiture militaire, captaient la confiance des Lévy, à l'heure où l'armée allemande était invincible et le national-socialisme imposait son hégémonie. Ils envisagèrent de scinder en deux l'entreprise. Le cœur et le joyau de Messier étaient son « bureau des dessins », le seul important du point de vue national. Il regroupait les plans, les études, les brevets. René Lévy réussit à le transférer en zone non occupée. Les usines, situées en zone occupée, devaient être dissociées du bureau des dessins que René Lévy dirigerait pendant une période impossible à déterminer. Il entra dans les vues de Kleinknecht quand celui-ci se déclara disposé à créer une société qui prendrait en gérance les usines Messier de la zone occupée.

Les discussions achevées, d'un commun accord il fut décidé de fonder une société ayant pour objet l'exploitation des activités de Messier situées en zone occupée et dans les territoires contrôlés par le Reich, ainsi que la location des usines et du matériel installé dans la région parisienne à Montrouge. C'est ainsi que prit naissance, en janvier 1941, la Compagnie industrielle du matériel d'aviation (CIMAV) au capital de 4 millions de francs (1 200 000 euros). Les Kleinknecht obtenaient 49 % des actions et en avaient donné 3 % au général Tulasne qui fut nommé président. Des catholiques proches des Messier détenaient 48 %. Sur les 8 000 actions représentant le capital social, le groupe Kleinknecht en possédait 4 080 dont 2 800 sous le nom de Laure Kleinknecht devenue la principale actionnaire de la CIMAV. Elle acquit en outre de Mme Lévy 300 actions de la société Messier, en attribua 100 au général Tulasne et oublia de les payer. Mme Lévy exigea leur restitution. Laure refusa. Finalement, Walter Kleinknecht intervint et rendit les actions à la propriétaire.

Le siège social était domicilié à l'hôtel particulier des Kleinknecht, boulevard de La Tour-Maubourg. Le général Tulasne, déjà président-directeur général de la FAML, fut enchanté de porter le même bonnet à la CIMAV dans laquelle Laure occupait l'un des sièges d'administrateur, mais un administrateur envahissant. Quant à Kleinknecht, le conseil d'administration lui octroyait la « représentation générale exclusive » de la société pour tous pays et lui consentait des taux de 3 à 10 % de commission sur les commandes en qualité d'« agent général indépendant ». C'était la part du lion.

Devant l'aggravation des mesures allemandes, M. et Mme Lévy partiront se réfugier en zone non occupée et, en 1943, René Lévy franchira illégalement les Pyrénées et rejoindra les Forces françaises libres.

Pendant qu'elle se préparait à enchaîner les affaires, Laure eut conscience de la nécessité de s'assurer en haut lieu une protection française. Le nom de Jean Bichelonne lui vint naturellement à l'esprit, d'autant qu'il faisait parler de lui. L'ancien directeur de cabinet de Raoul Dautry s'était montré si coulant lors de l'octroi à la FAML du marché de bombes incendiaires qu'elle décida d'en faire son allié. Il était maintenant secrétaire général au ministère de l'Industrie qui regroupait aussi le Commerce, cela ne pouvait mieux tomber. Comment l'approcher ?

Elle se tourna vers Jean-Dominique Leca, important fonctionnaire à la préfecture de police auquel elle avait déjà eu recours et qu'elle invitait fréquemment. Dans le monde opaque de la préfecture de police, Jean-Dominique Leca entretenait un réseau personnel apte à rendre bien des services. Il présenta Laure à un nommé Étienne Michel, un des hommes de confiance de Bichelonne aux emplois multiples. Laure lui raconta qu'elle cherchait à obtenir que l'affaire juive Mendel, fourreur, restât entre les mains de Mme Mendel, la propriétaire aryenne, divorcée, et dont elle avait été la cliente quand elle habitait en Hollande. Faut-il ajouter que Laure, au mieux de sa forme, suscita l'admiration d'Étienne Michel qui devint un de ses familiers. Il s'empressa d'arranger un rendez-vous avec Bichelonne. Elle prit le ton des retrouvailles et déploya ses talents. Bichelonne accorda ce que Laure était venue lui demander et, engageant l'avenir, se mit à sa disposition.

Comme d'autres, il succombera. Quelques mois passent et Étienne Michel notera : « Je constatais que ses relations avec Mme Kleinknecht avaient pris un caractère de grande intimité[3]. » Certains s'exprimaient plus crûment. Laure exerçait sur lui un magnétisme que Bichelonne n'aurait su mettre en équation tout mathématicien qu'il était. Il avait à l'époque trente-six ans, une réputation qui confinait à la légende et constituait presque un récitatif obligé quand on parlait de lui. À dix-neuf ans, il avait été reçu major à l'École polytechnique avec une moyenne de 19 sur 20, ce qui ne s'était jamais produit dans cette institution plus que centenaire. On raconte même qu'un examinateur, ébahi par son savoir, s'excusant de ne pouvoir le noter 20 sur 20 afin de ne pas créer un précédent, le gratifia d'un 19 3/4[4].

Il est vrai qu'un autre professeur, accablé, dira de lui : « Il sait tout et c'est tout[5]. » Sorti premier de Polytechnique, il intégra le corps des Mines et, entouré de respect, entama une carrière à l'échelon supérieur ouvrant la voie à une haute destinée. À trente ans, il épousa la fille du maître de forges Auguste Dondelinger, le sévère administrateur délégué de la Société métallurgique Senelle-Maubeuge, un groupe sidérurgique aux nombreuses filiales, où il accéda au poste de directeur général. Puis, parvenu à diverses fonctions officielles, il allait se retrouver aussitôt après l'armistice rallié au régime de Vichy et à l'ordre nouveau. Malgré cette profession de foi, un mois plus tard il était arrêté à Paris par les Allemands et interné à la prison du Cherche-Midi. Bien qu'aucune imputation n'ait été retenue, on ne peut exclure qu'il se soit opposé au démontage de machines appartenant à Senelle-Maubeuge dont, malgré son poste officiel, il était toujours le directeur en titre. Relâché au bout de deux semaines à la demande de Vichy qui avait mis en avant « son niveau social et sa noblesse de sentiments[6] », Bichelonne avait repris son emploi dans les instances gouvernementales, déclarant indispensable l'entente et la collaboration avec l'Allemagne nationale-socialiste et disposé à en être le champion. Avec un sens de l'épate inattendu, il poussait à l'exploit sa mémoire phénoménale devant ses collègues ministres, énumérant, par exemple, les noms de toutes les capitales des États de l'Amérique du Sud en indiquant les superficies, le nombre d'habitants et le degré de latitude. Ou bien, il donnait le poids de la tour Eiffel, sans omettre le nombre de rivets, ou celui en hectogrammes du bronze de toutes les statues de Paris. Il affirmait aussi retenir par cœur deux mille cinq cents numéros de téléphone et autant d'adresses, n'avoir pas besoin d'agenda pour noter ses rendez-vous et mémoriser au mot près les textes des lois dont il pouvait avoir besoin.

Que Laure ait su manœuvrer ce mastodonte de l'intellect, privilégiant avant tout sa carrière, habitué des hautes sphères et méfiant à l'égard de tout le monde, indique le niveau de la performance. Au physique, deux yeux pâles affadissaient un visage imberbe qui se remodelait comme une pâte au gré des expressions et souvent se figeait dans une moue distante, le regard ailleurs. Il était grand dans un corps qui avait tendance à s'étoffer et que boudinaient des costumes trop ajustés. Seule une épingle de cravate ornée d'une perle ajoutait une touche personnelle à sa mise passe-partout.

Grâce à son intervention, Laure pourra assurer à Mme Mendel la sauvegarde de son commerce de fourreur[7]. C'était peu de chose, disait-elle, un service rendu en passant. Elle pouvait un jour avoir besoin d'un manteau en fourrure qu'elle ne paierait pas. Mais encore elle travaillait sur d'autres affaires d'importance dont la réussite dépendait du concours de Bichelonne. Elle continuait à s'enfoncer dans cette société issue de la défaite qui convenait à ses intérêts, constatant que des opérations inconcevables quand la France était encore souveraine, ou dont la réalisation aurait nécessité des mois, voire des années, se dénouaient en un temps record.

Elle fut alléchée par une autre proie : la société L'Outillage RBV, promise à l'aryanisation. Fondée et dirigée par Armand Worms, cette industrie était la seule en France spécialisée dans la technique du brochage dont le débouché dans le secteur automobile est immense. Ses activités s'étendaient aussi au domaine radio-électrique. En vue de préserver l'intégrité de son entreprise, Armand Worms avait démissionné au profit du gendre de sa maîtresse, Henri de France, qu'il considérait comme son propre gendre. Né en 1911, Henri de France, ingénieur et inventeur de haut niveau, avait réalisé à vingt et un ans la première réception de télévision sur tube cathodique.

Le secrétaire général de RBV, Roger Bessard, voulait préserver les droits des actionnaires aryens au nombre desquels il se comptait. En octobre 1940, il avait entendu parler de Laure Kleinknecht par René Lévy, encore sous le charme et en pleins pourparlers avec les Kleinknecht, qui vanta son habileté et fit les présentations. Laure se prévalut d'avoir résolu le cas du fourreur Mendel et préservé l'indépendance du bureau d'études de Messier. Elle ne tarit pas sur ses relations avec des Allemands haut placés et ajouta qu'elle était au mieux avec Bichelonne dont l'influence était déterminante. Roger Bessard lui demanda d'obtenir la nomination au poste d'administrateur de RBV d'un certain Gaston Lefeuvre qui s'était engagé à défendre les intérêts des actionnaires aryens. En reconnaissance de ce service insigne, elle recevrait un paquet d'actions ou une forte commission. Roger Bessard lui remit le dossier complet.

Laure rencontra Lefeuvre qui lui plut. Elle l'invita chez elle, le cajola. Il devint un familier. Munie d'un *ausweis* (laissez-passer allemand), elle partit pour Lyon afin de convaincre Armand Worms, réfugié en zone non occupée, d'approuver la désignation de Lefeuvre qui, selon elle, gérerait l'entreprise en vue de ménager les intérêts des israélites spoliés. Elle ajouta que le groupe Kleinknecht, disposant d'importantes ressources, était disposé à acquérir des parts si cela se révélait utile. À son retour, Bichelonne nommait par arrêté Lefeuvre administrateur provisoire de RBV. Mais l'administration militaire allemande veillait, en la personne du docteur Blanke, chef des services d'aryanisation, qui refusa d'entériner cette décision [8].

Si Laure ne tira aucun profit substantiel de l'échec de

son intervention – juste quelques cadeaux –, elle y gagna une relation de poids. Bavarde comme elle l'était, elle avait confié à Roger Bessard, enjôlé et qui lui faisait une cour empressée, qu'elle aimerait divorcer. Bessard lui conseilla de consulter Anatole de Monzie qui était aussi l'avocat de RBV.

Monzie avait été jusqu'à la défaite une forte personnalité de la République. Son influence déjà grande en tant qu'avocat d'affaires avait été renforcée par sa carrière d'homme politique. Député et maire de Cahors, il avait été seize fois ministre, sans être apparemment las ou dégoûté de ces promotions répétées consécutives à la chute incessante des ministères. On ne parlait même plus de formation de gouvernement mais de combinaison ministérielle. Comme le disaient les intéressés : il fallait être de la prochaine combinaison.

Anatole de Monzie, sérieux derrière des lunettes, austère dans ses costumes bien coupés et claudicant – « il a le pied de Talleyrand », murmurait-on –, avait été un patricien dans les cercles du pouvoir de la IIIe République déclinante. Tolérant, libéral, pacifiste, ce fin lettré un peu pédant n'était pas taillé pour affronter les tempêtes de l'histoire, ce qui l'avait amené à préconiser l'entente avec Hitler. Ministre des Transports du cabinet de guerre, pendant la débâcle de juin 1940, il s'était évertué à torpiller le président du Conseil Paul Reynaud, partisan de la résistance. Devant ses intrigues en faveur d'un arrêt immédiat des hostilités, Anatole de Monzie avait été congédié *in extremis*. Après l'armistice, il vota l'octroi des pouvoirs constituants au maréchal Pétain qui entérinaient la déchéance de la République. L'Occupation le verra nager en eaux troubles, incapable qu'il était de rester à l'écart ou de se taire. Il entretenait des relations avec un échantillonnage de collaborationnistes et son nom parfois était cité pour un poste ministériel[9]. Il enrobera ses reniements de citations pompeuses puisées dans la littérature classique comme pour en atténuer l'effet. Il était en rapport avec le docteur Bourgeau, un officier SS relevant de l'omnipotent Office central de sécurité du Reich (RSHA), chargé particulièrement de l'observation des groupes et partis politiques en France et des relations que celle-ci pouvait entretenir avec les pays neutres ou ennemis de l'Allemagne. Monzie frayait également avec la comtesse Hildegarde Seckendorf, venue avec le général Thomas, le premier chef de la SS en France. Jolie femme, fréquentant le Tout-Paris et reçue dans les meilleures maisons, elle était un agent de renseignement de la vieille tradition : l'espionnage par le déploiement de ses charmes.

Laure comprit les avantages qu'elle retirerait d'une alliance avec Monzie, sachant qu'il aimait les jolies amazones douées d'une intelligence pratique. Elle étala ses nombreuses relations tant allemandes que françaises, s'avantageant surtout des liens privilégiés tissés avec Bichelonne. Or il se trouve que c'est Monzie qui avait recommandé à Raoul Dautry, le ministre de l'Armement, de prendre Bichelonne comme directeur de cabinet, et il suivait avec attention l'ascension de son poulain au sein du nouveau régime. Une fois encore, Laure constatait que dans le milieu assez restreint de l'*establishment*, non seulement on croise toujours les mêmes individus mais quand on en connaît un, il n'est guère difficile de les approcher tous.

CHAPITRE 5

La fortune est lente, mais la fortune est là

L'alliance dans les affaires maintenait ensemble les époux Kleinknecht malgré les oppositions croissantes de leur système de vie. Lui, ne supportait plus les dépenses extravagantes de sa femme et il entrait en fureur quand il devait régler les factures. Excédé par les réceptions fastueuses qu'elle organisait, souvent il allait dîner seul dans un restaurant. En le voyant solitaire et comme banni de chez lui pendant que le général Tulasne s'y épanouissait, on aurait dit un parent pauvre.

En avril 1941, parmi ses invités allemands, Laure avait distingué un nommé Gutmann*, doté d'une accablante laideur, dont elle était amoureuse. Les domestiques l'avaient surnommé « Tête à gifles » et Laure, qui ne cachait pas son penchant, leur expliqua que « les véritables passions n'étaient pas toujours provoquées par la beauté [1] ». À l'origine, il représentait en Autriche le trust allemand de la chimie IG Farben qui, lié au parti nazi, l'avait aidé dans sa conquête du pouvoir puis dans l'application de son programme d'extermination des « sous-hommes », fournissant le gaz toxique servant à l'asphyxie massive des juifs et

* Le nom de Gutmann est orthographié d'un document à l'autre de diverses façons : Guthmann, Gutemann, Guttmann.

des tsiganes, et montant à côté d'Auschwitz une usine qui disposait de la main-d'œuvre gratuite des déportés avant leur mise à mort. Gutmann était devenu l'un des délégués des Hermann Goering Reichswerke* et fonctionnaire du plan de quatre ans. Cette double casquette était du goût de Laure qui décida de s'en coiffer et, pendant quelques mois, elle se dira représentante du consortium de Goering et déléguée du plan de quatre ans. Sous l'emprise de ses relations avec Gutmann, Laure fit chambre à part, se montrant peu empressée à laisser son mari en franchir le seuil. En prétendant aller à la messe, elle partait le matin à 9 heures rejoindre Gutmann et rentrait à l'aube[2]. Elle l'avait emmené avec elle à Lyon quand elle avait tenté de convaincre Armand Worms d'accepter la nomination de Gaston Lefeuvre au poste d'administrateur de L'Outillage RBV. Il l'accompagna même à l'usine d'Arandon, censée fabriquer les bombes incendiaires en magnésium, et dont le bâtiment aux trois quarts vide était à l'abandon. Ne sachant comment s'en débarrasser, Laure réussira, par l'intermédiaire de Gutmann, à la faire réquisitionner par les Allemands.

Voici Laure enceinte. Les domestiques s'accordaient pour voir en Gutmann le véritable père. Elle avait l'intention de l'épouser bien que Kleinknecht, qui aimait sa femme en dépit de ses infidélités, refusât de divorcer. Quoique en ayant déjà parlé à Anatole de Monzie, elle consulta un autre ancien ministre, Lucien Lamoureux, qui avait détenu le portefeuille des Finances dans le dernier gouvernement de la IIIe République. Courtois et prudent,

* Gigantesque conglomérat industriel créé peu après le début du régime national-socialiste par Goering avec l'accord de Hitler et sans cesse agrandi, notamment à mesure des conquêtes militaires, et dont Goering retirait de considérables profits.

il préférait se rendre chez Laure à l'heure du goûter plutôt que d'y déjeuner dans la société d'Allemands ou de Français compromettants. Il donna ses conseils en homme du monde qui ne recherche aucune clientèle. Quant au général Tulasne, vieil amant évincé, il fulminait devant les amours de Laure et de Gutmann mais hésitait sur la manœuvre. Devait-il se montrer stratège ou tacticien ?

Laure n'en avait que pour Gutmann auquel elle confiait tout ce qui lui passait par la tête en matière d'enrichissement. Elle lui proposa même de s'occuper du commerce de parfums français devenus rares sur le marché et recherchés par les militaires allemands. Le 14 juillet 1941, elle fit un dernier voyage avec lui jusqu'à Lyon quand il dut regagner l'Allemagne[3].

Du côté français, Laure étoffait ses relations, visant surtout à se lier avec des personnalités de premier plan. Parmi celles qui rejoignirent son cortège, citons Marcel Déat et Pierre Laval.

Avec Déat, les présentations furent rondement menées. Le 3 février 1941, Jean-Dominique Leca, ce sous-directeur à la préfecture de police auquel elle avait souvent recours, proposa à Déat d'arranger une rencontre avec Laure, faisant miroiter qu'elle connaissait Kliemann, un ami personnel de Hitler, en poste à Paris. À l'époque, Déat, dont la carrière politique avait commencé au parti socialiste, s'était rallié au national-socialisme et prenait des positions ultra-collaborationnistes. Après avoir vainement tenté d'obtenir du gouvernement de Vichy de fonder un parti unique, il s'était installé à Paris où, avec l'accord de l'autorité allemande, il avait pris la tête de *L'Œuvre*, un quotidien favorable aux thèses nazies qui tournait en dérision la plupart des ministres du maréchal Pétain, inaptes et timorés selon lui. Quand il reçut l'invitation de Laure, il venait de créer le Rassemblement national populaire, subventionné par l'ambassade d'Allemagne.

Déat fut convié à déjeuner chez Laure le 8 février. Parmi les invités allemands figurait le colonel Beins, « Führer de l'aviation », murmurait Laure en aparté, et Kliemann, désigné par elle, suivant son habitude, comme l'« œil de Hitler » et l'« ami de Goering ». Déat fut conquis. Non seulement Mme Kleinknecht lui offrit son aide s'il éprouvait quelque difficulté dans ses tractations avec les Allemands ou s'il désirait intervenir en faveur d'amis ayant maille à partir avec l'occupant, mais elle l'enchanta par son charme, son entrain, et le captiva par ses analyses politiques révélant des sources d'information exclusives. Il invita Laure à son domicile, rue Murat, et elle devint la confidente de son épouse, Hélène Déat, mélange d'extrémisme et de bigoterie. Celle-ci ajoutait aux idées de son mari une perfidie dont il était dépourvu, préférant les idées qui se lancent comme des boulets. Selon différents témoignages, Marcel Déat lui témoignera une fidélité sans faille. Hélène Déat entretint des relations suivies avec Laure. Elle lui adressait à propos de tout et de rien de courtes lettres amicales commençant toujours par « Ma petite Amie » qui montraient qu'elles avaient des intérêts communs. Après l'avoir longuement pratiquée, Marcel Déat écrira à propos de Laure qui lui avait rendu quelques services auprès des Allemands : « Cette femme d'une vive intelligence, gracieuse au possible, recevait beaucoup et s'intéressait particulièrement aux questions politiques [...] Elle avait du côté allemand des relations étendues et semblait pouvoir obtenir beaucoup[4]. »

Quant à Pierre Laval, chassé du pouvoir par le maréchal Pétain en décembre 1940, il savait qu'il ne pourrait être réinvesti qu'avec l'appui déterminant des autorités allemandes auxquelles il ne cessait de donner des gages.

Délaissant son manoir auvergnat de Châteldon, il vivait le plus souvent à Paris avec son épouse dans l'hôtel qu'il possédait dans l'aristocratique villa Saïd, et qu'il avait acquis à bon compte conformément à la règle qu'il s'était fixée, valable dans le particulier comme en politique : ne faire que de bonnes affaires. Ne négligeant rien qui puisse le remettre en selle, il se risquait dans des démarches hasardeuses qui l'amenaient parfois à fréquenter des officines travaillant pour la Gestapo. Il rongeait son frein depuis trois mois quand Jean-Dominique Leca se mobilisa : « En ce qui concerne Laval, c'est Mme Kleinknecht qui m'avait demandé, du fait que je la connaissais déjà, à ce qu'il lui soit présenté. J'ai vu le président Laval au 120 avenue des Champs-Élysées* et lui ai dit que je connaissais une personne importante qui désirait le voir : Mme Kleinknecht. Je la lui ai présentée comme une personne qui était cousine du général von Stulpnagel** ou plutôt de son officier d'ordonnance, qui recevait un des conseillers de Hitler, M. Kliemann, et qui tenait un salon politique qui était déjà fréquenté par Marcel Déat. Le président Laval ne se montrant pas tout d'abord fort intéressé, je lui ai signalé qu'il aurait peut-être l'occasion, au cours d'une réunion intime, de faire connaître aux Allemands, et notamment à une personne touchant de très près Stulpnagel et à une autre qui était le conseiller de Hitler, des opinions qu'il lui était difficile d'exprimer dans le cadre officiel. Finalement, il m'a répondu : "Pour une fois, j'irai[5]". »

Le 20 mars 1941, il était convié à déjeuner. Laure Kleinknecht avait sélectionné un auditoire de choix : Marcel Déat qui, le jour même de la disgrâce de Laval, avait

* Adresse du bureau privé de Laval à Paris.

** Commandant en chef des forces d'occupation en France et de l'administration militaire.

été emprisonné à Paris sur ordre de Pétain avant d'être libéré par les Allemands – depuis ce coup de force, Marcel Déat soutenait Laval et réclamait à grands cris son retour au pouvoir –, le major Ludwig Vogel, l'amant de Florence Gould, fort bien introduit à Berlin dans les hautes sphères de la politique, le baron von Bentheim, vice-président de l'industrie aéronautique du Reich, et le fameux Kliemann. Laval apparut identique à lui-même, soucieux de prendre ses marques et déclarant, quitte à se répéter, « que les Français avaient tort de résister aux Allemands ; que c'était bien grâce à lui que le maréchal Pétain était resté en France car il l'avait retenu par la manche à Bordeaux* ». Dans le même veine, se référant à l'entrevue de Montoire où le Führer et le maréchal Pétain avaient scellé le pacte de la collaboration franco-allemande, « il se glorifia d'avoir serré la main à Hitler[6] ».

Le 30 avril de la même année, Laval acceptait de revenir déjeuner dans l'hôtel du boulevard de La Tour-Maubourg. Marcel Déat en était, ainsi que Jean-Dominique Leca, qui tenait le rôle de grand appariteur, et Étienne Michel, l'homme de confiance de Jean Bichelonne, une sorte de

* Allusion au débat qui eut lieu à Bordeaux, en juin 1940, avant la demande d'armistice, concernant le départ éventuel du gouvernement français en Afrique du Nord afin de poursuivre la guerre. Tout en déclarant qu'il ne quitterait pas le sol national, le maréchal Pétain, nommé régulièrement président du Conseil, parut admettre dans un premier temps que le gouvernement pourrait se scinder en deux, lui-même et quelques ministres demeurant en France alors que l'autre partie, dotée des pouvoirs nécessaires, partirait pour l'Algérie avec le président de la République Albert Lebrun, détenteur de la légalité républicaine. Une intervention de Laval, lui démontrant qu'il finirait par être réduit à rien par la délégation gouvernementale siégeant en Algérie, porta le maréchal Pétain à écarter cette solution qu'il n'avait sans doute jamais voulue réellement, étant hostile à toute amputation faite à son pouvoir.

délégué permanent de ce ministre auprès de Laure. Enfin, l'attraction maison : Kliemann dont on se demande s'il savait que Laure le présentait comme étant l'« œil » du maître du Grand Reich allemand.

Hôtesse soucieuse d'accroître son influence politique, Laure pensa accrocher Laval, dont elle connaissait l'affairisme, en le réunissant aussi avec Scheiding, le directeur du plan de quatre ans, cette hydre de l'économie allemande à laquelle elle se référait souvent. Le repas fut annulé à cause du départ de Scheiding pour l'Allemagne. Laval ne tarda pas à juger que le comportement de Laure le compromettait et déclina ses invitations sans toutefois manifester un rejet définitif. Cette défection ravit Kleinknecht, qui ne cachait pas son antipathie à son égard, disant « ne pas pouvoir le voir en peinture[7] ». Toutefois, Laval n'était pas du genre à laisser sans informateur un lieu où s'agitaient des protagonistes intéressants. Il était lié à Jean Baudoin-Bugnet, un avocat qui se mit à fréquenter le salon de Laure. D'une manière générale, Laval le chargeait de négociations avec l'occupant portant sur des arrangements effectués aux dépens des intérêts français et qui devaient rester secrets. Ayant joué un rôle néfaste tout en s'enrichissant, Baudoin-Bugnet sera frappé, après la guerre, par une procédure d'intelligences avec l'ennemi.

L'ardeur que Laure appliquait à élargir et renforcer en qualité le cercle de ses partisans se confondait avec son souci d'accroître ses entreprises. Après ses assauts sur la société Messier – un succès – et sur L'Outillage RBV – un échec –, elle s'employait avec une énergie proche de la violence à s'emparer des Automobiles Rosengart. Cette firme créée en 1928 s'inspirait de modèles anglais. Elle avait connu, avant la guerre, des difficultés et était devenue le groupe SIOP, mais par facilité de lecture nous conserverons les termes Automobiles Rosengart. M. Lucien Rosengart, le fondateur de confession juive, possédait 60 % des actions, l'entreprise tombait donc sous le couperet de l'aryanisation. Là comme ailleurs, Kleinknecht épaulait sa femme, agissant avec discrétion et lui abandonnant le rôle spectaculaire.

Laure recruta trois complices : Guénet, qui avait travaillé avant la guerre chez Rosengart et qui, avec l'appui de Bichelonne, y revenait en tant que directeur ; Massoutier, une autre de ses connaissances qui aspirait au poste d'administrateur aryen ; l'inspecteur Susini, ce policier compréhensif auquel elle avait eu recours pendant la débâcle quand elle avait tenté de tirer son mari du camp d'internement. Elle se souvint de lui et le prit à son service pendant qu'il était détaché au commissariat des Halles pour la répression du marché noir juste avant qu'il ne parte en retraite. Elle lui offrit une situation chez Rosengart. Une des premières initiatives de Laure fut d'envoyer Guénet à Tarbes, en zone non occupée, où Lucien Rosengart s'était réfugié, afin de le persuader de céder ses actions. En même temps, elle allait convaincre Bichelonne de l'aider à se saisir de l'entreprise. Bichelonne intervint du côté allemand dont l'agrément était indispensable à la nomination d'un administrateur aryen à la tête d'une industrie ayant une valeur stratégique[8]. Quant au côté français dont dépendait le secteur de l'industrie, il en était lui-même quasiment maître. À l'époque, Bichelonne jouissait déjà d'un grand prestige à l'hôtel Majestic, siège de l'administration militaire allemande en France occupée. Les Allemands le considéraient comme une pièce maîtresse de leur politique de collaboration.

L'interlocuteur principal était l'inévitable docteur Blanke, directeur des affaires juives à la section économique de l'administration militaire allemande. Il appartenait à cette espèce dont les traits expriment un comportement. Autrement dit, il voulait incarner sa fonction par tous les pores de sa peau. C'était un individu sans surprise, conforme à ce qu'on attendait de lui. Juriste de formation, il avait prostitué le droit et la loi à l'idéologie du national-socialisme. Il était chargé en France de superviser la spoliation des victimes de la Solution finale. Blanke avait développé des facultés d'observation si pénétrantes que rien ni personne ne lui échappait. Comme nombre de ceux qui commettent les pires excès, il se parait de hautes vertus et exigeait de la part de ses interlocuteurs une attitude irréprochable, ce qui élargissait son champ de répression et permettait à ce personnage déshumanisé de se faire moraliste.

Voulant éviter le docteur Blanke, Bichelonne s'était adressé à un de ses adjoints, le capitaine Fuhrmans, un familier de Laure, qui donna son accord à la nomination d'administrateur aryen de Massoutier, à laquelle Bichelonne procéda sans perdre un instant. Un autre des habitués de Laure, le baron von Bentheim, vice-président de l'industrie aéronautique du Reich, visita longuement avec elle l'usine Rosengart et soutint ses prétentions au cours des négociations d'achat. Cette machine à spolier s'enraya soudain quand le docteur Blanke en personne, défendant ses prérogatives, eut son mot à dire. Il le dit après avoir reçu la visite de Walter Kleinknecht qui avait jugé habile de prendre les devants.

Kleinknecht se présenta à Blanke sous l'habit d'un représentant non officiel des Hermann Goering Reichswerke, et il se prévalut de ses relations amicales avec Gutmann dont les fonctions étaient censées en imposer. Abordant l'affaire Rosengart, il parla du projet d'achat de cette firme à laquelle participeraient des sociétés allemandes. L'accord des Français étant nécessaire, il proposa au docteur Blanke d'en débattre au cours d'un déjeuner en ville avec le ministre de la Production industrielle François Lehideux et son bras droit Jean Bichelonne. Blanke accepta, après en avoir référé au général Elmar Michel, chef des services administratifs allemands[9].

De son côté, Bichelonne proposa au ministre Lehideux de se rendre à un déjeuner chez Mme Kleinknecht où il s'entretiendrait avec des personnalités allemandes qui s'intéressaient au sort des Automobiles Rosengart. Le ministre déclina l'invitation. Devant ce refus, Bichelonne le pria de donner audience à Mme Kleinknecht. Il ne put celer qu'elle était partie prenante et il parla d'elle avec le plus grand respect, ayant grand-peine à dissimuler l'intérêt personnel qu'il lui portait. Lehideux était lié à l'industrie automobile par son oncle Louis Renault dont il avait été un proche collaborateur et, avant d'entrer au gouvernement, il avait présidé le comité d'organisation de l'automobile créé par le régime de Vichy. Fluctuant et toujours tenté par le compromis, il reçut ouvertement à son bureau Laure Kleinknecht dont au fond il ne savait rien en dehors des propos louangeurs de Bichelonne. Elle lui fit l'impression soit d'agir pour le compte d'un organisme de police politique allemand, soit de représenter des intérêts allemands afin d'en tirer des profits personnels. Lehideux, quoique collaborationniste, refusait d'aliéner l'industrie automobile française à laquelle il était lié. D'où l'initiative de Bichelonne qui, à l'encontre des volontés de son ministre, avait obtenu du capitaine Fuhrmans la nomination de Massoutier dont le rôle d'administrateur aryen était de soumettre l'entreprise aux volontés de Laure Kleinknecht, prête à s'accorder avec les Allemands en se réservant une part royale.

Le déjeuner eut lieu. Cédant aux sollicitations de Bichelonne, le ministre Lehideux s'était fait représenter par son directeur de cabinet, Charles Vidal, ingénieur de l'aéronautique, cautionnant d'une main ce qu'il prétendait défendre de l'autre. Blanke fut surpris que le repas soit organisé chez les Kleinknecht et non pas dans un restaurant. Il y retrouva Bichelonne et ne tarda pas à subodorer quelque chose d'intime entre lui et Laure. Il y avait aussi autour de la table un certain commandant Genty, anciennement attaché à l'ambassade de France en Turquie, à l'affût d'une prébende, c'est-à-dire d'un poste d'administrateur aryen. Blanke remarqua que Laure, dont il venait de faire connaissance, « prétendait ne pas être du tout au courant des affaires, ne parlait que des enfants comme une bonne mère de famille intéressée, mais par moments des remarques lui échappaient prouvant qu'elle était bien informée et connaissait même les chiffres [10] ». Il constata aussi que les Français n'étaient pas encore tous d'accord.

À la suite de ce déjeuner, Blanke se renseigna sur Kleinknecht. « Les résultats étaient les pires qui pouvaient être, dira-t-il. J'ai appris qu'il avait été l'employé du banquier juif Furstenberg et pour cette raison je me suis adressé à l'avocat de Furstenberg, Me Loncle. Celui-ci m'a donné des précisions sur une affaire de fraude commise par Kleinknecht au désavantage de Furstenberg. Les autres renseignements n'étaient pas meilleurs, et je lui ai demandé de venir me voir pour lui dire que je ne voulais plus entendre son nom dans les affaires sous peine d'être expulsé. [...] Entre-temps, on m'avait raconté que Mme Kleinknecht avait des relations intimes avec M. Bichelonne. En général, je n'ai jamais constaté que celui-ci fut incorrect dans le traitement des affaires, sauf dans les cas où Mme Kleinknecht était intéressée, ainsi que dans celles où l'était le capitaine Fuhrmans [11]. »

Le docteur Blanke détestait Fuhrmans. Celui-ci, né en

1893, était un capitaine de réserve de l'armée allemande. Avant la guerre, il travaillait en France pour le compte du service de renseignement de la Wehrmacht sous le couvert d'une société commerciale et était membre de la section du parti national-socialiste de Paris. Dès le début de l'Occupation, il avait obtenu un poste important à la section économique de l'administration militaire, en charge notamment des relations entre les services allemands et français de la Production industrielle, d'où ses relations avec Bichelonne. Le docteur Blanke lui reprochait d'avoir traité des affaires personnelles en dehors de ses fonctions officielles et regrettait son influence sur Bichelonne. Il le considérait comme un maître chanteur, habile à se placer et jouissant de la protection du général Rudolf Schmundt, aide de camp de Hitler, et ayant des contacts avec la Maison brune de Munich, le cœur historique du parti national-socialiste, voilà pourquoi personne n'osait se débarrasser de lui.

Dès la nomination de Massoutier, que Bichelonne avait obtenue grâce à Furhmans, Laure pensa tenir les Automobiles Rosengart sous sa coupe. Chaque jour, deux de ses complices venaient chez elle la renseigner sur ce qui se passait dans les ateliers. Susini, l'ancien policier, chargé d'espionner le personnel, la mettait au courant de l'état d'esprit des ouvriers et lui désignait les indésirables. Guénet, le directeur, faisait un rapport sur l'activité industrielle. Laure se rendait souvent à l'usine dans une voiture de la marque Rosengart conduite par un chauffeur de la maison mis à sa disposition en permanence, et elle y paraissait en patronne, toujours très entourée et traitée avec le plus grand respect.

Pendant ces tractations qui s'étendirent sur plusieurs mois, l'opération Barberousse fut déclenchée. Le 21 juin 1941, dans le déchaînement d'une force militaire sans précédent, l'Allemagne envahissait l'URSS. Par une poussée irrésistible, la Wehrmacht avança sur un front large de mille six cents kilomètres, « de la mer Noire à l'océan Arctique », terrorisant la population, ramassant des prisonniers par centaines de milliers dont la plupart mourront d'inanition et détruisant une partie de l'armement soviétique. Sur les arrières, les commandos spéciaux de SS perpétraient des massacres génocidaires dans une chasse aux « sous-hommes » d'une indicible férocité, appliquant à la lettre les ordres du Führer. La propagande allemande, relayée par les médias français, parla aussitôt de croisade antibolchevique et de complot judéo-bolchevique. En France, Hitler fut sacré « défenseur de la civilisation chrétienne ». Les ultra-collaborationnistes, embouchant leurs trompettes guerrières, exigèrent la formation d'une légion française de volontaires combattant aux côtés des camarades allemands. Cela leur fut accordé par le Führer en personne. Le gouvernement de Vichy s'aligna.

Le 27 août, trois mille volontaires français revêtus de l'uniforme allemand étaient rassemblés dans une caserne à Versailles à l'occasion une cérémonie solennelle au cours de laquelle le drapeau tricolore serait levé pour la première fois en zone occupée. Dans le cortège officiel, composé d'Allemands et de Français, figuraient Marcel Déat et Pierre Laval. Ce dernier, quoique privé de fonctions ministérielles, était convié à toutes les manifestations d'entente franco-allemande en tant que promoteur de la politique de collaboration. Laval et Déat parlaient ensemble quand plusieurs coups de feu claquèrent touchant les deux hommes aussitôt transportés à l'hôpital de Versailles. Le tireur, Paul Collette, était un jeune patriote de vingt et un ans qui déclarera : « Si j'ai attaqué des hommes à Versailles, c'est parce que ces hommes étaient les chefs du mouvement collaborationniste dirigé contre les deux seuls peuples qui luttent contre l'Allemagne », l'Angleterre et l'URSS [12].

Dès qu'elle fut prévenue, Hélène Déat, ne disposant pas de moyen de transport, parvint à joindre Laure qui la conduisit en voiture jusqu'à l'hôpital où elle n'entra pas elle-même. Le lendemain, elle fit parvenir à Laval et à Déat une magnifique corbeille de fruits. Quand Laval fut rentré chez lui à Paris, villa Saïd, elle lui fit porter un poulet rôti par sa femme de chambre [13].

Ces événements et leurs conséquences ne perturbèrent pas les activités de Laure qui, devant les grands événements de l'histoire, ne ressentait pas une émotion particulière. « Et moi ? » se disait-elle simplement. Dans sa chasse aux affaires, elle pensa mettre la main sur les montres Lip, marque réputée dont le propriétaire, Fred Lipmann, était victime des lois raciales. Par l'intermédiaire d'Anatole de Monzie, elle s'accointa avec Ludovic Barthélemy qui avait préparé un plan d'aryanisation. À l'affût de ce que l'époque pouvait lui octroyer, cet ancien chef de bataillon avait tâté de la politique pendant l'entre-deux-guerres en se présentant vainement à des élections législatives grâce à des subsides du patronat, contre le trop fameux Jacques Doriot. La défaite venue, il avait sombré dans la Collaboration. Laure effectua quelques pas avec lui et renonça, considérant que l'entreprise Lip n'avait pas assez de surface et qu'elle avait mieux à faire.

Plus désireuse que jamais de s'emparer de Rosengart, elle constatait que d'autres prédateurs rôdaient. Afin de ne pas lâcher sa proie, elle échafauda avec son mari les moyens de l'avaler. Ils décidèrent que la CIMAV, qu'ils avaient fondée, on l'a vu, pour absorber une partie des actifs de la société Messier, se porterait acquéreur de Rosengart, et que cette acquisition leur permettrait de former un groupe industriel. Kleinknecht en informa le général Tulasne qui assumait toujours la présidence de la CIMAV. De ce côté, le climat était à l'orage. Le général ne pardonnait pas à Laure de l'avoir rejeté. Il consulta deux autres administrateurs issus de la société Messier qui, se joignant à lui, invoquèrent une trésorerie insuffisante et jugèrent l'affaire Rosengart douteuse. Le général transmit la réponse. Les Kleinknecht se rendirent à l'usine Messier de Montrouge où Tulasne disposait d'un bureau, et, selon le général, « ils se montrèrent d'une grande violence » : « Mme Kleinknecht m'a signifié que je n'aurai pas d'ennemi plus implacable qu'elle [14]. » Le général Tulasne se vantera après la guerre d'avoir opposé son refus pour des raisons patriotiques, craignant qu'en fin de compte Rosengart ne tombât dans le giron allemand. En réalité, il était outré que Laure ait mit un terme à leur liaison, s'étant éprise de Gutmann avec lequel elle s'affichait sans pudeur. Il ne décolérait pas et ruminait sa déconvenue, cherchant à se venger.

Par une dernière tentative, Kleinknecht le prévint que Laure, actionnaire principale de la CIMAV, le frapperait durement s'il ne changeait pas de comportement. Non seulement, Tulasne persista mais il fit alerter Lehideux, ministre de la Production industrielle, lié au monde de l'automobile, des menaces qui pesaient sur Rosengart.

Sans perdre de temps, Laure passa à l'offensive. Ayant pris pour avocat Anatole de Monzie, elle porta plainte contre Tulasne qui refusait de restituer les 1 000 actions de la CIMAV dont il était doté. Elle déclara qu'à la création de cette société, elle s'était assuré 51 % du capital et avait financé les 1 000 actions en possession du général Tulasne en plus des 25 actions statutaires qu'il détenait. Par précaution, elle lui avait fait signer un acte en date du 1er février 1941 comme quoi ces actions lui appartenaient, et deux pièces en blanc afin de se prémunir contre la famille du général en cas de décès de celui-ci [15].

Tulasne riposta que Laure lui avait prêté 125 000 francs (31 000 euros) destinés à l'achat de ces 1 000 actions, acquittant ainsi une dette de reconnaissance qu'elle avait contractée à son égard pour les services rendus à elle et à son mari. Il ajouta même, sans la moindre gêne, que pour racheter, dans une autre affaire, des actions que Laure lui avait concédées, il avait emprunté 200 000 francs (50 000 euros) à la mère de Mme René Lévy-Messier. « J'étais dans mon droit, dira-t-il. Cette affaire n'a pas eu de suites [16]. » Kleinknecht s'était joint à son épouse dans le dépôt de la plainte, mais quoiqu'il ait l'air d'agir par lui-même, on savait qu'il était entre les mains de Laure.

Cette plainte fut déposée en juillet 1941, quatre mois après que le général eut terminé sa carrière militaire et pris officiellement sa retraite. Elle perdura jusqu'en 1949 et n'aboutit à rien, le général Tulasne étant décédé en septembre 1948 à Taverny, à l'âge de soixante-neuf ans. Six mois avant sa mort, déposant dans une enquête ouverte contre Laure, face à des questions embarrassantes, il finira par dire, de façon à décliner toute responsabilité : « Je me demande maintenant si beaucoup de choses ne se sont pas passées derrière mon dos. » Quant à Laure, en guise d'oraison funèbre, elle déclarera d'un ton mordant à propos de ses relations avec Tulasne : « Je n'ai jamais été la maîtresse du général Tulasne dont l'état de santé était à l'époque déficient, ce qui n'avait rien d'étonnant étant donné son âge [17]. »

CHAPITRE 6

Ciel d'orage

Laure était près d'accoucher. Ne voulant pas se montrer en l'état où l'avait mise la nature, elle fit relâche, méditant et restant à l'écart. Le 15 mars 1942, elle mettait au monde un fils. Walter Kleinknecht accueillit cet enfant avec bonheur.

Un mois après, Laure qui suivait de près la politique du régime chaotique de Vichy salua le retour au pouvoir de son « ami » Pierre Laval qui, évinçant l'amiral Darlan, devenait le 14 avril 1942 chef du gouvernement, nanti de pouvoirs dévolus jusque-là au maréchal Pétain qui restait le chef de l'État mais amputé du principal. Mieux encore, comblant les espérances de Laure, Jean Bichelonne succédait à Lehideux comme ministre de la Production industrielle. Un ministère clé qui faisait de Bichelonne, déjà prisé des Allemands, l'interlocuteur le plus utile après Laval et le poids lourd du gouvernement. Respectueuse de ses qualités avérées, de sa supériorité intellectuelle, de ses diplômes qui en faisaient un super *Herr Doktor*, l'administration allemande avait constaté que ce qui primait dans l'esprit de Bichelonne, c'était l'organisation et la performance. En retour, les Allemands savaient le prendre, le cajoler, lui accorder des faveurs. Par ricochet, ils ménageaient Laure Kleinknecht, jugée utile à l'économie du

Reich par son influence sur Bichelonne, connaissant leurs relations intimes.

Remise de ses couches, Laure s'attela à la tâche avec une pugnacité renouvelée. Incapable de renoncer à l'acquisition des Automobiles Rosengart, elle envisagea d'en financer le rachat en vendant aux Allemands L'Outillage RBV qu'ils convoitaient. On se rappelle que Bichelonne avait nommé par arrêté un administrateur aryen, Gaston Lefeuvre, tout dévoué au couple Kleinknecht mais que le docteur Blanke s'y était opposé, créant une situation pleine d'incertitude. Sans s'avouer vaincus, les Kleinknecht convoquèrent chez eux, boulevard de La Tour-Maubourg, les principaux responsables placés aux commandes de RBV par les circonstances.

Pendant que les parties discutaient, deux agents de la Gestapo entrèrent dans l'hôtel particulier et, interrompant la réunion, signifièrent à Kleinknecht qu'il était en état d'arrestation sans en préciser le motif mais laissant entendre que l'Office central de sécurité du Reich (RSHA) était concerné. Ils lui conseillèrent d'emporter quelques effets. Pressentant d'où le coup était parti, Laure alerta Kliemann, officier de l'Abwehr. Il s'informa et apprit que Kleinknecht, aux mains de gens redoutables, avait été interné à la prison du Cherche-Midi. Il donna à Laure la marche à suivre.

Le lendemain, en fin de journée, Émile Massard, un employé de son mari, la conduisit dans une voiture électrique Rosengart, au 11 rue des Saussaies. La Gestapo avait installé ses bureaux principaux dans cet immeuble qui prolongeait le ministère de l'Intérieur, occupé avant la guerre par des services de la police. Elle fut reçue sans attendre par le SS-Sturmbannführer (commandant) Hans Josef Kieffer, l'adjoint de Boemelburg, chef du bureau IV du RSHA qui regroupait les principales sections de la Gestapo spécialisées dans la lutte « contre les ennemis de l'Allemagne » : juifs, communistes, résistants, etc.

Kieffer était le type même du nazi dont les principes se résumaient à quatre mots : « Hitler est la loi. » Deux semaines après l'entrée de l'armée allemande, il était arrivé à Paris à la tête d'un commando d'une vingtaine de SS. Antérieurement, il avait été le chef de la Gestapo à Karlsruhe. De ses yeux d'un bleu clair, il scrutait ses visiteurs avec un regard sombre sous des sourcils très épais. Corpulence assez forte, visage carré, aspect sévère, grain de beauté saillant sur la joue gauche, c'était un bûcheur, un dévoreur de dossiers et un expert en matière d'interrogatoires où la torture participait à l'ordinaire. Tout comme Boemelburg, seul son travail semblait compter. Par économie de temps, il avait pris pour maîtresse sa secrétaire, Kathe Goldmann, toujours présente.

Kieffer s'attendait à cette visite et avait accepté de recevoir Laure sans difficulté. Il savait qui elle était, ce qu'elle faisait et identifiait la plupart de ses acolytes allemands, et surtout qu'elle était la maîtresse de Bichelonne, l'indispensable Bichelonne. En la voyant, en l'écoutant, il eut confirmation de ce qu'il avait médité : Laure, déjà utile à l'Allemagne, pourrait l'être davantage en devenant une informatrice de la Gestapo d'autant plus précieuse que le cercle de ses relations, sans cesse élargi, englobait des Français de premier plan qui jouaient une partition dans le concert de l'Occupation et qu'il était intéressant de connaître et de surveiller. Laure et Kieffer ne furent pas longs à se comprendre. Kieffer accepta que Laure rencontre son mari au Cherche-Midi, qu'elle lui adresse des colis, qu'ils correspondent par lettre. Mais quel était le crime de Kleinknecht ? Il a insulté le Führer, dira sommairement Kieffer, sans exclure qu'il pourrait être libéré prochainement... si Mme Kleinknecht se montrait coopérative.

Pendant cet entretien, Laure jouant de sa féminité se rendit compte que Kieffer était coriace et qu'entre eux les relations ne seraient qu'utilitaires, sans que ce fût une raison suffisante pour qu'elle mette en deuil ses attraits, vu qu'un homme est toujours un homme.

En quoi Kleinknecht avait-il insulté le Führer ? Luimême exposera que voulant donner suite à un désir de son épouse, non seulement il avait sollicité sa naturalisation en 1939, mais il avait réitéré cette demande en février 1940 après avoir été interné sur l'ordre du gouvernement français. Il l'avait formulé dans le questionnaire remis à son arrivée au camp de Damigny, dans l'Orne, indiquant même qu'il était prêt à signer un engagement dans la Légion étrangère. Kieffer, qui avait connaissance de ces dossiers, considéra qu'un tel comportement équivalait à un vote contre le Führer.

Par malchance, cette arrestation tombait au moment où arrivait à Paris le docteur Ostrowski, « contrôleur aux délégations financières pour les Pays-Bas », une fonction qui autorisait cet Allemand à vérifier les comptes de la Handels-Unie, banque d'origine juive ayant appartenu à Jean Furstenberg, réfugié en France non occupée. Or, trois mois avant son arrestation, Walter Kleinknecht, pressé par Laure, s'était rendu à Amsterdam muni d'on ne sait trop quelle autorisation, en vue de récupérer des actifs qu'il y possédait, suscitant la suspicion du docteur Ostrowski qui épluchait les livres de la banque. Il avait constaté le vol de 600 000 francs dont Kleinknecht s'était rendu coupable lors de l'achat des 2 000 actions de la Société hydro-électrique de la Moyenne-Garonne. Où ces titres étaient-ils passés ? La société étant en liquidation depuis près de deux ans, il s'inquiéta aussi de la destination des fonds qui devaient désintéresser la Handels-Unie, principal créancier auquel étaient dus 2 millions de francs. Cette somme, les

Kleinknecht avaient vainement tenté de se la faire attribuer en brandissant le certificat sans valeur dont nous avons parlé précédemment et qui, selon eux, attestait qu'ils étaient personnellement les actionnaires créanciers.

Peu de temps avant l'arrestation de Kleinknecht, le docteur Ostrowski débarquait à Paris déterminé à obtenir des explications. Boulevard de La Tour-Maubourg, il s'était entretenu avec Kleinknecht en présence de Laure. Le couple ne fit aucune difficulté, indiquant que le liquidateur, Édouard Caradec, devait détenir les fonds s'il n'en avait pas encore disposé. Le docteur Ostrowski somma Kleinknecht de l'accompagner chez Caradec qui, on s'en souvient, avait démasqué Laure, dévoilant ses origines modestes et son passé d'aventurière. Elle avait tenté de le désarmer en l'invitant à déjeuner, mais Caradec avait décliné l'invitation sans se départir de son comportement hostile. Depuis, elle lui vouait cette haine inexpiable qu'elle réservait à ses ennemis et dont l'intéressé redoutait les conséquences à une époque où la diffamation remplissait les cachots.

Édouard Caradec, solidement établi, était conseil ou commissaire-censeur d'une cinquantaine de sociétés dont l'ensemble des bilans totalisait des dizaines de milliards de francs. Recevant Ostrowski et ayant fait savoir qu'il ne parlait pas l'allemand, il refusa que Kleinknecht serve d'interprète, au motif de leurs mauvaises relations. Ostrowski revint avec deux individus dont l'un baragouinait le français.

À la prison du Cherche-Midi, Kleinknecht eut la visite inattendue du docteur Ostrowski. Il lui confirma que si Caradec ne possédait plus les 2 millions de francs, c'est qu'il les avait fait remettre à Furstenberg, information qui pouvait propulser les limiers de la Gestapo sur les traces de ce dernier, d'autant que Laure, s'estimant frustrée, portait contre lui des accusations calomnieuses et lui imputait l'arrestation de son mari *. Finalement, le docteur Ostrowski, ayant collecté différents documents, retourna aux Pays-Bas et ne se manifesta plus à Paris sur cette question. Quant à Laure, titillée par la vision de ces 2 millions, elle en avait revendiqué la propriété par divers stratagèmes reposant sur un véritable arsenal de faussaire, mais elle finit par renoncer de crainte de se perdre, malgré les appuis dont elle disposait.

Loin de soupçonner la véritable cause de l'incarcération de Kleinknecht, ceux qui le voyaient à l'œuvre l'imputaient au caractère frauduleux de ses opérations commerciales. Tout en épaulant son épouse et en exploitant les positions acquises, Kleinknecht s'était enraciné dans la couche fangeuse de cette société particulière née de la défaite. Plusieurs clauses de l'armistice, altérées dans la pratique, livraient à l'Allemagne le contrôle de l'économie de la France en zone occupée qui couvrait les deux tiers du pays, où se concentrait le foyer principal de l'industrie, du commerce et de l'institution financière et bancaire. Par convention, la France devait payer chaque jour les frais d'occupation. Les Allemands avaient fixé cette dette quotidienne à la somme fantastique de 500 millions de francs (160 millions d'euros). Ce montant couvrait plus de cinq fois le coût réel de l'entretien quotidien de l'armée d'occupation. Le représentant allemand de la commission d'armistice avait même adressé une longue lettre au chef de la délégation française, qui stipulait entre autres : « On ne donnera au gouvernement français aucun décompte des

* Caradec avait effectivement réussi, par des procédures qu'il avait eu soin de mettre en œuvre, à régler à Furstenberg, pendant l'Occupation, le montant de sa créance (JM. Déposition d'Édouard Caradec, 19 septembre 1947, 11 pages.)

frais d'occupation. Étant donné que les paiements journaliers sont considérés comme des acomptes, nous pourrons par la suite, sans autre forme, réclamer des paiements complémentaires[1]. » Par ce diktat, l'Allemagne disposait de liquidités astronomiques qui lui permettaient d'annexer l'économie française et de ponctionner le marché domestique avec de l'argent extorqué. Le plus fructueux des systèmes mis en place fonctionnait sous le couvert de bureaux d'achat dont les acquisitions s'effectuaient par prélèvements sur les frais d'occupation. La création de bureaux allemands destinés à drainer des produits de toutes sortes engendrait une pénurie qui majorait les prix et s'effectuait aux dépens de la population qui, démunie, se retrouvait en état de précarité. Ces gigantesques entreprises de marché noir allaient permettre à certains fournisseurs français d'envergure d'édifier des fortunes parfois colossales.

Seuls les grands corps relevant de l'administration militaire d'occupation étaient autorisés à ouvrir des bureaux d'achat : Abwehr, SS, Luftwaffe, Kriegsmarine... Ils dépendaient d'un service central de contrôle qui prescrivait les procédures à suivre pour l'achat, le paiement et le transport des marchandises vers l'Allemagne. Sur le plan personnel, les chefs allemands des bureaux d'achat et leurs principaux collaborateurs s'enrichissaient soit en encaissant des commissions occultes, soit par des facturations recourant à divers artifices, ou encore par le chantage et la brutalité à l'encontre de leurs fournisseurs et bien d'autres procédés relevant de la raison du plus fort. Les Allemands, qui disposaient d'un vocabulaire aux termes anodins destiné à camoufler leurs crimes et leurs exactions, maquillaient l'appellation de marché noir par les mots : « marchandises de provenance non déterminée ».

Porté par l'air du temps, Kleinknecht avait décidé de prospérer en implantant à son domicile un bureau d'achat.

Dans l'organisation existante, ce ne pouvait être qu'un organe satellite écoulant les marchandises par le biais d'un des grands bureaux officiels, seuls autorisés. Par affinités, il s'affilia à celui de l'Abwehr – bientôt connu sous le nom de « bureau Otto » – dont il semblait évident qu'il avait été un de ses agents avant la guerre. Il embaucha quatre personnes et se mit en quête de fournisseurs. Conseillé par son épouse, il se faisait passer pour un représentant officieux de grands intérêts économiques allemands. De son côté, Laure n'était pas à court de métaphores pour exalter la situation de son mari.

Ces vantardises ébruitées ne manquèrent pas de provoquer la surveillance des services de la Sûreté générale de Vichy. Un rapport quelque peu fantaisiste visant Walter Kleinknecht, reprenant des investigations antérieures et se référant à une « source sûre », indiquait qu'il était le délégué allemand de l'industrie lourde en France : « Kleinknecht est considéré, à juste titre, comme un grand personnage, et tous les industriels français de la zone occupée qui désirent maintenir ou reprendre leur activité doivent passer sous ses ordres[2]. »

Ses opérations commerciales s'effectuaient sous couleur d'un bureau d'achat dépourvu de raison sociale, qui n'était pas immatriculé au registre du commerce et ne donnait lieu à aucune déclaration d'impôt. Son négoce consista d'abord à acheter de la ferraille, des scies à ruban, de l'outillage qu'il revendait à des acheteurs allemands officiels. Puis il se procura des métaux non ferreux, bronze, cuivre, plomb, etc, qui furent écoulés par les mêmes canaux. Dans un troisième stade, il parut se spécialiser dans la revente d'articles de ménage et de machines-outils : poêles à frire, seaux, brocs, fourchettes, cuillers, couteaux, rasoirs mécaniques, tours, perceuses, marteaux, maillets... Il se procura aussi des boîtes de conserve. En bref, il mettait la main sur tout ce qui avait une valeur marchande courante. Des Allemands venaient le voir, et des Français, dont l'ingénieur de l'aéronautique Marcel Riffard. Il y avait aussi un assez grand nombre de petits trafiquants.

Outre l'hôtel du boulevard de La Tour-Maubourg où il emmagasinait des marchandises, il disposait aussi d'entrepôts à Montrouge et à Pantin. N'étant pas toujours en conformité avec les règlements allemands, il déménageait parfois ses stocks pour parer à une descente éventuelle des polices allemande ou française. Méfiant, il tenait secrets ses déplacements et conduisait lui-même sa voiture bien qu'il eût un chauffeur dans son personnel. Sa secrétaire, Tatiana Evreinoff, déposera : « Jamais les affaires traitées avec les services allemands ne se passaient sur papier. M. Kleinknecht me faisait mettre sur les chèques ou le nom du bénéficiaire ou la somme, mais jamais les deux à la fois. C'est lui qui complétait[3]. » Par contre, il ne prenait aucun ménagement pour vitupérer son épouse quand Mme Evreinoff lui présentait les factures de Laure dont les dépenses, déjà excessives au cours des premiers mois de l'Occupation, tournaient au délire.

Une autre activité requérait tous les soins de Kleinknecht : sa collection de timbres-poste qu'il enrichissait par des acquisitions à la salle des ventes de la rue Drouot devenue un des hauts lieux du blanchiment de l'argent sale. C'était le placement phare le plus rentable et le moins encombrant à une époque où mieux valait en étaler le moins possible. Pendant qu'il y était, il achetait des meubles qu'il revendait rapidement.

Après trois semaines d'emprisonnement, Kleinknecht sera libéré le 18 décembre à la suite des démarches répétées de sa femme, mais astreint de se présenter régulièrement au service de Kieffer. Il crut malin de s'engager à effectuer son service militaire en Allemagne puisqu'il n'avait pas été mobilisé pendant la « drôle de guerre », requête qui sera rejetée. Placé dans une sorte de liberté provisoire, son sort dépendait de Laure, dorénavant astreinte à collaborer avec Kieffer, c'est-à-dire avec les bureaux de la SIPO-SD (police de sûreté et renseignement de la SS). Conduite par le chauffeur Émile Massard, Laure se rendra plusieurs fois par semaine rue des Saussaies, toujours vers 18 heures, où elle demeurait un long moment. Elle faisait porter aussi des bouteilles de cognac à des officiers de ce service.

Restaient les affaires en cours, les grandes affaires, Rosengart que Laure pensait avoir enfin mis dans son panier. Pendant que son mari était en prison, elle poussait les feux. Elle s'était impatronisée dans cette firme après avoir démontré qu'elle était sous influence juive. Les Allemands von Bentheim, Gutmann, Kliemann, Scheiding, tous quatre désireux de faire passer Rosengart dans la sphère allemande par l'intermédiaire de Laure Kleinknecht s'étaient joints à elle. Parmi les projets qu'elle tenait à promouvoir la fabrication en série de la « voiture du peuple[4] ». Même Bichelonne avait communiqué son avis : il préconisait de constituer une société anonyme au capital de 3 millions de francs « qui absorbera immédiatement après sa constitution l'actif et le passif de Rosengart en fusionnant avec cette dernière[5] ». Un tour de passe-passe. Laure régalait cette équipe de repas fastueux et de soirées dansantes. En guise d'apothéose, huit jours avant que Kleinknecht ne soit libéré, elle emmena tout son monde à l'Opéra à l'occasion d'une mémorable soirée de gala présidée par Fernand de Brinon, ambassadeur et délégué du gouvernement français dans les territoires occupés.

L'arrestation et la libération de Kleinknecht furent encadrées par des batailles décisives.

Le 8 novembre 1942, les Anglo-Américains débarquaient en Afrique du Nord (opération Torch), prélude à l'invasion de l'Europe. Le 11 novembre, rompant avec les clauses de l'armistice de 1940, la Wehrmacht franchissait la ligne de démarcation, occupant la quasi-totalité de la France, étendant à tout le pays le régime de terreur des organes de la police allemande, à l'exclusion provisoire des Alpes et de la Côte d'Azur où s'installa l'accommodante armée italienne qui, dix mois plus tard, signera un armistice avec le général Eisenhower, commandant en chef des forces alliées engagées dans la conquête de l'Italie.

Durant cette même période, la lente liquidation de la VIe armée allemande encerclée à Stalingrad s'ajoutait à ce tournant de la guerre qui sonnait le glas du IIIe Reich.

L'invasion de la zone non occupée provoqua un dernier réaménagement des instances gouvernementales françaises. Pierre Laval fut investi des pleins pouvoirs y compris le législatif, à l'exclusion du pouvoir constituant qui demeurait l'apanage du maréchal Pétain, lequel signa un acte constitutionnel désignant Laval comme son successeur. Le régime de Vichy était entré en agonie, mais ce fut une agonie meurtrière qui engendra des forces supplétives destinées à la répression la plus sanglante. Telle la Milice qui combattit la Résistance et les maquis au côté des Allemands. Marcel Déat participera à ce naufrage et Laure Dissard s'efforcera, par son influence sur les Allemands, à ce qu'il soit nommé ministre. Elle voulait croire que l'Allemagne l'emporterait. C'était une façon de se projeter dans un avenir conforme à ses intérêts matériels et mondains.

Pendant qu'elle célébrait à l'Opéra et dans ses salons

des succès qu'elle pensait assurés, la guerre engagée contre le général Tulasne était devenue inexpiable. C'est dans ce climat conflictuel que furent connus les premiers résultats commerciaux de Messier dont Kleinknecht s'était fait octroyé par le conseil d'administration la « représentation générale exclusive pour tous pays », rémunérée à la commission. Il avait notamment passé des marchés avec la société allemande Elektron qui avait assuré à elle seule les neuf dixièmes des commandes. À la fin du premier exercice, Kleinknecht avait encaissé, sur la base de 5 % du chiffre d'affaires, la somme de 1 700 000 francs (350 000 euros), alors que la part bénéficiaire de la CIMAV n'était que de 34 000 francs (7 000 euros), soit 0,75 % du chiffre d'affaires. Devant ce scandale et par crainte de développements qu'ils ne pourraient maîtriser, les époux Kleinknecht acceptèrent sans broncher une intervention du docteur Blanke qui exigea la résiliation du contrat Messier-CIMAV. D'ailleurs, de la prison du Cherche-Midi, Kleinknecht avait fait parvenir à Laure un message comportant ces mots énigmatiques : « Messier et Tulasne arrivent à leurs fins[6] », marquant qu'il prévoyait un choc en retour. Ils abandonnèrent leurs droits, vendirent leurs actions et se retirèrent les poches pleines, ayant encaissé en plus une indemnité de 850 000 francs (175 000 euros). Le commandant Genty, cet ancien attaché militaire français à Ankara qui intriguait depuis plusieurs mois, ne cessant de proclamer son dévouement à la cause du national-socialisme, fut promu administrateur de Messier avec l'accord du docteur Blanke qu'il courtisait depuis le déjeuner qui les avait réunis chez Laure.

Ayant perdu ses principaux complices, le général Tulasne, poursuivi par la vindicte de Laure et prenant conscience que les Allemands étaient virtuellement vaincus même si le combat serait encore long, décida de prendre du champ : en accord avec les deux autres membres du conseil de la CIMAV, cette société changea de nom et exploita une carrière.

Mme René Lévy, née Yvonne Bonamy, connaissait Gérard Bardet, un polytechnicien au profil de technocrate qui participait à des comités professionnels créés par Bichelonne. Croyant qu'il pourrait dessiller les yeux de ce ministre sur la véritable personnalité de Laure Kleinknecht, elle lui adressa une lettre qui faisait le point sur la situation de son mari persécuté en tant que juif. Après avoir rappelé qu'il avait refusé d'être nommé « aryen d'honneur » et d'entrer dans les bonnes grâces de l'autorité occupante, elle écrivait que, bien qu'appelé par trois gouvernements étrangers qui réclamaient son concours, il entendait rester en France et travailler à son bureau d'études replié à Pau, en zone non occupée. Elle notait qu'il était issu par son père d'une des plus vieilles familles alsaciennes : « Il est navrant que René qui a voulu faire de Messier la première maison de train d'atterrissage du monde se voie traité de la sorte et puisse un jour être envoyé dans un camp de concentration. » Abordant les méfaits de Laure Kleinknecht, elle s'étonnait que le ministre Bichelonne puisse accorder quelque crédit « aux mensonges d'une aventurière internationale. Qu'a-t-elle donné à la société Messier en échange du million qui lui a été donné[7] ? »

La deuxième défaite concernait les Automobiles Rosengart. Laure qui s'en croyait déjà la patronne fut expulsée sans ménagement par la volonté du docteur Blanke. Surveillant depuis longtemps les Kleinknecht qu'il avait pris en grippe, et averti de leur incompétence et de leur malhonnêteté par l'organisation officielle allemande de l'automobile (GVK), elle-même alertée par Lehideux indisposé par les initiatives de Laure, Blanke décida de donner la préférence à la famille Farman, versée dans l'aéronautique et dont les connexions avec l'Allemagne étaient avérées. L'un de ses membres, ancien administrateur de Rosengart, acceptait de racheter l'entreprise en épongeant ses dettes.

Restait la troisième proie : L'Outillage RBV. On a vu Laure échouer à mettre en selle un administrateur aryen de ses acolytes, Gaston Lefeuvre. Bien qu'elle bourdonnât autour de cette firme en compagnie de quelques amis allemands pourtant bien placés et qu'elle disposât de l'appui de Bichelonne, elle ne parvint pas à ses fins et lâcha prise. Pas moins de cinq administrateurs devaient se succéder à la tête de RBV dont le mieux incrusté, Paul Hugon, acquis aux nazis, réussit par ses dénonciations à faire interner deux anciens dirigeants juifs et par ses malversations à vider les caisses de la société.

De ces rêves évanouis, Laure ne porta pas le deuil. Elle avait compris que, même aidée par les circonstances, les grandes entreprises lui offraient un cadre trop rigide et que c'était tirer sur le harnais d'un attelage rétif. Elle avait la tête pleine de projets, d'idées, de plans dont elle augurait le succès, mais elle devait d'abord changer de vie, larguer Walter Kleinknecht sans doute, en tout cas ne plus vivre avec lui.

Elle voulut épurer le passé. Il fallait en terminer avec la FAML qu'elle-même et son mari avaient créée juste avant la guerre et par laquelle ils avaient obtenu une commande de bombes en magnésium, annulée ultérieurement par le ministère de l'Armement. Après l'armistice, Kleinknecht s'était appliqué à obtenir un dédommagement à titre de dédit, alors que la FAML aurait été incapable de fabriquer des bombes faute d'usine et d'ouvriers. À force d'obstination, il parviendra à toucher une indemnité de 4 millions de francs (1 million d'euros). Il avait tenté également d'être remboursé de l'achat des brevets Devereux indispensables à cette fabrication et avait essuyé refus sur refus. Laure s'était adressée à Bichelonne quand il fut promu ministre de la Production industrielle. Sans difficulté, il lui avait accordé le remboursement des brevets malgré l'avis contraire de ses services.

CHAPITRE 7

La belle vie

À l'évidence, les époux Kleinknecht ne pouvaient plus vivre ensemble. Walter écrira : « Je n'avais pas beaucoup d'influence sur mon épouse qui était autoritaire. À partir du début 1943, on ne s'entendait plus. Elle était dépensière, s'absentait quand elle le voulait, n'en faisait qu'à sa tête. Elle dépensait trop. Elle aimait jouer la grande dame et exagérait en racontant les choses d'une manière déformée pour se rendre intéressante. Je ne voulais plus gaspiller l'argent que j'avais transféré d'Amsterdam, et finalement on se séparait en 1943 [1]. »

Les infidélités de Laure autant que ses dépenses s'opposaient aux minces compensations que s'accordait Kleinknecht réduit à fréquenter des cabarets de Pigalle et notamment le Monte-Cristo, l'un des mieux achalandés, où il avait ses habitudes et où se pressaient des femmes de provenance indéterminée appartenant pour la plupart à l'émigration russe, dont certaines étaient chargées de l'accueil des clients. Dans une atmosphère de champagne et d'éclats de voix, parmi les jeux de miroirs, Kleinknecht se laissait doucement aller à la dissipation sans toutefois négliger ses intérêts. Il y côtoyait des Allemands rompus aux affaires les plus louches. Parmi ceux qu'il pourrait associer à quelque combinaison, il avait distingué un certain Wilhelm Merker, condamné en France juste avant la guerre à cinq ans de prison pour espionnage et libéré par le gouvernement de Vichy. Il avait épousé une dame Moltschanoff, Russe d'origine, chanteuse au Monte-Cristo. Tous deux furent conviés plusieurs fois chez les Kleinknecht et furent frappés par l'opulence des lieux et les fêtes qui s'y déroulaient. Merker avait monté un bureau d'achat et fut en rapport d'affaires avec Kleinknecht. Il y avait également au Monte-Cristo foison d'officiers allemands parmi lesquels des SS dont le capitaine Dannecker, chargé d'organiser la Solution finale en France et qui, violentant les femmes, en était arrivé par la menace et le chantage à prendre la direction effective de certaines boîtes de nuit[2].

Au cours de ses soirées dans les cabarets, Kleinknecht était parfois accompagné par d'autres compatriotes, tel Albrecht, condamné en 1937 à quinze ans de prison au chef d'espionnage par le tribunal militaire de Metz et libéré de la même façon que Merker par l'arrivée de l'armée allemande en France. Lui aussi allait se livrer à Paris à des entreprises illicites. Un autre, nommé Eckerling, partenaire d'Albrecht, se vantait d'être en bons termes avec les services de renseignement militaires allemands. En réalité, derrière la façade de leurs activités commerciales, ces deux hommes, tout comme Merker, œuvraient pour le compte de l'Abwehr à laquelle Kleinknecht était suspecté d'avoir appartenu avant la guerre.

Toujours en veine de confidences, Laure se plaignait à certaines femmes d'avoir un mari trop âgé[3], à d'autres, au contraire, qu'il la négligeait. Suivant son habitude, elle habillait le même fait avec plusieurs versions. Les familiers du couple ne furent guère surpris d'apprendre qu'ils se séparaient. Toutefois Laure n'entendait pas que cette situation nouvelle s'accompagne d'une restriction de son train de vie. Elle se mit en quête d'une autre demeure.

Anatole de Monzie lui indiqua un hôtel particulier au 31 boulevard de la Saussaye à Neuilly. Elle rencontra chez lui Armand Binet, chargé de la gérance de cet immeuble précédemment occupé par la maîtresse italienne du propriétaire, M. Lippmann ou Liebmann, frappé par les lois raciales et qui n'était plus à Paris[4]. La Kommandantur de Courbevoie, dont dépendait le secteur, voulait réquisitionner cet hôtel à moins qu'il ne soit loué à Kleinknecht « qui était un de leurs agents[5] ». La location datée de mai 1942 comportait le nom de Walter Kleinknecht, son épouse n'ayant jamais figuré dans les négociations[6]. La durée du bail était conditionnée par l'occupation militaire allemande de la région parisienne.

Laure s'installa à Neuilly au cours du mois d'avril 1943. En juin, elle se séparait de son mari sur un accord tacite de divorce mais continuait à le rencontrer régulièrement boulevard de La Tour-Maubourg. Ils discutaient de leurs entreprises communes qui s'amenuisaient, Laure étant décidée à agir seule à l'avenir. Malgré leur divorce en cours, Kleinknecht préférait entretenir des rapports pacifiques avec sa femme car elle était beaucoup plus puissante que lui auprès des différents services allemands dont il avait besoin et même la garante de sa liberté vis-à-vis de Kieffer.

Il restait disposé à l'épauler et le montra peu avant leur séparation quand Laure obtint un contrat avantageux de la part de la société Hispano-Suiza, connue surtout par la fabrication de voitures de luxe et les moteurs d'avion. Dès le début de l'Occupation, les dirigeants de cette firme stratégique avaient refusé de collaborer avec l'industrie militaire allemande. Devant cette situation exceptionnelle, Bichelonne signait un arrêté plaçant l'entreprise sous le contrôle d'un administrateur provisoire. En février 1943, Laure, se prévalant de son appui, obtint que Hispano-Suiza cédât à la FAML, dont elle était actionnaire majoritaire, l'« exploitation de la fabrication de compresseurs frigorifiques » qu'elle entendait livrer à des entreprises allemandes. Walter Kleinknecht donna son accord et prêta un local à usage d'entrepôt.

À Neuilly, dans sa vaste et élégante maison entourée d'un jardin fermé par une grille, Laure dépensa plus de 500 000 francs (130 000 euros) en aménagements intérieurs et prit trois domestiques dont l'une, sa femme de chambre, cumulait aussi la fonction de maître d'hôtel. Cela aurait pu poser un problème de genre dont Laure ne s'embarrassait pas, disant de la même personne : « ma femme de chambre et mon maître d'hôtel ».

Brûlant de se dépasser maintenant qu'elle était seule en scène, elle reprit une recette à succès et organisa des dîners à l'issue desquels les invités dansaient. C'était un spectacle curieux de suivre du regard ces Allemands dressés à parader au rythme des marches militaires enchaîner d'un pas chaloupé les slows et les tangos les yeux mi-clos et la bouche en cul de poule. Dans cette ville aux fenêtres obscures, aux rues éteintes par le couvre-feu où régnait le silence, il était étrange de voir pendant la nuit s'échapper à travers les lames des volets de cette maison des raies de lumière attestant que le rationnement d'électricité n'y avait pas cours, d'entendre des éclats de musique, de voir une file de voitures stationnant devant la grille du jardin gardée par des SS en armes veillant à la sécurité de leurs chefs en visite.

À peine installée, Laure poursuivit ses relations avec Kieffer qui, à la suite de la prise de pouvoir des SS en France aux dépens de la Wehrmacht, avait transféré ses services dans un des cinq immeubles de l'avenue Foch qui regroupaient la plupart des bureaux de la SS : police de sûreté, Gestapo, troupes d'intervention et services de renseignement.

Depuis son déménagement à Neuilly, Laure n'avait momentanément plus de voiture. Elle disposait d'un poney attelé à un boguet, cadeau de Jean Potin. Un vieil homme tenait les guides. C'est dans cet équipage qu'elle se rendait avenue Foch, au numéro 84, où Kieffer disposait d'un bureau spacieux au quatrième étage, situé sous les chambres de bonne du cinquième transformées en cellules où ses équipes menaient des interrogatoires qui tenaient de la boucherie [*]. La circulation automobile à cette époque était à peu près nulle, le bruit de la clochette de l'attelage et des sabots du poney avertissait les Allemands de l'arrivée de Laure. Kieffer la recevait immédiatement. Elle ne remplissait pas de fiche de visiteur et n'avait pas besoin de laissez-passer pour ressortir. Outre le poney, Laure se faisait remarquer par sa gentillesse et son amabilité envers les collaborateurs de Kieffer jusqu'à la plus humble secrétaire. Ils l'avaient surnommée : « *die Katze* », la chatte, parce qu'elle avait quelque chose de félin et ne la désignaient que par ce surnom.

Kieffer avait la réputation d'être imperméable à l'influence féminine. Que Laure lui ait fait des avances, sans doute, mais en pure perte. L'intérêt qu'il lui portait était d'ordre professionnel, en fonction des informations qu'elle livrait. Aucun témoin n'assistait à leurs entretiens, chacun baragouinant la langue de l'autre. En de rares occasions, un interprète était mobilisé [7]. Il faut se rappeler que le service de Kieffer détenait un dossier sensible à l'encontre de

* Ce fut dans une de ces cellules que le résistant Pierre Brossolette, à bout de souffrances et pour ne pas parler, réussit à sauter par une fenêtre mansardée et tomba sur le balcon où donnait le bureau de Kieffer, et de là se jeta dans le vide en une chute mortelle.

Kleinknecht, un dossier vert dit *Personalakte*. Mais Kleinknecht n'était pas inquiété à cause de la considération dont jouissait son épouse.

Aux réceptions somptueuses qu'elle donnait à Neuilly, Laure invitait des officiers du SD (service de renseignement de la SS) qui pouvaient s'entretenir avec des personnalités françaises. Kieffer, qui avait horreur des mondanités, s'y rendait par conscience professionnelle, curieux de rencontrer de hauts personnages et des ministres français. Laure fréquentait aussi Rudolf Kurtz, dit Rudi, un grand type maigre qui venait de la Gestapo de Dresde et avait rejoint Kieffer en 1941. Il participait à la lutte contre la Résistance. Il figurera sur la deuxième liste de criminels de guerre recherchés par la France. On ne sera guère surpris que la plupart des collaborateurs de Kieffer soient l'objet de la mention « considéré comme brutal » dans un état énumératif dressé après la guerre.

Parfois, en quittant Kieffer, Laure entrait dans l'immeuble voisin, 82 avenue Foch, et se faisait recevoir par le commandant SS Karl Boemelburg, *Kriminal Kommissar* de son état, qui dirigeait toutes les sections de la Gestapo. À cinquante-sept ans, il était le plus âgé de la bande. Il avait réquisitionné à Neuilly, au 1 bis rue de la Rouvray, une maison qui était connue sous le nom de « villa Boemelburg » où il enfermait des personnalités qu'il entendait ménager avant de les déporter en Allemagne. Laure passait souvent devant et ne remarquait rien de particulier en dehors de SS casqués qui montaient la garde.

L'expérience l'avait convaincue que mieux valait être une intermédiaire qu'une patronne d'usines. Parmi les SS, elle avait fait la connaissance du lieutenant Karl Schoppmeier, né en 1902 à Schleswig (Allemagne). À la veille de la guerre, il était avocat et notaire à Hambourg. Il était noté comme suit par le SDECE* : « Nazi farouche, arrogant, sadique et ambitieux. » Il était chargé de questions économiques et financières au sein de la SS et avait la liaison avec le ministère des Finances à Paris et à Vichy. Il fréquenta Laure d'abord avenue de La Tour-Maubourg, puis à Neuilly. Il parla d'elle en termes élogieux au commandant SS Maulaz, son supérieur. Ils convinrent d'arranger une entrevue.

Kurt Maulaz était le chef du bureau III de l'organisation centrale de la SS en France. Ce bureau avait pour tâche principale d'espionner et d'exercer un contrôle sur l'économie française, ce qui ne lui était guère difficile compte tenu des concours que lui prêtaient des personnalités éminentes de ce secteur d'activité. Les fonctions de Maulaz le portaient à fréquenter de grands patrons à qui l'Occupation fournissait des opportunités d'enrichissement supplémentaires. Maulaz était également au mieux avec Nobel, de la famille d'Alfred Nobel, lequel avait possédé rue de Rivoli un grand appartement donnant sur les Tuileries où l'on montrait dans la bibliothèque un petit bureau poussé contre un mur sur lequel ce prospère inventeur de la dynamite avait signé le protocole et la donation portant fondation des différents prix portant son nom. Cet appartement avait été transformé en un club suédois où des dirigeants de la SS rencontraient discrètement, dans un cadre agréable et un verre à la main, des délateurs de haut rang et des affairistes de grande volée.

Kurt Maulaz était né en 1906 à Graz (Autriche). Il était docteur en sciences économiques. C'était un nazi convaincu et qui le restera. D'un abord dur, une cicatrice barrait sa face ombrageuse et ses gestes n'avaient aucune

---

* Service de documentation extérieure et de contre-espionnage, fondé en France à la fin de l'année 1945.

retenue. Il entretenait des relations avec des ministres de Vichy, mais il jugeait les résultats insuffisants. Laure possédait à ses yeux un prix inestimable à cause de ses relations intimes avec Jean Bichelonne dont elle faisait à peu près ce qu'elle voulait et qui était le ministre français que les Allemands jugeaient indispensable à leur économie civile et militaire. Maulaz reporta sur Laure une part de ses ambitions et lui proposa de transformer son salon en un lieu de rencontres arrangées à l'avance. Elle accepta avec enthousiasme de renforcer sa situation dans les cercles dirigeants allemands, persuadée d'en tirer un profit matériel. Il s'agissait de réunir dans une ambiance conviviale des Allemands demandeurs et des Français disposés à les satisfaire. Laure offrait un éventail de choix séduisants : des soirées dansantes, des déjeuners et des dîners bien pourvus, sans parler des extras dans les meilleurs restaurants à la mode où elle régalait avec libéralité : Maxim's, La Tour d'argent, Drouant, Le Beaulieu.

Maulaz aura l'occasion de s'expliquer sur ses relations avec Laure : « À partir du moment où j'ai fréquenté le salon de Mme Kleinknecht, il a pris une tournure politico-économique. J'allais très souvent chez Mme Kleinknecht mais de façon irrégulière, c'est-à-dire que je pouvais y être trois fois dans une même semaine et seulement une fois dans une autre. Mme Kleinknecht avait beaucoup de flair pour les invitations. Je veux dire qu'elle devinait rapidement qui nous voulions rencontrer ou pas. Bien entendu, la liste des invités m'était communiquée à l'avance et si je désirais rencontrer quelqu'un spécialement, je lui demandais de l'inviter[8]. »

Ces arrangements devaient recevoir plus tard l'appellation de « plans de table de la Gestapo[*] ». Les principaux

* Cf. annexe 3.

ministres invités étaient l'indispensable Jean Bichelonne ; Pierre Cathala, un ami de jeunesse de Pierre Laval qui détenait le portefeuille des Finances et se montrait d'une complaisance extrême à l'égard des Allemands ; Max Bonnafous, ministre de l'Agriculture et du Ravitaillement ; Hubert Lagardelle, ministre du Travail démissionnaire à la fin de l'année 1943 et dont Bichelonne assurera l'intérim avant la nomination de Déat ; Jacques Benoist-Méchin, ancien secrétaire d'État, fervent admirateur de Hitler et partisan d'une alliance indéfectible avec l'Allemagne nationale-socialiste devenu un intime de Laure et une attraction de son salon.

« Lorsqu'il s'agissait d'affaires urgentes, poursuit Maulaz, Mme Kleinknecht venait me voir à mon bureau, 60 avenue Foch, par exemple aussi pour des interventions en faveur de Français [...] Il va de soi qu'après mes entretiens avec les invités de Mme Kleinknecht, j'établissais un rapport destiné à mes chefs ou je leur rendais compte verbalement. En tout cas, je valorisais ce que j'avais entendu[9]. »

Maintes fois, Maulaz déjeuna et dîna chez Laure avec Bichelonne, le poussant à parler des services économiques dépendant de l'administration militaire siégeant au Majestic, et avec lesquels l'Allemand était en concurrence. Ce qu'il y avait de paradoxal dans son comportement, c'est qu'il se servait de Français haut placés pour tenter d'en savoir davantage sur certains de ses compatriotes en fonction à Paris et qui n'appartenaient pas à la SS.

Maulaz ne fut pas déçu. Malgré sa dureté, il ne pouvait s'empêcher de louer à son patron, Helmut Knochen, le chef de la sécurité et du renseignement de la SS, les mérites et les capacités de Laure. Knochen rapporte que lui-même rencontra Mme Kleinknecht à deux reprises et qu'il en fit part à son supérieur immédiat, le général Oberg, chef supérieur de la SS et de la police, délégué personnel de

Himmler en France, et à ce titre maître absolu de l'ordre et de la répression*. Ces deux-là tenaient la France sous leur coupe. Laure les citait avec une sorte de familiarité à ses invités français enorgueillis d'être dans l'orbite de ces deux soleils noirs.

Né en 1897, Karl Oberg avait participé en Pologne à la Solution finale, une riche expérience qui détermina Himmler à l'envoyer en France dans le but d'activer la déportation des juifs à Auschwitz par des mesures radicales. Rasé du sommet du crâne jusqu'au menton, il était difficile de distinguer la forme de ses traits, mais dans ce visage brouillé, son regard montrait autant de compréhension que la prunelle d'un fauve.

L'autre, Helmut Knochen, né en 1910, était du même sac. Il connaissait une carrière fulgurante en France où il officiera pendant toute l'Occupation. Il dissimulait sa cruauté sous une apparence policée, celle de l'homme du monde fêté dans quelques-unes des grandes maisons parisiennes et dans des châteaux de la province où l'on se disputait sa présence. Sa figure s'ordonnait de chaque côté d'un long nez et avait quelque chose de flétri malgré sa jeunesse et ne réfléchissait aucune émotion.

Il est évident que Maulaz comme Kieffer et d'autres SS ne s'entremettaient avec Laure qu'avec l'accord de leurs grands chefs qui, enquête faite, l'avaient jugée digne de confiance. À preuve, Knochen déposera : « C'est par le commandant Maulaz, chef du bureau III, que j'ai entendu parler pour la première fois de Mme Kleinknecht. Il me la

* Avant l'arrivée de Karl Oberg le 5 mai 1942, Helmut Knochen était le principal acteur de la SS en France. Devenu le second d'Oberg, mais restant maître de l'action, Knochen simplifiera la dénomination de ses fonctions en déclarant après la guerre qu'il était « chef d'état-major de la SS en France », ce qui correspond en gros à la réalité.

présentait comme une personne ayant des relations aussi utiles qu'importantes parmi les personnalités politiques françaises, notamment le ministre Bichelonne [...] En un mot, Mme Kleinknecht représentait le plus grand intérêt pour notre service car elle avait la connexion autant avec les grands chefs français qu'avec les grands chefs allemands et qu'elle pouvait ainsi nous fournir non seulement des renseignements précieux mais nous faciliter des contacts importants. Mme Kleinknecht était manipulée par Maulaz, chef du bureau III et ses collaborateurs. L'importance qu'elle représentait à nos yeux pour toutes sortes de questions concernant la France, et pour tous les contacts que nous avions grâce à elle, est illustrée par le “climat” qui s'était créé autour d'elle, en ce sens que lorsqu'elle demandait quelque chose ou faisait une intervention, nous lui donnions satisfaction parce que nous savions qu'en retour nous obtiendrions – et quand je dis nous, je veux dire les Allemands – des concessions appréciables de Bichelonne ou d'autres ministres français. Elle était en somme l'intermédiaire et le relais qui nous permettaient de connaître l'opinion des différentes personnalités françaises fréquentant Mme Kleinknecht et leurs projets, et de leur faire connaître les nôtres par le même canal [...] Maulaz a tenu à me la présenter étant donné son importance pour nos services et son volume. Je l'ai vue deux fois mais sans traiter de questions précises directement avec elle, laissant ce soin à mes collaborateurs. Elle a tenté par la suite de m'inviter chez elle et de me voir, mais je n'ai pas donné suite car j'estimais que Maulaz l'ayant bien en main, je n'avais pas à m'occuper personnellement de son travail[10]. »

Ce que Knochen se dispensa de formuler, c'est que Bichelonne, habilement travaillé par Laure, lui racontait ce qui se tramait dans le gouvernement, et qu'elle s'empressait de le rapporter à Maulaz et à d'autres dont elle avait éprouvé l'utilité.

Pour sa part, Maulaz gardait la haute main sur ce salon en y maintenant une présence quotidienne, soit en personne soit par l'intermédiaire de ses principaux collaborateurs : le docteur Schoppmeier, déjà cité ; le docteur Fritz Gunzel, qui avait le grade de SS-Hauptsturmführer (capitaine) ; Georg Fischer, également capitaine, docteur en philosophie. Il y avait aussi Gisela von Colbe, la secrétaire de Maulaz, une jeune femme de vingt-trois ans. Elle souhaitait dîner avec le fameux Bichelonne. Laure l'exauça. Naturellement, quand d'importants personnages de la SS étaient en visite chez elle à Neuilly, deux SS montaient la garde devant la grille du jardin, et elle s'en vantait auprès de ses proches.

Bichelonne, lui aussi, maintenait une présence journalière chez Laure où il venait souvent assez tard le soir. Un de ses hommes de confiance, Étienne Michel, devenu un familier, circulait librement dans la maison, témoin des faits et gestes de Laure. Quant à Mme Raymonde Bichelonne, l'épouse, elle n'était allée qu'une fois chez Laure au début de 1942, lorsque celle-ci demeurait encore boulevard de La Tour-Maubourg. Ce soir-là, le couple Déat était invité avec d'autres convives français et allemands. Mme Bichelonne n'était pas dupe. Elle déposera : « [Face aux visites fréquentes de mon mari à Mme Kleinknecht] j'ai été amenée à lui poser la question afin de connaître les motifs de ces entrevues. Mon mari m'a répondu qu'il lui était absolument nécessaire de garder le contact avec elle parce qu'elle lui facilitait la liaison et les entrevues avec les SS et le SD, et plus particulièrement avec Maulaz[11]. » En aparté, Mme Bichelonne confiera à l'inspecteur Jeanjean, qui recueillit son témoignage après la guerre, que, quand Laure se fut installée à Neuilly et que Bichelonne multipliait les visites nocturnes, elle venait parfois la nuit rôder devant la maison de Mme Kleinknecht pour humer la présence de son époux* [12].

Pendant qu'elle s'abouchait avec Maulaz, Laure fit une rencontre qui l'enchanta, apparemment par hasard, mais minutieusement préparée. Cela se passait à La Tour d'argent, un des établissements de prédilection des Allemands. Du haut de ce perchoir de la gastronomie surplombant Notre-Dame, ils s'extasiaient devant le point de vue tout en dégustant le « caneton Tour d'argent » arrosé des meilleurs crus. Le propriétaire, Claude Terrail, comblé par cette clientèle, lui servait aussi d'honnête courtier. Un jour, quand Laure venait s'asseoir à une table, il la mit en présence de Fritz Engelke qui avait entendu parler d'elle par Étienne Michel et avait proposé cette prise de contact dans un lieu symbolique.

Le capitaine Friedrich Engelke, dit Fritz, était arrivé à Paris au mois de mai 1942, à l'heure où la SS l'avait emporté sur la Wehrmacht et devenait en France le bras séculier de la puissance occupante. Il était chargé par le général Pohl, le dirigeant supérieur de l'économie et de l'administration de la SS, d'ouvrir un bureau d'achat sous l'appellation Service de transmission des commandes allemandes et de drainer aux meilleures conditions les marchandises destinées au réseau économique de l'Ordre noir, ce qui représentait une capacité d'absorption sans limite. Engelke se disait ancien secrétaire particulier de

---

* Attaché pendant à peu près un an au service de Bichelonne, de 1943 jusqu'à la libération de Paris, l'inspecteur des Renseignements généraux César Benetti déclarera : « J'ai eu l'occasion d'accompagner environ une cinquantaine de fois M. Bichelonne chez Mme Kleinknecht, 31 bd de la Saussaye à Neuilly. J'ai pu constater d'autre part que Mme Kleinknecht est venue une dizaine de fois au bureau du ministre. » (JM. Audition de César Benetti, 6 mai 1947.)

Himmler qui lui accordait sa protection. À Paris, il jouira d'une liberté d'action rare, ayant l'appui du général Oberg qui, au seul nom de Himmler, tombait en état de grâce. Il installa d'abord son organisation dans deux immeubles de la rue du Général-Appert, près du bois de Boulogne. Son organisation prit rapidement une extension considérable. Engelke s'était attaché plusieurs maîtres du marché noir et de l'escroquerie, parmi lesquels l'insurpassable Michel Szkolnikoff qui non seulement bâtit en moins de deux ans une fortune personnelle comme on n'en avait jamais vu, mais était devenu le plus grand investisseur immobilier de France, raflant les palaces de la Côte d'Azur et de Monaco pour son propre compte et celui de la SS, procédant à de colossaux investissements financiers, sans parler des valises de bijoux, d'or et d'argent liquide qu'il camouflait en France et transférait en Espagne, étant devenu un fidéicommis de la SS. À la veille de la débâcle allemande, ces pratiques lui vaudront d'être assassiné, croit-on, à moins qu'il n'ait choisi de disparaître.

Les facturations régulières n'existaient pratiquement pas. La plupart des règlements s'effectuaient de manière à échapper à tout contrôle et qu'aucune preuve n'échoue entre des mains françaises. La méthode d'Engelke et de son adjoint Kirschöffer empruntait au chantage, au racket et recourait à l'agression physique. Ils prenaient livraison d'une marchandise, puis accusait le fournisseur d'avoir livré une qualité défectueuse. Ils le menaçaient d'emprisonnement et de sévices et exigeaient une compensation de plusieurs millions de francs. Parfois, ils se rendaient à l'improviste chez l'intéressé et raflaient les valeurs qu'ils découvraient, argent, bijoux, etc. Ils constituaient de la sorte un pactole impossible à chiffrer.

En société, Engelke se présentait sous l'aspect d'un homme distingué, courtois, de bonne compagnie, dont le sourire suscitait la sympathie, et il affirmait que sa seule ambition consistait à s'allonger sous un arbre et à jouir de la nature. À Paris, il avait pris pour maîtresse Hélène Sienkiewicz, âgée de vingt-quatre ans, une de ces jeunes femmes qui savent se placer sous tous les régimes et que Engelke aimait exhiber. Il s'installa dans un appartement luxueux au 3 avenue Matignon.

À côté de marchés frauduleux, Engelke devait approvisionner la SS en équipements militaires appartenant à l'armée française d'armistice, dissoute sur ordre de Hitler. Au cours d'investigations, il avait tenté sans succès de s'emparer d'un lot de tissu de 40 000 mètres. Ayant appris que le ministre Bichelonne pouvait délivrer un bon de déblocage et que Laure Kleinknecht était au mieux avec lui, il s'était mis en rapport avec elle. L'entente fut vite conclue. « Je suis allé voir le ministre Bichelonne avec Mme Kleinknecht, déposera Engelke. J'ai constaté au cours de cette visite que Mme Kleinknecht était effectivement au mieux avec M. Bichelonne, et celui-ci a arrangé l'affaire. J'ai continué à fréquenter Mme Kleinknecht car je pouvais ainsi influencer le ministre Bichelonne par son entremise et en faveur de mes affaires. Mme Kleinknecht tenait un salon politique et a incontestablement cherché à jouer un grand rôle en la matière. Il y avait chaque jour des réceptions, mais elle invitait chaque clan séparément. Quant à M. Bichelonne, j'ai été fréquemment invité avec lui chez Mme Kleinknecht et je me suis rendu de même avec elle à son bureau [13]. »

Non seulement Laure était devenue l'agent officieux d'Engelke auprès de Bichelonne, mais Engelke lui recommandait des Allemands en notant leurs noms sur des bouts de papier qu'il lui glissait. Il était tellement ébloui par son savoir-faire que, n'y tenant plus, il amena sa maîtresse, Hélène Sienkiewicz, dîner chez elle parmi une quinzaine de convives allemands et français, dont un ministre. La jeune femme témoignera : « M. Engelke m'a parlé de Mme Kleinknecht en me disant que c'était une femme d'affaires formidable, côtoyant les plus hautes personnalités du moment, et il m'a donné son opinion en me disant qu'elle "valait un homme". Engelke traitait incontestablement des affaires avec Mme Kleinknecht car il m'en parlait souvent [14]. »

En écho, le général SS Karl Oberg déclarera : « J'ai entendu parler pour la première fois de Mme Kleinknecht par Engelke qui m'a dit qu'elle était la maîtresse de Bichelonne et qu'elle lui servait d'intermédiaire avec ce ministre. Quand Engelke voulait obtenir quelque chose de Bichelonne, il le demandait à Mme Kleinknecht qui influençait le ministre français [15]. »

Engelke versait à Laure des commissions occultes dont nous ignorons le montant. Lui aussi maintenait chez elle une présence permanente, soit personnelle, soit par le biais de son adjoint, le SS-Obersturmführer (lieutenant) Hans Kirschöffer, qui vivait en concubinage dans un appartement de la rue Spontini avec une dame Perret. Il appliquait un procédé d'enrichissement fort simple : il prélevait sa dîme à l'unité sur chaque marchandise. S'il s'agissait de milliers de mètres de tissu, c'était tant par mètre ; de dizaines de milliers de pots de crème, c'était tant du pot. Anticipons : Kirschöffer, surveillé dans ses allées et venues par des officiers allemands, finit par être accusé de corruption et de malversation par les autorités de Berlin. Un juge d'instruction, le SS Mittelstaedt, fut envoyé spécialement de Munich aux fins d'enquêter. Le 12 août 1944, tandis que les Alliés se rapprochaient de Paris, Kirschöffer se suicidait dans sa salle de bain en se tirant une balle dans la tête. On parla même d'assassinat, hypothèse qui fut rejetée. Son corps fut enlevé sur une civière le jour même, peu avant minuit[16]. Après la guerre, interrogée sur cette affaire, Laure qui se parait du prestige de la Résistance et n'en finissait pas de conter ses exploits, prétendit qu'il s'était suicidé à cause d'elle « parce qu'il devait passer en conseil de guerre pour être intervenu et avoir fait libérer des gaullistes à sa demande ». Elle ira jusqu'à affirmer : « Kirschöffer, croyant que j'allais parler, s'est suicidé[17]. »

Devant la prodigalité et le train de vie fastueux de Laure, Maulaz estima qu'elle dépensait au moins 300 000 francs par mois (75 000 euros). Des enquêtes menées après la guerre évalueront ses dépenses mensuelles à 500 000 francs, un chiffre que Walter Kleinknecht avait avancé.

Un autre témoin de cette époque, séduit par cette aventurière, était le colonel Rolf Diedrichs, qui dirigeait l'état-major de la Luftwaffe en France. Son prédécesseur, le colonel Beins, avait été l'un des premiers laudateurs de Laure après l'armistice. Pendant deux années, jusqu'à la libération de Paris, Diedrichs sera un habitué de l'hôtel du boulevard de la Saussaye, ne cachant pas le culte qu'il vouait à son hôtesse. Il croyait fermement à la nécessité de la collaboration entre industriels français et allemands, à l'entente entre la France de Vichy et l'Allemagne hitlérienne. Laure lui paraissait ceinte de toutes les vertus. « À ceux qui fréquentaient chez elle, écrira-t-il, Mme Kleinknecht apparaissait comme une dame de la société française riche, hospitalière, ne manquant pas de culture et qui me semblait incarner tout particulièrement le charme de la Parisienne. Sa solvabilité et son honorabilité me paraissaient confirmées par des personnalités jouissant de la considération générale que je rencontrais souvent chez elle. »

Diedrichs parle aussi des sentiments catholiques qui animaient Laure et qu'elle avait à cœur de faire partager. Il poursuit « d'après les propres récits de Mme Kleinknecht, sa biographie [lui] apparaissait de la façon suivante » :

« Elle avait été élevée dans un internat religieux après la mort prématurée de son père et avait ensuite étudié la médecine. Puis elle avait épousé un riche Américain, associé au propriétaire de la Chase Bank*. Avec lui, elle avait voyagé à travers divers pays d'Europe, entre autres la Hongrie. C'est là qu'elle mit au monde un enfant qui mourut immédiatement après sa naissance. Les médecins les plus célèbres furent appelés pour se rendre par avion au chevet de l'enfant. Peu après, son mari mourut aussi, lui laissant une grosse fortune qui fut gérée par la Chase Bank en question.

« Du fait de son premier mari, elle avait de nombreuses relations de parenté et amicales en Amérique et en Angleterre. Après la mort de son premier mari, elle vécut un certain temps chez des amis sur la rive allemande du lac de Constance et fut sur le point d'épouser un haut gradé de la SS. Pourtant, elle ne consentit pas à cette union et, au lieu de cela, elle épousa M. Kleinknecht, banquier à Amsterdam.

« Au moyen de la fortune laissée par son premier mari, elle avait acquis des industries situées dans le midi de la France. Il s'agissait d'usines produisant des fabrications civiles, par exemple des machines à glace, ce qui lui donnait l'avantage d'éviter pendant la guerre la pénible obligation de les mettre à la disposition des autorités d'occupation pour la fabrication d'armement. Elle avait égale-

* L'une des plus importantes banques américaines dont la succursale en France, considérée comme bien ennemi, était passée sous contrôle allemand placé sous la direction de Hans Caesar, un des fervents admirateurs de Laure. On peut penser qu'à force d'avoir entendu parler de cette banque, elle se l'était appropriée d'une certaine manière conformément à sa tendance fondamentale.

ment des intérêts dans l'usine anglaise de conserves et de produits alimentaires Libby's.

« Son mariage avec M. Kleinknecht ne semblait pas très solide. Elle paraissait rechercher le mariage avec le ministre Bichelonne[18]. »

Avant de comprendre qu'il avait été abusé, ce qui prendra du temps, Diedrichs dira : « Je crus moi aussi à la vérité de cette biographie esquissée partout par l'intéressée d'une façon extraordinairement habile et totalement plausible. » Elle avait réuni quelques photos censées représenter M. Moore, « son premier mari », et les montrait avec une pointe de regret dans le regard[19]. Surprenante était la crédulité de ses auditeurs dont la plupart occupaient des fonctions basées sur le renseignement.

Une autre recrue de poids vint s'ajouter aux habitués de son salon : Jacques Benoist-Méchin, âgé de quarante-deux ans. Chassé du gouvernement par Pierre Laval qui le soupçonnait de vouloir prendre sa place, il lui vouait une haine irrémissible et militait dans la faction des ultras qui voulaient imposer un gouvernement liant le sort de la France à celui de l'Allemagne nazie dont ils admiraient le Führer. Avant la guerre, auteur d'une monumentale histoire de l'armée allemande et d'ouvrages talentueux liés à l'histoire, à la littérature, à la musique, cet érudit capable d'analyses subtiles et de synthèses magistrales, se fiait à son intelligence qu'il jugeait supérieure alors qu'elle était éventée par une passion politique qui s'ouvrait sur des abîmes. Il s'était composé une physionomie conforme à l'impression qu'il voulait donner de lui-même : profil aigu, regard acéré, lèvres scellées, une raideur physique suggérant la rigidité morale. Cherchant un lieu privilégié où mener ses intrigues, il avait été introduit auprès de Laure par Bichelonne qui partageait ses idées extrémistes, et il la fréquentera assidûment jusqu'à l'arrivée des Alliés à Paris.

Benoist-Méchin chargeait celle qu'il appelait « ma chère Laurette » de remettre à des Allemands de haut rang « un petit cadeau » de sa part : il s'agissait de ses livres dédicacés[20]. Benoist-Méchin fournissait au service de renseignement de la SS des informations concernant Pierre Laval et d'autres ministres et sur la politique intérieure française en général.

Laure était fière de compter un tel homme parmi ses fidèles. À défaut de Bichelonne, elle l'aurait volontiers épousé bien qu'il fût homosexuel, et elle le rangeait parmi ses « fiancés ». Elle voulait tellement lui plaire qu'elle faisait du charme à sa mère qu'il adorait et avec laquelle il vivait, et elle lui envoyait, denrée rare et onéreuse à l'époque, des boîtes de chocolats qui lui valait en retour de lyriques lettres de remerciement de la vieille dame.

D'autres anciens ministres aigris et revanchards, espérant jouir d'une nouvelle faveur grâce aux Allemands, intriguaient pour être conviés à Neuilly, et Laure les recevait en connaissance de cause*.

Il en est un autre dont la présence chez elle aurait pu surprendre, c'est le préfet de police Amédée Bussière. Avant la guerre, Bussière, directeur général de la Sûreté nationale, avait lancé plusieurs enquêtes incriminant les

---

* En voici deux : Max Bonnafous, ancien préfet. Bien vu de Laval. Depuis deux ans, il était ministre de l'Agriculture et du Ravitaillement, une tâche sans fond dans la pénurie permanente. Souhaitant le ministère du Travail, il pensait que l'influence de Laure pourrait l'épauler.

Adrien Marquet, député et maire de Bordeaux avant la guerre, éphémère ministre de l'Intérieur au lendemain de l'armistice. Depuis trois ans, il ne décolérait pas d'avoir été blackboulé du gouvernement. Après avoir offert ses services à la SS, il demeurait à la discrétion des Allemands. Chez Laure, il dînera avec Bichelonne, Maulaz, le major Kleinknecht, Marcel Déat, Jean Potin, etc., dans l'espoir de quelque retour de fortune.

époux Kleinknecht, dont celle qui avait abouti au rejet de la requête de naturalisation de Walter. Mais Bussière était un de ces hauts fonctionnaires courbés devant les puissants du jour, ce qui l'avait conduit, après l'armistice, à se poser en victime de la République. La préfecture de police était devenue une force supplétive des SS, qui ne disposaient pas du nombre et sans laquelle ils n'auraient pu remplir les wagons de la déportation et saigner les rangs de la Résistance. Amédée Bussière n'hésitait pas à renseigner personnellement les SS. Il croyait devoir s'incliner devant Laure, favorite du régime dont lui n'était que le serviteur. Il arrivait dans une voiture officielle et son escorte montait la garde devant la grille, mêlée aux SS en armes des visiteurs allemands. Après quelques pas, il entrait dans la maison où l'accueil était plein de prévenance.

Il serait fastidieux d'introduire tous ceux qui, Allemands et Français, peuplaient le salon de Mme Kleinknecht. On y retrouvait des gradés de la Gestapo, tel Sadzik*, un subordonné de Kieffer, dont la tête sinistre convenait à son emploi. D'une tout autre classe était Hans Caesar qui avait fait carrière dans la banque à des postes de direction. Délégué à Paris avec le titre de « commissaire gérant des banques ennemies », il était chargé d'assurer la continuité des banques anglo-américaines placées sous séquestre. Il avait en outre le contrôle et la surveillance d'établissements bancaires français. Il travaillait en liaison avec Kurt Maulaz et Carl Schaefer, commissaire allemand de la Banque de France. Il était proche d'Erich Staffeld, collaborateur de Goering, nommé directeur du *Deviesenschutzkommando*, le commando de protection des devises. Cette organisation était chargée de s'emparer des devises, de l'or, des bijoux,

* Sadzik est également orthographié Zadzig dans plusieurs documents.

de tous les avoirs possibles appartenant aux Français et aux étrangers, juifs en priorité, presque tous victimes de dénonciations. Staffeld dirigeait cette organisation en France, en Belgique, en Hollande et au Luxembourg, mais il était presque tout le temps à Paris. Son adjoint direct, portant le titre de chef du commando pour la France, était Alfred Hartmann, un vieux compagnon de lutte de Hitler qui avait reçu cette sinécure en reconnaissance de son apport au parti national-socialiste. Leurs bureaux étaient installés rue Pillet-Will, naguère siège d'une banque spoliée. Les collaborateurs de Hartmann, dont la plupart étaient issus des douanes, appartenaient dans l'ensemble à la Gestapo dont ils avaient adopté les méthodes. Des cachots étaient aménagés dans les sous-sols de l'immeuble où la torture déliait les langues de ceux qui se taisaient ou protestaient contre la saisie de leur patrimoine. La place manquant, ils avaient transformé en cellules les placards du troisième étage. Disposant d'un pouvoir discrétionnaire, ils enfermaient certaines de leurs victimes dans les prisons de Fresnes et du Cherche-Midi où elles subissaient des sévices. Le commando avait le droit de forcer les portes des habitations et d'exiger des banques l'ouverture des coffres qu'ils désiraient piller. Ils recrutaient une pègre d'informateurs dans diverses classes de la société et travaillaient avec la bande de gestapistes français de la rue Lauriston aux ordres d'Henri Lafont. À plusieurs reprises Goering se rendit rue Pillet-Will, où on lui montrait les bijoux et les objets d'art que Hartmann avait volés à son intention. Au cours d'une visite, il remit à un agent du commando, Otto Scherrer, une haute distinction en récompense des kilos d'or et de bijoux qu'il avait dérobés[21].

Hans Caesar amena Erich Staffeld chez Laure, le présentant comme un financier d'envergure. Laure faisait grand cas de Caesar, un ornement de son salon, et le plaçait même au rang de ses « fiancés ». Des bruits de relations intimes circulaient sur leur compte. Les fonctions bancaires de cet Allemand, dont l'honnêteté n'était pas la vertu cardinale, ne pouvaient que le rendre séduisant aux yeux de Laure. C'était un personnage de taille médiocre, maigre et cérémonieux auquel elle s'était confiée et qui la conseillait. Il se piquait d'avoir de belles manières et lui envoyait des billets galants, telle cette carte : « Avec mes remerciements les plus sincères pour la reine de cette ravissante et charmante soirée[22]. »

Il y avait aussi le major Kleinknecht, cousin de son mari, d'abord officier de renseignement auprès du commandant militaire allemand en France. En 1944, il sera nommé chef de district à Dijon, sans être empêché de se rendre fréquemment à Paris. Il procédera à l'arrestation d'otages et à des déportations, et prendra part notamment à une expédition contre les maquis du Jura en juillet 1944. Déjà reçu, après l'armistice, à l'hôtel du boulevard de La Tour-Maubourg, il fréquentera le salon de Laure à Neuilly où il rencontrait des personnalités de premier plan, et Laure, bonne fille, l'invitait à des repas qui le branchait sur des interlocuteurs désirés. Après l'anéantissement du IIIe Reich, le major Kleinknecht sera recherché comme criminel de guerre et inculpé d'assassinats.

Laure était devenue une étoile de la Collaboration d'autant plus surprenante dans un milieu généralement réservé aux hommes. Sa renommée s'étendait aux différents organismes allemands, chacun d'entre eux espionnant pour son propre compte. La comtesse Seckendorf, excroissance mondaine du renseignement de la SS, rapportera : « Mme Kleinknecht est en relations avec de hautes personnalités et aurait une importante activité économique et politique, et elle prétend pouvoir réaliser n'importe quoi[23]. »

Les affaires que Laure nouait avec Engelke moyennant rétribution et les réceptions qu'elle organisait pour le compte de Maulaz qui l'indemnisait largement ne suffisaient pas à l'activité mercantile de cette femme animée par la volonté d'entreprendre. Constatant que les Allemands plaçaient au premier rang de leurs préoccupations le ravitaillement de l'armée d'occupation, elle s'investit dans les plantes maraîchères et se mit en tête – du moins l'affirmait-elle – de mettre tous les potagers de France dans les gamelles des soldats du Reich. Elle s'intéressa d'abord à l'expédition d'asperges en provenance d'Indre-et-Loire. Pendant le mois de juin 1943, après entente avec l'intendance allemande qui se chargeait de fournir la matière première, elle envisagea de monter une fabrique de confitures produisant 150 tonnes par mois. Elle s'engageait aussi à livrer mensuellement 5 000 kilos de moutarde blanche, *Sinapis alba*, lançait-elle en vraie professionnelle. De même, elle entendait créer un atelier de déshydratation de pommes de terre traitant 150 tonnes de tubercules fraîches par mois. Elle assura être en mesure de stocker 20 000 hectolitres de vin. S'étant instruite sur ces questions, elle en parlait en technicienne sur un ton démonstratif qui emportait l'adhésion de ses futurs partenaires. Elle avait chiffré le coût de ces investissements, certifiait-elle.

Diversifiant ses offres et les étayant, elle se procurait des documentations concernant la plantation du café, la métallurgie, le pétrole, les liqueurs, les dentelles, les chemins de fer, les conserves, les pêcheries, le tabac, les turboréacteurs, et elle étalait ses connaissances. Elle s'occupa aussi de fournir aux Allemands 400 000 couvertures, ce qui représentait vingt-cinq à trente wagons.

Au cours de ses prospections, elle apprit par Bichelonne qu'un entrepôt situé à Varennes-sur-Allier détenait en stock 100 000 mètres carrés de grilles d'atterrissage, soit

20 000 grilles. La Luftwaffe, en la personne du colonel Diedrichs, son chef d'état-major en France, se déclara disposée à acquérir 16 000 grilles. Au mois de juillet 1943, Laure convoqua l'ingénieur de l'aéronautique Marcel Riffard, toujours disposé à s'incliner devant elle, et lui déclara : « Nous avons besoin de grilles d'atterrissage et de matériel d'installation d'aérodrome. Je sais qu'il y en a, notamment à Varennes-sur-Allier, et je voudrais que vous demandiez au directeur de l'infrastructure qu'il nous cède ce matériel[24]. »

Riffard s'exécuta. Au cours d'une première visite, il indiqua au directeur, René Lemaire, que s'il vendait une partie des grilles aux Allemands, cela lui permettrait de garder le reste et il agita la menace d'un ordre de réquisition émanant de Berlin. Le directeur répondit que le matériel n'était pas à vendre et qu'il réservait sa réponse. Laure en fut contrariée et prépara sa riposte. La deuxième visite de Riffard eut lieu un mois après. Il venait inviter à déjeuner René Lemaire de la part d'une certaine dame Kleinknecht qui rendait de grands services à la France en obtenant des libérations de prisonniers détenus par la Gestapo, et il ajouta que le ministre Bichelonne serait là. René Lemaire resta évasif mais il se renseigna et finit par prendre connaissance d'un ancien dossier de la direction de contrôle du ministère de l'Air qui épinglait le couple Kleinknecht, à la suite de quoi il déclina l'invitation. Laure en fut mortifiée et maintint ses exigences. Pour augmenter la pression, plusieurs collaborateurs de Lemaire furent successivement arrêtés au mois de novembre à Varennes-sur-Allier. À sa troisième visite, début décembre, Riffard convia Lemaire à dîner avec le colonel Diedrichs. Bichelonne, dont dépendait ce matériel, avait donné son accord. Malgré l'insistance de Riffard, Lemaire avança qu'il ne disposait plus d'aucune grille d'atterrissage. À sa quatrième visite, le 27 décembre, Riffard pressa Lemaire de déjeuner chez Mme Kleinknecht avec M. Bichelonne. Le soir même, inquiet de la tournure prise par cette affaire, Lemaire en rendit compte à Pierre Cosmi, directeur de cabinet de Bichelonne, qui reconnut que Mme Kleinknecht avait effectivement rendu des services en faisant libérer des Français, mais qu'il serait déplacé que Lemaire rencontre le ministre chez elle et qu'il interviendrait pour l'éviter. En conclusion, venu à Vichy pour se renseigner auprès de la police allemande sur le sort de ses collaborateurs, René Lemaire sera immédiatement interrogé par un officier de la Gestapo et mis au cachot le jour même, 30 décembre[25].

Il est vrai que Laure intercédait en faveur de prisonniers de guerre et de personnes arrêtées par la Gestapo. « J'étais comme une sonnette, dira-t-elle. Tout le monde était accroché à ma porte pour que j'intervienne auprès de M. Bichelonne[26]. »

Bichelonne est utilisé ici comme un faire-valoir car il n'intervenait pas directement mais pressait Laure de s'entremettre. Quand elle essayait d'obtenir la libération de personnes internées en Allemagne ou emprisonnées en France, elle s'adressait à Engelke, à Maulaz et au cousin de son mari, le major Kleinknecht. Elle sollicitait aussi le sinistre Sadzik dans l'antre de la Gestapo et recourait éventuellement au talent d'interprète de Mlle Geyer, une étudiante française[27]. En réalité, elle parlait très mal l'allemand mais se débrouillait pour qu'on la comprenne, jouant de son visage avec expressivité, ce qui, elle le savait, ajoutait à son charme.

Des personnages prééminents et écoutés des Allemands, tels que Bichelonne, Déat, Benoist-Méchin et d'autres, passaient par le canal de Laure pour plaider une cause auprès de la police de sûreté et du service de renseignement de la SS. L'entourage de Bichelonne a confirmé que Laure se chargeait non seulement d'obtenir des libérations mais s'immisçait dans les affaires que le ministre traitait avec les SS. D'ailleurs, quand elle s'entremettait, les Allemands lui donnaient facilement satisfaction – car, remarquait Knochen, « les choses se plaçaient pour nous sur le plan politique, il s'agissait de rester en bonnes relations avec Bichelonne[28] ».

Sur le plan humanitaire, elle est intervenue des dizaines de fois, toujours d'une manière bénévole, fière d'afficher son influence. Elle intercédait en faveur des humbles et des puissants et s'évertuait aussi à ce que les colis destinés à des détenus leur parviennent. Les lettres de reconnaissance et de gratitude des intéressés ou de leurs familles sont dans le dossier d'instruction du tribunal militaire de Paris. Se reportant à son travail d'assistance au Secours national, elle affirmera, contre toute vraisemblance, après la guerre, qu'elle avait obtenu la libération de quatre cents prisonniers.

Tant d'activités offraient à Laure l'occasion d'étaler son élégance. Elle englobait dans ses énormes dépenses courantes ses frais vestimentaires, car rares étaient les jours où elle ne s'occupait pas de sa toilette. Elle privilégiait la maison de haute couture Jacques Fath qui se lançait et où régnait un climat d'acquiescement à l'ordre nouveau auquel souscrivait ce couturier, un des rois des nuits parisiennes. L'Occupation était un extraordinaire tremplin vers la notoriété, d'autant que la situation, réduisant l'offre et la compétition, concentrait, dans tous les domaines, l'attention sur quelques-uns. Fath savait faire parler de lui et saluait bien bas la clientèle allemande qui concourait à la prospérité de la jeune maison.

Cliente de Jacques Fath pendant les trois dernières années de l'Occupation, Laure produisait une vive impression. Son cursus collaborationniste y était connu et apprécié. Certes, elle n'était pas une payeuse aussi ponctuelle que les femmes allemandes, mais elle se montrait toujours disposée à rendre service. Elle eut l'occasion de se distinguer en faisant libérer du stalag où il était prisonnier de guerre le frère de Marinette, la vendeuse qui s'occupait d'elle. Il se trouvait que Jeanne Fidon, la première de la maison Fath, était l'épouse du plus proche collaborateur de Walter Kleinknecht. Elle fut souvent invitée chez Laure, mais avait la sensation d'être un pion entre les mains de cette experte dont le rôle consistait à mettre les gens en présence pour monter des affaires [29].

Toujours en quête de profits et voyant les sommes considérables qui se dépensaient dans les lieux de bonne chère et de plaisir, Laure envisagea, au cours de l'année 1943, d'investir 350 000 francs (70 000 euros) dans un établissement de la rue Marbeuf, Le Sully, bar américain. Elle en discutait quand un architecte de Montereau qu'elle avait missionné lui proposa une propriété conforme à ses désirs. Il s'agissait d'un château. Du coup, elle tira un trait sur Le Sully qui lui parut un projet mesquin.

Le château de Surville, sur les hauteurs de Montereau, et qui semblait commander la ville, était une bâtisse construite vers 1735, dont le parc de quarante hectares, à l'origine, n'en couvrait plus qu'une dizaine, le reste ayant été vendu ou aliéné au fil des années. La propriétaire, la comtesse Marie de Quélen, qui connaissait d'insolubles difficultés financières vivait dans un tel relâchement qu'elle laissait entrer des chèvres dans le château. Elle portait le nom de l'archevêque de Paris, le comte Hyacinthe de Quélen, qui arracha à Talleyrand sur son lit de mort une lettre de soumission au pape et à l'Église catholique.

Laure visita le domaine, accompagnée de M. Beaupré, l'architecte de Montereau, et de Mme de Quélen. Elle s'emballa. Le mot « château » lui était monté à la tête et elle en riait d'aise. Elle imaginait des aristocrates en costume du XVIIIe siècle parcourant les deux vastes allées qui aboutissaient à la façade principale flanquée de deux ailes saillantes encadrant un pavillon auquel on accédait par des degrés de pierre. Les communs et les dépendances lui parurent devoir être peuplés de domestiques et, en passant devant une écurie, elle parla du cheval, pensionné au haras de Tournezy, que lui avait offert Jean Potin et qui était mort, ce qui l'avait affectée au point qu'elle avait ordonné une autopsie. L'intérieur, malgré l'abandon, la ravit, notamment le grand hall qui s'ouvrait sur les pièces de réception par trois cintres taillés dans l'épaisseur des murs.

Elle s'extasia sur le paysage : le château de Surville dominait le confluent de la Seine et de l'Yonne, découvrant au loin d'immenses étendues forestières. Elle s'enthousiasma surtout quand elle apprit que Napoléon, en 1814, tentant d'arrêter l'invasion, y avait établi son quartier général, d'où il avait remporté contre l'envahisseur une dernière victoire avant sa première abdication deux mois plus tard.

En dépit du prix, 6 millions de francs (1 200 000 euros), Laure manifesta aussitôt sa volonté d'acheter le château. Ennuyée de porter le nom allemand de Kleinknecht, elle écouta le notaire qui lui conseilla de créer une société civile immobilière. Elle y fit figurer sa mère pour la plus grande partie, et Jean Potin, toujours serviable, accepta avec un de ses amis, Alexis Chaumeil, de prendre quelques actions qu'ils rétrocédèrent par la suite. Ainsi fut créée la Société civile immobilière de Surville au capital de 6 millions de francs[30].

Laure fit un battage autour de cette acquisition. Elle invita le préfet de Seine-et-Marne, Paul Demange, à se rendre à Surville. Celui-ci jugea l'endroit si beau qu'il en parla aux chefs allemands qu'il recevait à la préfecture de Melun. Le bruit se répandit. Le château devint une attraction rameutant toutes sortes d'Allemands, et certains que Laure ne connaissait pas revenaient frauduleusement pour des parties de chasse. L'un d'eux tira un coup de feu en direction du gardien qui voulait l'expulser. Informée, Laure demanda à Engelke un papier qui la mît à l'abri de ces violations du droit, et elle le remit à Pierre Blondelle, le gardien[31]. Le texte stipulait que, compte tenu des attaches de Mme Kleinknecht avec la SS, sa propriété de Surville devait être préservée contre toute atteinte des troupes allemandes et toute tentative de pillage de la part des soldats[32].

Bientôt, Laure devint une célébrité locale. Quoique prévenue contre elle, le maire de Montereau, Charles Baudry, un ancien député, ne remarqua rien d'antinational dans les propos de la jeune femme dont il ne tarda pas à faire la connaissance et qui par son bavardage ponctué de sourires créait une sphère de bonne humeur.

Elle emmenait avec elle par roulement ses familiers dans la voiture dont elle disposait et organisait des repas champêtres. Benoist-Méchin fut un des visiteurs les plus réguliers de Surville. Elle sollicitait ses avis sur les travaux de réhabilitation qu'elle projetait et l'interrogeait sur les particularités architecturales du château. Un autre, dont elle prenait grand soin, était Diedrichs. Lui-même était conquis par la beauté du site et troublé d'être de plain-pied en des lieux que Napoléon avait animés de son génie. « Cela m'a fait une particulière impression », écrira-t-il après la guerre[33]. Laure dévidait devant lui son programme. Elle avait l'intention, exposait-elle, de dégager une partie à demi boisée afin d'aménager un petit aérodrome destiné à une « avionette ». Diedrichs était aux anges. Fière de se promener sur ses terres avec le chef d'état-major de la Luftwaffe en France, elle ébruitait son identité, en informant même les trois employés qu'elle gardait à demeure et dont elle ne payait pas toujours les gages. Il faut dire qu'ils étaient dignes de figurer dans une farce paysanne. Attentifs à ce que manigançait la nouvelle propriétaire, ils la suivaient à la trace, blaguant entre eux. En son absence, pour compenser les retards de salaire, ils démontaient des tuyaux en plomb, ramassaient des ustensiles et vendaient le tout un bon prix à cause de la pénurie.

L'année 1943 s'achevait. Les armées allemandes fléchissaient sur tous les fronts. Après la destitution et la chute de Mussolini, un nouveau gouvernement italien avait signé un armistice avec les Alliés, puis déclaré la guerre à l'Allemagne, laquelle occupait l'Italie et affrontait les Anglo-Saxons qui progressaient dans le sud de la péninsule. Des unités de l'armée française, qui se reconstituait à partir des rivages de l'Afrique du Nord, débarquaient en Corse et libéraient ce territoire.

Ces événements ne perturbaient pas Laure, tout entière occupée d'elle-même au point de songer à pérenniser son image en faisant appel au sculpteur Paul Belmondo, très répandu dans le monde de la Collaboration. Elle se dépensait aussi dans l'organisation du baptême de ses deux fils qu'elle voulait célébrer simultanément. L'aîné avait cinq ans et le cadet un an passé. Afin d'honorer l'amitié franco-allemande, elle avait décidé de « croiser » parrains et marraines. Son mari, à peine consulté, acquiesça. Elle aurait voulu que le parrain de son fils aîné fût Bichelonne, mais celui-ci, craignant d'aviver les ragots qui couraient sur leur compte, déclina la proposition et pria Gaston Lefeuvre, éphémère administrateur de RBV que Laure avait invité plusieurs fois avec le ministre, d'être le parrain. Ce dernier accepta et eut pour commère Sophie Wilm, collaboratrice de Diedrichs, et qui n'appelait jamais autrement Laure que « bien chère petite amie ». Mme Jean Potin, marraine du plus jeune fils, eut pour compère le major Kleinknecht.

Après la cérémonie du baptême, Laure et son mari offrirent une réception mémorable dans l'hôtel particulier de Neuilly, réunissant de nombreuses personnalités allemandes et françaises. Le colonel Diedrichs nota : « À l'occasion de la cérémonie religieuse, les époux Kleinknecht firent preuve d'une position très chrétienne[34]. »

CHAPITRE 8

La mission d'Erna Hanfstaengl

La réunion des époux Kleinknecht le jour du baptême de leurs deux fils intervenait pendant que la procédure de divorce se poursuivait. Quelques mois après, au début de mai 1944, le commandement militaire allemand ordonnait à Walter Kleinknecht de quitter la France dans les quarante-huit heures et d'accomplir le service du travail en Allemagne.

Avant son départ, il se rendit chez Marcel Leroy, un homme d'affaires peu scrupuleux mais qui avait sa confiance depuis son installation en France, et il lui remit 1 500 000 francs (250 000 euros) à partager entre ses trois fils – ceux qu'il avait eus de Laure et celui de son premier mariage – si jamais il lui arrivait malheur. Il avait toujours prodigué à ses enfants une affection soutenue. Il lui confia également deux valises contenant sa précieuse collection de timbres-poste, mais le lendemain, il les fera reprendre par Émile Massard, son garçon de course. Informée par Marcel Leroy, également à sa solde, Laure exigera sans succès que cet argent revienne en sa possession, arguant que ce ne serait qu'une contribution financière de la part du père à l'éducation de ses fils. À la fin du mois de juillet, avant que les Allemands ne commencent à évacuer Paris, Kleinknecht enverra à Leroy un messager allemand nommé Fittman muni d'une note manuscrite : « Remettre au porteur la somme que je vous ai déposée[1]. » Ce qui fut fait*. Après la guerre, Walter Kleinknecht aura l'occasion d'écrire : « Lorsque je quittai Paris, elle [Laure] me dit au revoir par téléphone. Je quittai Paris déçu par celle qui était quand même la mère de nos enfants[2]. »

Le départ de Kleinknecht survenait au moment où Laure était parvenue au sommet de sa notoriété. Les plus hauts dirigeants des forces d'occupation, s'ils ne l'avaient pas encore rencontrée, la connaissaient de nom, et elle avait le premier salon politique de Paris où se produisaient des rencontres extraordinaires et se nouaient et se dénouaient des manœuvres secrètes et des marchés insoupçonnés. Elle était entourée d'égards et ne doutait pas qu'elle pourrait se hisser encore plus haut.

Quelque temps avant, en septembre 1943, avait débarqué à Paris une Walkyrie allemande un peu déjetée, bardée de colifichets, coiffée d'un feutre bavarois orné d'un bout de plume. Erna Hanfstaengl, cinquante-sept ans, était venue pour prendre l'air du temps, disait-elle, et faire des emplettes. Elle logeait chez Marie Vieillard que Laure connaissait car elle était la sœur de Marcel Riffard. Mme Vieillard avait, à deux ans près, le même âge que Fräulein Hanfstaengl. C'était une matrone poussive à la volumineuse circonférence et que tout le monde appelait « la grosse dame ». Elle était née en Argentine et avait

* La paix venue, Kleinknecht donnera quitus à Leroy en spécifiant simplement « qu'il n'avait plus rien de ce qui pouvait lui appartenir ». Tatiana Evreinoff, l'ancienne secrétaire de Kleinknecht, affirmera que le dépôt effectué auprès de Leroy se montait en réalité à 5 ou 6 millions de francs.

rejoint en 1910 à Constantinople un sujet turc connu en France, Ferid Bey, qu'elle épousait suivant le rite musulman et dont elle avait eu un fils nommé Mohammed Riffard. Pendant la Grande Guerre, résidant en Suisse, elle transmettait à Paris des renseignements importants sur la situation de la Turquie, alliée de l'Allemagne. Entre les deux guerres, elle avait entretenu de nombreuses relations dans les milieux politiques. En 1936, au cours d'un voyage en Allemagne, elle fit la connaissance d'Erna Hanfstaengl toute à la dévotion du Führer, qui lui rendit sa visite l'année suivante, rencontrant son frère Marcel Riffard. En 1938, elle publia dans *La Police parisienne* un article intitulé « Ce que j'ai vu en Allemagne ». Depuis de longues années, elle dirigeait le Cercle d'achat de la préfecture de police et habitait dans la rue du Cloître-Notre-Dame qui borde la cathédrale.

Au courant des initiatives d'Erna Hanfstaengl, Mme Vieillard lui avait parlé de Laure Kleinknecht, la personne la mieux qualifiée pour l'introduire auprès de personnalités politiques françaises. Marcel Riffard fut chargé d'établir la liaison entre les deux femmes. Il dit à Laure qu'Erna Hanfstaengl était l'« égérie de Hitler[3] ». Prenant le relais de son frère, Mme Vieillard lui proposa de la mettre en présence d'Erna Hanfstaengl qui parlait français. Laure accepta avec enthousiasme et se déclara prête à coopérer avec l'Allemande, voyant s'ouvrir à elle des perspectives dont son imagination s'empara aussitôt.

Issue d'une riche famille propriétaire d'une maison d'édition d'art à Munich, Erna Hanfstaengl était la sœur d'Ernst Hanfstaengl, l'un des premiers commanditaires de Hitler dès 1923 et le seul à le tutoyer et à l'appeler Adolf, un personnage éléphantesque au crâne bossué que tout le monde appelait Putzi et qui savait distraire le Führer au point de passer pour son bouffon, jusqu'au jour où, avant la guerre, pour des raisons obscures, il quittera l'Allemagne. Quand Hitler avait été rudement bousculé lors du putsch raté de Munich destiné à forcer la voie du pouvoir, il avait été transporté à Uffing, dans la maison de campagne familiale des Hanfstaengl, où Erna l'avait soigné. En sus de cette relation avec le Führer, Erna était très liée à Himmler depuis sa jeunesse, les frères Hanfstaengl ayant eu pour professeur son père. Elle appartenait à cette pléiade féminine de l'entourage de Hitler et était très liée avec une des plus fanatiques admiratrices du Führer, l'Anglaise Unity Mitford dont on disait qu'elle espérait l'épouser.

Dès le début de la guerre, Himmler ordonna à l'Office central de sécurité du Reich, l'omnipotent RSHA, d'employer Erna Hanfstaengl, qui était donc devenue un agent de cette organisation, véritable État dans l'État qui concentrait tous les pouvoirs et matérialisait l'idéologie nationale-socialiste, ses buts, les moyens de les atteindre et de les exploiter. Himmler en personne avait eu l'idée d'envoyer Erna à Paris pour prendre des contacts en vue d'une mission ultérieure consistant à suivre l'évolution d'une situation rendue complexe par les développements de la guerre favorable aux Alliés et la politique chaotique du régime de Vichy. Erna Hanfstaengl voyait en Himmler le sauveur potentiel de l'Allemagne et ne cessait de clamer ses mérites.

Au cours de ce premier séjour, Laure la guida dans ses emplettes qui comportaient une quantité impressionnante de paires de chaussures. Elle cita un certain nombre de Français influents de sa connaissance, lui en présenta quelques-uns, et convainquit sans difficulté la visiteuse que, quoi qu'elle voulût entreprendre en France, elle était la personne destinée à lui faciliter la tâche. Bien entendu, elle la traita sur un pied princier, la régalant dans les restaurants les plus courus et la recevant chez elle avec tout le raffinement capable de séduire cette femme qui ne cachait pas qu'elle avait l'âme romantique.

La seconde visite d'Erna Hanfstaengl en France eut lieu en février 1944. Cette fois-ci, elle venait en mission officielle encore que discrète. En guise d'avant-propos, Himmler lui avait téléphoné, la priant de recevoir « son meilleur homme ». Il s'agissait du général Walter Schellenberg, chef SS des services de renseignement à l'étranger et du contre-espionnage. Il l'instruisit de ce que le Reichsführer Himmler attendait d'elle, prodigua quelques conseils et communiqua le nom de ses correspondants chargés de la recevoir à Paris. Cette mission d'information devait permettre à Himmler de vérifier le bien-fondé des rapports que lui adressaient ses délégués en France en une période où le gouvernement de Vichy semblait être entré dans sa phase de décomposition finale. Pour contrer de Gaulle, le maréchal Pétain voulait remettre son pouvoir à l'Assemblée nationale qu'il s'était empressé de dissoudre dès qu'il avait instauré sa dictature. Ribbentrop, agissant au nom du Führer, sommait Pétain d'être fidèle à la Collaboration ou de se démettre. Des ultras tels que Marcel Déat intriguaient pour entrer dans le gouvernement. Le troisième personnage du régime, Fernand de Brinon, était suspecté de vouloir créer, avec Bichelonne, un gouvernement lié à l'Allemagne. La France était aux mains des SS. Dans la hiérarchie respectée, le chef de la police de sûreté et du renseignement Helmut Knochen gouvernait conformément aux instructions de Karl Oberg, représentant personnel de Himmler, qui tenait les rênes du pouvoir exécutif. Les menaces de débarquement allié se précisaient. En bref, Himmler estimait que la cacophonie française justifiait l'envoi d'Erna Hanfstaengl qui lui était toute dévouée.

Elle prit ses quartiers aux Champs-Élysées dans une suite de l'hôtel Claridge. Oberg reçut directement de

Himmler, et Knochen de Schellenberg, des instructions destinées à faciliter le séjour de Mlle Hanfstaengl. Le colonel SS Bickler, délégué de Schellenberg en France, réceptionna la visiteuse et lui procura de l'argent et une voiture conduite par un chauffeur français. Knochen et un de ses collaborateurs devaient lui acheter les objets personnels qu'elle désirait. Elle rendit d'abord une visite de courtoisie à Mme Abetz, l'épouse de l'ambassadeur d'Allemagne en France, chez laquelle elle rencontra la baronne von der Thann et son frère Waldhausen, inféodés au régime national-socialiste tout en affectant des manières aristocratiques. Elle se borna à indiquer que son séjour à Paris concernait des questions artistiques et l'ouverture d'une galerie de tableaux. Sans doute, Laure aurait-elle aimé l'accompagner à l'ambassade. Suzanne Abetz, née dans une modeste famille du nord de la France, allemande par son mariage, déclarera au juge militaire en mai 1948 : « J'ai entendu prononcer bien souvent le nom de Mme Kleinknecht, mais ne me souviens pas de l'avoir rencontrée. D'après les rapports qui m'ont été faits à l'époque, il s'agissait d'une personne intrigante qu'il valait mieux éviter. »

Les services allemands de Paris sollicités se méfiaient d'Hanfstaengl, ignorant le fond de sa mission et sachant qu'elle était une amie de jeunesse de Hitler et de Himmler. Schellenberg avait camouflé l'opération sous l'objectif de créer à Paris une « Maison d'art européen ». Il reconnaîtra après la guerre qu'il lui « avait conseillé de contacter également à Paris les milieux artistiques afin de se créer un alibi ». Elle-même s'empressa d'annoncer à ses interlocuteurs allemands qu'elle voulait louer, place de l'Opéra, le grand hall d'exposition de Citroën, et elle visita ostensiblement cet emplacement en compagnie son amie, Mme Vieillard.

Il est évident que Mlle Hanfstaengl n'avait pas choisi

Laure Kleinknecht sans en parler en haut lieu à Berlin et sans l'accord de Schellenberg, voire de Himmler lui-même. Il fallait que cette dernière possédât toutes les garanties de fiabilité et la capacité d'apporter une part contributive. Faut-il ajouter qu'elle exultait d'être l'intermédiaire désignée par des dirigeants du Reich et qu'elle s'en fit tout un roman. Son hôtel à Neuilly allait devenir le théâtre principal où Hanfstaengl accomplirait le plus clair de sa mission d'information.

Avisé de cette visite, Bichelonne estima utile de rencontrer cette Allemande. Laure organisa un déjeuner et l'on ignore ce qui fut dit. Parmi les inconditionnels de l'Allemagne nazie qu'elle réunit chez elle à déjeuner ou à goûter, soit seuls, soit en groupe, figuraient Marcel Déat, accompagné par Hélène, son épouse, Abel Bonnard et Jacques Benoist-Méchin, qui poussaient tous trois à la formation d'un gouvernement acquis aux visées du Führer. La demoiselle Hanfstaengl eut droit à un beau récital.

Toujours incisif, Marcel Déat s'érigeait en chef d'un parti populaire et exigeait de devenir ministre. Il fustigea la politique molle de Pierre Laval et du maréchal Pétain, bien que ceux-ci aient souscrits aux exigences du Reich. Jacques Benoist-Méchin se distinguait par la haine qu'il portait aux gens de Vichy. Il se lança dans de brillants développements sur le sort qui devait lier les deux pays, tout en examinant d'un œil égayé la « dégaine » d'Hanfstaengl qu'il jugea « pittoresque », tout comme son amie « la grosse dame » qui avec elle faisait la paire, semblant être inséparables[4]. L'académicien Abel Bonnard, ministre de l'Éducation nationale, renchérit en affirmant son allégeance à l'ordre nouveau qu'incarnait avec tant de génie Adolf Hitler. Tous trois n'hésitèrent pas à divulguer ce qui pouvait être considéré comme des secrets de l'État français, avec un entraînement revanchard et prêts à livrer toutes les pièces dont ils disposaient.

D'autres collaborationnistes succédèrent aux précédents et jouèrent leur partie dans cette comédie de la trahison. Quelques Allemands venaient aussi par habitude sans se faire annoncer. Outre les conversations courantes, d'autres préoccupations s'exprimaient. Devant la défaite annoncée de l'Allemagne, Français et Allemands se préoccupaient de la mise à l'abri de leur argent. Quelques-uns parlaient de la Suisse, refuge habituel des fortunes mal acquises, d'autres plaidaient en faveur de Monaco. Engelke, toujours plein d'esprit, qualifiait la principauté monégasque de « poubelle de luxe ». L'accommodant prince régnant, Louis II, participait à la mise en place d'une banque allemande habilement camouflée dans laquelle la milliardaire Florence Gould, mécène des lettres françaises, avait pris une participation de 5 %*.

Laure ne s'ingérait pas dans cette stratégie financière, bien qu'elle n'en perdît pas un mot. Elle était entièrement absorbée par la présence d'Hanfstaengl qui se gardait aussi de se compromettre par une parole de trop à propos de ces projets d'évasion de capitaux. Seule comptait sa mission. En aparté, Laure ne tarissait pas d'éloges sur ses invités et Hanfstaengl affichait sa satisfaction, considérant, elle

---

* Il s'agit de la banque J.E. Charles et Cie banquiers, une société en commandite créée en vertu d'un accord entre le gouvernement du Reich et le gouvernement monégasque. Le prince de Monaco avait, en présence de son ministre d'État, confirmé sa participation financière. Le fondateur, Johannès Eugène Charles, appartenait à une vieille famille genevoise dont certains membres avaient servi en Bavière au XVIIIe siècle, acquérant la nationalité bavaroise. En 1941, J.E. Charles revendiquait la nationalité bavaroise et par extension allemande, et l'obtenait. Pour créer sa banque à Monaco, il avait reçu de la Reichsbank 50 millions de francs (9,5 millions d'euros).

aussi, que Déat devrait être nommé ministre et promettant de plaider sa cause en haut lieu.

Laure, toujours généreuse, comblait de cadeaux l'envoyée de Himmler. Celle-ci lui avait confié quels étaient ses principaux correspondants allemands à Paris : le commandant SS Herbert Hagen, conseiller personnel du général Oberg, le capitaine SS Jungst, officier d'ordonnance d'Oberg, Keller et Loba, tous deux officiers SS spécialistes du renseignement militaire. Ces quatre-là pouvaient servir d'agents de liaison quand elle serait rentrée en Allemagne. Elle partit précipitamment après dix jours d'investigations et de loisirs à Paris. Un « fiancé » de Laure, Hans Caesar, dont nous reparlerons, vint la chercher à l'hôtel Claridge et la conduisit à la gare dans une voiture où se carraient deux SS. De retour à Berlin, Erna Hanfstaengl fit son rapport à Schellenberg.

Une semaine après ce départ, Marcel Déat, grâce à la pression allemande, devenait ministre du Travail, malgré l'hostilité du maréchal Pétain et le peu de cas que Pierre Laval faisait de lui. De son côté, Laure était intervenue auprès de l'influent Bichelonne, étoile du régime, pour qu'il soutienne cette nomination. Celle-ci à peine connue, elle écrivit à un de ses proches : « Notre ami, M. Déat, est ministre depuis ce soir. Je suis heureuse[5]. » La visite d'Erna Hanfstaengl, si proche des maîtres de l'Allemagne, l'avait mise en ébullition. Se voyant déjà à quelques pas du sommet, elle décida de s'y élever, considérant que, si elle parvenait à être reçue par Himmler, les plus hauts représentants du Reich en France seraient à ses pieds et, avec eux, les notables français qui, pourtant, ne lui ménageaient pas leur considération.

Les deux femmes étaient convenues de se revoir. Fiévreusement, Laure s'employa à se procurer les autorisations nécessaires à un voyage en Allemagne, s'adressant d'abord à l'un des agents de liaison qu'Erna Hanfstaengl lui avait recommandés. Sans difficulté, les hautes autorités de la SS en France donnèrent leur accord après que Laure eut justifié ce voyage en indiquant qu'elle était porteuse d'informations destinées à Berlin, ajoutant, à toutes fins utiles, qu'elle désirait aussi consulter un maître de la médecine allemand. Celui qui lui facilita les démarches dans le dédale administratif et se porta garant des services qu'elle avait rendus à la politique de collaboration, fut Fritz Engelke, le patron du bureau d'achat de la SS.

Le voyage eut lieu entre le 25 mars et le 1er avril 1944. Laure Kleinknecht prit le train de Munich. En arrivant sur le quai, elle tomba sur Engelke dont la présence n'était pas due au hasard. Ils voyagèrent ensemble. En se quittant, Engelke lui remit son numéro de téléphone à Berlin, recommandant de l'appeler dès qu'elle arriverait dans cette ville[6]. De Munich, Laure se rendit à Uffing, à cinquante kilomètres de la capitale bavaroise, où Erna Hanfstaengl résidait dans la maison de campagne familiale. Cette dernière, bonne comédienne, joua la surprise mais accueillit la visiteuse avec une joie effervescente qui la faisait vibrer, alors que tout était arrangé d'avance. « Mlle Hanfstaengl était un peu bizarre comme caractère[7] », déclarera, au cours d'un interrogatoire après la guerre, Laure qui justifia ce voyage par le besoin de consulter un médecin. De fait, elle annonça à son hôtesse qu'elle souffrait de sinusite et devait se faire soigner à Munich par un des médecins de Hitler auquel elle était recommandée depuis Paris*.

En guise de dérivatif, Fräulein Hanfstaengl emmena

* D'après les services de renseignement qui enquêtèrent après la guerre sur Laure Dissard, il est possible que le « médecin de Hitler » puisse être le professeur Karl Gebhardt, ami personnel de Himmler, membre de la SS.

Laure en excursion autour d'un lac. Son invitée s'extasia devant la beauté du paysage et déclara avec tant de conviction qu'elle souhaitait se faire construire un chalet sur ces rives qu'Erna Hanfstaengl lui proposa un terrain qu'elle possédait dans les environs et s'engagea à mettre un architecte sur le projet. Elle soutint, après la guerre, qu'elle avait tenté de dégriser Laure, trop engagée avec le régime nazi qui incarnait momentanément l'Allemagne mais destiné à disparaître bientôt eu égard aux événements. Elle jugea que Laure se montrait « plus royaliste que le roi », et qu'elle était incontrôlable[8]. « En résumé, déposera-t-elle, j'ai trouvé que Mme Kleinknecht était beaucoup trop engagée avec les nazis dans un moment où il aurait été plus prudent de s'en dégager. Je lui ai dit, en la mettant en garde : "Vous êtes juste la femme qu'il faut aux nazis et qu'ils aiment exploiter"[9]. » Pour sa part, Erna Hanfstaengl n'était pas encore dégagée du culte exigeant qu'elle vouait au Führer.

Deux jours après, Laure rejoignit Engelke à Berlin où elle était descendue à l'hôtel Anhalterbanhof. « Elle était très énervée, témoignera Engelke. Elle me dit la chose suivante : "Mlle Hanfstaengl et deux messieurs dont je ne me rappelle pas les noms veulent absolument que j'aille voir le général Schellenberg". » Elle lui demanda de l'accompagner. Il répondit que « d'une part il ne connaissait pas ce général et que d'autre part il ne s'occupait pas de questions politiques[10] ». Toutefois, il avait une telle estime pour les capacités de Laure qu'il la présenta à son grand patron, le général Oswald Pohl, troisième personnage de la SS, chef de l'Office central de l'administration et de l'économie (WVHA), qui englobait l'économie tentaculaire de la SS, la gestion des camps de concentration et d'extermination, incluant la récupération des dépouilles des victimes, le recrutement et l'exploitation de la main-d'œuvre esclave, tout ce qui concernait et concourait à la prospérité et à la prédominance de l'Ordre noir.

En quittant Engelke, Laure l'informa qu'elle voulait rendre une visite à la femme de Himmler et à M. Hufeisen*, chef de l'industrie automobile du Reich. De retour à Paris, elle affirmera à Engelke qu'elle avait été reçue par ces deux personnes et par Schellenberg. À peine revenue, elle organisa chez elle à Neuilly, du 13 avril au 19 mai, six dîners auxquels participèrent, parmi d'autres, Bichelonne, Benoist-Méchin, Déat, le colonel SS Heerdt**, Maulaz, Diedrichs, Caesar, Gabriel Cognacq. Elle les entretint de ses relations en Allemagne, captivant ses auditeurs par des récits que personne ne mettait en doute.

Le 20 mai, elle annonça un nouveau départ, confiant à Déat qu'elle allait préparer en Allemagne ses fiançailles, sans préciser le nom de l'élu, et à d'autres qu'elle devait remettre en main propre à Himmler un bon de 200 000 paires de chaussures destinées à la population allemande. Elle en faisait étalage au point qu'au début du mois de mai, pendant un essayage chez un fourreur, elle ne pourra se retenir de placer devant témoins que M. Bichelonne lui avait offert ce bon, ajoutant : « Je vais le porter à mon ami Himmler qui sera très content[11]. » Ces chaussures, d'après Oberg, étaient affectées à l'équipement de deux à trois divisions de Waffen SS.

Qu'une Française obtienne un sauf-conduit pour Berlin à une époque où se jouait la survie du Reich montre le puissant intérêt que les services de renseignement de la SS

* Orthographe imprécise.

** Chef de la Kommandantur de Paris pendant deux ans et ex-protégé de Reinhardt Heydrich, le chef de l'Office central de sécurité du Reich (RSHA) et maître d'œuvre de la Solution finale, en dernier lieu protecteur de Bohême-Moravie, et abattu à Prague par un commando tchèque formé en Grande-Bretagne.

accordaient à Laure. À la veille d'événements considérables, puisque l'on s'attendait d'un jour à l'autre à un débarquement allié sur la côte ouest de la France, elle partit entre le 20 et le 30 mai. Selon certains de ses habitués (Mme Vieillard, le colonel Diedrichs...), elle prétendra avoir effectué le voyage par vol spécial et qu'elle avait eu un entretien avec le général Gottlob Berger, chef du service central de la SS, rencontre qui n'a pas été confirmée par l'enquête menée après la guerre. Elle rapporta aussi qu'elle avait vu à Berlin « son bon ami » le Reichsführer Himmler, dont tantôt la femme, tantôt la fille, tantôt la sœur aurait été reçue à son domicile à Neuilly, qu'il lui avait donné des consignes précises touchant la politique française et qu'elle avait pris un repas en sa compagnie [12]. Comme si ce n'était pas assez, elle répétera à Maulaz et à Engelke, ses interlocuteurs allemands ordinaires, qu'elle connaissait Himmler personnellement.

Au surplus, à cette époque, quand on mentionnait devant elle le nom de Martin Bormann, le bras droit de Hitler, elle « a toujours affirmé très bien [le] connaître. Elle s'est même étendue sur les relations qu'elle aurait eues avec lui en précisant avoir été sa partenaire au tennis [13] ».

Une semaine à peine après son retour en France, les Alliés anglo-américains débarquaient en Normandie. Ce jour-là, Laure se préoccupait de rapatrier des meubles qu'elle avait laissés en Hollande. La panique qui s'empara des milieux collaborationnistes à Paris ne modifia pas ses propos ni son comportement.

Dix jours après le débarquement, elle recevait de Munich une lettre d'Erna Hanfstaengl qui, préoccupée par sa toilette, la remerciait d'avoir collecté et fait parvenir « grâce au toujours serviable Engelke » des vêtements et accessoires de luxe qu'elle avait commandés lors de son séjour à Paris. Elle ajoutait : « Je suis fermement convaincue que nous nous reverrons bientôt et que je trouverai pour vous un terrain de construction devant l'un de nos lacs de Haute-Bavière. Dois-je vous en rendre compte et vous envoyer un modèle de chalet en bois ? [...] Je mets en pratique le proverbe allemand : la patience crée le bonheur [14]. »

Laure multipliait les indiscrétions. Le 8 juillet, elle annonça à Benoist-Méchin, Bichelonne, Déat et à quelques familiers que le général SS Schellenberg était arrivé chez elle à Neuilly, porteur de décisions secrètes consécutives à la mission de Mlle Hanfstaengl et à ses propres voyages à Berlin. Le 10 juillet, elle révélait aux mêmes s'être longuement entretenue avec Schellenberg qui lui avait déclaré qu'il tâcherait de rencontrer ces messieurs [15].

Quand Schellenberg sera interrogé après la guerre, il répondra que le nom de Mme Kleinknecht ne lui était pas inconnu mais qu'il ne l'avait jamais rencontrée et n'était pas venu en France en 1944 [16]. De leur côté, Oberg et Knochen n'avaient pas entendu parler de la visite de Schellenberg à Paris mais pensaient qu'il était venu incognito [17].

Malgré sa docilité, le gouvernement français était en butte à la haine des ultras de la Collaboration. Le 5 juillet, ceux-ci signèrent conjointement une « Déclaration » sous forme d'ultimatum. Devant l'avance des armées alliées, les actions de la Résistance et le chaos qui menaçait l'État français, ils exigeaient le remaniement en profondeur du gouvernement, auquel devaient participer des personnalités « indiscutables », et une adhésion sans réserve aux intérêts et aux desseins du Reich. Ils exigeaient aussi que le gouvernement quitte Vichy et s'installe à Paris, se plaçant sous le contrôle direct de l'Allemagne. D'autres obligations analogues étaient formulées. Parmi les signataires, suppôts de l'Allemagne nationale-socialiste, se détachaient Jean

Bichelonne, Jacques Benoist-Méchin, Marcel Déat et Abel Bonnard.

Benoist-Méchin et Bichelonne devaient être les principaux acteurs de la nouvelle équipe ministérielle qui entendait se débarrasser de Pierre Laval. Or, une semaine après, le 12 juillet, se tenait le dernier conseil ministériel du régime de Vichy auquel Déat, comme d'habitude, ne participa pas, craignant pour sa sécurité. Laval, texte en main, lut aux ministres cette « Déclaration » dont il avait eu communication. À tour de rôle les ministres signataires minimisèrent leur rôle et protestèrent de leur fidélité. Bichelonne, dont le nom figurait en tête du manifeste, fournit une minable défense : « Je ne connais pas le rédacteur de ce papier, ma signature a été en quelque sorte imposée par des procédés que l'on emploie d'ordinaire pour la vente de certains produits pharmaceutiques. Je ne l'ai même pas lu. J'ai cru que c'était un papier qui était simplement destiné à vous être remis et à ne pas sortir du cadre ministériel. On ne m'a parlé dans tout cela que du retour du gouvernent à Paris, et pour des raisons techniques, je souhaite ce retour[18]. »

Alertée, les autorités allemandes maintinrent leur soutien à Pierre Laval à la tête du gouvernement et firent savoir qu'elles condamnaient les termes offensants employés par les signataires du document. Laure l'apprit et elle convainquit Bichelonne de retirer sa signature de la « Déclaration ». Elle s'en chargea et joignit Déat au ministère du Travail. Étant l'un des instigateurs du complot, il hésita, manifesta son mécontentent et finit par biffer le nom de Bichelonne sur un exemplaire qu'il avait sous la main, un geste factice.

Les événements qui précipitaient la chute du IIIe Reich n'empêchaient pas Laure de continuer à se glorifier ouvertement de la faveur dont elle jouissait outre-Rhin. Les chefs de la SS siégeant à Paris s'irritaient des bavardages par lesquels elle affirmait avoir rencontré Himmler, Schellenberg à Berlin et à Paris, tout en se prévalant d'autres hautes relations berlinoises, laissant même entendre qu'elle avait été reçue par Hitler. Oberg était le seul en France qui pût communiquer avec Himmler par fil direct, et à plus forte raison avec Schellenberg. Il apprit de ce dernier que c'était faux. Estimant que Laure Kleinknecht avait dépassé les limites acceptables, il obtint l'accord de Berlin pour lui infliger une leçon l'incitant à se modérer à l'avenir.

L'avenir ! Celui des Allemands en France était en passe de s'évanouir, mais ils agissaient comme si l'Occupation durerait éternellement. Depuis plus d'un mois, à partir des plages de Normandie, les Alliés s'ouvraient la voie vers la Bretagne et le Bassin parisien. Les Allemands maintenaient leur pouvoir absolu sur les territoires qu'ils tenaient encore. Malgré la pénurie de wagons, ils parvenaient en priorité à former des convois à destination des camps d'extermination et ils poursuivaient la traque sanglante des résistants, secondés par la Milice française et d'autres supplétifs. Ils constataient avec satisfaction que la population française ne s'était pas soulevée à l'annonce du débarquement, que les territoires encore sous leur coupe étaient relativement calmes et que le régime de Vichy, qui leur devait son existence, resterait jusqu'à son dernier souffle à leur côté, bon gré mal gré. Longtemps, la France avait été pour eux un paradis, « un paradis démodé », selon l'expression d'un de leurs auteurs, mais paradis quand même [19].

CHAPITRE 9

Fin du conte de fées

Le 20 juillet 1944, le divorce était prononcé aux torts de Walter Kleinknecht, faisant droit aux principaux griefs de Laure suivant un scénario arrêté par les deux parties dans lequel l'époux acceptait d'être le mouton noir : abandon du domicile conjugal, relations d'adultère avec une nommée Simone, emploi de termes injurieux en réponse à une sommation par huissier d'avoir à recevoir son épouse et de reprendre la vie commune. Dans un pays où le divorce avait été pratiquement mis hors la loi par le régime de Vichy, sous l'influence de l'Église, l'un des deux conjoints devait être accusé d'enfreindre les règles de la morale prônée par l'État. La nationalité de Kleinknecht avait certainement précipité le jugement. Il était condamné à servir à son ex-épouse 1 000 francs par mois (160 euros) destiné à l'entretien de ses deux fils jusqu'à leur majorité. Une misère pour Laure. L'application de la décision obéissait à cette curieuse formule caractéristique de l'époque : « En conséquence, le Maréchal de France, chef de l'État français mande et ordonne à tous les huissiers sur ce requis de mettre le présent jugement en exécution [1]. »

Cet aboutissement qui aurait dû porter Laure à communiquer la bonne nouvelle à des amis fut éclipsé par l'attentat contre Hitler à son quartier général de Rastenburg, en

Prusse-Orientale. Le commandant militaire en France, qui était du complot, avait fait procéder à l'arrestation des chefs de la SS : Oberg, Knochen et quelques autres, relâchés le soir même après l'annonce de l'échec de l'attentat. Le général Heinrich von Stulpnagel devait payer de sa vie sa participation à ce complot tardif. Qu'une poignée d'officiers et de civils allemands, si longtemps soumis au Führer, aient décidé de le supprimer démontrait que la défaite de l'Allemagne était inscrite dans les faits.

L'événement nourrit la réflexion de Laure, mais pas trop longtemps car, tôt dans la matinée du 25 juillet, deux véhicules s'arrêtaient devant son domicile à Neuilly. Elle dormait encore. Descendirent des voitures deux Allemands en uniforme de la SS, un civil et une femme. Le civil était le docteur Goeritz, collaborateur de Maulaz, que ce dernier prétendra avoir joint à l'expédition afin de s'assurer que Laure « soit traitée avec le maximum de ménagement[2] ». La femme se nommait Marie-Thérèse Blumlein, assistante sociale chef en charge des femmes allemandes en France. Elle parlait couramment le français. Les SS, appartenant à la Gestapo, commencèrent par perquisitionner. Quant à Frau Blumlein, elle déclarera après la guerre :

« Vers le 25 juillet 1944, ou en tout cas quelques jours après l'attentat du 20 [contre Hitler], le général Oberg m'a téléphoné de l'aller voir d'urgence et m'a fait prendre en voiture. Une fois dans son bureau, boulevard Lannes, il m'a dit que je devais assister à l'arrestation d'une dame de la grande société française pour laquelle on devait prendre de grandes précautions car elle ne devait pas être malmenée et on ne devait pas ébruiter l'affaire. Je devais également prendre soin des enfants, j'ai proposé de prendre une nurse pour les placer à Bouffémont*. Oberg m'a

* Château réquisitionné par les Allemands abritant leurs œuvres sociales, près de la forêt de Montmorency.

alors dit de me présenter chez Maulaz qui était chargé de l'opération.

« Maulaz m'a déclaré que l'opération était remise au lendemain à 8 h 30.

« À l'heure dite, Maulaz m'a envoyé dans une voiture avec un SS-Untersturmführer [le docteur Goeritz] et deux SS-Scharführer [sergent] à la villa de Mme Kleinknecht. Celle-ci était encore couchée et nous avons attendu dans le petit salon. Elle s'est présentée peu après en robe de chambre et l'Untersturmführer [sous-lieutenant] lui a dit qu'elle était arrêtée.

« Je me suis mise aussitôt aux côtés de Mme Kleinknecht pour l'aider à faire ses bagages et veiller à ce qu'elle n'oublie rien. J'ai remarqué dans sa chambre une grande photo du ministre Bichelonne.

« J'ai demandé pour les enfants, mais Mme Kleinknecht m'a répondu qu'ils étaient partis depuis la veille chez sa mère.

« Nous avons conduit Mme Kleinknecht rue des Saussaies où j'ai pris congé d'elle. Elle m'a remerciée en m'embrassant.

« Ayant demandé à l'Untersturmführer ce qu'allait devenir Mme Kleinknecht, il m'a répondu de ne pas m'inquiéter car elle était une *Edelhäftling** qui serait probablement logée dans une villa en Thuringe.

« Je pense qu'elle était prévenue de notre visite car son attitude était à mon avis théâtrale et aussi du fait que les enfants avaient été envoyés à la campagne la veille.

« Maulaz m'a paru très énervé et surtout contrarié par cette mesure qu'il ne semblait pas approuver. Mme Kleinknecht le connaissait bien car je voyais très souvent son petit poney avec la voiture faire de longues

---

* Prisonnier de marque.

stations, parfois toute l'après-midi, devant le domicile de M. Maulaz. Je m'en souviens très bien car j'avais pris en pitié ce poney qui était attaché par une corde à une grosse pierre posée sur le trottoir*.

« Je dois signaler aussi que c'est la seule fois où on a pris une assistante sociale, et à plus forte raison une assistante sociale chef, pour assister à l'arrestation d'une femme. C'est la seule fois aussi où l'on a prévu de telles précautions pour les enfants, l'engagement d'une nurse, etc. Ces mesures n'étaient même pas prises pour des Allemands et des Allemandes[3]. »

Avant de repartir, Frau Blumlein avait dit à Élisabeth de Sainte-Croix, la secrétaire de Laure, qui assistait à la scène : « Ce n'est rien, on va la relâcher bientôt[4]. » Un des SS lui donna pour consigne de répondre à toute personne inquiète du sort de Mme Kleinknecht qu'elle était partie à la campagne. Avant de s'en aller l'un d'eux coupa le téléphone. Les hommes de la Gestapo revinrent au début de l'après-midi, emportèrent des papiers et posèrent des scellés sur les portes de plusieurs pièces.

Ainsi Laure se retrouvait-elle rue des Saussaies à l'étage de la Gestapo où elle était souvent venue en visiteuse bien accueillie. Maulaz qui avait été chargé par Oberg d'organiser l'opération était présent mais il assurera qu'il n'avait pas interrogé « officiellement » Laure[5]. Elle fut traitée avec tous les égards. On lui expliqua avec courtoisie que ses fabulations concernant ses prétendues hautes relations à Berlin n'étaient pas convenables et engendraient des confusions dommageables. Peut-être ces affirmations men-

---

* Maulaz demeurait rue Dumont-d'Urville, près de l'Étoile, dans le même immeuble que Hans Caesar, arrangement vraiment pratique, tant pour Laure que pour les deux Allemands qui collaboraient étroitement.

songères étaient-elles dues au surmenage, lui dit-on avec indulgence, et il était évident qu'elle avait besoin de repos. D'après Knochen, on ne peut exclure qu'elle ait été accessoirement interrogée sur ses relations avec Engelke qui faisait, en ce mois de juillet, l'objet d'une enquête pour corruption de la part d'un juge SS venu de Munich* [6].

Tenant des propos rassurants et amicaux, Maulaz la pria de le suivre. Ils s'engagèrent vers la sortie au long d'interminables couloirs et retrouvèrent dans la cour la voiture qui avait amené Laure, et une escorte de SS en uniforme. Le chauffeur connaissait la destination. Par un passage de l'avenue Foch, ils pénétrèrent dans le square du Bois-de-Boulogne, une voie élégante bordée d'immeubles cossus, et s'arrêtèrent devant le numéro 5 bis. Cet hôtel particulier appartenait à Henri Blum, un marchand de biens frappé par les lois raciales. En quittant Paris, il avait demandé à Joséphine Cator, la concierge qu'il employait depuis 1927, de se maintenir dans les lieux le plus longtemps possible et de veiller sur le mobilier. Elle s'y maintenait toujours.

La maison était appelée *Gasthaus* (maison d'hôte) par Knochen qui en avait pris possession, jugeant pratique de disposer d'une telle annexe placée à quelques pas de son bureau de l'avenue Foch. C'était une résidence luxueuse et, rare à l'époque, elle comprenait une salle de culture physique. Il y avait d'abord donné des réceptions qui cessèrent en 1943 quand l'hippodrome de Longchamp, guère éloigné, avait été bombardé par l'aviation anglaise. Dès lors, le *Gasthaus* servit de résidence forcée à certains Français en attente d'une autre destination, tels que le président de la Chambre des députés Édouard Herriot, son épouse et leur femme de chambre, et les neuf membres de la famille

* Engelke sera arrêté en Allemagne, convaincu de corruption et interné dans un camp.

du général Giraud arrêtés en représailles après que celui-ci fut parti clandestinement en Algérie, imaginant qu'il pourrait commander en chef les forces anglo-américaines débarquées en Afrique du Nord.

Joséphine Cator relatera : « Mme Kleinknecht a été enfermée par les Allemands dans la grande chambre à coucher de mes patrons (2e étage). Je suis montée avec elle préparer la chambre en sa présence. Elle était habillée en noir comme une belle dame et très bien coiffée. Elle était gardée par des Mongols* qui avaient la clé de la chambre mais n'entraient pas. Ces Mongols ne savaient ni le français ni l'allemand. C'est moi qui étais chargée de porter la nourriture aux détenus, et j'étais forcée d'aller chercher leurs rations au 54 avenue Foch**. Les détenus mangeaient comme les officiers. J'avais ordre de ne rien leur refuser, par exemple de leur donner du café à 4 heures s'ils le désiraient. Pour Mme Kleinknecht, la consigne était la même. C'étaient les Mongols qui ouvraient la porte pour que j'entre dans la chambre. Mme Kleinknecht n'a rien voulu manger pendant les trois semaines de son séjour dans la maison. J'ai remarqué qu'il y avait dans sa chambre des fruits (pêches et framboises) qu'elle avait dû recevoir par ailleurs, elle les a laissés également pourrir. J'ai demandé à Mme Kleinknecht pourquoi elle avait été arrêtée. Elle m'a répondu qu'elle ne voulait pas être la maîtresse d'un Allemand (dont elle m'a précisé le nom mais dont je ne me souviens plus) et que c'était à cause de

* Il s'agit de supplétifs de type asiatique recrutés par les Allemands dans les territoires conquis au cours de la guerre germano-russe. Encadrés dans la troupe allemande et mêlés en France à des opérations de répression, notamment contre les maquis, la population les désignait toujours comme étant des Mongols.

** Mess des officiers de la SS.

ce refus qu'elle avait été arrêtée. L'Allemand dont il était question avait un grade dans la SS[7]. »

Laure était entourée de tout le confort possible mais privée de la liberté de circuler dans la maison. Devant son refus de s'alimenter, Knochen chargea Maulaz de la persuader de cesser sa grève de la faim, et ce dernier lui apporta les fruits que mentionne Joséphine Cator. Elle l'avait accueilli par une violente colère mêlée de larmes. « Je dois préciser, déclarera-t-il, que j'étais intéressé personnellement à ce qu'elle soit bien traitée. Or les ordres donnés pour ce traitement exceptionnel et même unique concordaient exactement avec mes désirs. Pour me résumer, Mme Kleinknecht a été traitée *wie ein rohes Ei** [8]. » Il revint deux ou trois fois. Joséphine Cator, la concierge, l'avait immédiatement repéré à cause de la cicatrice qui balafrait son visage.

Quand Laure avait été emmenée de sa maison de Neuilly, sa secrétaire, Élisabeth de Sainte-Croix, était sortie téléphoner à Benoist-Méchin qui s'écria que l'arrestation ne pouvait être que la conséquence d'une erreur. Elle prévint aussi Étienne Michel, l'homme de confiance de Bichelonne, lequel s'engagea à alerter immédiatement le major Kleinknecht. Décidément informé de bien des secrets, Étienne Michel pressa Mlle de Sainte-Croix de se rendre chez Hans Caesar à son bureau de la place Vendôme, afin d'y prendre livraison d'une serviette en cuir. Elle s'y fit conduire par Barret, le chauffeur de Laure. Caesar lui remit une serviette scellée en lui enjoignant de la porter à la veuve Dissard. Le même chauffeur la pilota jusqu'à Ballancourt. Eugénie Dissard ouvrit la serviette et Mlle de Sainte-Croix aperçut des bijoux de grande valeur

* « Comme un œuf sans coquille », une expression allemande qui exprime la fragilité.

et un paquet carré dont on apprendra après la guerre qu'il recelait 5 millions de francs (800 000 euros)[9]. Elle annonça, après l'avoir ouvert, que le contenu était conforme. Perplexe, la secrétaire s'interrogea sur l'origine de ce trésor et pour quelle raison Caesar, ce séquestre allemand des banques britanniques et américaines, était en possession de ces bijoux et de cet argent, même si au cours de ses toquades Laure parlait de lui comme d'un fiancé potentiel. Avant de repartir, elle donna à la vieille dame 50 000 francs que Laure avait pu lui glisser à l'intention de sa mère au moment de son arrestation.

Quatre jours après l'enlèvement de Laure, Benoist-Méchin informait Déat que le major Kleinknecht s'était rendu au bureau de Knochen où il avait reçu l'assurance qu'elle ne serait pas maltraitée.

Tout en ne décollant pas de son lit, Laure réfléchissait à sa situation. Maintenant, elle ne doutait plus de l'issue de la guerre. « Elle m'a parlé contre les Allemands, déposera Joséphine Cator. Je lui ai répondu que ceux-ci allaient bientôt s'en aller[10]. » En lui apportant trois fois par jour des repas non consommés, elle informait la prisonnière des événements marquants. Le reflux des forces allemandes s'intensifiait. Un trafic militaire inusité se manifestait dans certains quartiers périphériques de Paris en direction du nord, des convois hétéroclites chargés de butin, la retraite d'une horde pressée de décamper à l'inverse de l'entrée triomphale des conquérants musique en tête, quatre années plus tôt. Le *Gross Paris* allait bientôt redevenir la capitale de la France.

Laure s'affaiblissait. Son refus de s'alimenter n'était pas tant une protestation contre son sort qu'une préparation à vivre les temps nouveaux. Elle s'y employait avec sa coutumière volonté, et son imagination stimulée par le jeûne suggérait des scènes futures dont elle serait l'héroïne*.

Le 15 août, jour du débarquement allié en Provence qui marquait l'accélération de la libération de la France, Laure fut avisée par un officier SS qu'elle pouvait rentrer chez elle à condition de signer le papier qu'il lui tendait. Joséphine Cator était présente : « J'ai traduit à Mme Kleinknecht ce que disait l'officier SS et pour finir elle l'a fait. La voiture de l'officier SS attendait en bas. Le chauffeur et moi avons aidé Mme Kleinknecht à descendre l'escalier car elle paraissait très faible et est tombée deux fois. Mme Kleinknecht est partie avec l'officier SS dans la voiture. Elle a été la dernière personne à passer dans la maison du temps des Allemands [11]. »

De son côté Maulaz déclarera : « Avant l'évacuation de quelques détenus intéressants, Oberg renonce à emmener Mme Kleinknecht en Allemagne sur mon intervention. Nous avons alors, quelques jours avant notre départ, reconduit Mme Kleinknecht chez elle en voiture [12]. » Quant à Oberg, il témoignera dans le même sens en précisant : « Étant donné qu'elle avait un ou des enfants seuls à la maison nous l'avons reconduite quelques jours après que nous l'avons retenue [13]. »

À son arrivée chez elle à Neuilly, Laure était à bout de force. Sa secrétaire appela le docteur Aboulker qui l'avait soignée un an plus tôt. Il la fit transporter d'urgence à la clinique Lyautey dans le quartier de Passy. Dès le lende-

* Après la guerre, Laure déclarera que pendant cette période elle avait écrit à Bichelonne et au colonel Diedrichs, implorant leur aide. Ces lettres ne furent pas acheminées. Elles étaient rédigées de telle sorte, dira-t-elle, que même si elles étaient tombées entre des mains allemandes, elles ne pouvaient nuire à leurs destinataires. (JM. Interrogatoire du 26 mai 1949, cote 398/III.)

main, Laure téléphonait à plusieurs de ses amis. En priorité à Bichelonne, au ministère de la Production industrielle où il habitait avec sa famille.

« Elle demanda à voir d'urgence mon mari, rapportera Mme Bichelonne. Elle était dans une clinique rue Lyautey. Mon mari n'a pas voulu s'y rendre mais sur son insistance il y a envoyé son secrétaire. Celui-ci est revenu en disant que Mme Kleinknecht voulait absolument voir mon mari personnellement pour lui dire des choses d'extrême importance. Le secrétaire y est reparti avec mission de recueillir ses déclarations quelles qu'elle soient. Mme Kleinknecht a encore un fois insisté pour voir personnellement mon mari en disant que c'était une question de vie ou de mort. Malgré cette vive insistance, mon mari n'est pas allé voir Mme Kleinknecht[14]. »

Bichelonne ne voulait pas se compromettre davantage, d'autant que, devant l'avance alliée et la retraite allemande, il se préparait à quitter Paris avec les membres du gouvernement de Vichy, vers un repli quelque part dans le nord où la Wehrmacht estimait pouvoir tenir et même contre-attaquer. Il lui fit envoyer des fleurs par son secrétaire, Roger Gaillochet, insistant « pour que l'on ne sache pas que cela venait de lui[15] ». Gageons que Laure ne voulait que revoir celui dont le statut social l'avait grisée et qu'elle avait médité d'épouser mais dont la personne maintenant trop discréditée excluait un avenir à deux. Notons que Bichelonne, souffrant d'une blessure à la jambe consécutive à un accident de voiture, marchait avec difficulté en s'appuyant sur une canne.

Engelke fut l'un des Allemands qui répondirent à son appel. Il se rendit à la clinique. Il était sur le départ comme tous les SS du cadre administratif, pressé de disparaître devant l'avance des forces alliées. Il s'enfuit de la ville quarante-huit heures après[16].

Diedrichs, lui aussi sur le départ, lui réserva sa dernière visite. Le chef d'état-major de la Luftwaffe en France avait été surpris par les déclarations délirantes de Laure au retour de ses voyages en Allemagne, mais l'admiration qu'il lui vouait et le sentiment amoureux avaient émoussé son sens critique. Il la quitta avec regret et partit le jour même. Au cours de l'hiver suivant, quand les frontières du IIIe Reich étaient franchies à l'ouest par les Alliés, à l'est par les forces soviétiques, Diedrichs rencontrera Maulaz à Berlin qui lui révélera que le service de renseignement de la SS avait effectué une enquête sur la personne de Laure Kleinknecht, et il lui dévoilera qui était réellement cette femme. Diedrichs eut du mal à s'en remettre, à l'en croire. Il dira : « Ces divulgations montrèrent aux Allemands qui avaient fréquenté la maison des Kleinknecht à quel point ils avaient été trompés et étaient devenus les victimes de cette femme, une sorte de "maître chanteur" politique et financier, et même ils avaient été mis d'une façon nettement effrayante dans une situation terrible du fait de leur crédulité [17]. »

Laissons Diedrichs à sa déconvenue et retenons sa conclusion : « Elle a su avec un grand succès s'inventer une vie de conte de fées qu'elle a effectivement vécue pendant quatre ans [18]. »

CHAPITRE 10

Une héroïne de la Résistance

Le 17 août, deux jours après l'admission de Laure à la clinique Lyautey, Oberg et Knochen, les deux chefs de la SS en France, quittaient Paris à la hâte, précédés et accompagnés par leurs subordonnés, laissant derrière eux les marques sanglantes d'une époque incarnée par une Allemagne déshumanisée. Maulaz était du cortège des fuyards. D'autres s'enfuyaient par les mêmes routes, tels les « diplomates » de l'ambassade d'Allemagne, Otto Abetz en tête, dont l'action s'était exercée dans tous les domaines. L'administration militaire allemande, maître d'œuvre de l'asservissement de la France, avait elle aussi pris le chemin du Nord. C'est ainsi que décampaient les représentants du régime national-socialiste avec lequel « même les morts ne sont pas en sécurité ».

À la clinique, Laure, soignée avec le plus grand dévouement, jouissait du respect unanime. Elle disait avoir subi les sévices de la Gestapo et un simulacre d'exécution capitale. On avait voulu la contraindre à dénoncer des patriotes, elle qui s'était consacrée exclusivement au sauvetage des Français pendant l'Occupation. Apparemment, personne ne mettait en doute sa version.

Quelques amis venaient à son chevet, tel Marcel Riffard, discret sur cette période où il avait parfois servi d'intermédiaire à Laure et qui affirmera avoir poursuivi ses recherches sur les avions à réaction à la barbe des Allemands. Par contre, sa sœur, la grosse dame Vieillard, si assidue il y a peu, ne se manifesta pas, de peur d'entendre prononcer le nom de Fräulein Hanfstaengl. La secrétaire de Riffard, Mme Girling, s'était rendue à la clinique Lyautey et jugea que Laure était « dans un état lamentable[1] ». D'autres, pleins de compassion, se succédaient aussi dans cette nouvelle chambre des douleurs. Parmi eux, Étienne Michel, l'ancien agent de liaison de Bichelonne auprès de Laure Kleinknecht.

Pendant qu'elle récupérait, douillettement alitée, pensa-t-elle à ses amis ministres sur le chemin de l'exode, à la remorque de l'ambassade d'Allemagne, vers une destination qui, fatalement, les conduirait outre-Rhin ? Adieu, Bichelonne ! Un seul ne s'était pas joint au cortège, Benoist-Méchin qui refusait de quitter sa mère avec laquelle il vivait, unis par un attachement réciproque.

Laure se réjouissait d'avoir obtenu le divorce avant l'arrivée des Alliés, jetant le nom germanique de Kleinknecht aux oubliettes. Elle était redevenue Laure Dissard, française, restée française par son refus d'opter pour la nationalité allemande lors de son mariage.

À Paris, depuis le 17 août, des escarmouches opposaient les soldats allemands et des résistants français peu nombreux et mal armés, sans jamais prendre l'ampleur d'une bataille que le commandement allemand hésitait à livrer. Trois jours après, une trêve acceptée des deux côtés fut peu respectée. Le 22 août, la fièvre monta. Les échauffourées reprirent qui, si elles s'étaient prolongées, auraient eu des conséquences tragiques, les groupes français étant hors d'état de faire front longtemps. Le 23 au soir, sur l'ordre du commandement américain, la 2e division blindée du général Leclerc roula plein gaz vers Paris. Elle y pénétrera en force le 25.

Ce même jour, Laure, qui avait regagné son domicile, suivit à la radio la dernière phase de la libération de la ville. À Neuilly régnait un calme qui paraissait d'autant plus insolite que l'on savait que cela s'agitait ailleurs. Une envie de promenade ! Elle fit atteler le poney, embarqua son infirmière avec elle et Auguste, le vieux cocher, prit les rênes. Direction, avenue Foch. L'attelage s'engagea dans le square du Bois-de-Boulogne et s'arrêta devant le numéro 5 bis, l'ancien *Gasthaus*.

« Le jour de l'entrée de la division Leclerc dans Paris, Mme Kleinknecht est passée devant le 80 de l'avenue Foch dans sa petite voiture traînée par un poney. Elle s'est arrêtée, m'a dit bonjour et m'a présentée la dame qui l'accompagnait comme étant son infirmière. J'ai été étonnée que Mme Kleinknecht soit déjà rétablie », témoignera Joséphine Cator[2].

De là, on entendait s'élever une clameur continue dont il était impossible de localiser la source et qui semblait couvrir toute la ville. Sur l'avenue Foch quelques véhicules militaires circulaient à vive allure. Plusieurs personnes se regroupaient silencieusement devant les immeubles où les SS avaient installé leur organisation. À peu près dans le même temps, le général von Choltitz, commandant du *Gross Paris*, signait la capitulation de ses troupes à la gare Montparnasse.

Cette visite réconforta Laure qui calcula que son internement au *Gasthaus* constituait une promesse d'avenir. Elle avait entendu dire que, dans les grandes villes déjà libérées, des règlements de compte d'une extrême violence se produisaient entre Français. Des femmes accusées d'avoir couché avec des Allemands étaient maltraitées, tondues et exhibées sous les huées de la foule.

Dans la soirée, elle apprit par la radio l'arrivée du général de Gaulle dans la capitale libérée qui annonçait l'installation du Gouvernement provisoire. Laure n'eut guère le loisir de se reposer comme le lui avait prescrit son médecin. Trois jours après, le 28 août, des individus armés, portant un brassard tricolore et dont l'un avait agrafé sur sa chemise deux galons de lieutenant, franchirent la grille du jardin et entrèrent en bande dans la maison. Parmi eux, Laure reconnut son chauffeur, Georges Barret, à son service depuis six mois. Le lieutenant, Robert Pomiès, lui annonça qu'il appartenait au groupe des Forces françaises de l'intérieur (FFI) du secteur sud et lui signifia qu'elle était en état d'arrestation, accusée d'« intelligences avec l'ennemi et avec le gouvernement de Vichy, appartenance à la Gestapo ». Pomiès lui intima l'ordre de les suivre[3]. Le couple de domestiques, André et Hélène Richard, à son service depuis quatre mois seulement, voyait pour la deuxième fois leur patronne mise en état d'arrestation et par des camps ennemis.

Le chauffeur Barret ne paraissait nullement gêné. Il se glorifiera d'avoir dénoncé Laure Kleinknecht et jurera que, chez elle, tout était suspect. Benoist-Méchin y venait trois fois par semaine, Bichelonne, trois à quatre fois. Déat et sa femme étaient des familiers. L'étrange dame Vieillard apparaissait fréquemment, ainsi que Jean Potin avec qui Mme Kleinknecht traitait de grosses affaires. Sans parler d'Étienne Michel, l'homme de confiance de Bichelonne, qui s'invitait tous les jours. Un autre homme de confiance, celui de Déat, le nommé Georges Albertini, se montrait régulièrement. Il en cita bien d'autres, sans oublier le colonel Diedrichs que Laure allait souvent visiter à son bureau, quai d'Orsay. Georges Barret ne tarissait pas ; tout y passa. Il raconta même que Laure disposait de trois voitures dont un modèle électrique fabriqué par Rosengart[4].

Robert Pomiès, âgé à l'époque de cinquante-quatre ans, était ingénieur de son état et déclarera avoir dirigé, au cours de l'Occupation, sous les pseudonymes de « marquis de la Pomme », « Dufour », « frère Jean », un groupe de résistance d'une trentaine de personnes, appelé « groupe La Pomme ». Georges Barret, un de ses subordonnés, avait signalé que Mme Kleinknecht était un agent particulièrement dangereux au service des Allemands. Barret lui avait remis plusieurs pièces compromettantes parmi lesquelles *La Moisson de 40*, un livre de Benoist-Méchin orné d'une dédicace flatteuse et une lettre de Fräulein Hanfstaengl. Pomiès avait déposé ces pièces entre les mains de trois officiers de la Sécurité militaire, 2 boulevard Suchet, ainsi que les bijoux et un paquet contenant les 5 millions de francs qu'ils avaient été saisir à Ballancourt chez la veuve Dissard.

Laure fut emmenée à la police judiciaire, quai des Orfèvres, et mise à la disposition d'un délégué FFI nommé Baur[5]. Dans cette section, de nombreux suspects étaient amenés là dans l'échauffement de la libération. Les prisons étant pleines, ils étaient internés en des lieux qui avaient été utilisés par le régime de Vichy : le vélodrome d'Hiver et le camp de Drancy. Laure fut expédiée avec d'autres à Drancy.

L'enceinte du camp était formée sur trois faces par des barres d'immeubles inachevés de quatre étages. Des barbelés clôturaient la quatrième face ouverte sur une rue. Une grande cour de 7 000 mètres carrés occupait l'espace intérieur.

En se voyant embastillée dans ce caravansérail, peut-être Laure éprouva-t-elle une de ces fortes émotions qui produisaient « une contraction de son visage qui lui donnait un peu une légère ressemblance avec un oiseau aux yeux rapprochés et très foncés[6] ». Elle repéra quelques têtes de connaissance. Inscrite sur le registre du camp, elle fut presque aussitôt admise à l'infirmerie. Quelques jours plus tard, soumise à un interrogatoire, elle réfuta les termes de l'accusation suivant lesquels elle avait eu des relations d'intelligences avec les Allemands, notoirement avec les SS, et le gouvernement de Vichy. C'est tout le contraire, dit-elle, et elle livra une demi-douzaine de noms de personnes qu'elle avait sauvées, s'étendant sur son action patriotique pendant l'Occupation, et se proclamant victime de la haine de son chauffeur, Georges Barret : « J'ai été arrêtée par la Gestapo depuis la fin de juillet jusqu'au jour où la Gestapo est partie, matraquée, torturée, passée une fois à la baignoire[7]. »

Un membre influent du service des internements s'intéressa à elle, Georges Gilles, en passe de devenir le chef de cabinet du nouveau préfet de police nommé par la Résistance. Il ne tarda pas à être fasciné par Laure qui réussit à le mettre dans son jeu. Il la conseilla, et elle fit tant et si bien qu'une infirmière rédigea une ordonnance attestant que l'état de santé de Laure Dissard, qui souffrait d'encéphalite léthargique, nécessitait la reprise de soins par son médecin traitant et qu'il était impossible de commencer le traitement au camp. Dès lors, Gilles la fera libérer.

Le 14 septembre, trois semaines après son arrestation, elle était relâchée par une décision ainsi motivée : « A été dénoncée par son ex-chauffeur Barret Georges qu'elle avait licencié pour indélicatesse. Il apparaît, d'après son interrogatoire, qu'elle a rendu de grands services à la cause française. Son chauffeur aurait d'ailleurs volé chez elle plusieurs tableaux. Très malade, doit être remise en liberté et offre toutes garanties[8]. »

Ayant regagné Neuilly, elle eut la surprise d'apprendre que son hôtel pourrait être réquisitionné par un service américain installé dans l'immeuble le plus proche. Il y avait un va-et-vient de jeeps, une activité militaire qui s'accompagnait d'un air de prospérité inhérent à l'armée des États-Unis. Laure se dépêcha d'aller voir quels étaient ces voisins nantis. Ils ne pouvaient faire moins que de recevoir une voisine dont ils guignaient la maison, d'autant que le bail, d'après ce qu'ils avaient appris, expirait avec la fin de l'occupation allemande à Paris. Elle en parut si contrariée mais avec tant de charme qu'elle fut reçue par le lieutenant-colonel George Danker, un des chefs du Military Intelligence Service de l'armée américaine en Europe (service de renseignement militaire).

Il devint son amant et, ne changeant rien à son vocabulaire, Laure se dit bientôt fiancée avec lui. Elle allait courir les réceptions en se produisant à son bras, parfois suivie d'un cortège de jeunes officiers américains. Elle présentait Danker en amplifiant ses fonctions jusqu'au mythe, inventant qu'il était un ami du général Eisenhower dont le nom glorieux valait à Laure un regain de popularité et de nombreuses invitations.

La libération de Paris laissait encore aux mains de l'ennemi le quart du territoire français mais cette occupation ne soulevait aucun élan patriotique et l'on aurait vainement cherché dans les discours publics un appel aux armes. Des préoccupations, entretenues depuis quatre ans, persistaient : il fallait se nourrir, s'habiller, se déplacer et se chauffer durant l'hiver. Ces besoins avaient forgé les mentalités. Un million de prisonniers de guerre étaient encore internés en Allemagne. Des dizaines de milliers de déportés avaient disparu dans un silence de mort. La misère affectait durement les classes laborieuses et cela ressortait encore davantage dans la capitale. Les quartiers populaires n'avaient guère changé depuis un siècle et les taudis étalaient leur lèpre le long de rues défoncées et dans un enchevêtrement de courettes insalubres. Dans l'ensemble la ville apparaissait couverte d'une suie séculaire, et les Américains qui avaient entendu vanter l'éclat de la Ville Lumière découvraient une métropole encrassée par des décennies d'incurie et s'étonnaient de l'état des façades d'édifices aussi prestigieux que Notre-Dame, le Louvre, l'Arc de Triomphe.

Laure s'excluait de cette situation précaire. L'argent qu'elle dépensait à la volée l'affranchissait de toute restriction matérielle. En dépit de la pénurie alimentaire, elle conservait les mêmes sources d'approvisionnement au marché noir que pendant l'Occupation, en l'occurrence les établissements Félix Potin. Sa liaison avec le colonel Danker lui procurait d'autres facilités. Faisant fi du métro, unique moyen de transport que les Parisiens, toutes classes confondues, empruntaient, elle roulait en voiture et avait embauché un nouveau chauffeur. Elle fréquentait les mêmes restaurants de grand luxe, à ceci près que des Américains l'accompagnaient à la place des Allemands. D'ailleurs les dirigeants de Maxim's, de La Tour d'argent et autres s'inclinaient devant ces nouveaux uniformes avec la déférence dont ils avaient usé à l'égard des Allemands, et ils servaient les mêmes plats.

Peu encline à payer le loyer de l'hôtel particulier du boulevard de La Tour-Maubourg, à sa charge depuis le retour de son ex-mari en Allemagne et où elle avait démonté tout ce qui était récupérable, y compris les salles de bain, elle le fit réquisitionner par les services du colonel Danker qui occupaient déjà celui de Neuilly dont elle avait déménagé les meubles bien qu'elle accusât son ex-chauffeur, Georges Barret, d'en avoir volé pendant son internement à Drancy. La plainte qu'elle avait déposée contre lui entraîna sa condamnation et elle récupéra les bijoux et l'argent dont il s'était emparé chez la veuve Dissard à Ballancourt. Tout en conservant sa domiciliation à

Neuilly, elle sous-loua un très bel appartement, 41 avenue Charles-Floquet, au pied de la tour Eiffel, où Étienne Michel, l'ancien factotum de Bichelonne, qui lui rendait régulièrement visite, croisa le colonel Danker. Elle devait y demeurer un an, de novembre 1944 à novembre 1945.

Voulant s'arrimer du bon côté, elle cultiva Georges Gilles, devenu chef de cabinet du nouveau préfet de police. Il l'assura de son soutien et la recommanda à certaines personnes utiles en ces temps d'épuration. Laure, qui relatait avec tant d'expressivité à quelles tortures la Gestapo l'avait soumise, réussit à obtenir un papier officiel qui la prémunissait contre toute mésaventure du genre de celle de Drancy. Sous le sceau du Gouvernement provisoire de la République française, la direction générale des Services spéciaux, 55 boulevard Lannes à Paris, lui délivra un certificat ainsi conçu :

« Le Directeur Général des Services Spéciaux certifie que Madame Dissard est connue de ses services et prie en conséquence tout membre des forces françaises de l'intérieur de lui porter aide et assistance en cas de besoin.

Pour le Directeur Général des Services Spéciaux et par ordre,

à Paris, le 4 octobre 1944 * 9

l'officier de sécurité militaire. »

Le certificat était valable jusqu'au 15 novembre. À cette date, travaillant à obtenir le statut officiel d'une véritable héroïne de la Résistance, elle n'avait encore rien concrétisé. Elle se tourna vers le colonel Danker qui rédigea en anglais une attestation qui renforçait sa sécurité :

---

* Cf. annexe 9.

Headquarters Military Intelligence Service
European Theater of Operations
United States Army.

« Nous certifions que madame Dissard Laurette, domiciliée 31, boulevard de la Saussaye à Neuilly, est connue de nos services comme une personne de confiance.

« Ses activités passées sont connues du signataire. Elle sera traitée avec le respect qu'on lui doit et courtoisie. Elle est considérée comme sûre et digne de confiance.

1er décembre 1944,
George Danker
Lieutenant-colonel M I
Executive officer [10] ».

Cette attestation lui permettait d'évoluer au sein de la société américaine civile et militaire dans une relative sécurité et lui apportait surtout une caution morale destinée à faciliter des prises de contact avec les gens d'affaires du Nouveau Monde qui reprenaient possession des biens et entreprises séquestrés par les Allemands.

Forte de ces appuis, Laure recommença à briller dans la capitale. Peut-être trop, car ses façons d'agir et sa liaison affichée avec le colonel Danker finirent par provoquer l'attention du CIC, le service de sécurité américain, qui, au mois de novembre 1944, mena une enquête sur son comportement pendant l'Occupation. Deux mois après, l'autorité militaire britannique, en possession de dossiers, transmettait une note de renseignement la concernant. Les services français ne restaient pas inactifs. Dès la Libération, Laure n'avait cessé de reconstituer un réseau de complicités allant jusqu'à la corruption de fonctionnaires. Elle évita des poursuites grâce à des protections. Les enquêtes menées à l'époque étaient restées sans effet. Les documents saisis au moment de son arrestation et de son internement à Drancy avaient disparu [11].

Le 8 mai 1945, l'Allemagne capitulait sans conditions, achevant dans les ruines de Berlin le long règne de terreur qu'elle avait imposé à l'Europe, révélant au monde des crimes de masse planifiés sur une telle échelle que pour les qualifier, faute d'un terme approprié, on créa celui de génocide. Les témoignages en provenance de ce pays, qui n'était plus qu'un territoire divisé en zones d'occupation, révélaient que le peuple allemand n'exprimait pas de ressentiment à l'égard de Hitler.

Cette capitulation acheva la libération totale du territoire français où, jusqu'à la dernière minute, avaient subsisté des « poches » formées par cinq grandes villes portuaires tenues par l'ennemi sur la façade atlantique. Des réjouissances populaires saluèrent en France la fin de la guerre et l'anéantissement du IIIe Reich, mais ces festivités avaient quelque chose de convenu sans doute à cause des empreintes vivaces laissées par l'Occupation et le fait que la vie publique ne semblait pas encore stabilisée et que les formes ordinaires de l'État tardaient à s'établir.

Presque aussitôt prirent place les procès des principaux responsables du régime de Vichy. Le maréchal Pétain et Pierre Laval, tous deux condamnés à mort et dont seul le second sera exécuté, quittaient la scène mais subsistaient dans l'esprit d'un grand nombre de Français.

Laure Dissard finit par apprendre comment Jean Bichelonne était mort en Allemagne au mois de janvier 1945. Souffrant toujours de ses anciennes fractures à la jambe, il avait souhaité être opéré par le professeur Karl Gebhardt, célèbre orthopédiste et président de la Croix-Rouge allemande, et général SS de surcroît*. Gebhardt accepta sous réserve de l'accord du Reichsführer Himmler, son ami. Prenant en considération le comportement exemplaire de Bichelonne et les dispositions favorables qu'il avait toujours manifestées à l'égard des responsables SS en France, Himmler acquiesça. Escorté par des SS, Bichelonne quitta la ville de Sigmaringen où les caciques du régime de Vichy étaient assignés, et il se rendit au grand hôpital de la Croix-Rouge au nord de Berlin. L'intervention chirurgicale eut lieu. Peu après, Bichelonne décédait d'une embolie pulmonaire, une suite opératoire. Le 2 janvier 1945, au lendemain de ce décès, le journal *La France*, organe des Français de Sigmaringen, dressera le panégyrique de Jean Bichelonne, « génial mathématicien et organisateur hors pair, mort des suites d'une opération effectuée par un maître de la chirurgie du Reich[12] ». Des collaborateurs et des admirateurs de Bichelonne restés à Paris et qui s'étaient compromis avec lui clamèrent qu'il avait été assassiné parce qu'il détenait trop de secrets compromettants. Cette manière de vouloir le disculper ou de le transformer en victime de ses propres complices apparut comme le ressort d'une mauvaise pièce de théâtre vouée à l'échec.

Au fil des mois, Laure connut le sort réservé aux fleurons de son ancien salon politique, traduits devant la Haute Cour de justice. Jacques Benoist-Méchin, condamné à mort, vit sa peine commuée en travaux forcés. Abel Bonnard, en fuite, était condamné à la peine capitale par contumace ainsi que Marcel Déat qui se terrait dans la nature. Trois autres ministres de Vichy, familiers de son salon,

---

* Après la guerre, jugé par un tribunal militaire américain et accusé d'avoir perpétré des « expériences médicales » criminelles sur des juifs détenus dans des camps de concentration, Gebhardt fut condamné à mort et exécuté par pendaison en 1948.

subissaient des peines d'emprisonnement et d'indignité nationale. Pierre Cathala, l'ami de Pierre Laval et son ministre des Finances, décédera de mort naturelle avant son procès. Laure était consciente que, si Bichelonne avait été jugé en France, elle aurait été citée à comparaître afin de s'expliquer sur leurs transactions avec les SS, ce qui aurait entraîné une information la mettant en cause.

Curieux climat celui de la France de la Libération où, comme si rien ne s'était passé, se redéployaient les luttes sociales et les chausse-trapes de la politique partisane. La situation du pays, pris entre le désordre civil inhérent à la fin de l'Occupation et la forte pression de partis antagonistes qui pactisaient provisoirement pour se partager le pouvoir, était celle d'un chaos résorbé.

L'époque était à l'imposture. Les faux résistants étaient plus nombreux que les vrais qui n'avaient jamais été nombreux et dont un fort pourcentage avait péri. La plupart des survivants avaient regagné leurs foyers sans prétendre à rien. Des associations de résistants, cherchant à accroître leur influence par la quantité, délivraient sans trop y regarder des attestations à des personnages qui avaient besoin d'être blanchi ou de parader ou simplement de se placer du bon côté. Il y avait également des officines qui en avaient fait un métier. L'inspecteur des Renseignements généraux, Henri Jeanjean, l'un de ceux qui s'attelleront à élucider le passé de Laure Dissard, mènera une enquête fertile en rebondissements sur une organisation qui opérait sous l'enseigne de l'amicale des « Loups de France ». Les promoteurs, un ex-inspecteur de commissariat, Gaston Lange, et un repris de justice, Louis Salve, distribuaient ou maquillaient des certificats de résistants contre de substantielles rémunérations. L'organisation était si parfaite qu'il fallut dix-neuf mois de travail opiniâtre pour démasquer Les Loups de France comme étant « une vaste organisation d'escroqueries, et une officine de faux certificats, de faux témoignages et de subornation de témoins ».

Dans ce climat délétère, Laure Dissard était à son affaire, indifférente à tout ce qui ne la concernait pas. D'abord, elle dut faire face au départ du colonel Danker, dont l'autorité était compromise par leur liaison. Il fut contraint de quitter son service avant d'être rappelé aux États-Unis. Elle lui écrira des lettres plaisantes et enjouées.

Devant cette défection et pressée d'acquérir des alliances du côté de la Résistance, elle se dépensa en amabilités à l'égard de Pierre Britsch, dit le colonel Dujardin, chef de région de l'Organisation civile et militaire (OCM), l'un des cinq mouvements de la Résistance de la zone nord de la France, qui avait eu des responsabilités pendant la libération de la région parisienne. Elle lui proposa de disposer du château de Surville et d'y envoyer des enfants en vacances. À l'époque, mis à mal par des combats, le château était inhabitable. Britsch ne savait rien du comportement de Laure pendant l'Occupation. Toujours en éveil, l'omniprésente centrale du contre-espionnage de l'époque, la Direction générale des études et recherches (DGER), transmettait au ministère de l'Intérieur un dossier concernant Laure Dissard : « C'est alors [après le départ du colonel Danker] qu'elle est entrée en relation étroite avec le colonel Dujardin de l'OCM, relation dont elle se sert, entre autres, pour garantir son château qu'elle a mis à la disposition de l'OCM, et pour menacer au besoin [13]. »

En même temps, la Sûreté nationale recevait une note du 2e Bureau de l'état-major de l'Air qui, reprenant d'anciennes enquêtes, signalait Walter Kleinknecht « comme agent probable du service de renseignement de l'armée allemande ayant voulu obtenir par des moyens détournés différents secrets de fabrication anglaise de métaux légers [14] ». Au vu de ces dossiers, la cour de justice de la Seine ouvrit une enquête.

Se doutant que la justice tournait autour d'elle et misant sur son savoir-faire, Laure poursuivait sa pénétration des milieux de la Résistance. Joseph Hamon *, une vieille connaissance, lui présenta le docteur J. Poupeault, chef du réseau Brutus-nord. Le réseau Brutus, l'un des plus anciens, avait été constitué dès 1940 dans les mois qui suivirent la signature de l'armistice. Le docteur Poupeault lui avait donné une extension dans la zone nord, ce qui provoqua son arrestation et sa déportation. Libéré par les Alliés et de retour en France, il était devenu membre du bureau de la Fédération nationale des déportés et internés de la Résistance (FNDIR), une importante et influente association. Laure lui narra comment, n'ayant cessé d'apporter aide et assistance aux patriotes français, elle avait été appréhendée et torturée par la Gestapo, appuyant son récit sur force détails de son invention et y ajoutant une pointe de charme, la part du diable. Le docteur Poupeault fut ému, et quand Laure lui demanda d'adhérer à la FNDIR, il lui adressa une lettre :

« Chère Madame, je serai très heureux de présenter votre demande d'admission à mes camarades de la FNDIR.

---

* Par l'intermédiaire d'un collaborateur de Bichelonne, Joseph Hamon avait fait la connaissance de Laure Kleinknecht pendant l'Occupation. Grâce à elle, il obtint la libération d'un de ses amis prisonniers de guerre, puis de deux autres personnes. En retour, il accepta, à la demande de Kleinknecht, de se rendre dans les régions de Castres et de Mazamet pour procéder à la vérification de stocks de tissus dont il reçut la liste. Cette liste comportait les noms d'environ 25 industriels et affectait 300 à 350 000 mètres de tissus débloqués par Bichelonne au profit des Allemands. (JM. Déposition d'Alain Crista du 8 janvier 1945. Interrogatoire de Joseph Hamon du 26 avril 1945. Déposition de Étienne Michel du 10 janvier 1945. Exposé du commissaire du Gouvernement en date du 30 mai 1945.)

Je sais combien pendant l'occupation vous vous êtes dépensé [*sic*] en faveur de tous nos amis arrêtés, et je sais aussi que dans de nombreux cas vous avez pu réussir à les tirer de prison. Je sais... que mes camarades seront heureux de vous compter parmi eux. C'est d'ailleurs votre droit car, hélas ! vous aussi, avez eu à subir les agréables traitements de la Gestapo * [15]... »

Il convient de préciser que Laure avait su se glisser dans la confidence du docteur Poupeault qui, croyant être accointé avec une femme disposant de relations et de moyens importants, avait sollicité un apport en capitaux destiné à financer le journal *Le Courrier de Paris* ** dont il était administrateur. Laure lui promit sa contribution.

Faisant d'abord une demande d'adhésion provisoire suivant le processus établi, elle remplit sur un formulaire portant la mention : « Compte rendu aussi exact et sincère que possible de l'histoire de votre captivité ».

Le motif de son arrestation : « Aide à la libération d'emprisonnés politiques ». Elle indiqua que sa maison avait été pillée, qu'elle avait été détenue en trois endroits différents et maltraitée sans même avoir été jugée. Elle précisa que des constatations médicales avaient été effectuées par le docteur Aboulker. Elle ne pouvait témoigner si d'autres prisonniers étaient internés aux mêmes endroits, vu qu'elle avait été mise au secret. Devant la menace qui pesait sur elle, elle avait dû cacher ses enfants.

Elle relata les circonstances : « J'ai été arrêtée le 17 juillet 1944 par trois officiers de la Gestapo vers 9 heures à

---

* Cf. annexe 7, la lettre du docteur Poupeault du 10 septembre 1945.

** Comme la plupart des journaux issus de la Résistance, *Le Courrier de Paris* aura une existence éphémère : début de la publication : septembre 1945 ; fin de la publication : juin 1946.

mon domicile. J'ai été tout d'abord conduite rue des Saussaies au cinquième étage où j'ai subi un premier interrogatoire qui dura jusqu'au soir, vers 4 heures, puis après j'ai été transférée rue de Villejust où l'on me fit subir un autre interrogatoire jusqu'à 10 heures du soir, puis je fus conduite avenue Foch, mise en cellule. Je fus interrogée le lendemain seulement, avec sévices : baignoire, matraquage, absence de nourriture. On me reprochait d'avoir aidé et obtenu des libérations illégales de résistants arrêtés par la Gestapo, par exemple : Emmanuel de Pommereau, Gérard Vergé, etc.

« Le troisième jour, on m'a déclaré que si je refusais de parler, c'est-à-dire de donner le nom de mes complices, ainsi que ceux que j'avais fait délivrer, mes enfants seraient déportés en Allemagne. Le dix-septième jour, on m'a lu un arrêté par lequel j'étais condamnée à être fusillée et le lendemain matin on a fait le simulacre en me faisant descendre et accompagnée de soldats en armes. Au bout du vingt-deuxième jour, je suis tombée gravement malade, j'avais le délire, et ne me souviens plus de rien à partir de ce moment, jusqu'au moment où je me suis retrouvée dans une clinique, la clinique Lyautey [16]. »

Elle joignit une liste de trente-sept personnes qu'elle assura avoir secourues ou fait sortir de prison. Le docteur Poupeault transmit le dossier en suggérant qu'il y aurait lieu de vérifier quelques cas. Il s'avéra qu'une dame Rati, qui figurait sur la liste, certifia n'avoir jamais rencontré ni connu Laure. En dehors de celle-là, aucune autre vérification n'apparaît.

Il semble qu'entre Laure et le docteur Poupeault le charme cessa d'opérer. Le médecin sera amené à témoigner sous serment deux ans après. Il reconnaîtra qu'il avait sollicité Laure à propos du financement du journal *Le Courrier de Paris*, mais puisqu'elle ne tenait pas ses promesses, il avait cessé de la voir. Antérieurement, ayant accepté de parrainer son adhésion à la FNDIR, il avait transmis le dossier à M. Donnier, le secrétaire général de la Fédération. « M'étant rapidement aperçu qu'on ne pouvait pas accorder une créance complète aux dires de Mme Dissard, je prévins la Fédération de ne pas tenir compte de ma recommandation [17]. »

Malgré ces accrocs, le 14 novembre 1945, le secrétaire général avisait Laure qu'après étude de son questionnaire elle était comptée au nombre des adhérents*. Trois mois après la délivrance de sa carte d'adhésion, Gaston Weil, président de la Fédération pour la région Île-de-France, réclamait des éclaircissements sur Laure Dissard. « Le cas, écrivait-il, était plus grave qu'une simple admission car il s'agit là d'un renvoi pur et simple [18]. » Malgré la suspicion qui la frappait, Laure, qualifiée de « cher camarade », ne fut pas encore radiée de la Fédération des déportés et internés de la Résistance. Elle s'offrit même le luxe de ne pas payer sa cotisation ni d'assister aux réunions [19].

---

* Cf. annexe 8, la carte d'adhésion de Laure Dissard à la FNDIR.

CHAPITRE 11

Un escroc sentimental

Le colonel Danker parti, Laure Dissard ne resta pas longtemps sans « fiancé ». Un homme avait entendu parler d'elle et brûlait de la connaître. Il se nommait Désiré David. Une relation commune se chargea de la présentation, Alain Saint-Jean, un Français enrôlé dans l'armée des États-Unis avec le grade de major. Saint-Jean s'occupait de brevets confisqués à l'ennemi, un travail dont il tirait un profit personnel. Il lui suffisait de soustraire du séquestre un brevet pouvant être vendu un bon prix, se gardant de participer lui-même à la négociation. David s'en chargeait et tous deux, en cas de succès, partageaient les commissions. Malgré ces atteintes à la morale, Saint-Jean mit en garde son acolyte contre la mauvaise réputation de Laure Dissard. C'était justement ce qui appâtait David qui bourdonnait dans le milieu américain et dont le palmarès des hauts faits constituait la meilleure introduction auprès de la jeune femme.

Né en 1895 dans l'Isère et issu d'une famille modeste, Désiré David reçut une bonne instruction et devint lauréat de l'académie de Lyon. Il fut admis à l'école militaire de Saint-Cyr et en sortit avec le grade de sous-lieutenant. Pendant la Grande Guerre, il se distingua, blessé plusieurs fois. Ce qui lui valut une pension d'invalidité de 70 %.

Durant ce conflit, il contracta un premier mariage malgré l'opposition du futur beau-père horrifié par la mentalité du prétendant et qui porta plainte contre lui pour émission de chèques sans provision. Une fille naquit de cette union malheureuse, dissoute en 1923.

À ce stade, David avait toujours vécu d'expédients, recourant surtout à l'abus de confiance, secondé par sa sœur de deux ans son aînée, une personne intelligente et organisée, dénuée de scrupules. Après son premier divorce, David se spécialisa dans l'escroquerie au mariage. Plusieurs victimes porteront plainte contre ce beau parleur qui se faisait passer tantôt pour le directeur d'un grand journal parisien, tantôt pour le chef de cabinet d'un ministre. Il rentabilisait cette activité en faisant chanter certaines femmes qu'il avait su compromettre.

Pendant deux ans, David multiplia les émissions de chèques sans provision, participa à des affaires véreuses, additionna les condamnations. Échappant aux poursuites, il se réfugia au début de 1926 en Allemagne, à Münster, où il se mit à la disposition des autorités. Peu après, il devint chef du centre d'espionnage de cette ville de Westphalie. Par ses agents, il recueillait des informations d'ordre militaire aux dépens de la France, utilisant notamment Mathilde Tardieu, sa maîtresse à l'époque, et il les transmettait au service de renseignement allemand. Plein d'entregent, il était en relation, pour des raisons obscures, avec l'écrivain Ernst Jünger et traduisit deux de ses ouvrages (*La guerre notre mère* et *Orages d'acier*) sous le pseudonyme de Jean Dahel.

Frappé par une demande d'extradition acceptée par le gouvernement allemand, David fut livré à la police française à la fin de 1926. Il bénéficia des clauses de l'extradition excluant l'affaire d'espionnage de l'action judiciaire. Quant à Mathilde Tardieu, elle sera condamnée à une peine d'emprisonnement de deux ans assortie d'une amende de 1 000 francs (530 euros).

Un juge d'instruction inculpa David de plusieurs délits : vol, tentative de vol, abus de confiance, émission de chèques sans provision. La chambre correctionnelle de la Seine lui infligeant par deux jugements, huit années de prison, David fit appel. La juridiction d'appel ordonna la confusion des peines, et il en fut quitte pour cinq années de prison. Mais, à Brest où il avait commis d'autres actes délictueux, il avait été condamné antérieurement par défaut à deux années d'incarcération et à une substantielle amende, ce qui avait motivé sa fuite en Allemagne. Son sort réglé à Paris, il fut mis à la disposition du parquet de Brest. Le tribunal d'appel de Rennes confirma le jugement mais ordonna la confusion de la peine avec celle de cinq ans d'emprisonnement déjà prononcée. Déduction faite d'un certain nombre de mois de détention préventive, d'une réduction de plusieurs mois en application de la loi, David, qui s'était fait hospitalisé à l'Hôtel-Dieu de Rennes, fut remis en liberté.

Il se maria une seconde fois et divorça en 1931, ayant mis la main, entre-temps, sur une dame Revillard, fille d'un ancien conseiller de la cour d'appel de Paris qu'il tenta d'escroquer et qui porta plainte contre lui. Ce qui n'empêcha pas la dame Revillard, malgré les avertissements paternels, de se mettre en ménage avec David et de l'épouser en 1933. Une fille devait naître de cette union.

À Paris, il se lança dans une affaire de trafics d'armes et fut condamné à trois ans de prison. Enfin, en novembre 1936, il écopa, encore à Paris, d'une année d'emprisonnement pour émission de chèques sans provision, escroquerie et abus de confiance. Il bénéficiera d'une remise de peine du président de la République accordée sous certaines conditions. Considéré comme « dangereux au point de vue national », il fut élargi sur son engagement de quitter la France. Il n'en fera rien et profitera de la guerre civile espagnole pour se livrer au commerce de produits provenant de pillages effectués en Espagne. À cette époque, Désiré David changea d'identité, adopta le nom d'André Giraudon et s'efforcera de se faire oublier. Désormais, c'est ainsi que nous l'appellerons.

Vinrent la guerre et l'Occupation. Il se fixa en zone libre et se fit courtier. Avec la complicité du capitaine Humbert, sous-chef de bureau au secrétariat d'État au Ravitaillement à Vichy, il réussit à faire enlever aux entrepôts de la douane à Marseille 23 tonnes de café qui furent écoulées au marché noir. Grâce au capitaine Humbert, Giraudon eut ses entrées dans les sphères dirigeantes du Ravitaillement où, par commodité, il avait pris une maîtresse, Mlle Roth. Il se montra si imprudent qu'il fut l'objet d'une information judiciaire suivie d'un mandat de dépôt.

En traitement dans une maison de santé, Giraudon ne fut pas écroué. Quand il s'estima dégagé des poursuites, il s'installa à Grenoble où il ne tarda pas à jouir d'une excellente réputation. Il disposait de deux voitures à une époque où presque personne n'en possédait. Il avait à son service un chauffeur, une bonne et un cuisinier indochinois. Il se targuait de diriger un ensemble de sociétés dont les raisons sociales sonnaient l'honorabilité. Vu son train de vie et son sens de l'esbroufe, il passait aussi pour être le directeur du Centre de stockage des sucres, une organisation prospère en ces temps de rationnement. Après la guerre, il fera l'objet d'une enquête de la police judiciaire au sujet de ses activités pendant l'Occupation. Enquête infructueuse. David alias Giraudon fournit des attestations émanant d'un réseau dénommé Rank concernant de supposés faits de Résistance [1].

Quand Giraudon rencontra Laure, il s'embourbait dans

des affaires de livraison de liqueurs aux États-Unis dont il ne possédait pas la première bouteille et de parfums dont il ne détenait pas le premier flacon. Il voulait adjoindre à ce négoce fantôme d'autres fournitures, tels que des gants de peau bien qu'il ignorât s'ils devaient être glacés ou suédés, et il n'avait aucune idée des prix. Impliqué dans des trafics qui ne pouvaient être exprimés en clair, il avait communiqué à ses correspondants un langage codé qui ajoutait à la confusion[2].

Cela se passait pendant que la guerre en Europe s'achevait à Berlin encerclé et à moitié conquis. Giraudon n'en avait cure. Il venait de faire la connaissance de Laure Dissard qui allait assigner à ce nouveau « fiancé » des objectifs réalisables.

À l'issue de leur première entrevue, ils décidèrent de coopérer. Laure avait mis en avant ses « hautes relations » américaines, assurant qu'elle jouissait de l'amitié de Robert Murphy, diplomate influent et chef de l'administration civile de la zone américaine en Allemagne, et de celle d'Edward Stettinius, secrétaire d'État des États-Unis qui était le cousin de sa belle-sœur, une belle-sœur, faut-il le dire, qui n'existait pas. Elle laissa entendre qu'elle disposait d'une trésorerie abondante et avait en chantier d'énormes affaires, alors qu'elle s'efforçait de trouver un financement pour *Le Courrier de Paris* et qu'elle s'occupait de remettre à flot la revue *Diogène*, au bord de la faillite, pour le compte d'un journaliste proche de Pierre Laval, dans l'espoir de toucher des commissions.

Giraudon, qui avait pris officiellement la profession de publiciste, se montra sous les traits d'un chasseur de gros gibier. Ce don Juan sur le retour était troublé par la présence de cette femme qui, par calcul ou besoin inné, mettait sa séduction en scène comme une actrice consommée. Il en perdit la tête.

Ils eurent vite l'occasion de couronner leur entente quand Laure dut quitter l'appartement qu'elle sous-louait avenue Charles-Floquet. Aussitôt, Giraudon, dont l'épouse et la fille séjournaient à Grenoble, l'accueillit, elle et ses deux enfants, chez lui dans le seizième arrondissement, au 10 villa Guibert, un hôtel particulier appartenant à sa sœur. Interrogés, les domestiques de Giraudon et le concierge certifieront qu'ils ignoraient tout de l'amie de leur patron, n'étant même pas sûrs de son nom. Giraudon avait cinquante ans et Laure trente et un.

L'association Dissard-Giraudon persista pendant plus de deux ans malgré les querelles à répétition. Giraudon, pour qui la femme n'avait été jusqu'alors que le « potage de l'homme », suivant l'expression de Molière, se retrouva en état d'infériorité, harcelé par une jalousie que l'inconstance de sa partenaire entretenait. C'était la révolte d'un soumis que Laure entraînait avec autorité dans un tourbillon de machinations où elle seule ne perdait pas le fil.

Au cours de ses parades mondaines, elle était entrée en relation avec Annet Badel, un riche homme d'affaires, directeur du théâtre du Vieux-Colombier. C'est sur cette scène parisienne que Jean-Paul Sartre avait fait représenter *Huis clos*. La générale avait eu lieu le 10 juin 1944, quatre jours après le débarquement des Alliés, alors que les soldats britanniques et américains tombaient sur les plages de Normandie. Ni Sartre ni Badel n'avaient envisagé de suspendre les représentations. L'épouse d'Annet Badel, la comédienne Gaby Sylvia, avait été une des interprètes de la pièce. Tout ce petit monde, après la Libération, endossera l'habit du parfait résistant et Gaby Sylvia racontera une fable qui fit le tour de Paris, à savoir que durant l'Occupation elle avait au péril de sa vie transporté des armes dans une voiture d'enfant[3].

Annet Badel céda au charme d'une Laure auréolée par

le calvaire qu'elle prétendait avoir subi dans la « salle des tortures » de la Gestapo. Il lui proposa même de prendre une participation dans la société de distribution de films qu'il créait. Comme elle lui parlait du château de Surville endommagé par les combats de la Libération, et qu'elle souhaitait contracter un emprunt afin de le réhabiliter, il la présenta à la Banque centrale pour l'étranger (BCE) où il avait de l'influence. Un prêt de 1 million de francs lui fut accordé remboursable par traites. Sans se démonter, elle commença par ne pas payer les trois premières échéances. Ces manquements ne l'empêchèrent pas de choisir cette banque pour cible de l'escroquerie qu'elle avait conçue avec Giraudon.

Afin d'en imposer et d'inspirer confiance, elle demanda au directeur, sur lequel elle avait produit son effet, de vendre pour son compte 2 millions de francs de titres de rente qu'elle lui remit. À peine l'opération effectuée, Laure retira ses fonds. Quelques jours après, elle annonça qu'elle était mandatée par la Croix-Rouge américaine pour lui fournir 15 160 bouteilles de liqueur de chartreuse. Le nom de cette organisation auquel s'ajoutait le prestige des États-Unis devenus le coffre-fort de l'Occident influença le directeur de la banque. Laure indiqua que le coût de la marchandise s'élevait à 5 millions de francs (510 000 euros). Il manquait la moitié de la somme pour boucler l'opération. La banque accepta d'avancer les fonds nécessaires, d'autant que Laure offrait une double garantie. D'abord, elle donnerait à la banque les bons d'enlèvement de la marchandise, de sorte que celle-ci en deviendrait pratiquement la propriétaire. En second lieu, un de ses amis, un industriel appelé Jacques Barrault déposerait à titre de caution et en dépôt bloqué le montant de la somme empruntée, soit 2 350 000 francs, le temps que la livraison soit effectuée, guère plus que deux à trois jours, assura-t-elle. D'ailleurs, elle comptait présenter au directeur de la banque le colonel américain chargé de prendre livraison de la liqueur dont la facture serait réglée comptant, de sorte que le prêt consenti par la banque serait remboursé rubis sur l'ongle. Elle indiqua que l'achat serait réglé au fournisseur juste avant la livraison à cause des frais importants qu'il avait engagés pour se procurer ce produit très rare que les Allemands avaient ponctionné pendant les quatre années d'occupation. Ce fournisseur était la SORA (Société rhodanienne d'alimentation), dont le directeur se nommait André Giraudon. Plus tard, les experts diront que la SORA « valait moins que zéro ». Giraudon l'avait reprise avec la complicité du banquier grenoblois Lafenachère. Giraudon s'engagea auprès de la BCE à rembourser la somme perçue au cas où surviendrait un empêchement quelconque. Par l'intermédiaire de Laure, Jacques Barrault, le mystérieux industriel, déposa la caution fixée assortie de sa signature. À titre de rémunération, il était convenu que la banque percevrait des intérêts et une commission d'usage. Un échange de courrier confirma les engagements pris par tous. La banque ouvrit à Laure un crédit de 2 500 000 francs, somme qu'elle s'empressa de verser par chèque à Giraudon. Celui-ci avait informé l'établissement bancaire que les bouteilles de liqueur étaient à disposition aux Entrepôts des Alpes à Grenoble, une société qu'il avait créée de toutes pièces.

Deux semaines passèrent sans que rien se produise, et Laure recevait une lettre de la banque surprise d'être sans nouvelle d'elle malgré son engagement de revenir deux à trois jours après l'octroi du crédit, accompagnée du colonel américain destinataire de la marchandise : « Nous serions donc très heureux de vous voir », écrivait poliment M. Debraine, un fondé de pouvoir, insistant aussi sur la date toute proche de la fin programmée de l'opération. Il écrivit également à Giraudon, lui rappelant que, suivant les termes du contrat, il était tenu à rembourser 2 500 000 francs avant l'échéance si l'affaire n'était pas réalisée[4].

Giraudon répondit que, faute d'avoir obtenu les licences d'exportation nécessaires, la SORA était dans l'incapacité de livrer le lot de chartreuse, mais il proposait de le remplacer par 60 000 bouteilles de Raphaelle (liqueur Bonal) aux mêmes conditions et sous réserve de l'accord de Mme Dissard, mandataire de la Croix-Rouge américaine. Laure accepta aussitôt ce nouveau marché. Justifiant son absence, elle avait écrit au directeur de la BCE qu'elle n'avait pu lui présenter le colonel américain étant alitée depuis dix jours par prescription médicale et qu'elle acceptait l'offre de substitution du produit. En conséquence, les sommes versées restaient acquises au fournisseur[5].

À chaque stade de l'escroquerie, Laure et Giraudon échangeaient de très sérieuses lettres commerciales confirmant ceci et cela, comme s'ils étaient des étrangers l'un pour l'autre.

Il n'y eut pas plus de Raphaelle que de chartreuse. Le 10 décembre, la banque écrit à Laure qu'elle cessait d'être dupe – « la fameuse commande américaine était fictive et ne cachait qu'une combinaison que vous entendiez réaliser de complicité avec ce tiers (Giraudon) grâce aux fonds de notre banque » – et menaçait d'entamer des poursuites[6]. Laure se rendit à la banque afin de rassurer son interlocuteur et, par lettre, s'engagea même à apporter à une date fixée la somme avancée, bien que l'affaire ne fût pas encore menée à bonne fin. Elle n'en fit rien et ne réapparut plus.

Nouvelle déconvenue pour la banque. Jacques Barrault, le mystérieux industriel, notifiait qu'il avait cédé à Giraudon son compte de dépôt bloqué qui devait lui être restitué le 15 du mois. Il précisait « M. Giraudon, ou tout mandataire désigné par lui, est seul qualifié pour disposer de ce compte [7] ». Le jour même, Giraudon donnait dans ce sens à Mme Dissard tout pouvoir et au cours de la même journée, par un ordre écrit, Laure priait la BCE de virer à son compte personnel ladite somme. Par huissier, la banque sommera en vain Giraudon d'avoir à restituer la somme prêtée, mais ne déposera pas ultérieurement de plainte. Quant aux traites que Laure avait signées en remboursement de l'emprunt de 1 million de francs destiné à la restauration du château de Surville, elle ne les paya pas malgré les promesses faites en son nom par Annet Badel [8].

Il s'ensuivit qu'il ne se passa rien. À cette époque où de considérables fonds occultes cherchaient à s'évader ou à s'investir sous une forme camouflée, où les irrégularités comptables permettaient d'incroyables acrobaties financières, mieux valait se taire et ne rien faire si l'on n'était pas soi-même irréprochable plutôt que de déclencher une enquête susceptible de se retourner contre vous. Ce fut le raisonnement de la BCE, d'autant que Laure Dissard, promue héroïne de la Résistance, se disait amie du ministre de l'Intérieur. Prudence ! Parmi les dirigeants de la banque figuraient des personnages portés à la circonspection, notamment Roland de Chappedelaine, antirépublicain notoire, partisan dès avant la guerre d'une alliance avec l'Allemagne hitlérienne et, pendant l'Occupation, l'un des responsables de la BNCI, une grande banque acquise aux intérêts allemands et où lui-même se déclarait en faveur de la collaboration la plus audacieuse.

L'affaire de la Banque centrale pour l'étranger et la manière dont elle se perdit dans les sables intrigua le Comité de confiscation des profits illicites, émanation du ministère des Finances, qui, quelques années plus tard, enquêtera sur les malversations de Laure. Malgré des moyens inquisitoriaux, il ne parviendra pas à percer le secret du compte de Laure Dissard dans cet établissement : « Ce compte a servi à financer des opérations suspectes portant sur des livraisons de liqueurs à l'armée américaine dont il n'a pas été possible de vérifier le mécanisme et la conclusion [9]. »

Décidés à ne pas renoncer au filon de la vente fictive d'apéritifs, Laure et Giraudon proposèrent à M. Astras, un négociant grec, de lui céder un million de bouteilles de Bonal. Astras versa 2 millions et demi de francs en guise d'acompte. Un rapport de police constatera : « Le stock de Bonal n'existait que dans l'imagination de Mme Dissard [10]. » Giraudon, ayant cédé ce contrat mirifique à la banque grenobloise Nicolet-Lafenachère, lui donna ordre de verser à Laure Dissard, qui faisait figure d'intermédiaire, une commission de 2 millions et demi de francs. Giraudon devra les rembourser sur ses propres deniers car Lafenachère avait découvert, après coup, qu'il s'appelait en réalité David dont le lourd passé lui fut révélé, et il le menaça de déposer plainte. Quant à Astras, il comprit enfin qu'il avait été volé. Laure tenta de le neutraliser en s'étant fait communiquer par le commissaire de la police judiciaire Georges Valentin, qu'elle avait pris à son service, le dossier le concernant à la Sûreté nationale. Elle exerça sur Astras un chantage en le menaçant de le faire expulser du territoire national. Finalement, le Grec parvint à récupérer ses fonds auprès de Lafenachère en l'accusant sans équivoque d'être le complice du couple Dissard-Giraudon.

Entre-temps, l'épouse de Giraudon, revenue de Grenoble, avait réintégré le domicile conjugal. Celui-ci parvint à loger provisoirement Laure dans une villa à Vaucresson, aux portes de Paris, d'où bientôt elle devra déménager, sans toit en pleine crise du logement. Pour comble, elle était enceinte des œuvres de Giraudon, lequel, tantôt pleurant de joie et tantôt maudissant la nature, l'avait prévenue que sa situation ne lui permettrait pas de reconnaître l'enfant à sa naissance tout en jurant qu'il l'aimait déjà.

Ce fut dans cet état qu'elle alla sonner en mars 1946 chez Mme Girling, la secrétaire de Marcel Riffard. Mme Girling qui ne l'avait jamais perdue de vue connaissait son ancienne liaison avec le colonel Danker. Laure la pria de lui accorder l'hospitalité moyennant un bon prix. Mme Girling lui céda deux pièces où elle s'entassa avec ses enfants et deux bonnes. La cohabitation fut orageuse. « J'ai constaté, déclarera Mme Girling, que j'avais affaire à une personne de moralité douteuse et à une menteuse invétérée. Très habile à jouer la comédie ou la maladie lorsque c'était nécessaire, je l'ai vue faire preuve d'une intelligence remarquable pour tromper les gens de son entourage et leur bonne foi [11]. » Finalement, le mari, un colonel anglais, pressa Laure de partir. La veuve Dissard prit en charge les enfants, et Laure n'eut que le temps d'entrer dans une clinique pour accoucher alors qu'elle venait d'obtenir la jouissance d'une demeure somptueuse.

Depuis plusieurs mois, elle travaillait à se faire octroyer une résidence se prêtant à de grandes réceptions, comme naguère à Neuilly. Constatant que certains résistants – ou supposés tels – obtenaient par voie de réquisition des appartements et ayant vite discerné les cheminements qu'il fallait emprunter, elle s'était fait présenter par Gilles, influent à la préfecture de police, un sous-directeur des domaines nommé Mourot qu'elle se concilia en un tour de main. D'après les témoignages recueillis, Mourot célébrait chaque cinq-à-sept d'intimité avec Laure par l'envoi d'une caissette de bouteilles d'un grand cru, une manière de suggérer l'ivresse que lui procurait cette relation. En dehors de ces intermèdes, Laure, plus pragmatique, avait exhibé sa carte de déportée et internée de la Résistance et conté ses prouesses et son Golgotha, revendiquant à bon droit la réquisition d'un logement, faible dédommagement eu égard aux sacrifices qu'elle avait consentis à la plus noble des causes.

Elle apprit par Mourot que l'appartement d'une dame Darré-Touche était placé sous séquestre, un appartement magnifiquement meublé, situé 45 avenue Montaigne, dans le triangle d'or de Paris. Juste après la libération de Grenoble où elle résidait, Mme Darré-Touche avait défrayé la chronique, les journaux publiant des photos montrant les énormes réserves alimentaires qu'elle stockait dans sa maison en violation de la loi, grâce à la complaisance de l'administration locale, et dont une partie était attaquée par les charançons. D'autres photos mettaient en évidence une quantité de manteaux de fourrure dont la précautionneuse personne avait bourré sa garde-robe. Surtout, Mme Darré-Touche, qui avait tiré parti de l'Occupation et que la population persiflait, était propriétaire des Biscuits Brun. Cette fanatique de la Collaboration vouait une admiration si exaltée au maréchal Pétain qu'elle faisait fabriquer à son intention des biscuits frappés de sept étoiles. À la Libération, le préfet de l'Isère prit contre elle divers arrêtés d'internement administratif jamais exécutés, mais ses biens furent placés sous séquestre.

Laure réussit à visiter l'appartement grâce à Mourot. Gilles établit un dossier de réquisition qu'il transmit au service intéressé de la préfecture, réquisition d'une durée de six mois renouvelable, incluant la jouissance du linge et du mobilier au profit de Mme Dissard Laurette, « internée politique ». La réquisition fut notifiée à la direction des Domaines, laquelle, grâce à Mourot, sera transformée ultérieurement en un bail régulier, l'ensemble de la procédure étant coiffé par le cabinet du ministre des Finances où Laure disposait de l'appui d'une autorité supérieure. Afin de diminuer le prix du loyer, un nombre de pièces inférieur à la réalité fut consigné dans l'ordre de réquisition. Laure était chez elle. Après avoir donné naissance encore une fois à un fils, et vécu pendant un mois dans un logement mis à sa disposition, elle entra en possession de l'appartement du 45 avenue Montaigne en juin 1946[12].

Elle reprit une existence survoltée. Elle organisait des déjeuners et des dîners où l'on faisait bonne chère grâce à Félix Potin malgré les restrictions persistantes. Autour de la table, dans un déballage d'argenterie appartenant à Mme Darré-Touche, elle réunissait des gens influents. Poussée par une exaltation imaginative, elle mettait certains jours un couvert de trop censé être occupé par un ministre important ou un ambassadeur dont elle révélait le nom avec un formidable aplomb. « Passons à table, disait-elle, le ministre m'a annoncé qu'il serait en retard et de commencer sans lui. » Après l'entrée, toujours pas de ministre. Subitement, le téléphone sonnait. Laure allait répondre dans la pièce voisine dont les doubles portes restaient ouvertes de manière à ce que les convives l'entendent dire d'une voix pâmée : « Naturellement, cher ministre, nous vous excuserons pleins de regrets. » De retour dans la salle à manger, elle plaignait le pauvre absent débordé de travail. Quant au valet de chambre qui avait téléphoné du café le plus proche, il revenait à la hâte reprendre son service[13]. Si elle lançait avec éclat des noms connus comme on fait sauter un bouchon de champagne, elle taisait celui des personnalités qui lui étaient réellement utiles de crainte d'être assaillie par des demandes d'intervention.

Cette existence fastueuse semblable à un jeu de miroirs lui inspira l'envie d'être portraiturée par un artiste en vogue, à défaut d'avoir eu le temps d'être sculptée par Belmondo pendant l'Occupation. Elle jeta son dévolu sur

Jean-Gabriel Domergue, peintre mondain, spécialiste des portraits de femmes. Il vint, regarda Laure. Elle ne l'inspira pas. Il s'en alla. Elle le rattrapera, et il s'exécutera.

Las des disputes ravageuses qui l'opposaient à elle, Giraudon prenait la plume et s'épanchait. Déplorant ces empoignades, il ressassait à Laure son indéfectible amour en termes péremptoires, jurant d'accélérer son divorce et protestant de l'attachement qui le liait à son fils non reconnu. Il promettait de remplir leurs caisses le plus vite possible afin de pouvoir s'installer ensemble à l'étranger, condition essentielle à leur salut et à leur repos. Au sujet de Mourot qui faisait assaut de bonnes manières auprès de Laure et même davantage, Giraudon écrivait : « Tu sais que je suis affreusement jaloux de toi, que je n'ai jamais pu admettre et que je ne pourrai jamais tolérer que tu te laisses courtiser par Mourot ou par d'autres. Toi-même tu as reconnu que Mourot avait des “intentions” qui n'avaient rien de très pures. Par contre, de mon côté, tu es sûre que jamais aucune autre femme n'a pris une place quelconque dans ma vie sentimentale ou sensuelle depuis que je te connais [14]. »

Laure refusait de lâcher Mourot qui par ses fonctions touchait à des domaines qui l'intéressaient. Engagée dans plusieurs aventures, elle prenait des participations, multipliait les réunions de travail auxquelles elle associait des personnalités, accumulant les découverts en banque et empruntant à des personnes privées qu'elle omettait de rembourser. Ayant un jour besoin de 2 millions de francs, elle les obtint de M. Bataille, patron de l'historique café de la Régence, à qui elle remit des bijoux en garantie.

Dans le même temps, elle prenait chez elle à demeure un nommé Edmond Attali avec lequel elle échafaudait un « plan pour l'outre-mer » avec l'aide de S., ancien gouverneur de l'Afrique-Occidentale française, plan qui, selon elle, déboucherait sur un eldorado. Âgé de soixante-huit ans, Attali était le genre d'homme dont Laure recherchait l'expérience. Quoique ingénieur civil des Mines, il s'était intéressé en 1929 aux projets d'un ingénieur polonais qui assurait avoir découvert le moyen de fabriquer de l'or. Tous deux avaient mis la main sur un commanditaire, M. Van Hentz, qui les aida à monter un laboratoire et mourut peu après. Attali, devenu l'amant de la veuve, quitta son épouse et ses enfants. À la Libération, il devint président du groupement de Résistance Libération Vengeance et se fit réquisitionner un hôtel particulier dans le seizième arrondissement. Puis, chargé d'une mission, il partit pour l'Afrique avant de revenir combiner pendant quelques mois ses idées miraculeuses avec celles de Laure Dissard.

Cette fièvre d'action n'empêchait par Laure de s'immiscer dans les activités de Giraudon, ce qui occasionnait un motif de désaccord supplémentaire entre eux, mais ils se raccommodaient, liés par des intérêts communs, et Giraudon ne pouvait contenir un débordement de sentimentalité et d'admiration. Malgré ses propres exploits, il était ébahi par les ressources intellectuelles de Laure.

Du côté de Surville, elle avait éprouvé quelques contrariétés. Rien n'était changé depuis la fin de la guerre. Le personnel attaché au domaine comptait toujours trois hommes travaillés par des idées absurdes et empêtrés dans des situations ubuesques. Sitôt installée avenue Montaigne, Laure se fit apporter par l'un d'eux, Pierre Blondelle, gardien du domaine, une caisse d'argenterie qu'elle avait déposée au château peu avant son arrestation par les Allemands. La clé étant perdue, Laure fit défoncer la caisse et, dans un double fond, Blondelle mit au jour des bijoux : « Il y en a pour 3 millions de francs [15] », dit-elle, ce qu'elle contestera quand viendra l'heure de rendre des comptes à la justice.

Elle traitait les tracas occasionnés par le château de Surville comme le reste, sans se tourmenter, estimant que toute solution issue de son cerveau était la logique même. Les travaux qu'elle avait fait effectuer pendant l'Occupation n'ayant pas été payés, la veuve Dissard, gérante en titre, déprimée d'être harcelée par les entrepreneurs, exigea d'être remplacée. Laure nomma à sa place Giraudon, chargé en priorité du dossier des dommages de guerre. Elle aurait voulu que M. Turck, architecte de renom à Paris, instruisît ce dossier en le surévaluant et attestât que la propriétaire avait servi dans la Résistance. Ne la connaissant pas, il avait refusé.

Laure savait cependant qu'une enquête, encore discrète, visait à établir son rôle exact pendant l'Occupation. Elle en eut un avant-goût quand, convoquée quai des Orfèvres et interrogée par l'inspecteur E. Gombart, elle dut s'expliquer sur ses accointances avec Pierre Laval, Jacques Benoist-Méchin et autres, et avec des Allemands haut placés, sans omettre ses relations intimes avec Jean Bichelonne. Elle jura n'avoir été en rapport avec aucun d'entre eux, argumentant que c'était son mari qui les connaissait ou les avait rencontrés. Le plus souvent, elle ignorait même leurs noms et leurs titres : « Je méprisais trop la politique de Vichy », déclara-t-elle. Au contraire, quand elle venait à être au courant de quelques affaires en cours, « elle réduisait à néant toutes les combinaisons [16] ».

Par précaution, elle avait pris un défenseur, Me Pierre Doublet, un renard du barreau parisien rompu aux causes les plus épineuses en ces temps de grand déballage. S'étant rendue à son cabinet, elle se heurta à un gendarme venu enquêter sur elle. Elle ne se fit pas prier et le plus naturellement du monde déclara : « J'ai aidé autant que j'ai pu mes camarades de la Résistance, ce qui m'a valu d'être arrêtée par la Gestapo et gardée à la maison de torture

84 avenue Foch à Paris le 17 juillet 1944 jusqu'à la libération de Paris, où j'ai été abandonnée dans le coma [17]. »

Apparemment, Laure restait sereine et trouvait même matière à se réjouir. À un capitaine américain de ses amis de retour aux États-Unis, elle écrivait à propos de sa résidence de l'avenue Montaigne : « [...] un très bel appartement près du rond-point des Champs-Élysées, je m'y plais beaucoup mais j'ai un travail fou pour l'installer à mon goût. Pour Surville, la ferme est maintenant entièrement remise en état mais on commence seulement à réparer le château [18]. » Étant portée au superlatif dès qu'il s'agissait d'elle-même, elle parsemait sa lettre d'une dose d'inventions qui la sublimaient et la plaçaient sur un piédestal.

C'est alors que dans les taillis où Laure Dissard exerçait ses talents de chasseresse se faufila un curieux animal : le commissaire de la police judiciaire Georges Valentin.

CHAPITRE 12

Le costume du commissaire Valentin

Nous avons fait état d'un rapport substantiel daté de novembre 1939, deux mois après la déclaration de guerre, qui révélait avec verve les antécédents du couple Kleinknecht et dévoilait le dévergondage et les trafics de Laure. Le coordonnateur et le rédacteur de l'enquête, Marc Bergé, était commissaire divisionnaire des Renseignements généraux, police à tendance politique. Quelques mots sur ce policier qui se classait lui-même dans une catégorie d'exception et dont même les puissants ennemis ne contestaient pas l'efficacité ni les capacités professionnelles rares*.

Né en 1902 dans l'Aube, pays des entassements rocheux et des crus renommés, il était entré dans la police en 1928, sans diplôme, et bientôt affecté aux Renseignements généraux. Dès ses débuts d'inspecteur stagiaire, il avait été bien noté, puis remarquablement bien noté. Pendant l'Occupation, il se retrouva basé à Vichy où siégeaient les bureaux

* Deux hommes avaient tenté de l'expulser de la police et de le déconsidérer. L'un, Pierre Bertaux, directeur général de la Sûreté nationale à la Libération, avait cherché à licencier Bergé. L'autre, Roger Wybot, chef de la direction de la Surveillance du territoire, s'employa vainement à le faire inculper. Leur grief à l'égard de Bergé était qu'il conservait pour lui-même des informations importantes et « chassait hors de son territoire ».

centraux des Renseignements généraux dont le régime du maréchal Pétain voulait faire le fer de lance de la police. Commissaire spécial chargé de surveiller les milieux artistiques et littéraires, Bergé émerveilla ses supérieurs qui louèrent « ses qualités étonnantes[1] » par la façon dont il s'était glissé dans l'intimité de ceux qui comptaient le plus. Joseph Darnand, chef de la Milice devenu secrétaire d'État à l'Intérieur, le nommera commissaire divisionnaire en mai 1944 au titre des promotions exceptionnelles visant à renforcer contre les Alliés les forces du maintien de l'ordre en prévision d'un débarquement en France. Cette nomination vaudra à Marc Bergé d'être révoqué après la Libération. Il sera réintégré trois mois plus tard pour faits de Résistance, ayant participé à l'action clandestine du réseau Ajax, qui regroupait des policiers, et on lui conférera quelques décorations de prestige.

Dès lors va commencer la grande époque de Marc Bergé. D'aspect robuste malgré sa courte taille, 1,65 mètre, avec ses cheveux noirs légèrement ondulés, son regard sombre, un nez fort, le bas du visage lourd, on l'avait surnommé le Catalan, mais, dans son milieu professionnel, ce physique ne le distinguait vraiment pas des autres policiers, si ce n'est une certaine prestance, la manière de bien se carrer et une voix qui portait. Il devint le chef de la section enquêtes des Renseignements généraux, ce qui lui conférait une sorte de monopole des grands dossiers de l'après-guerre concernant aussi bien les Allemands que les Français passibles des cours de justice et des tribunaux militaires. Il accumulait une documentation considérable, dont il ne livrait pas toujours toutes les pièces pour des raisons de stratégie personnelle.

Un inspecteur général de l'administration le définira ainsi : « Il a trois dominantes : un amour presque exclusif de son métier – ou plus exactement de la chasse aux renseignements –, une très haute opinion de lui-même et un goût certain pour les personnages hors série quelque peu faisandés et pour la vie facile[2]. » En argot de métier, il est ce que les gens de police appellent « un vicieux ». Un vicieux du renseignement. Ses subordonnés parlaient de lui en termes admiratifs. Doué d'un exceptionnel esprit de synthèse, il clarifiait et exposait avec brio, grâce à sa maîtrise de la langue, les péripéties les plus compliquées, les plus embrouillées. « Il est toujours à l'affût. Il se lance sur toutes les pistes. Il a besoin de vivre dans l'atmosphère de Paris et surtout de certains milieux parisiens où il peut suivre les choses et les gens, écouter ceux-ci, observer leur comportement, enrichir sa mémoire, son imagerie, son fichier. Il ne prend jamais de vacances. Il ne sort jamais de Paris que si une affaire l'appelle en province. Il ne vit et ne respire que pour l'intrigue politico-policière d'abord, les déjeuners parisiens ensuite, les femmes enfin[3]. » Il donnait la plupart de ses rendez-vous dans les bars et les restaurants en vogue. Célibataire, il multipliait les bonnes fortunes, aimant le demi-monde. Il courait d'invitations à déjeuner en invitations à dîner. Il demeurait dans un bel appartement du seizième arrondissement, avenue du Maréchal-Lyautey, arborant une élégance un peu voyante et des bracelets en or aux poignets, ce qui, de prime abord, n'engendrait pas une impression favorable.

Marc Bergé n'ignorait pas les opinions flatteuses que suscitaient ses capacités professionnelles –, « et lui-même se considère comme étant hors de pair[4] ». Il échappait en fait aux servitudes de la hiérarchie, et ses chefs, renonçant à le modérer, lui fabriquaient une situation hors série. « Mis en contact avec des personnages considérables, apprenant sur beaucoup de gens appartenant aux milieux dirigeants beaucoup de choses, croyant ces gens à sa merci, agissant sans contrôle, Bergé s'est grisé [...] Il aura pris l'habitude d'enquêter de sa propre initiative sur tel ou tel sujet. Il se croira assez fort pour jouer son jeu en dehors et au-dessus des normes et des disciplines administratives. La période de l'épuration terminée, il continuera à s'occuper de tout[5]. »

Avec une jouissance de fin connaisseur et non sans admiration, il s'était saisi de la personne de Laure Dissard qu'il allait accabler par les renseignements accumulés contre elle, recueillant tant en France qu'en Allemagne près de cent quarante témoignages sur commission rogatoire, travaillant autant en historien qu'en policier stimulé par la vie hors du commun de cette aventurière sans pareille. Croyant connaître Laure comme nul autre, Marc Bergé s'acharnait à la faire condamner. De son côté, elle identifiait celui qui lui assénait de tels coups et tentait de le discréditer par toutes les ressources de son répertoire. Tous deux se tenaient mutuellement dans une ligne de mire, et ce combat avait ceci de particulier que jamais les deux adversaires ne devaient se rencontrer[*].

D'abord, Laure Dissard eut à répondre de l'arrestation, à la veille de Noël 1943, de Maria Fujs, « femme de chambre et maître d'hôtel » à son service pendant un an, une arrestation opérée par des agents de la Gestapo sur l'ordre de Kieffer à qui elle aurait demandé de la débarrasser de cette femme qui voulait la dénoncer après la guerre. Maria Fujs sera interrogée avec brutalité et déportée au camp de Ravensbrück d'où elle reviendra. Questionnée à son retour, elle paraît être une personne sans malice s'exprimant avec sincérité. Tout en admettant qu'elle l'avait congédiée pour indélicatesse peu avant son arrestation, Laure contestera avoir sollicité la Gestapo, malgré des témoignages embarrassants.

---

* Marc Bergé finira sa carrière en 1964 comme sous-directeur des services actifs de la Sûreté nationale après trente-six années d'activité.

Au début de 1946, les préliminaires de l'enquête furent confiés à Pierre Hubert, commissaire de la police judiciaire. Parmi les dépositions, celle de Marthe Sauvage, la cousine germaine de Laure. Ayant rapporté que, dès son plus jeune âge, celle-ci montrait un esprit d'intrigue et mentait à tout venant, elle indiqua que peu après la Libération, s'étant rendue au domicile de Laure à Neuilly, elle s'était emparée d'un cahier, une sorte de journal de la vie mondaine de sa cousine pendant l'Occupation où toutes ses réceptions et la plupart des noms des invités étaient consignés. Elle avait apporté ce document au comité de Libération du seizième arrondissement et ignorait la suite [6]. Un an plus tard, déposant à nouveau, Marthe Sauvage ajoutera à sa précédente version que, peu après la Libération, Laure avait téléphoné à son oncle pour qu'il prenne soin de son poney à l'abandon dans le parc de Surville. S'étant rendu sur place, l'oncle ramena un dossier contenant des photographies où Laure figurait à côté d'Allemands importants, de Déat et d'autres, ainsi qu'une nombreuse correspondance dont une lettre de Fräulein Hanfstaengl. La cousine remit ce dossier entre les mains de M. Graziano du comité de Libération précité et affirma qu'elle avait suivi cette affaire avec un nommé Dujardin ou Desjardins dont elle livra l'adresse, sans toutefois être capable de dire ce qu'il en était advenu [7].

Ces prémices montrèrent la nécessité d'élargir le champ des investigations. On fit appel au commissaire de la police judiciaire Georges Valentin. Convoquée le 6 mars 1947, Laure se rendit avant chez le docteur Aboulker qui l'avait soignée à l'issue de son internement dans le *Gasthaus* du square du Bois-de-Boulogne. Le médecin rédigea une attestation relatant les circonstances de son intervention : « Le 15 août 1944, je fus appelé d'urgence à Neuilly au domicile de Mme Dissard à qui j'avais donné mes soins un mois auparavant à l'occasion d'un accident. Je reconnus à peine Mme Dissard qui était étendue, dans le coma, extrêmement amaigrie et déshydratée, le regard éteint, les extrémités froides, la langue et les lèvres fuligineuses[8]. » Après avoir établi un diagnostic alarmant et appris les circonstances de son arrestation, le docteur Aboulker la soigna et conclut : « Dans les mois qui suivirent, elle eut à plusieurs reprises de graves atteintes de santé qui réclamèrent des transfusions de sang et je puis affirmer qu'actuellement Mme Dissard n'a pas encore recouvré la santé dont elle jouissant avant son incarcération. » Ces derniers mots, suggérés certainement par Laure, indiquent que le médecin ne connaissait pas la vie trépidante qu'elle menait depuis deux ans[*].

Elle apporta le certificat au commissaire Valentin. Au cours de cette prise de contact l'un et l'autre se jaugèrent. Le policier interrogea une vingtaine de personnes susceptibles d'éclairer les activités de Laure Dissard pendant l'Occupation, rédigeant lui-même leurs dépositions. Il relativisait et opposait avec complaisance les dénégations et les assurances de Laure qui accusait à son tour ses accusateurs avec un esprit d'à-propos qui semait le doute et en se livrant à des exercices de charme qui éblouirent Valentin. Dès lors, des pensées très particulières s'emparèrent du commissaire, l'incitant à traiter le dossier Dissard d'une manière qui convenait à ses intérêts. Mieux encore, il sortit des dépositions recueillies des fragments apparemment favorables à Laure, laquelle déclarait que pendant l'Occupation elle avait consacré son activité au Secours national et à aider ses compatriotes en difficulté avec dévouement et désintéressement. Morceau de bravoure, la narration de son arrestation par la Gestapo. Le commissaire Valentin

* Cf. annexe 6, le certificat du docteur Aboulker.

enregistra ces propos avec empressement. Ayant achevé sa tâche, il rédigea un rapport qui fragilisait les auditions des témoins déjà entendus. Il concluait : « Aucun élément nouveau n'a pu être recueilli permettant d'établir que Mme Dissard a eu une activité antinationale pendant l'Occupation. » Il joignit à son rapport vingt-trois procès-verbaux et six annexes « relatant les résultats de l'enquête effectuée [9] ». D'une manière plus tranchée, le commissaire Valentin dira tout à trac à Giraudon, qu'il avait entendu à la direction de la Sûreté nationale, « qu'il n'y a rien de sérieux contre Mme Dissard et que ce qui lui était reproché n'était que des ragots de concierge [10] ».

Peu après, la direction de la Sûreté apprit que le commissaire Valentin était passé au service de Laure. Elle n'avait éprouvé aucune difficulté à « retourner » ce policier qui n'avait jamais soumis à un interrogatoire une femme aussi séduisante, ensorcelante même, et qui répondait avec tant de bonne grâce aux insinuations les plus embarrassantes. Tout en se pliant à l'enquête, elle glissait quelques mots sur ses affaires, étalait un luxe qui suggérait ses ressources financières, débitant ses paroles d'une voix harmonieuse dont la musicalité composait une mélodie qui plaisait tellement à Valentin qu'il avait envie d'entrer dans la partition. Il se persuada que Laure pourrait lui apporter une rupture avec son quotidien de fonctionnaire de la police aux maigres appointements. Perspicace et manipulatrice, elle trouva rapidement l'ouverture et posa la question qui le fit basculer : « Qu'aimeriez-vous faire si vous n'étiez pas policier ? »

Sa passion : le cinéma, un domaine où il espérait conquérir célébrité et richesse. Il apporta à Laure un scénario de sa fabrication intitulé *Passager clandestin* qu'il avait déposé à la Société des auteurs en février 1946. Elle promit de le remettre à Annet Badel mais le passa à Giraudon qui le fourra dans un coin. Elle réussit à introduire Valentin à la rédaction du journal anglais *International Observer*, bien qu'il fût encore en fonction à la Sûreté nationale. Il rédigea un article titré « Deuxième industrie française – le cinéma est en péril ». Il discuta avec Laure du nom qu'il signerait au bas de l'article. Ils se divertirent en décidant d'emprunter celui du fonctionnaire de la Sûreté générale qui suivait depuis longtemps les activités de Laure. Valentin s'en amusa d'autant que ce dernier (Marc Bergé) était son supérieur hiérarchique. C'est ainsi qu'il accola son prénom au patronyme de son patron [11].

Laure pensa aussi le faire nommer, grâce à Mourot, administrateur de la société Le Rouge Baiser mise sous séquestre par suite du comportement de son propriétaire pendant l'Occupation, un fard lancé avec succès avant la guerre par une publicité représentant une femme aux yeux bandés et les lèvres offertes.

Subjugué, Valentin se rendait presque chaque jour chez Laure Dissard où il commençait par se mettre en forme en absorbant un litre d'apéritif. Parfois, il amenait son épouse et ses enfants à qui la maîtresse des lieux offrait des jouets. Par Valentin, elle obtenait des renseignements concernant certaines personnes qu'elle voulait abuser ou faire chanter. Elle l'utilisait aussi pour apeurer ceux qui voulaient la desservir ou la gêner, annonçant que le commissaire était spécialement attaché à la personne d'Édouard Depreux, ancien avocat, ministre de l'Intérieur pendant dix-sept mois sous quatre gouvernements successifs dont l'aspect bourru et les déclarations abruptes semblaient dénoter des qualités de fermeté.

Scellant leur pacte, et en remerciement des services rendus, elle offrit au commissaire un onéreux costume trois pièces à la Samaritaine de luxe, filiale des grands magasins de la Samaritaine, dont l'héritier, Gabriel Cognacq, avait été un habitué de son salon pendant l'Occupation. Ce costume fut une histoire. Après les essayages, le policier le fit livrer à son nom, « chez Mme Dissard » à l'appartement de l'avenue Montaigne. La facture de 8 655 francs (700 euros) fut envoyée à Laure. Deux mois après, elle adressa au fournisseur un chèque sans provision. Giraudon intercepta la facture. Non seulement il se disputait continuellement avec Laure mais chacun d'eux menaçait l'autre de le dénoncer. Il en résultait que tous deux cherchaient à détenir des pièces à charge aux dépens de l'autre. La facture du costume de Valentin constituait une « preuve ». Or Mme Giraudon, qui s'ingéniait à démolir celle qui lui avait pris son mari, réussit à s'en emparer. Devant le scandale menaçant, Giraudon finit par débourser le prix du costume, ce qui accrut la colère de son épouse qui, hors d'elle, montra la facture à différentes personnes qui s'empressèrent de divulguer l'anecdote. L'ingénieur de l'aéronautique Marcel Riffard fut du lot[12].

Georges Valentin avait un adjoint, l'inspecteur Pujol, que Laure faisait passer devant des tiers pour un ingénieur des Arts et Métiers. Pujol admira le costume neuf de son chef d'un ton quelque peu quémandeur. Par esprit d'équité, tout en respectant la hiérarchie dans l'ordre des cadeaux, elle lui paya une paire de chaussures[13].

Déjà emportée par son tourbillon personnel, Laure subit l'attraction d'un événement retentissant, justifiant qu'on en rappelle la date : 12 mars 1947. C'était l'aube de la IVe République. Chavirant dans l'instabilité gouvernementale et pas encore relevée de ses ruines, contrainte à des emprunts ruineux, en proie à des grèves fréquentes, dotée d'une classe laborieuse réduite à la pauvreté, fourvoyée dans les préliminaires d'une guerre coloniale en Indochine, désarmée devant l'expansionnisme soviétique que seule la puissance militaire des États-Unis contenait, la France, toujours prête pour une révolution, en fit une ce jour-là qui fut appelée « New Look ». Au cours d'une matinée mémorable, au 30 avenue Montaigne, Christian Dior, un nouveau venu dans la haute couture, allongea les jupes de vingt centimètres et affina les tailles. La nouvelle se répandit jusqu'en Amérique où quelques papesses de la mode saluaient l'avènement d'un génie. Il n'y eut pas de termes trop hyperboliques pour louer cette révolution de l'ourlet.

Laure demeurait à quelques pas de l'immeuble de Christian Dior et fut accueillie en acheteuse de choix dans ce lieu encombré par tant d'élégantes fortunées. Elle commanda quatorze robes et versa un acompte, le solde à la livraison. Dans sa frénésie, elle acheta aussi chez Molyneux et Grès, célèbres en ce temps-là, et naturellement chez Jacques Fath. On a retrouvé un cahier et des feuilles volantes où elle dressait d'interminables listes de ses folies vestimentaires. Aux décomptes que nous avons eus en main, en l'espace d'une année elle fit emplette de soixante-deux robes, tailleurs et manteaux de haute couture. Elle courut acheter des sacs chez le sellier Hermès et s'approvisionna en linge de corps chez Alfée, également située avenue Montaigne. Elle devait près d'un million et demi (70 000 euros) à Dior, et presque autant à chacun des autres couturiers et fournisseurs d'accessoires. Lettres de rappel, mises en demeure d'avocats, rien ne l'intimidait ni ne modifiait sa conduite. Elle multipliait les chèques sans provision, insouciante des suites, et s'en prenait aux banques qui ne payaient pas. Les plaintes commençaient à poindre.

Elle mobilisa d'efficaces intermédiaires aptes à neutraliser les fournisseurs par des arguments déstabilisants. Dior était commandité par le richissime Marcel Boussac, « empereur du textile et roi du turf », qui avait collaboré avec les Allemands et avait servi d'informateur économique à la SS et en particulier à Maulaz. Laure était bien placée pour lc savoir et disposée à le faire savoir. Seuls un réseau de complicités et ses largesses tardives à l'égard de la Résistance avaient épargné à Boussac une inculpation et des amendes colossales. Quant à Jacques Fath, Laure pouvait lui rappeler que pendant l'Occupation il avait été membre du Cercle européen où se réunissait le *nec plus ultra* du collaborationnisme et qu'il avait donné des gages de son adhésion à l'ordre nouveau. Devenu à la Libération un fêtard du Tout-Paris, il ne tenait pas à remuer le passé pour un différend de factures non payées. Ainsi, dans le monde de l'après-guerre, Laure avait en tête la carte d'une certaine France qui lui permettait de naviguer parmi les récifs.

Tout en sacrifiant au New Look, elle s'était engagée dans une opération dont elle attendait de généreux bénéfices. Il s'agissait de monter une société fictive suivant un processus basé sur son expérience et de recruter des investisseurs qui participeraient au capital dont elle empocherait les versements. Faisant état du dénuement supposé de la Bretagne et de sa carence alimentaire, elle créa la Société frigorifique et entrepôts de Bretagne destinée au dépôt des viandes et autres denrées. Pendant quelque temps, se posant en philanthrope, elle ne fit que plaindre les Bretons démunis, et la Bretagne devint un thème de sa sollicitude. Sa première dupe fut Marcel Riffard qui, malgré sa méfiance et ses soupçons, ne pouvait résister à Laure et versa sa participation. D'autres suivirent. Elle encaissa 500 000 francs (24 000 euros) et, peu à peu, la Bretagne et ses entrepôts frigorifiques fantômes cessèrent de la préoccuper.

Malgré l'habileté de Laure Dissard et de solides protections politiques, l'enquête du tribunal des forces armées se poursuivait et avait réuni un tel faisceau de preuves que, le 20 mai 1947, la juridiction militaire l'avait inculpée d'intelligences avec l'ennemi. Parallèlement, les investigations ayant révélé que Laure avait commis des délits de « corruption active de fonctionnaires, escroqueries, faux et usage de faux », une information fut ouverte et confiée au juge d'instruction Robert Lévy du tribunal de première instance de la Seine qui l'inculpait, notamment dans l'affaire Oswald, du nom d'un ressortissant allemand qui avait versé à Laure 250 000 francs (12 000 euros) afin d'obtenir un examen plus rapide de sa demande de carte d'identité. Laure s'était adressée à la préfecture de police à un certain Morelle, une de ses relations au bras long. Ayant obtenu satisfaction sans son aide, Oswald avait exigé le remboursement du bakchich et, comme il savait compter, il réclama en sus un dédommagement de 40 000 francs calculé sur la dévaluation du franc depuis son versement.

Cette double action judiciaire interdisait à Laure de quitter le territoire national. Le 7 novembre 1947, la direction des Renseignements généraux alertait le service des étrangers et des passeports de la préfecture de police afin qu'aucun visa de sortie ne soit délivré à Laure Dissard, soupçonnée d'avoir un domicile à Bâle et de s'être rendue plusieurs fois en Suisse depuis la Libération. Le 10 novembre suivant, le service des étrangers et des passeports notifiait par télégramme à toutes les autorités concernées en France et en Algérie d'interdire à Laure Dissard de quitter le territoire national. Peine perdue ! Grâce à des complicités à la préfecture de police, elle avait obtenu un passeport dans des conditions qui amenèrent le directeur de la police générale à s'expliquer non sans embarras : « Elle avait produit les pièces nécessaires et n'était pas connue sous son véritable patronyme au fichier d'opposition du bureau des passeports [14]. »

D'août à octobre 1947, Laure avait passé trois fois par

la route la frontière de la Suisse dans les deux sens. Ce pays lui offrait, pensait-elle, de florissantes perspectives. Giraudon avait pris le contrôle d'une modeste société qui végétait, créée à Lausanne en 1937, deux ans avant la guerre, sous la raison sociale Brevets et Inventions nouvelles, en abrégé : la BIN. Il conserva l'administrateur suisse conformément à la loi, Édouard Petitpierre, âgé de soixante-trois ans, ancien professeur à l'école de commerce de Lausanne, colonel dans l'armée helvétique et administrateur de plusieurs sociétés honorables : « C'est une personnalité en vue, correcte en affaires, jouissant d'une modeste fortune personnelle [15]. »

Dès que le couple Dissard-Giraudon eut pris les commandes, une note confidentielle soulignait que « l'activité de la société est difficilement contrôlable ». Peu après le renvoi de la police du commissaire Valentin, Giraudon le nommera directeur commercial de la BIN avec de substantiels appointements car il entretenait des relations avec d'anciens collègues qui pourraient se révéler salutaires. Quand les événements mettront un terme à cette coopération, l'ex-policier finira son existence active sous la mince enveloppe de représentant de commerce.

La BIN occupait à Lausanne une pièce rue du Grand-Chêne, dans un immeuble situé à l'angle de la place la plus animée de la ville. Seul un secrétaire s'y tenait. Afin de se donner une plus grande surface commerciale, Giraudon installa un bureau de la BIN à son domicile privé pompeusement dénommé « agence de Paris », et il orna son papier à lettres frappé d'inscriptions flatteuses dont l'une caractérisait ainsi son activité : « Société anonyme financière, industrielle et commerciale ».

Grâce aux relations américaines de Laure Dissard, la BIN trafiqua d'abord sur les surplus américains et traita de nombreuses affaires illicites avec la Suisse, l'Italie, le

Siam, le Danemark, l'Angleterre. Poussant plus avant les avantages obtenus de ses amis d'outre-Atlantique, Laure parviendra même à conclure une vente de cent douze wagons-citernes fabriqués aux États-Unis par une société de Buffalo et revendus 50 millions de francs (3,5 millions d'euros) à un groupe de carburant français. Cette transaction rapporta à la BIN 10 millions de francs. Quoique n'étant rien en droit et ne figurant pas en titre dans la société, Laure toucha 2 millions de francs de commission. L'enquête déclenchée ultérieurement ne parviendra pas à percer les dessous financiers de ce marché ni par quel biais, malgré un contrôle des changes draconien imposé en France afin d'éviter la spéculation sur les devises, elle avait pu se procurer les dollars nécessaires. Secret bancaire suisse, sans doute.

Devant ces résultats, l'attachement de Giraudon à l'égard de Laure ne se relâchait pas. Il ressassait que bonheur et sécurité se situaient au-delà des mers. Laure n'en disconvenait pas. Se référant aux succès qu'il avait remportés pendant l'Occupation en écoulant du café au marché noir, et fort de sa connaissance du produit, Giraudon se lança avec Laure dans une étude approfondie de ce secteur et ils se déterminèrent en fonction des manœuvres à venir et de la vulnérabilité de la proie. S'étant documentés, ils fixèrent leur choix sur la Colombie, deuxième producteur mondial. Giraudon proposa de créer une entreprise d'import-export tout en préparant activement leur repli dans ce pays. Il écrivit à Laure : « J'entends faire ma vie avec toi. Mes affaires seront gérées par nous deux, conjointement et solidairement. Nous mettrons les affaires en ordre dans la journée d'aujourd'hui. Je désire simplement sauvegarder les intérêts des enfants. Nous fixerons ensemble ce qu'il faut investir en Colombie. Je suis prêt à régulariser immédiatement [16]. »

La Colombie ! Laure exhuma de sa mémoire, véritable registre de gens utiles, l'homme de la situation, nommé J.-B. Bonal, agent commercial. Il lui apprit qu'un comité d'études pour l'Amérique du Sud avait décidé d'envoyer son principal collaborateur, Philippe Guignabaudet, en Colombie et cherchait des capitaux afin de constituer un pool financier destiné à couvrir les frais de sa mission. Giraudon accourut et, se joignant à Laure, tous deux mirent en avant de hautes relations françaises et américaines, des groupes industriels et financiers. Guignabaudet constitua avec eux et trois autres personnes le Syndicat du Grand Colombien dont le siège fut domicilié chez Laure Dissard, avenue Montaigne. Philippe Guignabaudet, nommé cogérant, devait partir en reconnaissance. Heureuse coïncidence, Laure et Giraudon prétendirent devoir aussi se rendre en Colombie et, à deux ou trois reprises, feront retenir des places. Ils s'étaient engagés par contrat à apporter chacun 10 000 dollars livrables sur place où ils affirment posséder des devises. Ils déclarèrent également devoir transporter en Suisse une collection de tableaux destinés à une exposition avant d'y être vendus, le montant étant transféré en Amérique du Nord.

Finalement, les trois autres associés ayant tenu leurs engagements et Bonal ayant versé 500 000 francs (24 000 euros) destinés à couvrir les frais de voyage et d'équipement, Guignabaudet, accompagné d'un secrétaire, partit pour la Colombie via New York, fort de l'assurance de Laure qu'il recevrait de l'argent dans cette ville. Parvenu à destination, rien. Pas trace des fonds promis. Guignabaudet expédia des télégrammes qui restèrent sans réponse. Tant bien que mal, il parviendra, à bout de ressources, à gagner l'Équateur, voisin de la Colombie. En janvier 1948, il écrivit de Quito à Laure Dissard et à Giraudon des lettres recommandées dénonçant leurs mensonges et leurs abus de confiance. Recherchant le mobile de tels agissements, il les soupçonna d'avoir monté ce stratagème afin d'orienter les fonds collectés vers des transactions véreuses. Laure agit avec beaucoup plus de simplicité : elle détourna pour son usage une partie des capitaux versés par les actionnaires du Syndicat du Grand Colombien sous prétexte de couvrir des frais généraux et des études de projets [17].

Entre-temps, insoucieux de cet épisode, Giraudon, qui y excellait, écrivait des lettres prolixes, habilement dosées, où il étalait l'universelle compétence de la BIN, posant au bienfaiteur disposé à importer en France du café de Colombie tout en formulant quelques propositions d'avenir. C'est ainsi qu'il entra en rapport avec l'ambassadeur de Colombie à Paris, Son Excellence Fernando Londono y Londono, auquel il se présenta comme étant en quelque sorte le maître du café en France et en mesure de réguler le marché français déficitaire par des importations de Colombie, et, grâce à « son siège en Suisse, pouvant assurer une large diffusion du café colombien en Europe, et plus spécialement en Europe centrale [18] ». Au conseiller commercial de l'ambassade de Colombie, il proposa d'importer chaque année 20 000 tonnes de café destinées à la consommation française, puis 30 000 tonnes. Il assura être prêt à conclure avec la Colombie, ajoutant que l'Union des Banques suisses de Lausanne interviendrait comme caution de la BIN s'il en était besoin.

Par précaution, l'ambassadeur de Colombie demanda des renseignements sur la BIN, négligeant de s'intéresser en particulier à la personne de Giraudon et de Laure Dissard, laquelle se faisait passer pour le secrétaire général de cette société. Il obtint des informations rassurantes qui mettaient en avant la personne de l'administrateur en titre, l'honorable Suisse Édouard Petitpierre, que Giraudon-Dissard maintenaient à son poste en guise de paravent ou de leurre. « On ne signale pas d'incident de paiement, pas de poursuites ni de plaintes enregistrées. Édouard Petitpierre inspire confiance. Une entrée en relation peut être envisagée », concluait la note confidentielle[19].

En quelques semaines, les deux complices s'immiscèrent dans la place avant de fondre sur leur proie. À l'époque, Anvers était le premier grand port de l'Europe occidentale, équipé par les Américains. C'est dans ce havre belge que les cargaisons de café de Colombie étaient déchargées et stockées. Giraudon s'y rendit, visita l'entrepôt en compagnie d'un consignataire en vue d'acquérir 85 tonnes de café disponibles, assura-t-il pour en imposer. Nous savons, par une lettre qu'il adressa au señor Londono y Londono, quel fut son comportement mûrement prémédité. Il y dressait un tableau désastreux de l'état des piles de sacs qui pompaient l'humidité du sol et recevaient la pluie à travers une toiture percée, constatant que la moisissure avait gagné les fèves... à l'exception d'un lot de cinq cents sacs bénéficiant de précautions spéciales sur lesquels il jeta son dévolu, les faisant enlever sans retard en assurant qu'il les paierait dès son retour à Paris, et fort en colère il avait quitté les lieux après avoir réussi son coup[20].

Cinq semaines après, l'ambassadeur Londono y Londono apprit le dénouement par une lettre du représentant des producteurs de café de Colombie qui avaient un siège à Bruxelles. Il faisait état d'une information parue dans l'édition du 11 avril du journal *France-Soir* relatant l'arrestation d'Anika Moor accusée d'espionnage et de trafics au marché noir et qui était en relation avec une firme de Lausanne. Elle projetait un voyage en Colombie. Le correspondant, ignorant encore la véritable identité d'Anika Moor, rapprocha cette affaire des transactions proposées par la BIN qui n'avait pas payé les cinq cents sacs de café [21].

En effet, le 18 mars 1948, un mois avant la nouvelle rapportée par le journal, Laure Dissard avait été arrêtée et placée sous mandat de dépôt par le capitaine Lequette, juge d'instruction militaire. Le jour même elle était incarcérée à la prison de Fresnes.

CHAPITRE 13

Le trésor d'Otto

Le 8 mars 1948 à 8 h 45, en vertu de la commission rogatoire du capitaine Lequette, le commissaire de police à la direction des Renseignements généraux René Seyvoz, assisté de cinq inspecteurs, s'était transporté 45 avenue Montaigne, au domicile de Laure Dissard, trente-quatre ans, « réputée secrétaire général de la société BIN ». La veuve Dissard leur ouvrit la porte palière. Laure les reçut et entendit l'objet de la visite.

En la présence consentante de l'intéressée, les policiers perquisitionnèrent dans les sept pièces principales et les dépendances, saisissant les documents au cours d'une inspection minutieuse qui se termina à 10 h 15 sans incident, et s'emparèrent de cent quatre-vingt-dix-sept documents qui feront l'objet de scellés dûment cotés. Et ils se retirèrent.

À 11 h 15, les mêmes revinrent au domicile de Laure Dissard et lui présentèrent le mandat d'amener du capitaine Lequette : « Interpellée, elle déclare : Le mandat que vous m'exhibez s'applique bien à ma personne. Je suis prête à y obéir [1]. » Les policiers avaient craint que l'inculpée, dont ils connaissaient la réputation de simulatrice, ne se dérobât en avalant, par exemple, un cachet qui la rendît intransportable et la forçât à s'aliter ou encore qu'elle feignît de s'évanouir.

Ayant rempli une petite valise, Laure fut conduite devant le capitaine Gérard Lequette, juge d'instruction au tribunal militaire permanent de Paris. L'officier énuméra quelques affaires, montrant que les accusations portées contre elle s'étaient accumulées, et il se référa en particulier au cas de l'ancienne « femme de chambre et maître d'hôtel », Maria Fujs, accusant Laure de l'avoir dénoncée à la Gestapo. Il mentionna aussi que le beau-fils de Giraudon avait rapporté à la police qu'elle était sur le point de partir se réfugier en Colombie. Il rappela qu'un magistrat instructeur du parquet de la Seine avait engagé contre elle une procédure visant divers délits et qu'elle faisait donc l'objet de deux procédures distinctes. Il est vrai que Laure avait refusé de répondre à l'interrogatoire du juge Robert Lévy, arguant qu'elle devait réserver ses déclarations et sa défense devant les instances militaires, car face au tribunal des forces armées elle risquait la peine de mort. À ce refus et malgré la protestation de son avocat, Me Doublet, excipant de l'irrégularité d'un tel procédé, le juge Lévy, passant outre, avait décidé de soumettre Laure Dissard à la détention provisoire.

Inculpant Laure Dissard d'intelligences avec l'ennemi, le capitaine Lequette la plaça sous mandat de dépôt et la fit conduire à la prison de Fresnes.

Sous escorte, elle traversa Paris. À partir de la porte d'Orléans, c'était une succession de faubourgs noirs et miséreux où se mouvaient des silhouettes grises qui se fondaient dans un décor dépourvu de toute tache de couleur vive. À mesure que la voiture cellulaire roulait vers sa destination, les faubourgs tristes cédaient à un paysage rural. Ce qui forme aujourd'hui d'interminables agglomérations liées entre elles n'était encore que des bourgs d'où s'exhalaient les senteurs de la campagne. Tout à coup, de hautes toitures en tuiles mécaniques rouges surgirent derrière la ligne d'autres constructions, et apparut ce qui aurait pu être l'entrée d'une caserne, avec sa poterne, sa grille d'accès et son pavillon de garde surmontée du drapeau tricolore.

Pendant l'Occupation, la prison de Fresnes, sous contrôle allemand, était affectée aux résistants et aux suspects qui subissaient les pires traitements. Rendu à l'autorité pénitentiaire française, l'établissement comportait un groupe réservé aux femmes. Les trois divisions affectées aux hommes s'alignaient en trois immenses barres parallèles percées par de petites fenêtres de quelque 1 250 cellules, des fenêtres qui, selon un aumônier, « s'ouvrent comme des yeux de morts[2] ». Les détenus, sacrifiant à l'idiome des vainqueurs anglo-américains, appelaient la prison de Fresnes la « Big House ».

Après un bref temps d'arrêt, le fourgon s'engagea dans une longue allée bordée de tilleuls qui dissimulaient la réalité de la prison la plus grande de France, construite sur un terrain marécageux et qui, faute d'entretien depuis son édification en 1899, présentait toutes les lèpres inhérentes à ce genre d'établissement soumis à un usage intensif. Le véhicule s'arrêta devant le groupe affecté aux femmes « prisonnières politiques », derrière une double enceinte que sillonnait un chemin de ronde. Très élégante dans ses vêtements griffés Dior ou Fath, talons hauts et parfum, Laure Dissard passa obligatoirement par le greffe. Contact rude : dépôt des objets personnels, empreintes digitales sur le livre d'écrou, numéro matricule et, plus humiliante encore, la fouille au corps. Elle se retrouva avec une couverture sur les bras et quelques effets indispensables sans même s'en être aperçue.

D'étage en étage, les cellules donnaient sur d'étroites

coursives ceignant un puits au fond duquel s'étendait un grand hall au dallage poisseux où, à l'occasion, un aumônier officiait et qui formait une immense caisse de résonance. Environ cinq cents femmes, trois ou quatre par cellules, vivaient là. À peine entrée, Laure fut saisie par des odeurs infectes, étourdie par un vacarme où se fondaient tous les bruits d'une prison. Une chape d'humidité s'abattit sur son corps. Flanquée d'une gardienne, elle suivit un itinéraire déprimant et finalement gravit un escalier auquel chaque pas arrachait des sonorités qui n'avaient pas d'équivalent ailleurs. Elle gagna une coursive où s'alignaient les portes massives.

La prisonnière échoua dans la cellule nº 154. Dans l'antre étroit, sombre et empesté par les tinettes, deux femmes s'étaient levées et la regardaient. L'une d'elles l'observa un instant et toutes deux tombèrent dans les bras l'une de l'autre.

La femme qui avait embrassé Laure se nommait Waldtraut Jacobson, quarante ans, née au Cap en Afrique du Sud et de nationalité allemande : « Pour mieux dire, j'ai toujours eu la nationalité allemande », précisait-elle [3]. Sa vie avait pris son essor lorsqu'elle rencontra vers 1935, dans des circonstances ignorées, Hermann Brandl, né à Dillingen (Allemagne) de dix-sept ans son aîné, dont elle devint la maîtresse, un mot qu'elle n'aimait pas, préférant se dire son « amie ». Ingénieur de formation, Brandl avait été recruté vers 1925 par l'Abwehr qui regroupait les services spéciaux de l'armée allemande, tout en exerçant d'abord une profession civile en Belgique comme couverture. Il remplit ensuite différentes missions en France dont il devint un spécialiste avant la guerre, parlant couramment la langue. Il fit entrer Waldtraut Jacobson dans l'Abwehr où elle exerça d'abord en Belgique. Trois mois après la défaite de la France, elle rejoignit Brandl à l'*Ast** *Frankreich* qui s'était installée à Paris au Lutétia, le plus bel hôtel de la rive gauche.

En mars 1941, sur l'ordre du chef de l'*Ast Frankreich*, le colonel Rudolf, Brandl dit aussi Otto monta un bureau d'achat sous l'appellation « Organisation Otto », censé subvenir aux frais d'entretien de l'Abwehr en France, un monstre qui dévorera indistinctement toutes les marchandises pouvant être raflées dans le cadre qui lui était dévolu et destinées au marché allemand. Certains fournisseurs français devenaient des agents de l'Abwehr chargés d'implanter en province des réseaux de renseignement. Brandl emploiera à poste fixe une centaine de personnes réparties dans cinq immeubles de l'élégant seizième arrondissement, dont trois étaient situés square du Bois-de-Boulogne à côté du *Gasthaus* de Knochen où Laure avait été internée. Il comptait parmi ses collaborateurs des hommes de main et même des tortionnaires, tel Masuy, l'inventeur du supplice de la baignoire. Taillé en lutteur, lui-même n'hésitait pas à régler ses différends en usant de ses poings et en infligeant des sévices. D'après ses propres déclarations quand un fournisseur n'acceptait pas les prix offerts par l'organisation, on l'enfermait dans la cave d'un des immeubles du square du Bois-de-Boulogne où il était parfois battu à mort.

Sous le nom de « Mlle Mary », Waldtraut Jacobson s'occupait du personnel, du contentieux et avait un œil attentif sur la caisse où s'empilaient les espèces. Elle se rappelait fort bien de Kleinknecht qui avait fourni à l'Organisation Otto de petits articles pour quelques millions de francs, sommes infimes à l'échelle des transactions courantes – elle dira à Laure, dans leur cellule de la prison de

* Littéralement : la branche.

Fresnes, qu'elle avait connu son ex-mari. Toutes deux se souvenaient aussi de rencontres épisodiques en Hollande juste avant la guerre où elles demeuraient dans deux communes voisines, Laure à Blaricum et Waldtraut Jacobson à Laren, quand son travail d'agent secret l'amenait dans ce pays[4].

Les activités de l'Organisation Otto s'achevèrent en juillet 1943. Brandl et Waldtraut Jacobson s'employèrent jusqu'à la fin de l'année à sa liquidation. Le chiffre d'affaires avoué s'était élevé à 24 milliards de francs (5 milliards 600 millions d'euros), en réalité le double. À titre personnel, Brandl prélevait un intérêt de 5 à 7 %. On évalua son bénéfice propre à environ 2 milliards de francs. Libéré de son commerce, Brandl se livra jusqu'à la fin de la guerre à des missions d'espionnage qui le conduisirent en Espagne et au Portugal où il dissimula une partie de son trésor, notamment des devises étrangères. Trois mois après la défaite de l'Allemagne, il fut arrêté par les Américains, emprisonné à Munich. On le retrouva le lendemain pendu aux barreaux de sa cellule.

Waldtraut Jacobson avait suivi son « ami » tant qu'elle l'avait pu, munie de faux papiers au nom de Delft. Fuyant Paris devant l'avance des Alliés, ils s'étaient tous deux repliés à Gérardmer dans les Vosges, espérant une contre-offensive de la Wehrmacht, puis en Allemagne. Elle savait que Brandl avait enfoui une boîte contenant des documents, de l'or et des devises au pied d'un cerisier dans le jardin de sa maison à Karlsfeld. Deux jours avant son arrestation, il avait réussi à récupérer son dépôt et communiquait à Waldtraut son intention de le cacher ailleurs et qu'il lui signalerait l'endroit exact. Entre-temps, il fut arrêté sans avoir pu l'en informer. Elle avait appris aussi par le tortionnaire Masuy que Brandl avait constitué un autre dépôt en Espagne ou au Portugal avec l'aide d'un nommé Vargas, connu de la police. Elle ignorait ce qu'il contenait[5].

Après l'arrestation de Brandl, Waldtraut Jacobson voulut revoir encore une fois sa maison à Karlsfeld, où elle fut arrêtée par les Américains en août 1946 et internée successivement dans trois camps. En 1947, les services américains la livrèrent aux autorités françaises après l'avoir, dans un premier temps, remise en liberté. Son affaire fut instruite par le tribunal militaire permanent de Paris. Elle fut inculpée de pillage et complicité et incarcérée à la prison de Fresnes[6].

La deuxième occupante de la cellule n° 154 qui réserva un bon accueil à Laure se nommait Marthe Capel, française née dans le département de la Seine. Âgée de vingt-huit ans, elle avait changé cinq fois d'identité au cours d'une existence mouvementée et tâté à deux reprises de la prison d'où elle s'était évadée. Pendant l'Occupation, elle avait travaillé pour le compte du SD, le service de renseignement de la SS, et effectué plusieurs missions avant que ses employeurs l'arrêtent et la déportent au camp de concentration de Ravensbrück d'où les Américains la libérèrent en avril 1945 et l'engagèrent comme interprète jusqu'au jour où, doutant de sa qualité de déportée et la considérant comme suspecte, ils l'internèrent pendant trois mois avant de l'élargir et de la renvoyer en France. Appréhendée quelques semaines plus tard par la Sûreté nationale, elle fut inculpée du chef d'intelligences avec l'ennemi par le 2e tribunal militaire de Paris qui l'envoya à Fresnes[7].

Cette première journée d'incarcération n'était pas achevée que Laure fut extraite de la cellule et amenée à un visiteur, un fonctionnaire de police dépêché par Valentin et venu lui prodiguer des paroles d'espoir, l'assurant qu'elle serait bientôt tirée de là[8].

Motivées par leur passé récent les trois femmes sympathisèrent dans l'étroitesse d'une cellule tellement encombrée qu'elles devaient rester presque toujours assises. Cette situation particulière poussa Waldtraut Jacobson à des confidences dont elle se serait bien gardée ailleurs. Elle exposa qu'elle était l'une des deux héritières de Brandl, et peut-être l'unique, en cas de décès de l'autre. Une succession d'autant plus compliquée qu'elle devait se résoudre secrètement et que Brandl avait dissimulé son trésor en des endroits divers qu'il n'avait pas eu le temps de révéler en totalité. Dans l'immédiat, elle était préoccupée par le sort de la propriété, La Sauvagère, située en Suisse, que Brandl lui avait donnée et dont le notaire local, un certain Jaillet, tentait de s'emparer, si ce n'était déjà fait. Il y avait urgence, chaque jour comptait.

Laure la rassura. Quelle bonne idée Waldtraut avait eue de lui en parler ! La Suisse, c'était pour ainsi dire son domaine réservé où elle comptait des relations utiles. Surtout, elle avait un associé – laissant entendre, un « fiancé » – André Giraudon, fort bien introduit lui aussi en Helvétie et exercé aux situations les plus compromises. Le portrait était si flatteur que l'Allemande fut séduite. Tout bien pesé, elle se déclara disposée à lui délivrer un pouvoir l'autorisant à agir en ses nom et place. Mais comment communiquer avec Giraudon malgré la surveillance qui isolait les détenus ?

Laure ignorait que, quarante-huit heures après son arrestation, les mêmes policiers s'étaient transportés au domicile de Giraudon-David qui se disait toujours publiciste. Ils avaient entrepris une fouille minutieuse et saisi des documents qui seront classés sous cinquante-quatre cotes, parmi lesquels le scénario de cinéma de l'ex-commissaire Valentin. Convoqué le jour même à la direction de la police judiciaire, Giraudon se montra loquace. Il retraça quelques épisodes de la vie effervescente de Laure depuis qu'il avait fait sa connaissance en septembre 1945, mentionnant ses relations avec le commissaire Valentin et quelques autres, et la manière dont il fut mêlé à ce tourbillon, ne révélant toutefois rien d'essentiel sur leurs activités frauduleuses. Il reconnut que Laure Dissard avait multiplié les découverts bancaires et s'endettait auprès de personnes privées sans l'intention de les rembourser. Il admit qu'elle s'immisçait dans ses affaires, provoquant des désaccords, mais qu'ils finissaient par se rabibocher car leurs intérêts étaient partagés. « Je considère, dira-t-il, que Mme Dissard est une grande malade et que si elle fait parfois preuve de légèreté c'est à cause de son état de santé. Elle a toujours été pour moi un soutien moral en dépit des scènes et des difficultés qu'elle m'a créées[9]. »

Stimulée par la vision du « trésor d'Otto » dont elle escomptait des retombées lucratives, Laure établit rapidement une liaison extérieure avec Giraudon en soudoyant une gardienne nommée Madeleine, dite Chambon. Celle-ci se chargera de prendre au café Bon Accueil, près de la prison, le courrier clandestin des mains de Giraudon ou d'Albert Vallée, le valet de chambre de Laure, et d'y déposer les réponses. Après les explications nécessaires, Giraudon reçut par cette voie une procuration générale signée de Waldtraut Jacobson « lui donnant tous pouvoirs de [la] représenter en toutes circonstances auprès de Me Jaillet-Combe, notaire à Vallorbe, à l'effet de conclure pour [son] compte toutes transactions, réaliser toute propriété, passer tous actes, donner toutes signatures, aliéner tous biens et plus spécialement une propriété sise à Vallorbe et qui est [son] bien[10] ». Suivaient des dispositions complémentaires. Giraudon se mit aussitôt en campagne, lancé sur les traces de la fortune illicite d'Hermann Brandl.

La demoiselle Capel, qui avait été remise en liberté, fut chargée d'entrer en rapport avec Giraudon. En plus de consignes verbales, Waldtraut Jacobson lui avait remis des instructions manuscrites sur deux feuilles de papier qui tombèrent ultérieurement aux mains de la police. Elle devait ainsi se rendre en Allemagne, d'abord à Munich puis à Dachau, afin de rencontrer deux personnes de confiance et les interroger sur les biens et les documents enfouis par Brandl au pied du cerisier de la villa de Karlsfeld. Selon les informations recueillies, la « cachette » avait déjà été vidée de son contenu[11].

La présence de Waldtraut Jacobson maintenait Laure Dissard dans une humeur batailleuse en dépit des conditions déprimantes de son incarcération. Rien ne semblait l'abattre et si l'on empruntait au vocabulaire sociologique on pourrait dire que, loin de douter d'elle-même, elle possédait la « certitude de soi ». Décidée à quitter au plus vite cette prison, elle jouait sur deux plans. Tout nier lors de ses interrogatoires et recourir aux examens médicaux qui concluraient à l'incompatibilité de son état de santé avec la vie carcérale. Sur ce dernier point, son avocat, Me Pierre Doublet, avait demandé dès le 25 mars, deux semaines après son emprisonnement, une expertise médicale. Curieux personnage, celui-là, dont on ne sait comment Laure l'avait connu. Élégant et flegmatique, ne trahissant aucune émotion, ne cédant à aucun effet d'éloquence, discret sur lui-même, il retenait de mémoire l'extraordinaire complication du dossier de sa cliente et ne laissait rien passer. Quoique célibataire et de la même génération que Laure, il n'était pas du genre à s'enflammer, et il la conseillait avec le sang-froid et la méticulosité qui le caractérisaient.

Au mois d'avril, Laure comparut devant le capitaine Lequette à la caserne de Reuilly où siégeait le tribunal militaire. Amaigrie, sans éclat, vêtue d'une sorte de redingote bleue et coiffée d'une toque assortie, elle portait un dossier sous le bras. À la question initiale : « Quel a été votre curriculum vitae ? », voici comment elle relata sa jeunesse :

« Mon père, prénommé Auguste Marin, était employé de commerce et représentait en particulier une maison de conserves. En même temps, il s'occupait d'importation de primeurs et de fruits français en Angleterre. C'est ainsi qu'après sa mort, en 1916, ma mère s'est intéressée à monter l'usine de conserves Dissard à Richmond en Angleterre. [...] Ma mère ayant été mise dans l'obligation de vendre une partie de ses actions de la société Dissard et n'étant plus majoritaire, elle a liquidé complètement les avoirs qu'elle avait dans cette société, depuis environ quinze ou seize ans.

« Jusqu'à l'âge de douze ans, j'ai été élevée principalement par mes grands-parents à Ballancourt, ma mère étant retenue par ses affaires en Angleterre. Après la mort de mon grand-père, j'ai été pensionnaire pendant une année dans une institution de jeunes filles à Malesherbes, puis pendant environ cinq ans au lycée Duruy, d'abord à Paris puis à Versailles (maison Marie-Madeleine de Lafayette).

« Ayant obtenu mon baccalauréat, j'ai suivi les cours du PCB*, puis les cours de la faculté de médecine de Paris pendant trois années, en même temps je suivais les cours de l'Institut catholique à Paris où j'ai obtenu trois certificats de chimie. Je logeais d'abord chez ma tante, puis à la pension Sainte-Odile, rue Saint-Guillaume.

« Ma mère étant rentrée en France est d'abord retournée à Ballancourt, puis est venue à Neuilly, boulevard Richard-Wallace au n° 5 ou 7, où je l'ai rejointe. Ne se plaisant pas

* Études physiques, chimiques et biologiques. Plus tard, remplacées par le PCN, certificat d'études supérieures de sciences physiques, chimiques et biologiques.

à Neuilly, ma mère a été invitée par une de ses amies américaines, miss Mott, à partager son logement 89 rue de la Pompe. Nous avons conservé cet appartement lorsque Mott a quitté l'Europe. À l'époque, j'avais suivi les cours de l'Institut du cancer, rue de Lourmel[12]... »

Et ainsi de suite.

Devant ces affabulations et malgré les informations déjà contenues dans le dossier, des vérifications s'imposèrent. La première concerna cette miss Mott, riche Américaine, amie de la mère de Laure. Après enquête, il s'avéra que la veuve Dissard avait été la bonne à tout faire de Mott[13]. Quant à ses études secondaires, la direction du lycée de jeunes filles de Versailles indiqua que Laure Dissard avait été pensionnaire de son établissement pendant trois mois et non cinq ans comme elle l'affirmait. La faculté de médecine fit connaître qu'elle ne trouvait aucune trace d'inscription, etc.

Laure se fâcha lorsque l'officier instructeur s'était étonné qu'elle ait consacré tant de temps aux études, alors qu'elle avait été artiste à Montparnasse vers sa seizième année : « Je n'ai jamais pris le nom d'Anika Moor, je n'ai jamais été artiste. Il est possible qu'une autre demoiselle Dissard soit artiste, mais personnellement je ne la connais pas[14]. »

Quand le capitaine Lequette l'interrogea sur Kleinknecht, elle déclara :

« Pour moi, mon mari était hollandais. Quand je l'ai vu épouser le parti des Allemands afin de sauver ses affaires en Hollande, je n'ai pas accepté et j'ai demandé le divorce [...] Je n'ai jamais reçu aucun argent des services allemands. Je ne me suis jamais occupée d'opérations économiques avec les Allemands, même pas celles de mon mari. Je n'ai jamais touché aucune commission sur des marchés passés avec les Allemands. Loin de m'être enrichie pendant l'Occupation, j'ai vécu sur la vente d'un brillant de sept carats et d'un clip acheté 12 millions par mon mari. Depuis la Libération, un ami m'a avancé de l'argent contre dépôt de bijoux. Tous ces bijoux ont été achetés à des cours intéressants à Amsterdam entre 1938 et 1939 auprès de diamantaires clients de la Handels-Unie, la banque de mon mari [15]. »

Entendue trois ans plus tôt, en 1944, sur commission rogatoire du juge Frapier pour une affaire d'escroquerie, et interrogée sur son mariage avec Kleinknecht, elle avait déclaré : « Lorsque j'ai épousé M. Kleinknecht, j'étais veuve de M. Moore, sujet américain. J'avais épousé M. Moore en avril 1932 à Farm Street en Angleterre. J'étais veuve depuis novembre 1933 [16]. » Elle avait même ajouté que M. Moore avait été directeur de la Chase Bank, l'une des banques les plus importantes des États-Unis. Premier mariage qu'elle prétendait avoir contracté à dix-huit ans en Angleterre, alors qu'elle assurait au capitaine Lequette, qui savait à quoi s'en tenir, avoir entrepris de longues études en France.

Comme ce dernier revenait sur ses activités pendant l'Occupation, Laure répondait par la même ritournelle : « Depuis le début de l'armistice avec l'Allemagne, elle s'occupa presque uniquement de ses compatriotes malheureux (rapatriements de prisonniers) et surtout des victimes de la Gestapo [...] Le 17 juillet 1944, elle fut arrêtée par la Gestapo, détenue dans le pâté de maisons 82-86 avenue Foch, privée de toute nourriture, recevant seulement de l'eau, condamnée d'abord à avoir ses trois fils (11, 5, 3 ans) déportés en Allemagne, matraquée pour donner la liste de ses complices qui l'aidaient, puis condamnée à être fusillée, elle fut abandonnée presque morte lorsque la Gestapo dut quitter précipitamment Paris. » Ultérieurement, elle ajoutera qu'au départ de la Gestapo, elle était trop malade pour être déportée.

Au cours de ce premier interrogatoire, il fut aussi question des circonstances de l'arrestation de son mari par les Allemands.

Sur commission rogatoire du capitaine Lequette, le commissaire divisionnaire Marc Bergé convoquait les témoins, déléguant à son assistant, l'inspecteur Henri Jeanjean, le soin de procéder à leur audition. Âgé de trente-cinq ans, c'était un policier au regard perçant, au sourire flottant, rarement agressif et plutôt de bonne compagnie, doué d'une mémoire phénoménale et passionné par l'histoire de cette époque. Il avait participé à la perquisition au domicile de Laure, à l'arrestation de cette dernière et l'avait accompagnée jusqu'à la prison de Fresnes.

Parmi les premiers témoins convoqués, Marcel Riffard et sa sœur, la dame Vieillard, détaillèrent les activités de Laure telles qu'ils les avaient observées pendant l'Occupation. Riffard corroborait l'accusation portant sur les affaires illicites traitées par Laure avec les Allemands et comment elle leur servait d'intermédiaire, organisant des déjeuners pour le compte de la SS, et il relatait aussi ce qu'il savait de ses relations avec Bichelonne. La dame Vieillard l'impliquait dans un soutien inconditionnel à la politique des nazis, relatant sa participation à la mission Hanfstaengl et ses voyages en Allemagne à quelques semaines du débarquement en Normandie.

Tracassée par ces témoignages, Laure exigea de Waldtraut Jacobson, en contre-partie des services rendus, qu'elle discrédite ces deux témoins, surtout Riffard. L'Allemande accepta de dire que tous deux avaient traité des affaires avec l'Organisation Otto. Laure ayant demandé l'audition de sa codétenue, celle-ci accusa Riffard et sa sœur d'être des agents du SD, et Riffard d'avoir fourni au bureau d'achat Otto pour 20 millions de francs de machines-outils (4 millions d'euros).

L'accusation portée par Waldtraut Jacobson contre Riffard fut démentie par l'audition d'autres membres de l'Organisation Otto. L'offensive contre cet homme se poursuivit, inspirée par Laure. Après sa libération quelques mois plus tard, l'Allemande prétendra que Riffard avait parlé en sa présence à un major Schröder de plans d'un avion à réaction qu'il était censé étudié secrètement. Venant à la rescousse, Giraudon assura devant le capitaine Lequette que Waldtraut Jacobson lui avait révélé que Riffard avait vendu aux Allemands des wagons de ferraille. Or aucun des anciens employés d'Otto interrogés n'avait connu Riffard pendant l'Occupation, et Marthe Capel qui avait assisté à cette machination avant d'être élargie la dénoncera aux enquêteurs lors d'un interrogatoire.

L'exaspération de Laure culmina quand elle lut la presse parisienne qui annonçait son arrestation et s'appesantissait sur ses causes[17]. La plupart des journalistes se surpassaient par des articles confus et approximatifs, recherchant le sensationnel aux dépens de la vérité avec le ton qui convenait et relatant pêle-mêle les principales étapes de sa vie. L'un croyait avoir tout dit en affirmant : « Pierre Laval l'appelait Didi. » « Espionne diabolique ou péronnelle inconsciente ? » titrait un autre. Le journal *Combat*, issu de la Résistance et réputé pour sa rigueur, affirmait par un titre alléchant : « Laure Kleinknecht, l'espionne préférée d'Himmler est enfin arrêtée. » Non seulement les journaux dénonçaient son comportement pendant l'Occupation mais ils mettaient en cause les complicités dont elle jouissait depuis la Libération, citant par exemple, sans le nommer, le haut fonctionnaire des Domaines qui lui avait attribué l'appartement de l'avenue

Montaigne et jetant une lumière crue sur le milieu politique qu'elle avait pénétré et dont quelques exemplaires fameux peuplaient ses salons, sans qu'aucun nom ne soit révélé par prudence puisqu'ils étaient les puissants du jour.

Ce qui l'affecta également, ce furent les articles de l'hebdomadaire *Carrefour*, renommé pour sa tenue littéraire, et du quotidien *France-Soir*, le plus fort tirage de la presse, qui pourfendaient son acolyte Giraudon, présenté dans toute la vérité de son personnage, notamment par l'hebdomadaire sous la signature de Géo London, un vieux routier réputé pour ses investigations [18].

Elle enrageait. Marc Bergé, le commissaire divisionnaire des Renseignements généraux, n'avait de cesse de l'accabler en labourant son passé. Croyant l'abattre, elle l'accusa d'avoir travaillé au profit des Allemands dans les locaux mêmes où il officiait aujourd'hui, rue des Saussaies, occupés naguère par les équipes de la Gestapo. Elle formula son accusation devant le capitaine Lequette, précisant que Bergé avait été pendant l'Occupation l'homme de confiance d'un tortionnaire qui arrêtait les Français dans le sud de la France et les livrait aux Allemands. Elle s'étonnait qu'il ait été décoré de la Légion d'honneur après la Libération.

Confusion sur la personne ! Durant la promenade des prisonnières, Laure avait reconnu Hélène Leduc, condamnée à vingt ans de travaux forcées, ex-amie du gestapiste Placke successivement aux ordres de Boemelburg, rue des Saussaies, puis de Kieffer, avenue Foch. Laure lui avait demandé si elle connaissait Marc Bergé. L'autre avait répondu par l'affirmative. Décevante homonymie ! Il s'agissait de Helmut Berger, chef d'une bande de tueurs au service de la Gestapo et lui-même assassin consommé qui échappera à tout châtiment. Hélène Leduc l'identifiera par les photos qu'on lui présentera.

Au cours des promenades dans la cour de la prison, Laure croisa de nombreuses femmes au passé chargé et subissant des peines de travaux forcés. Elle repéra Marie-Thérèse Blumlein, ex-assistante sociale chef chargée de l'assister lors de son arrestation par les Allemands. À côté du tout-venant, le demi-monde parisien était largement représenté. Certaines se disant duchesse ou comtesse, et qui l'étaient peut-être, toujours à court d'argent, s'étaient mises au service des Allemands. Tout ce monde fermentait en vase clos. Laure assistait à des querelles d'une incroyable violence.

Les interrogatoires recomposaient le passé de Laure Dissard par fragments qui s'ajustaient les uns aux autres. Jamais à court d'arguments et faisant naître instantanément le mensonge qu'elle pouvait opposer à la vérité, maquillant les faits avec un art consommé, elle parvenait au cours de confrontations à désarçonner des témoins qui, parfois, finissaient par douter de la fidélité de leur mémoire. Tel fut le cas de Maria Fujs, certaine que son ancienne patronne était responsable de sa déportation, mais que Laure parvint à déstabiliser en invoquant des faits qu'elle arrangeait à sa manière avec une force de conviction qui emportait tout.

Le 22 juillet 1948, Waldtraut Jacobson fut mise en liberté provisoire. Pendant les quatre mois passés ensemble, elle avait noué de solides liens de complicité avec Laure et attendait son élargissement d'autant plus impatiemment que Giraudon avait commencé la quête du « trésor d'Otto ».

Laure s'évertuait à regagner l'air libre. Elle marqua un point quand au mois d'août, après des recherches effectuées dans les dossiers de l'Abwehr et des organismes de la SS ayant travaillé en France, archives regroupées à Berlin dans un centre américain spécialisé, il s'avéra qu'aucune fiche établie à son nom n'avait pu être découverte et qu'aucun renseignement la concernant ne pouvait lui imputer des actes d'espionnage au profit des Allemands. Restait à dépouiller d'autres documents en cours d'exploitation [19].

Elle misait sur les expertises médicales ordonnées par le capitaine Lequette. Celles-ci s'échelonnèrent pendant trois mois, de juillet à octobre, générant cinq rapports portant aussi bien sur son état mental que sur sa santé physique. S'ajoutèrent trois certificats médicaux consécutifs à son hospitalisation à l'infirmerie de la prison. Les examens concluaient que son état de santé et les soins nécessaires étaient incompatibles avec un maintien en détention. Elle souffrait des suites d'une infection du rein qui avait nécessité une opération en 1943, lui valant à l'époque des manifestations de chaude sympathie de la part de ses admirateurs tant français qu'allemands.

Au vu des expertises médicales, le capitaine Lequette accorda la liberté provisoire et imposa une caution de 1 million de francs (50 000 euros). Laure objecta qu'elle ne pouvait pas la payer. L'officier instructeur annula la caution. La levée d'écrou eut lieu le 27 novembre 1948 après une incarcération de huit mois. Le commissaire du gouvernement fit appel de cette décision jugée trop favorable à l'inculpée. L'avocat de Laure porta l'affaire devant la chambre des mises en accusation qui accepta les conclusions des experts médicaux après qu'un dernier examen eut été ordonné.

CHAPITRE 14

Discorde en Helvétie

Condition impérative à son élargissement, Laure s'était engagée à entrer en clinique le jour même de sa levée d'écrou afin de recevoir les soins préconisés par les expertises médicales que l'infirmerie de la prison n'avait pu lui dispenser. Loin de s'y conformer, à peine de retour à son domicile elle lança des appels téléphoniques victorieux, rameutant ses fidèles en proclamant que l'innocence l'avait emporté sur l'arbitraire. S'affichant à Paris, passant ses week-ends au château de Surville, elle étalait son mépris à l'égard de la justice.

Reprenant ses habitudes dans les meilleurs restaurants de la capitale, toujours entourée par des notables de la République, elle y croisait des gens qui, comme elle, s'étaient distingués durant les années noires. L'une des plus singulières était Madeleine de Mumm, Française de naissance et épouse du producteur de champagne du même nom qui, né à Reims, était de nationalité allemande. Pendant l'Occupation, elle avait mis son salon à la disposition des chefs de la SS en France et des plus hautes personnalités du Reich en poste à Paris tant civils que militaires, et elle organisait des rencontres avec le dessus du panier de la société française acquise à la Collaboration[1]. Menant une existence tapageuse, elle avait été la maîtresse de plusieurs officiers allemands et elle s'exhibait dans des bars et restaurants luxueux surtout fréquentés par l'occupant. Lors de l'avance de l'armée américaine, elle avait quitté Paris en compagnie d'un de ses amants, le colonel Berlichingen, et fait étape avec lui dans un château près de Nancy, puis s'était enfuie en sa compagnie en Allemagne où elle parada à Baden-Baden, ville thermale aussi renommée que Vichy, devenue pour quelques semaines le dépotoir chic des émigrés français inféodés à l'Allemagne hitlérienne. Après la Libération, elle revint à Paris au bras d'un officier américain répondant au nom d'Allegreti. Sa présence en France visait à sauver les avoirs Mumm auxquels les Américains s'intéressaient et que son mari était hors d'état de défendre. « Le cas de Mme de Mumm a causé un scandale assez retentissant[2] », concluait l'enquête dirigée par le commissaire divisionnaire Marc Bergé.

Quand elles se croisaient, Mmes Dissard et Mumm inclinaient la tête en signe de reconnaissance et se jugeaient mutuellement à leur juste valeur. Elles avaient trois particularités en commun : chacune avait épousé un Allemand qu'elle avait abondamment trompé ; l'Occupation avait été pour elles une période faste et après la Libération elles croyaient se dédouaner et défendre leurs intérêts en s'affichant avec un amant américain.

Bafouant déjà les obligations rattachées à sa libération conditionnelle, Laure se mit à narguer la Fédération des déportés qui, considérant que sa bonne foi avait été surprise par l'imposture de Laure Dissard, portait plainte contre elle et se constituait partie civile. Cette association occupait un étage dans un immeuble de la rue de la Pépinière, à l'exclusion d'un bureau contigu où s'installa, on ne sait trop à quel titre, un familier de Laure, Étienne Michel, ancien collaborateur de Bichelonne. Par défi, elle s'y tenait à longueur de journée, téléphonait, recevait, créant l'illusion de brasser de grosses affaires et, surtout, voulant donner à ses visiteurs l'impression qu'elle était au mieux avec la Fédération des déportés dont le président, malgré son indignation, n'osait l'expulser de peur d'un scandale de presse.

Ces fanfaronnades n'empêchaient pas Laure Dissard de veiller à l'essentiel : le trésor d'Otto.

Sitôt muni du pouvoir que Waldtraut Jacobson lui avait fait parvenir de sa prison, Giraudon s'était mis en rapport, non sans difficulté, avec Jaillet, le notaire suisse en charge de la gestion de La Sauvagère, la maison de l'Allemande, et des biens qu'elle lui avait confiés. Pendant l'Occupation, Jaillet était venu à Paris faire signer à Hermann Brandl, sous forme d'une vente fictive, les actes transférant à sa secrétaire-maîtresse la propriété de La Sauvagère située dans une bourgade du Jura suisse, L'Abbaye, au bord du calme et glacial lac de Joux. Dans les premières semaines de 1944, quand la défaite allemande fut avérée, Waldtraut Jacobson remit à Jaillet une procuration l'autorisant à entretenir La Sauvagère et à gérer les 70 000 francs suisses qu'elle détenait grâce aux largesses de Brandl, constitués en dépôt à l'étude de ce notaire.

Ces diverses opérations furent effectuées par l'intermédiaire de Gustave Jaillet, dit Jaillet-Combe, né en 1882 à Vallorbe et notaire de cette ville. Flairant les bénéfices qu'il pourrait retirer de la défaite de la France en se prêtant à des opérations occultes, Jaillet avait approché les autorités allemandes peu après l'armistice et avait obtenu un laissez-passer l'autorisant à franchir la frontière franco-suisse. Le simple fait d'être un citoyen helvète et de surcroît notaire était une excellente introduction auprès des organismes du IIIe Reich chargés du pillage de la France tout en permettant l'enrichissement personnel d'un certain nombre d'Allemands. Où ces derniers pouvaient-ils dissimuler leurs vols si ce n'est dans cette Suisse dont les puissants banquiers recevaient à bras ouverts l'or et les devises que les nazis y déversaient ? Venu à Paris, Jaillet repéra rapidement le comparse idoine en la personne du capitaine Fuhrmans, un affairiste influent intégré à l'administration militaire allemande, et qui on l'a vu, avait été l'un des premiers habitués du salon de Laure Dissard peu après l'armistice. Ramifiant ses sources d'informations, le notaire Jaillet s'acoquinera aussi avec des officiers de la Gestapo. Prêtant un cadre propice à leurs entretiens, il invita gracieusement Fuhrmans à La Sauvagère où il avait offert le gîte à un Allemand, le docteur Buss, un agent de la Gestapo qui opérait en Suisse. Au début de 1944, les autorités helvétiques, informées par une source sûre de l'appartenance de Jaillet à un bureau de renseignement allemand, tentèrent d'appréhender le docteur Buss qui avait quitté à temps La Sauvagère. Gustave Jaillet déclara ignorer sa retraite. Le notaire ne sera jamais inquiété.

Laure Dissard surveillait de près Giraudon embourbé dans ses tentatives de récupération des biens de Waldtraut Jacobson. Leurs relations avaient atteint un point de rupture. Elle avait découvert qu'il avait profité de son incarcération à Fresnes pour vendre quelques meubles de l'appartement de l'avenue Montaigne qu'elle se réservait de négocier elle-même, et il avait gardé l'argent. Or, en recouvrant la liberté, Laure était placée dans l'obligation de restituer le logement à sa propriétaire. À la suite d'une longue procédure, Mme Darré-Touche, âgée de soixante-dix ans, avait bénéficié d'un non-lieu pour l'ensemble des faits dont elle était accusée. Avant de quitter les lieux, Laure remplaça les meubles de prix qu'elle avait emportés par un mobilier bon marché et de même usage car l'inventaire de l'appartement se bornait à enregistrer la fonction d'un meuble sans le décrire ni mentionner sa valeur ou son origine. Elle en avait fait transporter plusieurs au château de Surville. Elle fut dénoncée par Albert Vallée, d'abord son valet de chambre avenue Montaigne, un moment complice de la correspondance clandestine de sa patronne emprisonnée à Fresnes, puis régisseur au château de Surville. Plainte fut portée contre Laure. Elle accusa Giraudon qui l'incrimina à son tour. Elle dressa un état de tout ce que Giraudon avait volé dans l'appartement. Il en fit autant mais en la chargeant, elle. La rupture fut consommée.

Laure avait remplacé Giraudon peu après sa sortie de prison. Le nouvel élu était un capitaine américain, Mathias Duffin, qu'elle avait rencontré à l'American Legion où elle avait des accointances depuis sa liaison avec le colonel Danker. C'était une sorte de club de l'armée américaine installée dans l'ancienne résidence du général Pershing, commandant en chef des forces des États-Unis pendant la Première Guerre mondiale, située près des Champs-Élysées, rue Pierre-Charron.

Mathias Duffin, né en 1905, avait quarante-trois ans quand il rencontra Laure Dissard. D'après des photographies, il n'avait rien d'un séducteur : des traits vulgaires, un visage éteint, l'air d'un boxeur fatigué. Il était venu en France en 1929 comme danseur aux Folies Bergère. Il y revint en 1944 avec les armées alliées, trois mois après le débarquement de Normandie. Il sera démobilisé en 1946 avec le grade de capitaine et retournera en France. Marié et divorcé deux fois aux États-Unis, il convolera à Paris avec Lucette Roumeguère dont il aura deux enfants. Cette dernière, qui se prétendait danseuse, avait un passé qui avait attiré l'attention de la police : pendant l'Occupation, elle avait été membre du Rassemblement national populaire, le parti pronazi de Marcel Déat. Duffin affirmait qu'il était « producteur de théâtre ». De 1948 à 1949, il est employé par Albert Tavel, directeur d'une agence d'artistes. Chargé de payer les artistes, Duffin prélève sa dîme sur les cachets. Ses tripotages le font renvoyer et déclenchent une enquête de la police sanctionnée par un arrêté d'expulsion qui ne pourra être appliqué, Duffin demeurant introuvable pendant quelque temps. C'est vers cette époque qu'il fait la connaissance de Laure Dissard, élargie depuis peu. Comme d'autres avant lui, il en perd la tête, écoute ses conseils et quitte son épouse. Secondé par Laure, il ouvre rue Auber un bureau affecté à des achats destinés aux clubs et coopératives de militaires américains stationnés en Allemagne. Cette activité l'obligeait à se rendre fréquemment outre-Rhin en voiture. Ce dernier point était d'importance pour les projets de Laure.

À sa sortie de prison, pressée par la restitution de l'appartement de l'avenue Montaigne, Laure était allée demeurer chez Waldtraut Jacobson, elle-même hébergée par une jeune réfugiée russe, Mireille Saleman[3]. L'Allemande l'instruisit des démarches entreprises par Giraudon. Ce dernier, muni de la procuration générale, avait informé le notaire Jaillet de sa visite et du pouvoir dont il était détenteur. Réflexion faite, Giraudon préféra ne pas se rendre en Suisse où il pensait être fiché par la police. Le 20 juin, il écrivit au notaire qu'il lui envoyait un « émissaire qui attendra [sa] réponse ou pourra [l'] amener ici [à Paris][4] ». Celui-ci sera porteur de deux lettres de Mlle Jacobson spécifiant la nécessité de présenter à Giraudon l'ensemble des comptes depuis l'acquisition de La Sauvagère, l'emploi qu'il a fait des 70 000 francs suisses remis avant le débarquement en Normandie pour son compte et qui devront être restitués sans délai. Giraudon s'enquérait également du prix auquel la maison pourrait être vendue.

Ne recevant pas de réponse, dès le lendemain Giraudon prit la route et adressa de Dijon un télégramme à Jaillet lui fixant rendez-vous le jour même à l'hôtel de la Poste à Pontarlier, à la frontière de contrôle franco-suisse, et recommandant d'apporter avec lui le « dossier Jacobson ». Jaillet ne se rendit pas à cette convocation, mais il eut une conversation téléphonique avec Giraudon qui lui en confirma les termes par lettre en spécifiant : « Il est absolument indispensable de rendre disponible 50 % de la valeur de la "collection" pour lundi. » Il faisait précéder sa signature d'un curieux « votre bien dévoué[5] ».

Ayant subodoré en Jaillet un aigrefin, Giraudon décida de franchir la frontière et se rendit à Vallorbe au cabinet du notaire. Jaillet n'attacha guère d'importance à la procuration générale au nom de Giraudon, qu'il jugea comme il convenait. Sachant que Waldtraut Jacobson était emprisonnée sous le coup d'une inculpation très grave, il se borna à assurer son visiteur qu'il lui présenterait sous peu des comptes parfaitement en règle. Rien ne venant, Giraudon resta en Suisse, évitant des passages multiples à la frontière alors très surveillée. Il prit gîte à Lausanne dans un hôtel de standing. Jouant sur la confusion des noms, il se faisait passer pour Jean Giraudoux, l'écrivain, pourtant mort depuis quatre ans. À la deuxième entrevue, Jaillet resta dans le vague malgré l'insistance du Français et promettait toujours l'envoi de documents à l'appui des opérations qu'il avait effectuées pour le compte de Mlle Jacobson. Toutefois, il indiqua que, dans le but d'accroître les avoirs de cette demoiselle, il avait acquis à un prix avantageux une collection d'art chinois, facilement négociable, un excellent placement qui s'était considérablement réévalué et qu'il estimait à environ 500 000 francs suisses, ce qui était considérable, soit cinq fois la valeur de La Sauvagère suivant les meilleures estimations.

Giraudon regagna Paris quelques jours avant la mise en liberté provisoire de Waldtraut Jacobson qui s'empressa de le rencontrer. Devant son dénuement, il lui prêta une somme importante, 60 000 francs, et compatit au désarroi de cette femme qui se voyait si pauvre en se croyant si riche. Ils se concertèrent pendant deux semaines, jour après jour, cherchant une solution d'autant plus urgente que les lois en vigueur, qui en annonçaient d'autres imminentes, considéraient le trésor d'Otto comme des biens ennemis qu'il était prohibé de vendre et qui devraient être saisis au profit de la France au titre des réparations.

Après avoir débattu, il fut convenu que Waldtraut Jacobson céderait tous ses droits en Suisse à Giraudon par des conventions sous seing privé qui furent signées dans l'étude de Me Gautier, avoué à Paris. Les conventions furent antidatées au 20 juillet 1944 pour faire accroire que les signataires se connaissaient depuis quatre ans, justifiant une confiance réciproque. Il s'agissait d'une cession fictive qui devait permettre à Giraudon de vendre La Sauvagère, conformément au désir de sa propriétaire frappée de l'interdiction de quitter la France et de récupérer les sommes dues par Jaillet.

Giraudon repartit à Lausanne où il sollicita l'assistance d'un avocat, Me Henri Niess. Nous ignorons quelles raisons motivèrent ce choix. Ensemble, ils se rendirent à l'étude de Jaillet et présentèrent au notaire les conventions de cession. Celui-ci en prit connaissance et conserva les papiers. Giraudon réclama les clés de La Sauvagère. Jaillet exigea d'abord l'accord écrit de l'ancienne propriétaire bien qu'il ait entre les mains l'acte de cession. Rien n'y fit, et Waldtraut Jacobson, excédée, envoya de Paris l'autorisation requise. Pouvant enfin s'introduire dans la villa, Giraudon fit transporter les meubles à Lausanne, les vendit et conserva l'argent. Huit jours après, il remettait à Me Niess une renonciation pure et simple aux droits que lui conféraient les conventions signées chez l'avoué à

Paris, ce qui replaçait Waldtraut Jacobson sur le devant de la scène.

Me Niess s'était attelé à débrouiller l'affaire du notaire Jaillet qui, chargé de la simple mission de pourvoir à l'entretien de La Sauvagère et de gérer les liquidités dont il était le dépositaire, avait monté une série d'opérations qui débouchait sur un désert grâce au concours de trois comparses drapés dans l'apparence de respectables bourgeois afin que l'écheveau de l'escroquerie soit difficile sinon impossible à démêler. Jaillet avait d'abord hypothéqué La Sauvagère et fait disparaître la somme obtenue, assurant qu'il l'avait employée à l'achat d'une collection d'art chinois, payée 150 000 francs suisses, aussitôt vendue à une société créée à cet effet et localisée au Liechtenstein qui servait de déversoir à la Suisse voisine. Cette société, dont le principal actionnaire était un complice de Jaillet, n'avait payé que la moitié de la somme alors que, suivant l'accord passé, la propriété de la collection n'était acquise qu'au moment du paiement de la totalité. De ce fait, la collection restait acquise à Jaillet et à ses complices, ce qui avait permis à l'un d'eux, Georges Schmid, d'emprunter 50 000 francs suisses en donnant la collection en garantie, une collection qui se révélera être une pacotille valant quelques centaines de francs, le prix effectivement payé par le notaire Jaillet.

Pour procéder à ces opérations, dont nous avons simplifié le schéma, Jaillet avait falsifié le mandat de gestion qu'il tenait de Waldtraut Jacobson, altérant d'autres actes et fabriquant ceux qui étaient nécessaires à ses manipulations.

Le comportement de Giraudon ne parut pas très clair à Laure Dissard et à Waldtraut Jacobson qui le soupçonnèrent de connivence avec Jaillet qui aurait acheté son silence. L'une et l'autre ne pouvant quitter le territoire français, elles décidèrent de partir pour Pontarlier et d'y rencontrer Me Niess devenu officiellement l'avocat de l'Allemande, chargé de ses intérêts. Celui-ci avait adressé en octobre 1948 une sommation à Jaillet d'avoir à restituer les 70 000 francs suisses reçus en dépôt et de remettre sa cliente en possession de La Sauvagère franc de dettes ou bien de lui restituer le capital de cette propriété vendue entre-temps à une société de complaisance basée elle aussi au Liechtenstein. Sommation restée sans effet, car Jaillet, dormant sur ses deux oreilles, savait qu'avant de le poursuivre Waldtraut Jacobson serait contrainte de révéler l'origine des fonds qui lui avaient permis de réaliser cet investissement.

Par sa situation à proximité de la frontière suisse, Pontarlier était à cette époque un centre d'activités illégales fréquenté par toutes sortes de trafiquants venant en nombre et qui, attablés dans des cafés et des restaurants, se livraient à de sulfureuses transactions. Il y avait dans cette faune des passeurs qui transféraient en Suisse des fonds provenant du marché noir, de profits illicites ou d'escroqueries, battant en brèche les dispositions de la France réprimant l'évasion de capitaux. À cela s'ajoutait le trafic de l'or.

Ville frontalière et ville passoire, la police de Pontarlier en contrôlait les points chauds. Le 14 juillet 1949, une surveillance était effectuée aux abords de l'hôtel de la Poste, le meilleur établissement local situé sur la route nationale, quand une voiture immatriculée en Suisse s'arrêta devant vers 10 heures du matin. Le conducteur âgé d'une quarantaine d'années en descendit et se livra à un va-et-vient sur le trottoir manifestement dans l'attente de quelqu'un. C'était Me Niess. Une heure après, arriva une voiture dont l'immatriculation inscrite sur des plaques rouges indiquait une admission en transit temporaire et qu'elle appartenait sans doute à un étranger. Les passagers, deux femmes et un homme, rejoignirent Me Niess. C'étaient Laure Dissard, Waldtraut Jacobson et Mathias Duffin. Les quatre, négligeant la brasserie attenante, entrèrent directement dans l'hôtel et demandèrent un salon particulier pour y traiter des affaires. Immédiatement informé, le commissaire spécial Perret, jugeant suspecte cette mise à disposition d'un cabinet privé, fit surprendre la conversation par l'inspecteur Jean Nicod, officier de police judiciaire, qui consigna les propos entendus :

« La conversation des personnes présentes au salon particulier de l'hôtel de la Poste porta uniquement sur les biens de la nommée Jacobson en Suisse. Les intérêts de cette dernière furent énergiquement défendus par Mme Dissard Laure qui conversa à peu près seule avec Me Niess et dont l'objectif était la récupération totale des biens de Mlle Jacobson.

« Me Niess conseilla une transaction dans cette affaire qui permettrait à Mlle Jacobson la récupération partielle des biens en question, soit l'abandon des 70 000 francs suisses d'argent liquide déposés et de l'hypothèque de 53 000 francs suisses prise sur la villa La Sauvagère.

« Mme Dissard chercha à obtenir la restitution intégrale de ces biens, mais Me Niess la mit en garde contre les difficultés qui pourraient surgir de l'Office des changes relativement à l'origine des sommes investies en Suisse par Mlle Jacobson durant la guerre.

« Au cours de cette conversation, Mme Dissard considéra à plusieurs reprises MM. Schmid, Jaillet notaires à Vallorbe et Giraudon comme des escrocs et s'informa des possibilités d'obtenir une restitution de leur part, sur quoi Me Niess déclara qu'aucun recours n'était possible, Jaillet n'étant pas solvable.

« En ce qui concerne Mlle Jacobson, elle prit la parole

pour approuver l'argumentation de Mme Dissard qu'elle semble avoir chargée de la défense de ses intérêts[6]. »

Avec une diligente efficacité, l'inspecteur Nicod rapporta ces propos au commissaire spécial Perret lequel, tant par les observations prises sur le vif que par l'enquête déclenchée, tira la conclusion que « les personnes se trouvant dans le salon particulier avaient un caractère essentiellement suspects[7] ». D'où la décision de vérifier sans retard leurs identités.

Trois inspecteurs dépêchés à la hâte se présentèrent dans la pièce où la discussion se poursuivait et invitèrent les occupants à présenter leurs papiers. Constatant que Waldtraut Jacobson, de nationalité allemande, était munie d'une autorisation de séjour devant être renouvelée le surlendemain et valable exclusivement dans le département de la Seine, les policiers décidèrent de l'appréhender. Aussitôt amenée devant le procureur de la République à Pontarlier, Waldtraut Jacobson fut inculpée d'infraction à la réglementation relative au séjour des étrangers et placée sous mandat de dépôt. Interrogée, elle confirma l'entretien rapporté par l'inspecteur Nicod que corrobora Me Niess. Elle fut condamnée à un mois de prison qu'elle effectua à Pontarlier. À sa sortie, ramenée à Paris, elle devait se tenir en permanence à la disposition de la justice militaire, munie d'une autorisation de séjour renouvelable tous les quinze jours.

Quant au trois autres, interrogés sur leur destination, ils répondirent qu'ils n'avaient pas l'intention de rester à Pontarlier, mais refusèrent de dire où ils allaient. À son retour, convoquée par le magistrat militaire Lequette, récemment promu commandant, Laure dut s'expliquer sur le motif de son voyage à Pontarlier. Uniquement, dit-elle, pour seconder Waldtraut Jacobson qui avait rendez-vous avec son avocat, jurant qu'elle ignorait la mesure d'interdiction de se déplacer qui frappait cette dernière[8].

D'autres interrogatoires s'enchaînèrent, et des noms qu'elle aurait voulu enterrer avec ceux qui les portaient lui étaient comme jetés à la tête, faisant surgir un cortège de revenants dont certains étaient impliqués dans la Solution finale.

D'abord, ce furent Karl Oberg, ancien chef supérieur de la police et de la SS en France, et Helmut Knochen, ex-chef de la police de sûreté et du service de renseignement en France.

Oberg déclarera que Mme Kleinknecht avait rendu de grands services aux Allemands, notamment en leur servant d'intermédiaire auprès de Bichelonne dont elle obtenait tout ce qu'ils lui demandaient. En ce qui concerne son internement dans le *Gasthaus*, il expliquera qu'elle avait déraillé en se répandant en propos préjudiciables à la suite de ses relations avec Mlle Hanfstaengl qui elle-même aurait mieux fait de se taire, si bien que les autorités de Berlin avaient donné l'ordre qu'elle fût mise à l'écart. « Mme Kleinknecht n'a subi aucun mauvais traitement lors de son séjour avenue Foch. Il n'aurait d'ailleurs pu en être question puisqu'il s'agissait d'une personne travaillant pour nous. Il y avait seulement une sorte de punition ou plutôt d'avertissement contre les indiscrétions et les bavardages qu'elle s'était permise notamment vis-à-vis du général Schellenberg qu'elle avait prétendu avoir vu à Berlin[9]. »

Helmut Knochen déposa dans le même sens, ajoutant : « Mme Kleinknecht a retiré une grande vanité de ses relations avec Mlle Hanfstaengl et s'est bien vite flattée vis-à-vis de nous de travailler directement avec Berlin. Autrement dit, elle disait avoir de l'influence à Berlin, c'est-à-dire auprès de Himmler et du général Schellenberg par-dessus notre tête [10]. » Knochen ne contestera pas qu'elle ait pu exercer une influence personnelle à Berlin étant donné ses options politiques, ses relations avec des ministres collaborationnistes et l'importance des services rendus : « Ce dernier point nous a amenés à travailler étroitement avec elle car il était nécessaire pour nous d'être en possession de tous les renseignements qu'elle pouvait fournir. »

Que Laure n'ait subi aucune violence fut attesté par Joséphine Cator, la concierge de l'ancien *Gasthaus* redevenu après la Libération le domicile du propriétaire légitime : « Elle ne portait pas de trace de coups ni de violence. Elle ne s'est jamais plainte à moi d'avoir été maltraitée », déclara-t-elle en se référant à l'arrivée de Laure. Parlant de son internement, la concierge ajoutera : « Je ne puis vous dire si elle a été interrogée pendant son séjour 5 bis square du Bois-de-Boulogne. Mme Kleinknecht est restée couchée pendant les trois semaines ; je ne pense pas qu'elle ait été maltraitée pendant sa présence à cet endroit car je lui portais à manger trois fois par jour et je n'ai jamais rien remarqué et elle ne m'a jamais rien dit [11]. »

Laure Dissard haussa les épaules et maintint qu'elle avait été torturée et victime d'un simulacre d'exécution, et elle expliqua pourquoi Joséphine Cator n'avait rien pu constater, soucieuse comme toujours, de précision dans des détails qui substituaient le faux au vrai.

La liste des témoignages allemands n'était pas close. Kurt Maulaz accepta de raviver ses souvenirs et de « faire volontairement cette déclaration et en affirmer l'exactitude ». Personne n'aurait pu l'y contraindre. Il avait échappé à la justice des Alliés en se prévalant de la double nationalité allemande et helvétique, de sorte qu'après la capitulation et la fin du IIIe Reich il avait pu tranquillement s'installer en Suisse, à Clarens, au bord du lac Léman, où Jean-Jacques Rousseau avait situé l'idylle de *La Nouvelle Héloïse*[*]. Ayant retracé ses activités en connexion avec celles de Laure, il rendit compte des conditions de son internement dans le *Gasthaus* après en avoir exposé la cause[**][12].

Vint le tour de Friedrich Engelke, l'ancien responsable du bureau d'achat de la SS qui avait si largement participé au pillage de la France tout en prélevant sa dîme. En 1944, après avoir quitté Paris au mois d'août, il avait été arrêté en Allemagne pour corruption et interné au camp de Dachau parmi les droits communs, puis libéré par les Alliés. Il avait été condamné par contumace à dix ans de réclusion par le tribunal militaire de Paris, mais coulait des jours paisibles à Hanovre, zone anglaise d'occupation, où il exerçait la profession de commerçant sans être inquiété. Il relatera : « Trois semaines avant notre départ de Paris, le ministre Bichelonne m'a prévenu par téléphone que Mme Kleinknecht était arrêtée pour avoir affirmé s'être trouvée avec sept personnalités à Berlin, dont Himmler, alors que ce n'était pas vrai, pour avoir en un mot tenu des propos inconsidérés. Je suis aussitôt allé voir Bichelonne prêt à intervenir, mais celui-ci m'a dit, quelques jours après, de ne plus m'en occuper en ajoutant qu'il se chargeait de l'affaire lui-même. Le 15 août, Mme Kleinknecht m'a téléphoné de l'aller voir dans une clinique où elle se trouvait. Je m'y suis rendu aussitôt avec une bonbonnière et un bouquet de fleurs. J'ai toutefois à peine pu lui parler car on venait de lui faire une piqûre de morphine. Deux

* Kurt Maulaz figurait sur la liste française des criminels de guerre, au n° 178, et sur la *Wanted List* américaine, au n° 43836.

** Cf. chapitre 9, p. 154-155.

jours plus tard, j'ai quitté Paris. » Il jura qu'il ne lui avait jamais versé de commissions sur les nombreuses affaires qu'il avait pu traiter par son intermédiaire : « J'ai toujours eu beaucoup d'estime pour Mme Kleinknecht et elle était très bien considérée à mon service. Je la tiens et je suis convaincu que c'est une très bonne Française [13]. » Indiquons qu'interrogé dans la zone britannique d'occupation par l'inspecteur des Renseignement généraux Henri Jeanjean, Engelke lui demanda, à la fin de l'audition, si par hasard il savait ce qu'était devenue son ancienne maîtresse, Hélène Sienkiewicz, dont il avait gardé un si tendre souvenir. L'inspecteur, qui avait précédemment interrogé la jeune femme, le rassura. Elle avait épousé un personnage important de la radio-télévision française [14].

Puis ce fut le tour du docteur Kurt Blanke, l'implacable chef des services de l'aryanisation de l'administration militaire allemande en France, spécialiste de la délation et de la spoliation. Lui aussi vivait en Allemagne en toute quiétude. Il avait ouvert à Celle un cabinet d'avocat et de notaire. D'une manière professorale, il exposera que Mme Kleinknecht avait participé à plusieurs transactions dont lui-même s'occupait, abondant en détails qui la compromettaient. Bien qu'ayant été informé de son internement au *Gasthaus*, il refusa d'en parler [15].

Laure Dissard fut aussi confrontée avec le rapport circonstancié rédigé par Rolf Diedrichs, ancien chef d'état-major de la Luftwaffe en France, devenu après la guerre ingénieur diplômé et résidant en Allemagne à Wolfenbüttel où Stendhal, excursionnant vers 1807, avait acheté un chien noir au bourreau de la ville. Il ne put cacher les sentiments d'admiration et d'estime à l'égard de celle qu'il avait considérée d'abord comme une « grande dame du monde », des sentiments très sentimentaux à ce qu'il semble à la lecture de sa déposition, et sa déception quand il avait appris la vérité. Touchant à son internement dans un élégant hôtel particulier du square du Bois-de-Boulogne, il avait entendu dire de bonne source qu'elle avait bénéficié d'un traitement des plus humains, « elle n'aurait manqué de rien ni en matière de soins, ni en ce qui concerne le confort personnel, mais elle avait fait de terribles scènes de larmes et aurait refusé toute nourriture [16] ».

Elle devra affronter encore les déclarations d'Erna Hanfstaengl qui, à l'instar des autres Allemands, se montra prolixe, jouissant manifestement de s'étendre sur ces temps révolus, ces temps du nazisme triomphant dont ils ne se vantaient plus d'en avoir été les dignitaires et les complices intégraux. Le passage où Erna Hanfstaengl avançait : « J'ai trouvé que Mme Kleinknecht était beaucoup trop engagée avec les nazis au moment où il aurait été plus prudent de s'en dégager [17] » fit bondir Laure. Elle accusa l'Allemande d'avoir adhéré pleinement au régime qu'elle décriait maintenant, rappelant qu'elle avait été l'intime de Himmler et l'amie dévouée de Hitler, et elle insista sur la manière conquérante dont elle s'était comportée à Paris cependant que les plus grands chefs de la SS en France étaient à son service.

Un cauchemar, en vérité, toutes ces déclarations qui contredisaient ses versions des faits. D'un ton dégagé, Laure réfuta point par point les assertions des Allemands ayant trait à ses relations politiques et commerciales avec eux, faisant montre d'une minutie d'archiviste et de beaucoup d'esprit.

Elle espérait en avoir fini quand d'autres témoignages venus de l'Est tombèrent sur la table du commandant Lequette. L'un d'eux l'embarrassa, celui du docteur Paul Hoffenreich, de nationalité autrichienne, né en 1896 à Vienne où il résidait depuis la fin de la guerre. À Paris, il avait siégé au tribunal militaire allemand spécialisé dans la répression des opérations de change illicites. Il avait connu Mme Kleinknecht à l'occasion d'un dîner au restaurant Chantaco offert par Me Baudoin-Bugnet, un avocat français accrédité auprès du tribunal militaire allemand qui était un familier de Laure. Quelques jours après, tous charmes dehors, Laure vint au bureau de Hoffenreich intervenir en faveur d'un Français inculpé de trafic de devises. Bien intentionné, Hoffenreich parvenait à obtenir un non-lieu. En guise de remerciements, elle l'invita à l'une de ses réceptions à Neuilly. Il y fut convié une demi-douzaine de fois et constata que beaucoup d'invités de marque, tant français qu'allemands, fréquentaient le salon, des ministres de Vichy, des officiers allemands de haut rang. Il apprit qu'elle travaillait au profit des services de l'Abwehr et de la SS. Elle connaissait le général Oberg et le colonel Knochen. « Elle se permettait d'entreprendre de nombreuses démarches auprès des officiers précités en faveur de Français inculpés d'espionnage et d'aide à l'ennemi. J'appris tout cela au cours de conversations dans le salon de Mme Kleinknecht. D'ailleurs des corbeilles de fleurs magnifiques lui étaient envoyées, provenant, disait-elle, de Français qu'elle avait fait sortir de prison[18]. » Il raconta qu'il aimait s'entretenir avec Walter Kleinknecht, grand philatéliste comme lui-même : « Je crois qu'il était un agent de l'Abwehr, sans pouvoir l'affirmer[19]. » Il acheva sa déposition par une indication troublante, à savoir qu'il déserta le 6 août 1944, avant l'entrée des Alliés à Paris, et se réfugia dans la ville chez un Suisse nommé Frédéric Muller, lequel avait été un intermédiaire appointé par les Kleinknecht*.

De son ex-mari, elle allait en entendre parler de façon imprévue. Il s'était toujours soucié de ses enfants et en

* Cf. chapitre 2, p. 30.

l'occurrence du fils de son premier mariage demeuré en France. Il souhaitait l'avoir avec lui en Allemagne. Il avait écrit en français à Marcel Leroy, son ancien homme d'affaires à Paris, le remerciant de lui avoir adressé de bonnes nouvelles sur l'état de santé de ce fils et le priant de s'occuper de son rapatriement[20].

Kleinknecht s'était installé à Gröningen, dans la zone d'occupation soviétique, échappant à la justice française. À la suite d'un article de journal défavorable, il s'était justifié auprès du chef de la brigade de surveillance du territoire de Berlin (zone soviétique). Il y parlait de son passé, s'appesantissant sur ses sentiments antinazis et expliquant comment il avait été libéré des mains de la Gestapo grâce à son épouse qui multipliait les visites à ce service – « pour améliorer ma situation et éviter qu'on ne me mette dans un camp de concentration[21] ». Il donnait aussi à Leroy cette précision : « J'ai eu des difficultés pendant la période naziste mais, finalement, la machinerie de guerre courait plus vite que les intentions nazistes et, maintenant, je suis comme auparavant d'ailleurs, dans le parti socialiste et conseiller municipal vice-maire, et mes adversaires d'autrefois sont bien battus[22]. »

Soumise à des interrogatoires qui l'épuisaient malgré sa verve et son sens de la repartie, Laure l'échappa belle. Son déplacement à Pontarlier et d'autres manquements aux conditions imposées par sa mise en liberté provisoire incitèrent le commandant Lequette à la renvoyer en prison. Toutefois, par précaution, il avait ordonné une nouvelle expertise médicale à laquelle Laure dut se soumettre et qui concluait que « son état de santé n'était pas compatible avec une détention éventuelle[23] ». Le magistrat militaire s'y conforma.

À l'avenir, Laure aura à répondre à l'accusation d'intelligences avec l'ennemi au fil d'une enquête qui allait s'étendre sur huit années sans qu'on démêle quelles influences ou quelles insuffisances la firent perdurer. Cette situation ne modifia pas sa façon de vivre.

Après son retour de Pontarlier, elle allait perdre de vue Giraudon, le père d'un de ses enfants. Il sera victime de la vengeance de Jaillet. Le notaire suisse jetait ses derniers feux. Ayant multiplié les tentatives de déposséder Waldtraut Jacobson, il était menacé d'une plainte pénale déposée par Me Neiss à la requête de Giraudon. Sa situation financière était compromise par d'importants cautionnements qu'il avait consentis et qui se révélaient malheureux. De surcroît, un de ses employés, le sieur Vincent, avait pris la fuite après avoir commis des malversations dont Jaillet, en tant que notaire, était pécuniairement responsable. Autrement dit il se trouvait dans la peau du voleur volé. Acculé, il voulut se venger de Giraudon, responsable de la menace que Me Neiss faisait peser sur lui. Il dénonça en France les agissements de Giraudon, tels qu'il les connaissait, par l'intermédiaire d'un certain « commandant » Verdier, un malfrat aux nombreux déguisements. Celui-ci s'empressa de satisfaire le notaire et par téléphone il l'informa à deux reprises qu'il avait saisi les autorités françaises à Paris, lesquelles étaient en passe de faire le nécessaire[24]. Dans l'affaire du trésor d'Otto, il avait été en rapport avec Jaillet et Giraudon et, finalement, trahira le second au profit du premier*.

* Né en 1889, deux fois divorcé, Charles Verdier vivait maritalement à Paris avec une concierge. Qualifié par la police d'escroc et de chevalier d'industrie, il était titulaire de nombreuses condamnations. Entouré de complices de son acabit, il avait servi les Allemands durant l'Occupation et avait pratiqué l'escroquerie dite de « la femme aux prisonniers ». Moyennant le versement de sommes importantes, il promettait à ces femmes d'intervenir auprès des autorités allemandes pour hâter la libération de leurs maris, et n'en faisait rien. Dès la libération de Paris, il se fit inscrire au parti communiste, trafiqua sur

Giraudon était devenu indésirable en Suisse en raison de ses relations avec Tozan, un trafiquant d'armes d'origine turque, personnage fastueux qui centralisait en Suisse ses activités à Lausanne où il descendait dans le palace de la ville, l'hôtel Beau-Rivage. Dans cette même ville, Giraudon cultivait une veuve nommée Ruchonnet, âgée de soixante-cinq ans, à la tête d'une fortune qui lui assurait environ 100 000 francs suisses de rente par an, l'opulence à l'époque. Il était également l'objet des avances d'une dame Weiss, mais, finalement, ce sera la fille qui s'amouracha de ce manipulateur de jupons qui avait dépassé la cinquantaine.

De retour en France, Giraudon dut rendre des comptes. À la suite de ses interventions dans l'affaire de La Sauvagère, il fut inculpé de « non-déclaration de biens ennemis », de « faux et usage de faux », et fit l'objet d'une information pour « actes irréguliers de disposition sur avoirs à l'étranger ». À ces charges, s'ajoutait celle d'importation illégale de devises helvétiques en France : il effectuait d'importants transferts en dissimulant des liasses de billets dans des wagons de chemin de fer. Il se trahit par une bricole. Il était monté à Lausanne dans la dernière voiture de l'Orient-Express en emportant sur lui un stylo dont il avait remplacé le réservoir par un papier finement roulé comportant des indications sur ses trafics de devises et qui fut découvert à la douane. Autre charge accablante, il avait essayé de soustraire à la justice française une espionne allemande (Waldtraut Jacobson), dont il n'igno-

des dossiers soumis à des comités d'épuration ; il se conféra le grade de commandant des Forces françaises de l'intérieur (FFI) et devint vice-président de l'Amicale de la Marseillaise des FFI. Il se fit engager par le ministre de la Guerre ou par son cabinet pour une mission en Allemagne, ce qui lui permettra de prendre la qualité de chargé de mission et d'évoluer dans les milieux officiels.

rait rien du passé et de la situation actuelle, en l'aidant à organiser sa fuite. Il avait déclaré au notaire Jaillet que, se préparant à partir pour l'Amérique, elle avait un besoin urgent de fonds. Il était également convaincu de connaître le nom du propriétaire fictif du château acquis en France par Hermann Brandl pendant l'Occupation et de receler d'autres renseignements concernant les placements réalisés en France par cet Allemand qui recourait à des hommes de paille[25].

Au terme des poursuites engagées contre lui à Paris, Désiré David alias André Giraudon sera incarcéré. On devait apprendre qu'il faisait aussi l'objet à Marseille d'une information en fait d'escroquerie et d'abus de confiance[26]. À cause de son état de santé, il sera remis en liberté provisoire et reprendra des activités illicites. Il ouvrira d'abord à son domicile une officine « Le Prêt national », ornée de cet avis : « N'EMPRUNTEZ PAS à plus de 1 % – Renseignements gratuits[27] », destiné à allécher les acquéreurs de biens immobiliers et fonciers à une période où les banques pratiquaient un taux minimal de 12 %. Il s'agissait pour Giraudon capter les capitaux des gobe-mouches. Privé des compétences particulières de Laure Dissard, et l'âge venant, il était destiné à sombrer.

CHAPITRE 15

« Aller à Montpipeau* »

Le ministère des Finances, considérant qu'il s'agissait de « biens ennemis », avait requis des autorités fédérales suisses la mise sous séquestre et la liquidation au profit de la France des biens convoités par Waldtraut Jacobson, conformément aux accords signés à Washington. Il en découlait que toute personne impliquée dans « la récupération illicite du fruit des pillages de l'Allemand Otto Brandl, irrégulièrement investis en Suisse[1] », tombait sous le coup de la loi française.

Laure Dissard le savait mais ne renonçait pas à s'approprier une partie de la fortune dont son ancienne codétenue se disait l'héritière, surtout qu'elle n'appartenait encore à personne. Outre la Suisse, le trésor d'Otto était réparti, autant qu'on le savait, en Allemagne, en Espagne, au Portugal, en Belgique, composé d'or, de devises de différents pays, de biens immobiliers, d'objets d'art. En France, Hermann Brandl avait acheté un château en Seine-et-Oise par l'intermédiaire et au nom d'un médecin français, et d'autres biens, en cours de localisation, avaient été acquis par des prête-noms.

---

* Expression employée par François Villon signifiant : voler en trompant avec adresse (piper).

Jugeant difficile et même dangereuse toute tentative de s'emparer des liquidités, notamment en Espagne où un complice de Brandl, nommé Vargas, était connu des services français, Laure se focalisa sur la collection de tableaux que l'Allemand avait dissimulée à Munich, comprenant des Corot, des Cézanne, des Renoir que les experts français évalueront à 100 millions de francs (11 millions d'euros).

L'intervention de Mathias Duffin était indispensable. Armé de son passeport américain, de sa voiture à l'immatriculation spéciale, Duffin s'était rendu dans trois des cinq pays mentionnés plus haut, afin de vérifier si les connexions indiquées par Waldtraut Jacobson fonctionnaient toujours. Suivant la volonté de Laure, il gagna Munich où il ramassa plusieurs tableaux qu'il réussit à transférer en France. Il reviendra plusieurs fois à Munich et ramènera d'autres lots du trésor d'Otto.

Waldtraut Jacobson chargea Laure de vendre deux Renoir clandestinement car ils figuraient probablement sur les listes descriptives d'objets volés par les Allemands, inventoriés depuis la fin de la guerre. Laure prit les contacts nécessaires et, sous le nom de Mme Didier, réserva une chambre à l'hôtel California, rue de Berry, destinée à un certain André Delmotte chargé de négocier les toiles du peintre impressionniste. André Delmotte s'inscrivit à l'hôtel sous le nom de comte de Marny. Parlant beau, le geste expansif, il menait grande vie. On lui présenta peu après une note de 100 000 francs. Il disparut aussitôt abandonnant les deux Renoir dans sa chambre. Alertée, Mme Didier paya la facture et emporta les tableaux en déclarant qu'ils lui appartenaient et que c'était « par hasard » qu'ils se trouvaient dans cette chambre. Il faut préciser que Laure connaissait le directeur de l'hôtel

California où avaient habité, pendant l'Occupation, le colonel Diedrichs et ses collaborateurs.

Après cet intermède, Delmotte allongea quelque peu son nom : baron Alcyde Delmotte de Marny. On parlera de lui l'année suivante quand il sera appréhendé par la police à l'instant où il vendait à un garagiste une voiture volée. Il était déjà titulaire de cinq condamnations. S'il avait réussi à négocier les Renoir, il aurait été chargé de vendre les Corot [2].

Deux mois après, Duffin repartit en Allemagne, à Francfort, sous prétexte d'obligations professionnelles. Il bénéficiait d'un statut militaire qui empêcha la police française de l'interpeller à la suite d'une information ouverte contre lui pour concubinage à l'instigation de son épouse et qui se terminera par un non-lieu [3]. De plus, il était suspecté d'entretenir des rapports avec des aventuriers internationaux. La police renonça aux mesures de refoulement malgré l'arrêté d'expulsion qui le frappait depuis quelques mois. Il continuera à faire l'objet de très mauvais renseignements et sera considéré comme « indésirable ». Il voyageait dans une luxueuse Plymouth en compagnie de Laure. C'est dans cet équipage qu'il accompagnait les deux femmes dans leurs tentatives de récupération du trésor d'Otto, au mépris des contraintes judiciaires restreignant leurs déplacements [4]. Le retour en prison de Waldtraut Jacobson mit fin à ce trafic. Les biens répertoriés d'Hermann Brandl furent confisqués. Laure réussit à conserver plusieurs tableaux et sa comparse ne l'intéressa plus.

En quête d'une façade honorable, Duffin était devenu gérant d'un club de militaires à Fontainebleau où s'était établi l'état-major Centre Europe relevant des forces du traité de l'Atlantique Nord (OTAN) destiné à contenir l'expansionnisme soviétique. Comme de coutume, l'armée américaine déployait à l'intention de ses soldats d'importantes infrastructures sociales et administratives. Ce milieu s'ouvrait à Duffin qui joignait à sa maîtrise de la langue française la connaissance du pays. Fontainebleau devint pour le couple Dissard-Duffin une base d'activités. Ils habitaient au château de Surville, distant d'une douzaine de kilomètres, où résidait aussi la veuve Dissard, toujours au service de sa fille, et d'autant plus utile que Laure était, à trente-quatre ans, de nouveau enceinte. Peu avant cette nouvelle orientation, mandaté par le Special Service américain, en charge du divertissement des soldats, Duffin avait engagé des artistes dont quelques-uns ne tardèrent pas à porter plainte, l'accusant d'avoir payé leurs cachets avec des francs – monnaie dévaluée – au lieu des dollars convenus et à un taux de change très bas.

Au mois d'août 1949, Laure accoucha d'une fille. Duffin s'empressa de la déclarer à la mairie et qualifia Laure d'épouse. À cette date, il était encore légalement le mari de Lucette Roumeguère. Cela finit par se savoir, l'épouse épiant et enregistrant tous les faux pas de ce conjoint précaire en vue d'une bataille juridique inévitable. Elle lança son offensive.

Aux enquêteurs, Duffin affirma que Laure était son épouse légale car, sujet américain, il avait au cours d'un voyage aux États-Unis, et « selon les formes administratives en vigueur dans l'État de Californie », divorcé de Lucette Roumeguère et épousé Laure Dissard. Il s'avéra qu'il n'avait pas effectué ce voyage ni cette démarche. À plus forte raison la mention de son mariage avec Laure Dissard ne figurait pas sur les fiches d'état civil français et n'était pas reportée sur l'acte de naissance de Laure à La Roche-sur-Yon comme la loi le prescrit. Duffin avait donc effectué une fausse déclaration à la mairie. Il apparut aux enquêteurs que Laure, surpassant et surclassant Duffin, était l'instigatrice de cette déclaration mensongère mais elle ne pouvait en être matériellement accusée. Par contre, il devenait urgent d'expulser l'Américain, ce qui réglerait son cas [5]. Toutefois la mesure demeura suspendue.

Au cours des mois suivants, Lucette Roumeguère accumulera des preuves au préjudice de son mari. Elle déposera une plainte pour usurpation d'identité contre Laure qui se faisait appeler Mme Duffin et disposait de comptes en banque et de chéquiers à ce nom et signait sa correspondance de la même façon. En riposte, Duffin engagera une procédure en divorce. L'audience eut lieu. Un maître du barreau, Me Maurice Garçon, défendait les intérêts de Lucette Roumeguère. Déterminée à la discréditer et cédant à son goût de la mise en scène, Laure décida de l'humilier par un grand spectacle dans le prétoire. En accord avec Duffin qui lui cédait toujours, elle chargea un vaurien de jouer le rôle de l'amant de la plaignante afin de la compromettre et de ruiner sa cause, mais l'acteur interpréta si mal son personnage que le président l'inculpa de faux témoignage en pleine audience. Le divorce fut prononcé aux torts de Duffin, condamné à verser une substantielle pension tant au bénéfice de son ex-épouse qu'à leurs deux enfants.

Devant répondre à des accusations de toutes sortes, Laure Dissard se sentait surtout affaiblie par les auditions des Allemands qui l'incriminaient, réduisant à rien sa version relative aux tortures qu'elle aurait subies de la part de la Gestapo. Elle se réjouit de recevoir subitement un signe de vie du docteur Hans Caesar. L'ancien « commissaire du Reich pour l'administration des banques ennemies » lui avait toujours manifesté le plus grand empressement. Au regard de la police française, il avait été l'un de ses amants. Il était aussi un de ces rares Allemands qui avait connu les secrets de la mission d'Erna Hanfstaengl qu'il avait conduite en voiture à la gare quand elle avait quitté

Paris. Enfin, le dernier acte de Caesar, avant de prendre la fuite, avait été de rendre visite à Laure à la clinique Lyautey, laissant paraître son attachement. Après la reddition inconditionnelle de l'Allemagne, il avait été incarcéré comme criminel de guerre dans la zone d'occupation américaine où, rencontrant derrière les murs le docteur Elmar Michel, naguère chef de l'administration militaire en France, et l'ancien général SS Walter Schellenberg, il s'était enquis auprès d'eux avec insistance d'éventuelles nouvelles de Laure Kleinknecht, relançant sa question à d'autres détenus qui auraient pu la connaître.

Caesar voulait revenir en France en cette année 1951.

La situation de l'Allemagne six ans après la fin du IIIe Reich tenait du miracle. Les châtiments suprêmes furent peu nombreux. Outre les onze condamnations à mort prononcées par le tribunal international de Nuremberg, visant les plus hauts responsables du régime nazi, seulement cent vingt condamnations à la peine capitale avaient été exécutées à l'issue de divers procès. D'inqualifiables criminels étaient acquittés, d'autres qui subissaient une peine d'emprisonnement étaient peu à peu élargis. Les biens étaient restitués à la plupart des groupes industriels qui disposaient d'installations souvent intactes. Les villes débarrassées de leurs ruines renaissaient grâce à l'abondance des capitaux qui engendrait un dynamisme économique. À l'ouest, la République fédérale d'Allemagne était un nouvel État mais un État majeur de soixante millions d'habitants, même si sa souveraineté était encore encornée par les trois États occidentaux dont le rôle de puissance occupante se muait en une force militaire protectrice face à la menace soviétique sur sa frontière orientale.

Caesar, interné pendant quelques mois et « dénazifié », vivait sereinement parmi les gens de sa sorte, tous nostalgiques d'un passé où ils étaient les maîtres. Il voulait revenir en France. Laure lui dépêcha Duffin en vue de faciliter ce retour. Excipant de ses activités dans la zone américaine, celui-ci lui apporta sa caution morale, l'aida à se procurer les autorisations indispensables. L'ancien commissaire du Reich arriva à Paris le 20 février 1951, muni d'un passeport et d'un permis de séjour de deux semaines. Dans le questionnaire qui lui fut remis, il se garda de mentionner sa résidence à Paris durant l'Occupation, coupant court à toute interrogation qui aurait rendu sans effet l'assistance de Duffin. Accompagné d'un collaborateur, il descendit à l'hôtel de Chartres, près de l'Étoile, non loin du domicile où il avait glorieusement vécu au temps de ses hautes fonctions en France. Il prétendait être venu dans la suite du chancelier Adenauer qui poursuivait avec le ministre français des Affaires étrangères, Robert Schuman, des discussions relatives à la Ruhr et aux charbonnages, en prélude à une Communauté européenne plus vaste.

Laure s'était mise à sa disposition. Elle lui obtint à deux reprises, grâce à des complaisances, une prolongation de quinze jours jusqu'au moment où, pour en finir avec le provisoire, Duffin rédigea, sous timbre de l'ambassade des États-Unis et en surprenant la bonne foi du consul, un certificat attestant que Caesar représentait une compagnie allemande d'optique désirant son transfert à l'étranger et sollicitait un permis de séjour de plusieurs mois. Caesar quittera la France le 24 septembre, au bout de sept mois, après s'être livré à d'obscures tractations, négligeant de payer à son hôtel une note de 50 000 francs et de rembourser un prêt de 10 000 francs consenti par une banque française décidée à porter plainte.

Laure Dissard, qui avait laissé Duffin paraître en nom, était la première intéressée par la venue de son dévoué Caesar. Elle comptait obtenir de lui un témoignage qui ruinât ceux que le tribunal militaire avait recueillis auprès des autres Allemands. Vu sa situation, Caesar n'était pas en mesure de l'aider par une déposition favorable, mais il lui fournit des renseignements utiles à sa défense en signalant avec force détails quelques Français de poids, hautement compromis dans la Collaboration et qui, par un prodigieux coup de rein, figuraient maintenant parmi les notables influents de la République, ce qui devait permettre à Laure, au besoin par un habile chantage, d'élargir son cercle de protection.

La présence de Caesar en France ne passa pas inaperçue. Elle fut rapidement imputée à la complicité de Duffin dont on savait qu'il était manipulé par Laure Dissard. L'enquête avait révélé qu'au moment de l'arrestation de Laure par les Allemands, Caesar avait fait remettre à la veuve Dissard 5 ou 7 millions de francs et des bijoux de valeur.

Tout s'enchaînait sans que rien ne finisse. Laure ne s'était pas gardée d'un côté que de l'autre surgit un danger pratiquement imparable : l'entrée en lice du Comité de confiscation des profits illicites, institué par le ministère de Finances. Ce Comité avait accès à toutes les informations la concernant. Le commissaire divisionnaire Marc Bergé s'empressait de répondre à ses demandes de renseignements.

C'est en 1946, cinq ans avant les faits que nous venons de retracer, que les ex-époux Kleinknecht furent pris dans les rets du Comité de confiscation des profits illicites chargé de saisir les profits engrangés pendant l'Occupation hors de toute légalité, soit par voie de collaboration avec l'ennemi, soit par d'autres moyens irréguliers. Ces confiscations étaient assorties d'amendes aux taux très élevés. Cité par le Comité, Walter Kleinknecht, réfugié en zone soviétique, n'en fut pas avisé et était hors de portée. Quant à Laure, elle ne s'en préoccupa pas d'abord, absorbée par ses intrigues et son nouveau statut de résistante qu'elle entendait opposer à tout rappel d'un passé compromettant. C'était compter sans la machine administrative. Progressivement, le dossier s'enrichissait de l'information ouverte par le tribunal militaire auquel s'ajoutait une reconstitution chiffrée des affaires traitées par le couple Kleinknecht.

Laure certifia que ces affaires concernaient seulement son ex-époux. Il fut aisé de prouver qu'elle y avait participé et même qu'elle les avait initiées en grande partie. Le Comité avait établi que sa fortune personnelle se montait à la Libération à 12 millions de francs. Il lui adressa la citation destinée à Kleinknecht afin qu'elle en prenne sa part. Elle la réfuta dans sa totalité, affirmant d'abord que son ex-mari n'était pas ressortissant allemand mais de nationalité hollandaise, comme cela était d'ailleurs attesté dans leur acte de mariage, et que sa fortune « qui était considérable » avait été confisquée par les nazis, qu'il avait été arrêté à Paris pendant l'Occupation non pas une fois mais deux, et finalement déporté en mai 1944 au camp de concentration de Dachau où il était mort. Elle certifia qu'il ne s'était livré à aucune réquisition de marchandises pour le compte des Allemands. Elle affirma que c'était elle qui avait monté, dans un esprit patriotique, les entreprises dont on voulait imputer à Kleinknecht l'initiative. Forte de son long exposé, elle sollicitait l'équité du Comité.

Les arguments de Laure ne pèseront guère face à la réalité qui se fera jour progressivement.

Pendant que les autorités civiles et militaires enquêtaient, Laure et Duffin, apparemment indifférents à ces remous, déployaient leurs talents en dépit des menaces d'expulsion qui pesaient sur l'Américain. À Fontainebleau, Duffin avait obtenu, en plus de la gérance de clubs de militaires américains, la concession du nettoyage à sec et du blanchissage des divers camps de l'US Army établis dans cette ville. Laure saisit cette occasion pour lancer son filet. En un clin d'œil, elle choisit l'homme qu'elle allait gruger et se tourna vers René Boujassy, conseiller financier, rue Taitbout à Paris, dont le père, avant la guerre, avait vendu de l'or au nom de la veuve Dissard qui tenait le rôle de personne interposée. Laure, ou si l'on préfère Mme Duffin, exposa à Boujassy que son mari, tenu de prouver sa solvabilité, devait verser une caution de 11 millions de francs au service américain approprié qui lui accordait cette concession. Pour accréditer la réalité du versement de cette caution, Laure remit à Boujassy l'original d'un reçu de cette somme signé d'avance par un prétendu haut responsable de l'armée américaine, le colonel A.E. Hidalgo, procédé pour le moins inhabituel mais qui n'étonna pas l'intéressé. Grâce à ce reçu, Boujassy, qui prélevait un intérêt sur ce prêt, eut la certitude de récupérer ses fonds et d'avoir effectué un placement sûr et rentable. Il le pensa moins quand il apprit que le reçu était un faux, autrement dit que la « caution » de 11 millions avait été conservée par le couple Dissard-Duffin. Mais avant qu'il ne l'apprenne les deux complices s'étaient hâtés d'obtenir de lui d'autres avances destinées à des opérations aussi sérieuses. Comprenant enfin qu'il avait été escroqué, Boujassy menaça de poursuites pénales. Laure Dissard, jouant l'étonnement, lui remit en guise de sa bonne foi deux chèques destinés à garantir les sommes empruntées, des chèques qui se révélèrent provenir d'un chéquier volé dont le détenteur avait fait opposition.

Aucune plainte ne fut déposée, témoin de la virtuosité de Laure appliquant sa recette préférée, celle qui consista à sélectionner des victimes peu enclines à attirer l'attention en entamant des suites judiciaires. Toutefois, la Sûreté générale, qui surveillait Laure et Duffin, se pencha sur les procédés par lesquels ils avaient obtenu autant d'argent, ce qui ne sera pas sans conséquences. Quant aux autorités américaines, elles procédèrent à une enquête au sujet de Mathias Duffin qui était porteur de fausses pièces d'identité. Celui-ci s'était mis à l'école de sa compagne sans discernement. Il se répandait en énormités, annonçant qu'il était le filleul du général Eisenhower devenu président des États-Unis, dans l'état-major duquel il aurait fait toute la guerre. Il se prétendait aussi apparenté à la famille Browning, l'une des plus riches et puissantes des États-Unis. Il assurait entretenir des relations amicales avec différents généraux, citant quelques noms fameux, et avec différentes personnalités de la finance parmi lesquels Forrester, représentant d'importants groupes bancaires. Il insistait sur la bienveillance que lui accordait Robert Murphy, secrétaire d'État adjoint du président Eisenhower.

Comme il en fallait toujours davantage, Laure présenta à Duffin un personnage inclassable, Albert Louville, grâce auquel il ouvrit à Fontainebleau un cabaret plus ou moins clandestin qui indisposa la population par le vacarme et l'insécurité qu'il créait alentour. Après enquête, le cabaret ferma. Un arrêté d'expulsion était sur le point de sanctionner Duffin mais fut annulé sur l'intervention d'un M. Léger ayant appartenu à plusieurs cabinets ministériels (Affaires étrangères, Marine, Justice) qui s'entremit sur les instances de Laure.

Devant l'accumulation des affaires où Laure était impliquée, un rapport américain prévoyait : « Encore aujourd'hui Laure Dissard et Duffin se trouvent au centre d'affaires montées de toutes pièces, relevant de l'abus de confiance et de l'escroquerie, réussissant à surprendre la bonne foi de certaines personnalités. *Le scandale peut éclater d'un jour à l'autre*[*] [6]. » Cette dernière mention retint l'attention de la police française.

* Souligné dans le texte.

Bientôt, les procédés du couple à Fontainebleau déclenchèrent l'ouverture d'une information officielle. Duffin nia en bloc ce qu'on lui reprochait[7]. Quant à Laure, experte à brouiller les pistes, elle fit entendre les grandes orgues de sa bonne conscience et se dit piégée par ses louables intentions qui ne visaient qu'à rendre service[8]. Face à l'enchevêtrement des faits et les propos contradictoires des témoins, le commissaire principal chargé de coordonner l'enquête concluait : « Il est impossible d'exercer une action quelconque dans le cadre de nos compétences contre Duffin et Dissard Laure » malgré les plaintes déposées[9].

Huit jours après cette conclusion inattendue, au mois de décembre, Laure et Duffin étaient interpellés à la suite d'une perquisition à leur domicile citadin de Boulogne, où l'on avait découvert des armes allemandes et américaines et de nombreux appareils ménagers : « Interrogés sur la provenance de ces objets ainsi que sur celles des véhicules, armes et documents saisis au château de Surville, les intéressés ont fourni des explications embarrassées et peu nettes[10]. » Contre toute attente, au vu des résultats de l'enquête, le juge désigné prescrivait de laisser les deux suspects en liberté.

Cette alerte n'empêcha pas Laure Dissard d'exercer son savoir-faire. Elle réussit à extorquer à Deanfield, un fourreur renommé de l'avenue Matignon, la somme de 4 millions de francs contre la remise d'un bon de 10 millions à valoir sur le château de Surville, qui ne valait rien à force d'être gagé et menacé de placement sous séquestre par le Comité de confiscation des profits illicites. Le fourreur l'ayant menacée d'un dépôt de plainte, Laure le remboursa plus ou moins avec un tableau de maître de provenance inconnue.

Passant et repassant dans sa tête les formes que pourraient emprunter de nouvelles machinations, Laure jugea indispensable de connaître Jacques Chezleprêtre, président-directeur général des grands magasins Au Bon Marché et président de la Banque de l'Union française. En bon stratège, elle s'était renseignée sur cet homme né en 1897 et qui approchait la soixantaine. Elle fit appel à Albert Louville, celui-là même qui avait aidé Duffin à ouvrir un cabaret à Fontainebleau. Pendant l'Occupation, elle lui avait rendu de grands services. Après l'avoir perdu de vue, mais pas oublié – car elle tenait registre de ceux qui un jour pourrait se révéler utiles –, elle l'avait retrouvé en 1954. Sans se découvrir, elle se contenta d'abord d'être présentée à Chezleprêtre par Louville qui le connaissait fort bien.

Dès qu'elle vit Jacques Chezleprêtre, Laure ajouta à ses attraits naturels l'ingrédient qui lui ouvrit la confiance de cet homme réputé pour sa dureté. Quel ingrédient ? L'argent. Elle avait jeté son dévolu sur la banque Worms. Pourquoi la banque Worms ? Cet établissement avait donné à Vichy un contingent de ministres et de hauts fonctionnaires. Bichelonne l'appréciait particulièrement et entretenait avec ses dirigeants des relations tant privées que professionnelles, de sorte que le nom de Worms était ancré dans l'esprit de Laure Dissard. Grâce à des recommandations élogieuses, elle s'était introduite dans cet établissement où elle se livrait à ses grandes œuvres. Elle avait déjà étourdi Chezleprêtre par ses capacités de femme d'affaires. Elle capta sa confiance en s'évertuant à monter avec la banque Worms une combinaison portant sur plusieurs milliards. En cette occasion, elle avait affirmé qu'elle possédait le contrôle des conserves Libby's en Angleterre et être la veuve de M. Moore, ancien directeur de la Chase Bank, et ainsi de suite. Pour corser la recette, elle se disait l'amie intime du général américain chef des services économiques ayant pris le relais du plan Marshall *.

D'abord intéressée, la banque Worms rompit les pourparlers quand elle apprit la véritable identité de Laure qui s'annonçait sous le nom de Mme Didier ou Mme Duffin. Une note de police analysait les raisons de cette agitation : « On s'attend d'un jour à l'autre à ce qu'un scandale éclate à son sujet. Elle met en avant à tout propos des personnalités politiques et des membres de cabinets ministériels avec qui elle se prétend du dernier bien. Elle exhibe des certificats de résistante d'un "commandant Berthaud" qui sont des faux [11]. »

Sa force de conviction, ses mensonges qui levaient des mirages chatoyants et sa séduction féminine subjuguèrent Jacques Chezleprêtre. Il y avait aussi dans les paroles de Laure de la glu à laquelle ce rapace se laissa prendre.

Chezleprêtre dirigeait en potentat le grand magasin de la rive gauche qu'on appelait, en référence aux nombreux couvents du quartier, le magasin des bonnes sœurs, lesquelles glissaient comme des ombres à travers les rayons. Depuis sa fondation, un siècle plus tôt, le Bon Marché n'avait guère été modernisé. Seule nouveauté, Chezleprêtre avait aménagé dans un étage une agence de la Banque de l'Union française où Laure Dissard ne tarda pas à répandre son sourire. À peine avait-elle envoûté Jacques Chezleprêtre, dont le visage grave grimaçait de plaisir quand il la voyait, qu'elle se comportait en terrain conquis tant au Bon Marché qu'à la banque.

Au mois de mai 1955, elle mit son projet à exécution. Il s'agissait de se livrer à un trafic de traites en employant

* Après la guerre, aide économique accordée à l'Europe par les États-Unis sous l'inspiration du général Marshall, dont le programme devait durer quatre ans, de 1948 à 1952.

ce moyen de paiement pour encaisser des sommes qui ne lui étaient pas dues. Elle avait dit à Albert Louville qu'elle allait se lancer et avait besoin d'un tas d'argent frais. Pouvait-il l'aider à escompter des traites, c'est-à-dire à les vendre, par exemple à la Banque de l'Union française ? Il s'empressa de répondre par l'affirmative. Il était le directeur commercial des établissements Calonne, un négoce de spiritueux, et avait beaucoup d'ascendant sur Mme Capelle, la propriétaire.

Laure avait tous ses repères et considérait que ramasser 20 millions de francs serait un bon début. D'abord, il fallait qu'une tierce personne emprunte cette somme. Après un ténébreux conciliabule avec le nommé Wiet, elle avait jeté son dévolu sur le laboratoire Lytee dont la propriétaire, une dame Faure, docteur en médecine, était dépressive et avait fait de la prison pour dénonciation calomnieuse. Son laboratoire périclitait. En quête d'un financement, elle était disposée à emprunter cette somme et à la rembourser à une date fixée. Elle était sous l'emprise de Wiet, associé et fondé de pouvoir, qui lui faisait signer ce qu'il voulait.

Laure avait eu la main heureuse, elle le savait. Lionel Viet se faisait appeler le marquis Lionel de Wiet. Titulaire de neuf condamnations de droit commun avant la guerre, il avait, durant l'Occupation, dirigé une société commerciale, la SEFIC, prostituée aux Allemands et qui réalisait des bénéfices fabuleux. Considéré comme entièrement solidaire, Wiet avait été condamné à verser au Trésor français 573 millions de francs (17 millions d'euros), profits illicites et amendes confondus. Ses biens acquis pendant cette période, quoique importants et mis sous séquestre, ne suffisaient pas à payer cette somme considérable. Quatre complices durent participer au règlement. Emprisonné, malade et même déclaré à l'article de la mort par plusieurs experts, Wiet réussira à s'en sortir et se retrouvera libre mais démuni et résolu à recommencer une carrière crapuleuse. Laure ne pouvait tomber sur un compère plus compréhensif, d'autant qu'ils s'étaient souvent croisés pendant l'Occupation et que Wiet avait été un fournisseur de l'organisation Otto, une vieille connaissance* [12].

Sous le nom de Mme Duffin, Laure se présenta aux établissements Calonne, à Charenton, porteuse de quatre traites d'un montant de 20 millions de francs qui avaient été acceptées par le laboratoire Lytee et avalisées par le propriétaire, la dame Faure. Influencée par de Louville, Mme Capelle accepta de remplir les quatre traites, de les signer, d'apposer le cachet des établissements Calonne en tant qu'émetteur de la traite d'un montant de 20 millions de francs prêtés au laboratoire Lytee tenu à rembourser à la date figurant sur l'effet.

Munie du précieux papier, Laure fila à la Banque de l'Union française où la traite était domiciliée, Louville y ayant ouvert un compte au nom de Calonne. Sur instruction de Chezleprêtre, la banque accepta d'acheter la traite s'obligeant à la payer immédiatement, moyennant un taux d'intérêt. Laure reçut trois chèques à l'ordre de Calonne d'un montant total de 20 millions. Elle chargea le chauffeur de Chezleprêtre de les porter sur-le-champ aux établissements Calonne où Mme Capelle les endossa au nom de Mme Dissard, conformément au scénario arrêté, et Laure encaissa la somme censée revenir au laboratoire Lytee.

* Entre autres forfaits, Wiet avait fréquenté assidûment Henri Lafont, chef de la Gestapo française, fusillé après la Libération, qu'il avait connu à la maison d'arrêt de Toulouse avant la guerre, en 1927, où tous deux purgeaient une peine. Devenu sous l'Occupation un personnage puissant, Lafont « nettoiera » le casier judiciaire de Wiet, c'est-à-dire qu'il en fera disparaître toutes les condamnations.

À l'origine, il avait été convenu avec Wiet que Laure, qui s'était présentée comme associée de Jacques Chezleprêtre, garderait 10 millions et en remettrait 10 au laboratoire. Elle s'exécuta. Convenu également que Laure rembourserait ces 10 millions à l'échéance normale de la traite. Ce qu'elle ne fera pas, convaincue que la Banque de l'Union française, devenue le créancier par l'achat de la traite, n'oserait rien entreprendre contre elle qui jouissait de la protection de son président. Quant à la dame Faure, après avoir partagé avec Wiet, elle utilisera partiellement les fonds destinés à son laboratoire au paiement de ses frais de clinique et s'octroiera des honoraires, se plaçant hors d'état d'acquitter sa part à l'échéance.

À partir de cette première expérience, Laure fit fonctionner le mécanisme. Voulant brûler les étapes et raccourcir les circuits, elle forgeait parfois de fausses traites, imitant des cachets d'entreprises, des signatures, et l'obligeant Louville, en impliquant les établissements Calonne, lui permettra d'escompter des traites pour une valeur globale de plusieurs dizaines de millions de francs. François Louis, le directeur de la banque, qui ne marchait pas du même pas que son président constata que Laure essayait de se faire payer deux traites par un entrepreneur qu'elle avait dupé. Il exigea d'elle un nantissement, autrement dit un gage. Elle lui remit deux tableaux de Greuze estimés 10 millions de francs qu'elle s'était appropriés on ignorait comment. Malgré cet incident, elle poursuivit son trafic sur une grande échelle grâce à Chezleprêtre qui donnait ses ordres à la Banque de l'Union française. Modulant sa méthode, elle escomptait aussi des traites émanant d'entreprises sérieuses dont on ne savait par quelles voies elles étaient en sa possession. Par son abattage, ses relations, sa capacité d'infiltrer les milieux les mieux pourvus, elle était connue d'un grand nombre de gens d'affaires séduits par sa personne et dont elle captait la confiance en assurant qu'elle était la plus importante actionnaire privée du Bon Marché dont elle possédait 70 millions d'actions, alors qu'elle n'en détenait pas une seule. Cette situation, expliquait-elle, lui permettait d'obtenir le meilleur crédit de la Banque de l'Union française. Il lui arrivait même de s'intituler coassociée du Bon Marché et de la banque.

Discret sur ses relations avec Laure, Jacques Chezleprêtre se bornera à déclarer lors d'une déposition : « Mme Dissard avec qui j'entretenais des relations personnelles [13] ». Ce sont ces relations qui ne convenaient pas au comité de direction de la Banque de l'Union française, composé, outre lui-même, de Pierre Taittinger, magnat de l'hôtellerie et du champagne, Patrice de Corgnol, directeur de la banque Worms, et François Louis, directeur général et administrateur. Le climat des comités était à l'orage. Corgnol et Chezleprêtre s'opposaient sur la personne de Laure Dissard qui effectuait la plupart de ses opérations à la succursale de la banque basée au Bon Marché. Corgnol reprochait à son collègue ses relations avec une femme dont il avait obtenu de très mauvais renseignements de source privée.

Ne négligeant aucune opportunité, Laure réussit même à se faire confier par Roger Lecomte, un inspecteur des impôts, la somme de 2 500 000 francs (50 000 euros) provenant d'un héritage, sous réserve qu'elle le rembourserait rapidement. Elle s'en dispensa, mais devant l'insistance de Lecomte, elle lui remit une traite de ce montant tirée sur la société immobilière du château de Surville qui ne fut pas payée à l'échéance, puis devant ses menaces, elle proposa deux autres traites sur une entreprise dont le directeur, flairant quelque entourloupe, refusa son aval. Lecomte envisagea un recours en justice. À noter qu'après la Libération, il était chargé du recouvrement de l'impôt de Solidarité nationale prélevé sur le patrimoine et il avait été aux prises avec la veuve Dissard qui, faute de déclaration, était sur la sellette. Laure était intervenue, tous charmes à l'encan, en faveur de sa mère, et Lecomte s'était montré compréhensif. Laure dut pactiser et finit par rembourser le fonctionnaire du fisc en puisant dans la poche de Duffin.

Un tel débordement déclencha le signal rouge. Un rapport de police mentionnait : « Se disant l'épouse de l'Américain Duffin, lui-même marié et non divorcé, elle mène grand train et aurait réussi ces derniers temps à commettre des escroqueries particulièrement habiles opérées de telle sorte que les victimes sont gênées pour porter plainte[14]. » Plus loin, Laure Dissard est qualifiée de mythomane et de mégalomane. On apprend aussi que l'instruction de son procès par le tribunal militaire a été retardée par des manœuvres et des agissements qui ont abouti à son inculpation pour « corruption de fonctionnaires ».

Laure Dissard avait la nostalgie de la situation en vue obtenue par son mariage avec Walter Kleinknecht et que lui avait assurée son salon politique. Par besoin de reconnaissance, elle cherchait un socle où se dresser. Les affaires qu'elle remuait à Fontainebleau en connivence avec Duffin, les péripéties de son trafic de traites, l'inculpation devant la justice militaire, les investigations du Comité de confiscation des profits illicites, et d'autres épisodes, sans omettre l'éducation de ses enfants, ne l'empêchaient pas d'être sans cesse sur la brèche pour se tailler une place dans cette société française dont elle connaissait les rouages, les turpitudes et dont l'apparente respectabilité masquait toutes sortes de crimes et de délits.

Pendant qu'elle réfléchissait, elle reçut une notification du Comité de confiscation des profits illicites. Après avoir instruit le dossier pendant près de six ans, le Comité avait évalué le train de vie des époux Kleinknecht pendant les quarante-six mois de l'Occupation à 2 600 000 francs, chiffre fort élevé mais si inférieur à la vérité que Laure dut en sourire. Le capital commun des époux Kleinknecht à la Libération était évalué à 23 300 000 francs (3,5 millions d'euros), constitué par des profits non déclarés et illicites. En conséquence, le Comité envisageait de contraindre Laure Dissard, solidairement responsable, à rembourser ces profits majorés d'une amende, soit au total la somme de 92 millions de francs, soulignant comme circonstances aggravantes l'absence de déclaration d'impôts pendant cette période [15]. Laure livra bataille. Agacée, et sans renoncer à la courtoisie d'usage, elle contesta point par point les accusations, joignant à ses dénégations celles de sa mère également incriminée. Ayant consulté, elle se déchargea sur un avocat du suivi de cette affaire, considérant que débattre d'un recours avec l'administration repousse aux calendes grecques la décision finale.

Pour lente que fut l'administration, elle n'en était pas moins intraitable. La notification reçue en février 1954 lui faisait obligation de verser 92 millions de francs à la perception chargée du recouvrement de cette somme. Laure enfouit le papier dans un tiroir. On lui délivra un commandement d'avoir à payer qui resta sans effet. À la suite de quoi, au mois de décembre 1955, un agent du Trésor chargé des poursuites se présenta au domicile de Laure Dissard à Boulogne. Elle était absente. L'agent entreprit une enquête devant divers voisins servant de témoins, dont il résulta que « le mobilier garnissant les lieux est insignifiant. Il se compose d'un lit, d'une table boiteuse, d'un réfrigérateur, d'un fourneau à gaz en médiocre état ainsi que de divers objets mobiliers, le tout insaisissable ou de très faible valeur, ne paraissant pas devoir couvrir les frais éventuellement exposés ». C'était peu face à une dette fiscale de 92 millions de francs[16].

Sans cesser de guerroyer, Laure se lança dans une nouvelle aventure qui associait ses ambitions sociales à l'appât du gain : le cinéma, un milieu dont les circuits financiers s'ouvraient sur son savoir-faire.

Suivant son habitude, elle battit ses cartes, étala son jeu et en tira une sorte de producteur de films, Jean Théry. Il avait connu Laure deux ans auparavant et il assurera avoir recueilli à son sujet d'excellents renseignements à la banque Borgeaud où elle s'était livrée à de savantes opérations. Elle l'informa de son intention de créer une maison de production et qu'elle était à la recherche d'un collaborateur chevronné. Théry lui présenta Georges Legrand, cinquante-cinq ans, qui lui aussi avait été mêlé à la production de films sans avoir d'emploi bien défini et de réputation médiocre. On disait qu'il était « probablement honnête mais d'une valeur technique et commerciale très faible[17] ». Laure se déclara enchantée, ayant toujours cherché à s'entourer d'hommes malléables.

Elle fit miroiter à Legrand d'heureux aboutissements et le présenta à Chezleprêtre, toujours aux ordres de celle qu'il admirait tant et pivot financier du tour qui se préparait. Legrand fut nommé président-directeur général d'une firme qui n'existait pas encore. Laure promit à Théry le poste de directeur technique, et Mathias Duffin fut habilité à représenter celle qui, parée de son patronyme, passait pour son épouse. Elle loua un bureau au numéro 4 de l'élégante rue de Castiglione et se dépensa en déclarations alléchantes, faisant savoir qu'elle était prête à apporter un capital de 50 millions de francs prélevé sur ses propres deniers.

Afin de séduire son monde, elle décida d'engager l'un des plus talentueux et des plus célèbres metteurs en scène de l'époque, Julien Duvivier. C'était encore l'âge d'or du cinéma français. Son imprésario, honorablement connu, fut approché. Manifestement, Laure jonglait avec les millions. Devant cette manne, un accord de principe fut conclu. Le film devait s'appeler *Panama*, l'histoire se déroulant sur le fond de scandale attaché à ce nom. Le scénario circula entre les mains des intéressés. Chezleprêtre eut même droit à une lecture spéciale. Laure se répandait partout où elle voulait qu'on l'entende. Négligeant son bureau de la rue de Castiglione, elle donnait ses rendez-vous à l'Americain Legion, rue Pierre-Charron, qu'elle fréquentait assidûment grâce à Duffin, son prétendu mari. Un lieu magique, une sorte de sanctuaire où n'entrait pas qui veut et qui répandait comme un souffle de vanité sur les Français conviés.

Elle cherchait des dupes nanties qui puissent apporter des fonds. De toute bonne foi, Théry connaissait un entrepreneur solidement établi, séduit et abusé par le mirage du cinéma : Pierre Béteille. Chauffé par Laure, il misa sur le succès d'un film mis en scène par Julien Duvivier dont il comptait retirer une plus-value financière. Il proposa de verser une part de 10 millions de francs. Ne disposant pas à l'époque de liquidités suffisantes, il tira sur lui-même deux traites de 5 millions, s'obligeant à les rembourser à date fixée, et les remit à Legrand, le président-directeur général en titre de la société de production en gestation auquel Laure avait donné le nom de « Union cinématographique internationale », chargeant un avocat, Me Matouk, d'en rédiger rapidement les statuts.

À peine informée que Béteille avait avalisé les traites, Laure ne lâcha plus Legrand et lui prescrivit sa conduite dans les moindres détails. Elle l'accompagna au siège de la Banque de l'Union française où elle s'entretint avec Chezleprêtre dont dépendait la suite. Ce dernier dicta ses ordres et Legrand présenta aussitôt les deux traites de

5 millions afin de les escompter, stipulant qu'il avait immédiatement besoin du produit de cette vente. Or Legrand n'avait pas de compte sur les livres de cet établissement, ce qui entachait l'opération d'irrégularité. Le comité de direction, immédiatement saisi, émit des réticences. Présent, Chezleprêtre emporta la décision en indiquant que Legrand avait assuré que le film de Duvivier serait tourné en compte à demi avec la Columbia Films, prestigieuse et puissante société de production américaine, l'une des trois « majors » de Hollywood. Il cita aussi la participation d'autres firmes cinématographiques honorablement connues. Cette collaboration était une invention de Laure Dissard. Exécutant les instructions, le directeur général de la banque, François Louis, délivra sans délai à Legrand, malgré sa réputation douteuse, le montant net de l'opération déduction faite du taux de l'escompte, en lui remettant un chèque tiré sur la Banque de France.

Comment une telle opération avait-elle pu s'effectuer contrairement à toutes les règles établies ? François Louis, interrogé par la police, exposera les circonstances qui portèrent le comité de la banque, malgré quelques tergiversations, à entériner l'achat des deux traites. « C'est ce qui explique que cet escompte a été fait avant l'ouverture officielle du compte de Legrand sur nos livres. Cette situation n'est pas exceptionnelle, elle n'est pas non plus habituelle », concédera-t-il.

Julien Duvivier avait réclamé le versement immédiat de 20 millions de francs. Son frère, Pierre Duvivier, chargé de l'intendance, avait déjà préparé le casting, contacté les acteurs, pris les dispositions matérielles indispensables, sur la certitude que le film serait produit.

Pressé par Laure, Legrand devait déposer le chèque sur un compte bancaire et l'encaisser. Or il n'en avait pas. D'autant plus ennuyeux que Laure exigeait qu'il lui remette des espèces. Qu'à cela ne tienne ! Elle l'entraîna à la banque Borgeaud où elle avait ses entrées. Un compte fut ouvert au nom de Legrand, lequel déposa le chèque et reçut les liquidités l'instant d'après. Il voulait remettre l'argent à Laure devant témoin. Rendez-vous fut pris à l'American Legion où, en présence de Théry et de deux autres personnes, Laure toucha l'intégralité de la somme. Elle donna un reçu à Legrand et se livra à quelque tour qui escamota le reçu. « J'ignore, dira Legrand, si je l'ai personnellement égaré ou si Mme Duffin a pu le reprendre. » Malgré ses demandes réitérées, Laure ne lui délivra jamais un reçu en bonne et due forme.

À l'échéance, les deux traites ne furent pas payées à la Banque de l'Union française. Sommé par François Louis, le directeur général, de lui livrer des explications, Legrand ne fit aucune difficulté et avoua « qu'il n'avait jamais été question de produire un film, que Mme Dissard avait entièrement profité de la somme produite par ces escomptes, et qu'il était à la fois complice et victime de celle-ci ».

En réalité, la première victime était Pierre Béteille à qui la Banque de l'Union française réclama les millions des deux traites non payées. Devant l'imbroglio et la colère montante, Laure accepta de s'expliquer avec Béteille, ne dissimulant pas qu'elle avait encaissé son argent, et sans sourciller, afin qu'il puisse régler la banque devenue sa créancière, elle lui remit deux chèques de 5 millions représentant le montant des deux traites. Ces deux chèques s'avérèrent sans provision [18].

Toujours sous pression, Laure poursuivait ses grandes manœuvres de producteur de films et en grugea plus d'un. Mais les plaintes s'étaient accumulées. Elle fut inculpée de faux et usage de faux en matière d'écriture privée, de commerce et de banque. Le 7 décembre 1955, elle fut écrouée en tant que prévenue à la prison de la Petite-Roquette.

Deux jours avant son incarcération, le 5 décembre, elle avait remporté une victoire inespérée grâce à son acharnement, son habileté, ses relations politiques et quelques largesses qui la firent accuser de corruption de fonctionnaires. Huit ans après avoir été inculpée d'intelligences avec l'ennemi, le juge d'instruction militaire, le capitaine Girard, rendait une ordonnance de non-lieu au bénéfice de Laure Dissard, censée être toujours soumise au régime de la liberté provisoire.

Que signifiait cette pantalonnade ? Le 30 novembre 1955, le juge d'instruction au tribunal militaire permanent des forces armées communiquait le dossier de Laure Dissard au commissaire du gouvernement pour qu'il prenne ses réquisitions. Deux jours après, délai remarquablement court, le commissaire du gouvernement rendait par écrit son réquisitoire définitif, sept pages, contenant un exposé des faits de quatre pages, ce qui était d'une étonnante concision vu l'énormité du dossier de l'instruction. Rejetant l'accusation d'intelligences avec l'ennemi, le commissaire du gouvernement considérait que « dans leur ensemble les actions reprochées à l'inculpée peuvent s'analyser en ACTES DE NATURE À NUIRE À LA DÉFENSE NATIONALE * » en temps de guerre, dont il citait l'article du Code pénal. Le magistrat requérait qu'il plaise au juge d'instruction militaire de disqualifier l'accusation d'intelligences avec l'ennemi dans ce sens. Il poursuivait : « Attendu que les faits incriminés ne sont susceptibles d'entraîner qu'une condamnation à une peine d'emprisonnement inférieure ou égale à cinq ans, assortie d'une amende inférieure à 200 000 francs [...] Requiert qu'il plaise à

* En majuscules dans le texte.

Monsieur le Juge d'Instruction Militaire déclarer amnistier lesdits faits et dire en conséquence qu'il n'y a pas lieu à suivre contre Laure Dissard[19]. » Les pièces du dossier n'ayant pas le caractère de pièces à conviction devaient être restituées.

Avec une diligence comparable, trois jours plus tard, le 5 décembre, le capitaine Girard rendait son ordonnance de non-lieu. Il avait repris au mot près les termes du réquisitoire qui simplifiait à l'extrême les actes de Laure Dissard en adoptant la version qu'elle en avait donnée elle-même, analysant hâtivement surtout les affaires Rosengart, RBV, la CIMAV et les trains d'atterrissage Messier dont le juge assura qu'elle avait tenté de soustraire le bureau d'études au contrôle de l'industrie allemande. Le plus curieux fut la part accordée à Bichelonne dont, dit le document, Laure Dissard était la conseillère. « Bichelonne devenu ministre de la Production industrielle était désireux de traiter directement certaines questions avec les services économiques des SS (service Engelke). L'inculpée lui fut particulièrement utile pour assurer avec ces services, notamment par l'intermédiaire de l'Allemand Maulaz, la liaison nécessaire. » Reconnaissant donc que Laure avait eu des activités avec les services SS et des Français collaborationnistes, et considérant qu'elle avait sauvé des Français, estimant qu'au fond son activité politique avait consisté essentiellement en la tenue d'un salon politique où se retrouvaient personnalités françaises et allemandes et que son activité personnelle dans ce domaine « paraît avoir été en général orientée dans le sens désiré par le gouvernement de Vichy, à l'époque gouvernement légal de la France[20] ».

Par cette dernière remarque, des magistrats français considéraient comme légal le coup d'État qui avait donné naissance au « gouvernement de Vichy ». La raison de cette indulgence coupable tenait au fait que, s'il y avait eu procès, Laure Dissard n'aurait pas manqué de citer publiquement bien des noms d'anciens collaborationnistes aujourd'hui honorablement connus et faisant carrière dans la politique ou dans des secteurs de choix et dont certains, au faîte des honneurs, auraient été assez influents pour torpiller ce procès. Qui aurait compris, dix années après la fin de la guerre, qu'un tel procès, sans cesse repoussé, eût lieu ! Mieux valait étouffer ces relents du passé par une décision rocambolesque emberlificotée dans le langage juridique.

Quant au magistrat militaire qui le premier avait instruit minutieusement le dossier, le ci-devant capitaine puis commandant Lequette, général en fin de carrière, il décédera en 2001 à quatre-vingt-dix ans sans jamais s'être exprimé publiquement sur le cas de Laure Dissard.

CHAPITRE 16

Inlassable Pénélope

Laure Dissard avait été amenée au palais de justice. Vêtue d'un manteau d'astrakan et d'une toque de fourrure, les mains enfouies dans un manchon, elle avait traversé entre deux gardes républicains des couloirs sonores, gravi des escaliers encrassés et fut introduite dans le cabinet du juge Faber. Le magistrat instructeur procéda à l'interrogatoire d'identité et lui notifia les inculpations qui la frappaient, en particulier : escroqueries et émissions de chèques sans provision. Concernant la plainte en usurpation d'état civil déposée par l'épouse de Duffin, Laure affirma qu'elle était mariée depuis 1953 à Mathias Duffin, l'union ayant été célébrée aux États-Unis (où elle n'avait jamais mis les pieds). Ce mariage ne pouvait être transcrit en France tant que le divorce de Duffin n'était pas prononcé, ce qui était accompli depuis quelques jours, sans qu'elle puisse préciser la date. C'est ce qui explique, poursuivit-elle, qu'elle avait de plein droit signé des chèques sous le nom de Laure Duffin. Le juge Faber se borna à enregistrer ses déclarations, renvoya la suite au lendemain et fit conduire Laure au dépôt où elle passa la nuit.

Le jour suivant, Faber explora les plaintes déposées contre elle. Des vérifications se révélaient nécessaires ainsi que l'audition de témoins. Laure réclama la présence d'avocats à ses côtés, car rien n'était simple, constata-t-elle. Elle choisit trois défenseurs, dont le bâtonnier du barreau de Paris. En guise de conclusion provisoire, le juge Faber ordonna son incarcération à la prison de la Petite-Roquette. Elle quitta le palais de justice en dissimulant son visage derrière son manchon, tentant d'échapper aux photographes de presse et aux journalistes ameutés par la présence de celle qu'on appelait, sans raison apparente, l'« aventurière au grand cœur[1] ».

La Petite-Roquette était la prison parisienne réservée aux femmes. Vétuste et sordide comme la plupart des prisons françaises, elle s'élevait dans le lugubre quartier de la Roquette à côté de l'emplacement de l'ancien pénitencier du même nom où croupissaient naguère les forçats en attente de la déportation, les enfants voués aux maisons de correction. Un dépôt spécial abritait les condamnés à mort enchaînés, bientôt livrés au bourreau et exécutés en public.

La direction des affaires économiques de la police judiciaire estimait que Laure Dissard s'était rendue coupable de malversations dont le total frisait les 600 millions de francs (11 millions d'euros)[2]. Il fallait inculper de complicité Jacques Chezleprêtre, directeur de banque, qui s'était empressé de la seconder au mépris de la réglementation bancaire[3]. Se penchant plus particulièrement sur les affaires de cinéma, le commissaire Jean-Jacques Bourlès notait : « Il est indiscutable que sans M. Chezleprêtre, l'opération Béteille n'aurait pu être réalisée. M. Chezleprêtre est à la base même de cette affaire dont il apparaît qu'il a caché aux membres du comité de banque de la Banque de l'Union française la présence de Mme Duffin et le bénéfice qu'elle en tirait[4]. »

De l'avis même de Laure Dissard, parmi les faits reprochés, l'un d'eux pouvait l'écraser, sur lequel était centré le premier interrogatoire du juge Faber : c'était ce qu'on appelait déjà l'affaire des terrains du SHAPE, le quartier général des forces alliées en Europe*.

Au cours de leurs entretiens, Chezleprêtre énumérait à Laure les personnes susceptibles de participer d'une manière ou d'une autre à ses entreprises. « Je suis toujours à la recherche de talents », disait-elle. Avec le flair du chasseur, le nom de Maurice Sénécaux retint son attention. Chezleprêtre parlait de Laure en termes si élogieux que Sénécaux était disposé à l'admirer et à l'écouter, et discernait en elle une femme pleine de ressources avant même de la connaître. Ils se virent. Tout en l'étudiant, elle l'étourdit avec ses relations américaines, parlait d'importants personnages comme de familiers, laissait entrevoir des opportunités mais se gardait de proposer quoi que ce soit, attendant que Sénécaux, cuit à point, sollicitât ses conseils, voire ses offres. Cela se produisit. Est-il nécessaire d'ajouter que Sénécaux, conforme au modèle courant, rêvait de gagner facilement beaucoup d'argent, ce qui engendre une crédulité quasi religieuse.

Elle le recevait dans son bureau de la rue de Castiglione où, en plus des projets de films, se tramaient des opérations foncières fictives et un commerce de tableaux. D'ailleurs, de très beaux tableaux ornaient les murs, lesquels, soudain, disparaissaient remplacés par d'autres. Laure était en cheville avec des galeries, et non des moindres, dont les propriétaires dissimulaient sous un prétendu amour de l'art et un langage fleuri des pratiques douteuses. Le trafic

---

* Le SHAPE, littéralement « Supreme Headquarters Allied Powers Europe » – quartier général suprême des forces alliées en Europe du traité de l'Atlantique Nord –, siégeait à Rocquencourt, près de Versailles.

des toiles de maîtres était florissant. Des œuvres, ramassées ou obtenues on ne sait par quels moyens, quittaient frauduleusement la France par des filières éprouvées et séjournaient la plupart du temps dans la zone franche d'un aéroport suisse, à Zurich, avant de trouver un acquéreur qui payait en espèces s'il le désirait et à qui on livrait clandestinement son achat quelle que soit la destination. Les professionnels qui gravitaient autour du monde des arts, s'ils ne répugnaient pas à duper autrui, n'aimaient pas l'être à leur tour. Laure Dissard avait obtenu de Me Martin, commissaire-priseur à Versailles, des avances de 13 millions de francs sur un tableau de Manet, *Les fleurs devant la fenêtre*, qu'elle assurait vouloir acheter. Dès qu'elle eut encaissé les fonds, elle s'en désintéressa. Sommée de rembourser le prêt, elle remit à Me Martin un chèque sans provision. Elle fut condamnée par la 13e chambre correctionnelle à trois mois de prison avec sursis.

Maurice Sénécaux dirigeait la Société générale de transports, 5 quai Malaquais à Paris, spécialisée dans le fret fluvial et maritime. Laure lui révéla qu'elle avait obtenu du colonel Robert Stevenson, appartenant à l'état-major de l'armée des États-Unis en Europe, une promesse d'achat concernant d'immenses terrains situés à Stains sur lesquels elle s'était déjà assurée une option personnelle. Une opération qui engendrerait au moins 300 millions de bénéfices en prenant en compte le prix d'acquisition assez modique qui lui était consenti. Jouant gros pour mettre en confiance Sénécaux, Laure lui présenta le colonel Stevenson, non pour parler de l'affaire car, recommandait-elle, la discrétion s'impose et il importe de ne pas indisposer l'officier. Ils bavardèrent comme si la rencontre était fortuite et de bonne compagnie. Sénécaux put constater les excellentes relations que Mme Duffin entretenait avec cet Américain.

Quelques jours après, Laure lui communiqua des documents cadastraux et l'engagement écrit de l'armée américaine sous la signature du colonel Stevenson parvenue le jour même. C'était une missive assez brève, négligeant les détails, rédigée sur un papier à en-tête des « Headquarters US Army Element-Allied Land Forces Central Europe » – en français : Quartier général de l'armée des États-Unis des forces du Centre Europe. Le Centre Europe était basé à Fontainebleau. Le texte était adressé à la Société civile immobilière de Surville à Montereau, ce qui sonnait bien : « Messieurs, ce service est prêt à acheter 140 hectares de terre dans la ville de Stains (Seine) pour le prix de 500 francs français le mètre carré. La valeur du terrain concerné est celle dont vous nous avez communiqué le plan. Notre accord ne comporte aucune restriction. Le montant vous sera payé à la signature des actes qui devront être signés dans un délai maximum de trois mois. Croyez à ma considération distinguée : ROBERT STEVENSON, colonel. »

Outre l'en-tête du papier à lettre au graphisme rudimentaire, la rédaction anglaise était incorrecte. À défaut de connaître cette langue, Sénécaux aurait été avisé de soumettre le texte à un homme de loi *. Il se contenta de calculer que les Américains étaient prêts à payer comptant 700 millions de francs un terrain obtenu pour la moitié de cette somme par Laure Dissard. Une autre lettre attribuée au colonel Stevenson entérina l'adhésion de Maurice Sénécaux déjà conquis et chauffé à blanc par Chezleprêtre qui l'étourdissait avec les relations considérables qui compo-

* Voici le texte anglais rédigé en trois paragraphes : « *Gentlemen, this office is ready to buy 140 hectares ground at the town of Stains (Seine) for the price of 500 french francs a square meter. The ground which is concerned is that one you communicated the plans to us. Our agreement is without restriction. The amount will be paid in to you at the signature of the acts which must be signed in a maximum delay of three months. Very truly yours :* ROBERT STEVENSON, *Colonel.* »

saient l'entourage de Laure, tant militaires que politiques et financières.

Ayant évalué son bénéfice à venir, Sénécaux décida d'investir 109 millions de francs dans l'achat du terrain. Afin de se procurer les capitaux, il engagea au nom de son entreprise de fret des traites au bénéfice de la Société civile immobilière de Surville. Laure se hâta de les escompter à la Banque de l'Union française et fit disparaître les fonds immédiatement versés. Quand l'échéance arriva, Sénécaux ne put rembourser son emprunt, d'autant que l'opération foncière des terrains de Stains était au point mort. Bientôt il comprit qu'elle n'aurait jamais lieu. Quand on montra au colonel Stevenson ses deux lettres d'engagement, il n'eut pas de peine à prouver qu'il s'agissait de faux : sa signature était imitée, l'ensemble fabriqué de toutes pièces, et jamais il n'avait entendu parler de ces terrains qu'il n'était pas en son pouvoir d'acheter même s'ils avaient existé.

Le père de Maurice Sénécaux offrit 24 millions de francs prélevés sur sa fortune personnelle qui permirent d'effectuer les opérations de sauvegarde urgentes, et les traites mises en circulation furent bloquées. Maurice Sénécaux sera inculpé d'abus de confiance mais laissé en liberté. Au cours d'une confrontation, Laure s'emportera contre lui, affirmant qu'elle ne lui avait jamais proposé de participer à l'achat d'un terrain mais qu'il l'avait suppliée de lui fournir un moyen de se procurer de l'argent.

Autre délit : pendant que courait encore l'échéance des traites de Sénécaux, Laure avait été contrainte de régler une dette ancienne de 3 millions et demi de francs à la Banque de l'Union française qui l'avait tant favorisée. À son tour, elle lui fit une faveur et remit un chèque de ce montant tiré sur une autre banque. Le chèque se révéla sans provision. À son corps défendant, mais en tant que président de l'établissement lésé, Chezleprêtre fut contraint devant le juge d'instruction de mettre en cause celle qu'il admirait tant.

Pendant que Laure Dissard passait Noël et la Saint Sylvestre à la Petite-Roquette, les policiers perquisitionnaient partout où elle aurait pu laisser des traces. D'abord au château de Surville où ils levèrent les scellés apposés sur des caisses d'armes au cours d'une précédente fouille domiciliaire. Ils découvrirent aussi des parachutes. Tout ce qui était transportable fut déposé au greffe du tribunal de Fontainebleau. Deux véhicules militaires restèrent sur place. À Paris, sur la foi d'informations crédibles, le commissaire Arnal se rendit au Bon Marché et se fit ouvrir un coffre-fort. Il y découvrit les deux tableaux de Greuze que Laure avait d'abord donnés en gage à la Banque de l'Union française, puis avait récupérés grâce à l'intervention de Chezleprêtre. Par quelle filière les avait-elle achetés, si seulement elle les avait achetés ? Estimés à 50 millions de francs, l'un était intitulé *Le Fils puni* et l'autre *Le Retour de l'enfant prodigue*. Les premiers éléments de l'enquête confirmaient qu'elle s'était adonnée au commerce de tableaux, sans qu'il fût possible d'en percer les détours.

Quant à Chezleprêtre, au cours d'un interrogatoire, il niera sa responsabilité, assurant contre toute vérité qu'il ne s'était pas occupé de la transaction impliquant Laure Dissard et Maurice Sénécaux[5].

Livré à lui-même, maintenant divorcé et astreint à payer une pension mensuelle à son ex-épouse et à ses deux enfants, Mathias Duffin se retrouvait seul avec la petite fille qu'il avait eue de Laure Dissard et sous le coup d'un arrêté d'expulsion souvent différé et aux épisodes variés.

Un jour, débarquant à l'aéroport d'Orly à un retour

d'Allemagne, il avait été conduit au service des étrangers où on lui notifia l'interdiction de pénétrer ou de résider en France. Il avait deux semaines pour quitter le pays. Devant ses protestations, son cas fut réexaminé et les autorités admirent que la plupart des faits reprochés étaient sans fondement. La police lui accordera le libre accès au territoire français, au titre du régime du sursis renouvelable. Il avait déclaré qu'il se rendait fréquemment en Allemagne par obligation professionnelle : il dirigeait à Nuremberg le théâtre réservé aux militaires américains basés dans cette ville. Le haut-commissaire de la République française en Allemagne fera savoir que Duffin n'était pas employé par l'armée américaine, contrairement à ses affirmations. Néanmoins, une note du ministère de l'Intérieur requérait que Duffin « soit laissé tranquille pour le moment », son dossier étant en cours d'examen.

Peine perdue ! Les menées délictueuses de Duffin incitèrent de nouveau les autorités françaises à prendre une mesure de refoulement. Laure effectua une démarche à la préfecture de police et le préfet préconisa de suspendre cette mesure et en tout cas de ne rien brusquer. Faute d'une décision, la menace persistait. Duffin réclama le soutien de deux associations de vétérans américains et de la puissante American Legion qui, s'érigeant contre les accusations portées contre leur camarade, feront parvenir des lettres d'indignation à l'ambassade des États-Unis qui les communiquera au cabinet du président du Conseil, Joseph Laniel. Précédant ces missives et jouant de ses relations, Laure parvenait à se mettre en rapport avec J. Solier, un collaborateur du président du Conseil, qui adressa à qui de droit un message d'apaisement. Maintenant, détenue à la Petite-Roquette, elle s'était détachée de Duffin avec cette faculté de rejeter ce qui l'encombrait ou n'offrait plus d'avenir. Toutefois, le chef de cabinet du président du

Conseil, M. Guillou, priera la direction générale de la Sûreté nationale de recevoir deux officiers supérieurs de l'American Legion accompagnés de Duffin. À la suite de cette visite, la mesure de refoulement fut annulée.

Le comportement de ces associations d'anciens combattants était d'autant plus surprenant que les dirigeants d'un club de militaires américains à Fontainebleau, dénommé VFW (*Veterans of Foreing Wars*), avaient congédié Duffin qui s'était approprié l'argent destiné à leurs œuvres sociales. Le ministère de l'Intérieur, ressortant l'histoire du club des vétérans de Fontainebleau et arguant que Duffin se prétendait membre de l'armée américaine quand il ne l'était plus, considéra qu'il convenait d'exécuter la mesure de refoulement. Pourtant, le directeur général de la Sûreté nationale proposa qu'un dernier sursis d'un mois lui soit accordé. Quelques semaines plus tard, le préfet de police, sensible aux interventions, informait que sa situation en France serait régularisée.

Or les services de police américains, intrigués par la personnalité de Duffin, obtinrent de leurs collègues français des renseignements. Au terme des investigations, ils déposèrent une plainte au parquet de Fontainebleau contre leur ressortissant pour vols, complicité et recel et infraction douanière. Ils s'opposeront au renouvellement de son passeport, procédé habituel contraignant leurs nationaux à retourner aux États-Unis, et Duffin sera privé de tout emploi dépendant des services militaires américains. Le tribunal correctionnel de Fontainebleau le condamnera à un mois de prison avec sursis et 500 000 francs d'amende pour détention d'armes de guerre. D'autres condamnations l'avaient déjà frappé : faux témoignage, subornation de témoin, extorsion de signature, abandon de famille.

Les conditions pour procéder à son expulsion étaient réunies. On lui accorda un délai de quelques jours, le temps qu'il organise son départ. À peine concédé ce délai volera en éclats car, tout à coup, il ne sera plus question de l'expulser mais au contraire de le maintenir en France. On avait pris conscience que l'arrestation de Laure Dissard rendait indispensable la présence de son complice, dans l'attente des décisions de justice. Duffin se retrouva dans une situation intenable. Il écrivit au ministre de l'Intérieur, insistant sur ses difficultés matérielles concrétisées par la pension alimentaire due à son ex-épouse. Inculpé et témoin dans l'affaire Dissard, il avait péché par ignorance des lois françaises. Contraint de gagner sa vie, il sollicitait l'autorisation de travailler en France : « Si je n'obtiens pas cette autorisation, je demande à être libre de quitter le pays avec ma fille L.M. âgée de cinq ans*, afin de trouver du travail ailleurs et pourvoir à notre subsistance. » Cette requête fut examinée par les autorités françaises qui conclurent que la présence de Mathias Duffin sur le territoire était nécessaire pendant plusieurs mois. La préfecture de police lui délivra une carte de travailleur valable un an, d'août 1957 à juillet 1958. Comme il n'avait aucune qualification et qu'il fallait administrativement lui en octroyer une, on lui conféra la qualité de « conseiller technique ».

Laure Dissard fut extraite de la Petite-Roquette sur ordre du juge d'instruction qui voulait la confronter avec Duffin. Contrairement à son habitude qui consistait à se défausser sur ses comparses ou à simuler l'incompréhension à leur égard, elle ne chargea pas son ancien compagnon, mais des divergences sérieuses apparurent au cours de l'audition, ce qui, au regard de la justice, rendait la présence de Duffin en France encore plus indispensable jusqu'à la manifestation de la vérité.

* Il s'agit de la fille qu'il a eue avec Laure Dissard, et dont nous ne livrons pas le prénom.

Il restait sous surveillance, vivant aux crochets d'une dame Marlay, divorcée, domiciliée à Boulogne-Billancourt. En mars 1958, il était considéré définitivement comme un « individu dangereux ». La police avait tenu registre de ses prouesses depuis son arrivée en France, sans omettre que, par sa caution morale, il avait permis le séjour à Paris de Hans Caesar, l'ancien « commissaire du Reich pour les banques ennemies ». De nouveau, le directeur général de la Sûreté nationale proposa qu'il soit expulsé dès que sa présence ne serait plus de la première utilité. Au mois de décembre, la décision fut entérinée par arrêté ministériel [6]. Une semaine après, un commissaire de police de la ville de Paris la notifia à Duffin. Dans l'attente de cette expulsion, il fut autorisé sur le territoire français par voie de sursis bihebdomadaire.

Six mois passèrent, toujours dans l'attente d'un procès Dissard-Chezleprêtre-Sénécaux et consorts. Quant à Lionel de Wiet, le premier complice de Laure dans l'affaire des traites, il s'était mis prudemment à l'abri au Maroc. Le juge d'instruction Séguy, par un revirement inattendu, considéra que le rôle de Duffin apparaissait comme secondaire et que « sa personnalité a toujours été effacée par celle de sa maîtresse [7] ». En conséquence, vu les progrès de l'instruction, sa présence en France n'était plus nécessaire. Mathias Duffin quitta son domicile le 15 décembre 1959 et regagna la Californie. Dès lors il ne nous intéresse plus.

À cette date, Laure Dissard était sortie depuis longtemps de la Petite-Roquette après dix-sept mois d'incarcération préventive. Aucune condamnation ne la frappait. Elle s'était défendue avec une maîtrise et des accents qui médusaient le juge d'instruction Faber. Celui-ci, faute de pouvoir se débarrasser d'un dossier qui contenait des implications explosives, n'était guère pressé d'allumer la mèche. Les vacances approchaient. Une grève des gardiens de prison ne permettait pas le transport des prévenus au palais de justice, rendant les lieux d'autant plus déserts que magistrats, avoués, avocats, greffiers, huissiers partaient en congé. En juillet 1957, le juge Faber s'en alla comme les autres, sans avoir réglé le cas de Laure Dissard, à l'étonnement des rares journalistes intéressés[8]. Il faudra dix-huit ans avant que les faits incriminant Laure dans ce dossier soient jugés.

Une fois encore, une partie de sa vie s'était détachée d'elle. Quels chemins allait-elle emprunter ? Inlassable Pénélope, condamnée à travailler sur de l'éphémère et devant sans cesse recommencer l'ouvrage !

CHAPITRE 17

La lanterne magique

Quant Laure avait quitté la prison de la Petite-Roquette, la IVe République était en perdition et n'avait plus qu'une année à vivre, déstabilisée par la guerre d'Algérie. Au point le plus bas de cette chute, l'ombre du général de Gaulle reprenait des couleurs après douze années d'éclipse et se profilait en un ultime recours pour certains, comme une menace pour d'autres.

Laure Dissard avait traversé trois régimes. Va pour un quatrième ! Elle pensait que rien ne peut modifier le fond de l'homme, là où macèrent les appétits dont elle faisait son commerce. Sa philosophie se bornait à ceci : seul le décor change, les hommes ne changent pas.

Pendant la durée de son mariage avec Walter Kleinknecht, elle avait tenté de régner sur de grandes affaires, d'être une patronne. Cette application de sa volonté correspondait à sa représentation personnelle du monde et de ses valeurs. Heureuse d'être débarrassée d'un mari devenu un frein à son ascension, et curieusement associée à Jean Bichelonne qu'elle était convaincue d'épouser après la guerre, elle s'était crue enfin arrivée au port et durablement amarrée. Son salon politique drapé dans un luxe hollywoodien, sa prodigalité, sa trésorerie toujours fournie, les courtisans haut placés qui chantaient ses louanges, tout concourait à faire d'elle, suivant l'expression populaire, une « reine de la société ». Cette fête resplendissante s'était achevée dans le *Gasthaus*.

Ce que ne comprenaient pas les juges, les policiers qui décortiquaient sa vie passée, étudiaient son caractère, dévoilaient ses mensonges, sondaient ses comptes en banque sans parvenir à découvrir où elle enfouissait une partie de sa fortune dont elle extrayait soudain un tableau, un bijou, c'était pour quelle raison cette femme qui s'était retrouvée si riche après la guerre ne s'était pas contentée de vivre à l'aise, de jouir de ses biens et d'épouser un de ses admirateurs fortunés. Qu'est-ce qui la portait à s'investir dans des affaires bourbeuses, certes fructueuses, mais qui la privaient de toute chance d'échapper à la justice ? À quelle fin cette accumulation d'aventures dont l'issue était la prison ? Qu'est-ce qui la poussait, malgré les condamnations et les geôles horribles, à toujours recommencer ?

À sa sortie de la Petite-Roquette, Laure Dissard avait quarante-trois ans. Un air de jeunesse subsistait encore sur ses traits mais comme une esquisse prête à s'effacer. Amputée de ses attraits physiques, elle ne pouvait plus prétendre à cette catégorie d'hommes placés à des postes dirigeants et qui capitulaient à ses premières œillades, lui assurant de solides points d'appui et une protection. Désormais, elle allait devoir recruter à l'étage inférieur. Toujours perdue dans ses rêves de grandeur, elle s'échinait à reconquérir une place prépondérante. Malgré sa volonté et sa prédilection pour les solutions hardies, l'usure du temps la privait de ses repères habituels, réduisait ses ambitions mais n'apaisait pas son esprit aventureux.

Elle se mit à fréquenter une bande de truands dont certains tenaient à honneur de ne pas travailler, d'autres se targuaient d'être administrateurs de sociétés dont ils se gardaient de préciser l'objet, même à la police pourtant curieuse par vocation. L'essentiel de leur activité tournait autour de ce qu'ils appelaient en langage d'initié les « valeurs papiers » : traites, billets de banque, titres... Facile à voler, facile à écouler, et souvent, facile à imiter. Nous avons vu des photographies de ces individus. Tous, comme sortis d'un mauvais film où les acteurs se griment à l'excès pour incarner un rôle, avaient des têtes qui caricaturent la filouterie au point que leurs genres d'occupations étaient inscrits sur leurs figures. Ils se volaient entre eux, mais aucun, bien sûr, ne portait plainte ; ils se trahissaient, mais restaient amis ; ils se rendaient des services, mais les chargeaient d'une dose de malhonnêteté.

L'un des pires, appelé Schwarm, d'origine suisse, était un flambeur sans scrupules, menant la vie à grandes guides, tenaillé par un besoin constant d'argent et ne fréquentant que des comparses de son acabit. Il bricola une affaire avec Laure Dissard. Au moment du partage, « elle m'a d'ailleurs payé avec un chèque de 1 million qui s'est révélé sans provision », exposera-t-il au magistrat qui l'interrogera [1]. Schwarm endossa ce chèque au nom d'un certain François Main, à qui il devait 750 000 francs. La banque retourna ce chèque forcément impayé à Main qui fut fort mécontent et tint l'émettrice, Laure Dissard, pour responsable. Il ne chercha pas à lui rendre la pareille, cela ne se faisait pas entre gens de la même fratrie. Désireux quand même de s'acquitter de sa dette, Schwarm proposa à Main de lui remettre un paquet de titres au porteur achetés à un complice 1 500 000 francs environ, dira-t-il. Charge à lui de le négocier et de garder la somme qui lui revenait. C'était un vendredi. Trop tard pour présenter ces valeurs à sa banque à Paris. François Main avait eu le temps de vérifier à la Bourse que ces titres étaient authentiques. Même s'ils avaient été volés, ils n'étaient pas encore frappés d'opposition. Il fallait faire diligence. Ennuyé, il téléphona à Laure Dissard dans la soirée et lui exposa l'affaire. Elle répondit qu'elle avait la possibilité d'obtenir une avance sur ces titres le lendemain dans une banque à Montereau ouverte le samedi. Elle l'invita à passer la nuit chez elle à Boulogne dans un immeuble où elle avait vécu avec Duffin. Il accepta car il demeurait loin, à Senon dans l'Yonne.

Le samedi matin, ils partirent ensemble dans une voiture conduite par un chauffeur qui était le mari de la cuisinière de Laure. À Montereau, ils s'arrêtèrent devant le domicile de M. Beaupré, architecte. C'était par son intermédiaire que Laure avait acheté le château de Surville. Depuis, il traitait des affaires avec elle et n'ignorait pas ses activités passées et actuelles. Elle entra chez Beaupré après avoir invité Main à l'attendre dans la voiture. Il avait été convenu entre eux qu'il s'agissait d'obtenir une avance sur ces titres, soit 70 % de leur valeur, équivalent à 1 million de francs, une transaction raisonnable. En tête à tête, elle exposa à l'architecte le fond de la transaction telle qu'elle la concevait et dont elle lui avait déjà parlé la veille par téléphone. Le paquet de titres sous le bras, Beaupré fila à sa banque qu'il avait avisée avant l'arrivé de Laure. De retour chez lui, il s'entretint un instant avec elle. Ils ressortirent ensemble. Sur le trottoir, il dit à Main : « J'ai pu vous dépanner », et il exhiba un bordereau de la banque Soisson-Maugey où figurait le chiffre de 1 million.

Laure Dissard et François Main repartirent. Dans la voiture, Laure tira de son sac une liasse de cent billets de 10 000 francs et les tendit à son compagnon. Quant à Schwarm, il touchera sa part et oubliera manifestement les titres car c'est Beaupré qui les vendra et gardera pour lui la différence.

Interrogée au terme d'une série d'arnaques, Laure déclarera à un officier de police que Beaupré avait obtenu la totalité de la valeur des titres, soit 1 600 000 francs, ce qui sera confirmé par le directeur de la banque. Elle avait remis l'intégralité de cet argent à François Main devant témoins. De son côté, Beaupré certifia à la police avoir apporté à Laure 1 600 000 francs. Il résulte que tout avait été mis en œuvre pour qu'on ne puisse jamais connaître le montant de la somme que Laure avait versée à Main.

L'enquête de police montra que François Main avait dit la vérité et n'avait reçu que 1 million, alors que l'architecte Beaupré avait obtenu 1 600 000 francs de sa banque et qu'il avait alors tiré un chèque sur lui-même pour encaisser les espèces correspondantes. Avait-il partagé avec Laure Dissard les 600 000 francs pendant que Main patientait dans la voiture ? Celui-ci, conscient d'être floué, avait exigé à plusieurs reprises un rendez-vous de Beaupré sans obtenir de réponse. Probablement, Main se fit une raison grâce à la règle de conduite très particulière à ce milieu. Par ce principe qui préservait l'avenir, François Main pourra s'acoquiner la tête haute avec ceux qui l'avaient berné. En 1964, Laure Dissard dupa un médecin de Gaillac (Tarn), le docteur Edmond G., dont on lui avait signalé la fortune et la crédulité. Elle lui exposa de manière convaincante qu'elle était intermédiaire agréée dans la vente des titres. Il lui remit des actions au porteur cotant 1 million et demi de francs qu'il ne revit pas et dont il ne toucha pas un centime, Laure les ayant écoulées par le canal de Main et de l'architecte Beaupré. Par négligence, le médecin ne porta pas plainte jusqu'à ce que la police l'interroge.

Les escroqueries que nous avons rapportées, et d'autres encore, vaudront à Laure Dissard d'être inculpée de « recel de titres volés et abus de confiance » et incarcérée. Le 10 décembre 1960, elle se retrouva à la Petite-Roquette en tant que prévenue.

Juste avant son emprisonnement, elle subit une décision qui aurait dû l'accabler. Au terme de cinq années de réflexion, le Comité de confiscation des profits illicites l'informait qu'il ramenait la confiscation d'origine de 92 millions à 23 500 000 francs dont elle devait s'acquitter personnellement. Elle sollicita la révision de cette décision, arguant que le dossier primitif faisait état à son endroit d'une inculpation d'intelligences avec l'ennemi. Or une ordonnance de non-lieu avait été rendue pour ce chef d'inculpation, ce qui modifiait l'essence même de la confiscation. Cette demande fut rejetée. Laure usa d'arguties et finalement écrivit : « Ma situation financière extrêmement précaire ne me permet pas en effet de payer la somme considérable qui m'est réclamée en principal et intérêts et je ne puis verser que des acomptes[2]. »

Le Comité accorda des délais de paiement limités à une année seulement, moyennant le versement d'acomptes minimes qui n'écornaient même pas la dette, faute de quoi la totalité des sommes dues serait exigible immédiatement. Laure en prit acte avec une réserve : « J'espère d'ailleurs qu'il serait possible de parvenir à un règlement plus équitable de cette affaire, car je vous rappelle que c'est uniquement sur le plan de la solidarité avec M. Kleinknecht que je suis concernée alors qu'il ne peut m'être personnellement rien reproché[3]. » Le non-lieu rendu par le magistrat militaire ruinait en partie le travail d'information dont Marc Bergé avait nourri le dossier du Comité de confiscation des profits illicites avec un zèle inlassable, mais c'est avec les points forts de son enquête que le ministère des Finances étayait ses exigences.

Laure fut libérée après seize mois de détention. C'en était fait ! Plus rien ne subsistait de l'expression féline qui avait subjugué tant d'hommes. Ses traits étaient devenus durs, ses yeux avaient rétréci, ses lèvres se pinçaient, des mèches grises s'échappaient de sa coiffure et l'on ne pouvait supposer un seul instant que l'air d'enjouement qui éclairait naguère sa physionomie puisse s'emparer d'un pareil masque.

Pendant son incarcération, elle n'avait pu remplir ses obligations à l'égard du Comité de confiscation des profits illicites. Avec cette capacité d'évacuer ce qui catastropherait la plupart des gens, Laure se hâta d'engager d'autres opérations. Après tout, cela faisait seize ans que le Comité la tarabustait.

Devant cette débâcle, Laure Dissard resta ferme, examina la situation et commença avec ce qu'elle avait d'abord sous la main, la maison où elle habitait à Boulogne, rue des Tourelles, une maison grevée d'hypothèques dont personne ne savait au juste qui était le propriétaire. Elle assurait que c'était son bien et entendait en disposer à sa guise. Elle fit savoir qu'elle voulait louer trois pièces au premier étage. La crise du logement sévissait toujours. Les candidats à la location se succédaient, et Laure exigeait de chacun d'entre eux, comme s'il était le seul, une caution de 10 000 francs destinée à payer les frais d'aménagement des locaux, ce qu'elle n'entreprenait pas. Elle était secondée par Georges Beltikine, trente-huit ans, frappé quelques mois plus tôt par un jugement de déchéance du droit de gérer et d'administrer toute société. Il faisait le bon apôtre auprès des candidats locataires et les mettait en confiance, moyennant une ristourne que Laure s'était engagée à lui verser. Un autre, Paul Buttier, ancien administrateur d'une société tombée en faillite, profita aussi de cette escroquerie. Plus grave, quand Laure sera emprisonnée de nouveau, elle lui adressera clandestinement des lettres le pressant de corrompre des témoins et des auxiliaires de justice, missives qui seront découvertes au cours d'une perquisition. Pis encore, elle était accusée de « complot contre l'État » devant la cour de Sûreté de l'État, organisme créé afin de combattre le terrorisme de l'OAS *. Elle avait hébergé chez elle à Boulogne deux déserteurs de l'armée française dûment identifiés, devenus des agents de cette organisation, et elle avait facilité leur fuite vers l'Espagne, refuge de chefs de cette sédition. Elle réussira à démontrer son innocence, grâce à des complaisances de militants du parti gaulliste qui gouvernait la France et d'un proche collaborateur du ministre de l'Intérieur.

Ses tromperies au logement lui vaudront d'être écrouée pour la troisième fois, mais personne ne mettait en doute qu'elle s'en sortirait sans difficulté majeure, ce qui se produisit. Pendant sa détention, le directeur des services de police judiciaire, penché sur son dossier, la qualifiera d'« escroc bien connu et mythomane[4] ».

Pendant qu'elle était derrière les barreaux, on apprit qu'elle possédait un château en Normandie, à Varengeville, bientôt mis en vente par décision judiciaire. Elle avait acheté à crédit cette bâtisse et n'honorait pas les échéances. En même temps, un notaire de Melun, Me Lavergne, qui avait rédigé les actes, fut repêché dans un canal. Les bien-pensants firent mine de croire qu'il y avait un rapport de cause à effet. Des échos parurent dans la presse. Le notaire suicidé ou abattu fut soupçonné d'avoir facilité certaines opérations immobilières de Laure Dissard qui se rendait souvent à Melun, chef-lieu de la circonscription administrative dont dépendait le domaine de Surville.

Après avoir recouvré la liberté, sa première besogne fut d'embrigader un compagnon à sa convenance. Elle repéra

---

* OAS : Organisation armée secrète qui tenta de s'opposer par tous les moyens, recourant au terrorisme, à l'évolution de l'Algérie vers l'indépendance.

Frank ou Frantz Latard, son cadet d'un an, natif de la région parisienne, qu'elle pouvait pousser comme un pion, un personnage flou, sans profession connue, se disant conseiller du gouvernement du Gabon où il animerait des entreprises très importantes. Il prétendait aussi détenir de grands intérêts au Vietnam.

L'attention de la police se braqua sans tarder sur ce couple qui vivait en concubinage. Un rapport de la Sûreté nationale leva le rideau par cette remarque : « La célèbre aventurière Laure Dissard attire de nouveau l'attention[5]. » Et pour cause ! À peine élargie, elle avait renoué avec Jacqueline Proux, une camarade de détention, plusieurs fois condamnée, qu'elle n'avait pas perdue de vue. Cette femme, déclarée en faillite, interdite de toute profession industrielle et commerciale, dirigeait de façon occulte une société appelée L'Aide médicale, grâce à un prête-nom, Maurice Leroy. Laure s'en inspira et exploita, dans l'élégante avenue Victor-Hugo à Paris, sous l'enseigne de L'Assistance médicale, un cabinet ayant pour objet la garde des malades auxquels elle fournissait des infirmières et des soins. Ce n'était pas là le principal de son industrie mais le ressort qui devait actionner une escroquerie mûrement méditée. Se référant au progrès des soins médicaux et se prétendant docteur en médecine et docteur ès sciences, elle prospectait les banques à l'effet obtenir, sous le nom de Mme Latard, un crédit de 1 200 000 francs destiné à financer l'ouverture d'un centre de soins à Bordeaux dans un immeuble dont elle se disait propriétaire. Elle prétendait également posséder une maison à Saint-Jean-de-Luz et un immeuble à Paris où, ultérieurement, elle envisagerait d'installer un centre identique, infiniment plus important que L'Assistance médicale. En vue de ferrer ses interlocuteurs, elle précisait que les syndicats patronaux étaient très intéressés par ses projets et qu'ils se proposaient de lui accorder une subvention de 10 millions de francs.

Frantz Latard, qui la suivait partout, prenait un air pénétré, hochait la tête avec approbation et ajoutait sa note personnelle. Quant à Jacqueline Proux, elle ne pouvait qu'emboîter le pas, traînant après elle Maurice Leroy, son homme de paille, qui prenait tout sous son chapeau jusqu'au jour où excédé et craignant le pire, il portera plainte contre elle et qu'elle fit l'objet de deux informations judiciaires ouvertes par le parquet de Paris. De son côté, Laure Dissard en récolta autant. De nouveau, l'ombre de la prison planait sur elle.

Elle prit le large, ayant déjà fixé et préparé son repli à Bordeaux.

La région de Bordeaux lui plaisait. Là, dans cette grande ville portuaire, enrichie par son commerce et son industrie, régie par une bourgeoisie aux préjugés tenaces, l'impression de solidité séduisait Laure. Elle y était inconnue, ce qui rajoutait à l'aventure. Elle était la « dame venue de Paris », une bonne référence d'après elle dont l'esprit, peu affecté par le vieillissement du corps, restait en ébullition.

Elle savait où recruter deux comparses dont elle allait faire sa pâture. L'un s'appelait Vattier, l'autre Guenon. Sous la direction de Laure qui au début voulait rester en retrait, ils créèrent une société immobilière La Hutte de Caillau. Un projet de lotissement fut habilement préparé, et le dossier présenté à l'Union de crédit pour le bâtiment (UCB). Un collaborateur de cette banque, le sieur Piquet, instruisit complaisamment le dossier de manière à ce que les solliciteurs obtiennent un prêt de 1 million de francs. Ce qui fut fait. Le tour étant joué, Guenon et Vattier cédèrent leurs parts de la société immobilière à Laure Dissard et à Frantz Latard qui reçurent la somme après avoir obtenu de Me Dupouy, un notaire bien intentionné lui aussi, qu'il mette toute l'affaire en forme, notamment la cession des parts. Commc il fallait justifier la destination de l'emprunt, Laure Dissard acheta à un exploitant agricole un bout de terrain marécageux et insalubre au prix de 30 000 francs et qu'elle fit estimer par un expert près les tribunaux de Béthune dont la vénalité était connue et qui, moyennant rétribution, l'évalua à 2 900 000 francs, soit cent fois sa valeur. Le couple Dissard-Latard n'entreprit aucun travaux et, après avoir désintéressé Guenon et Vattier, empochèrent le plus clair du million prêté.

S'étant fait la main par cette première opération, Laure lança ses hameçons dans une eau encore plus trouble.

Sa nouvelle incarnation, le train d'esbroufe qui l'accompagnait, ses séjours trop fastueux dans les meilleurs hôtels l'avaient fait repérer. Extrait d'un rapport de police : « Objet : L'aventurière Laure Dissard refait surface dans la région bordelaise. – Sous le nom de Lauretta Duffin, épouse Bonin, l'aventurière Laure Dissard, bien connue des services de police, et son concubin Frantz Latard, dont la réputation bancaire est également des plus fâcheuses, viennent de prendre le contrôle de la Société immobilière d'Arès et d'Andernos, société anonyme au capital de 40 000 francs dont le siège est situé chez M. Schell, expert-comptable à Bordeaux[6]. » Le rapport précise que les terrains appartenant à cette société ont une superficie totale de 146 800 mètres carrés, dont 54 000 mètres carrés sont réservés aux espaces verts et aux bois. Le reste doit être loti. La quasi-totalité des lots est déjà vendue. « Dans le milieu bancaire on se demande comment Laure Dissard et son concubin ont pu trouver les fonds pour prendre le contrôle de cette société. On s'interroge aussi sur les buts réels de l'opération par cette spécialiste de l'escroquerie. » La réponse est évidente : Laure encaissait les acomptes versés par les acheteurs et n'avait pas l'intention d'entamer la construction du lotissement.

Après leurs premiers exploits, ils s'étaient rapprochés d'un nommé Maugey, gérant de la Société nouvelle du domaine de Claveau. Les deux complices feignirent d'entrer avec lui en pourparlers en vue de prendre une importante participation, annonçant les sommes énormes qu'ils étaient disposés à investir. Ces préliminaires les avaient renseignés sur l'étendue de la fortune immobilière de Maugey.

Ils imaginèrent d'utiliser son nom et celui de sa société pour solliciter de l'UCB un prêt de 900 000 francs destiné à l'acquisition d'un immeuble, 9 rue Vauban à Bordeaux, disaient-ils. Ils firent de nouveau appel à Piquet qui se prêta à la combinaison et présenta une demande de prêt au nom de Maugey, à laquelle il annexa une note sur la fortune immobilière de cet homme et du patrimoine représenté par sa Société nouvelle du domaine de Claveau, cette dernière étant la bénéficiaire du prêt. Tel qu'il était constitué ce dossier était irréprochable et le prêt sans risque. La banque adressa au notaire Dupouy, de nouveau en piste, les documents permettant de mettre en forme la demande de prêt ventilée en deux postes : achat de l'immeuble de la rue Vauban et sa rénovation.

Comment s'approprier le prêt accordé à Maugey au titre de la Société nouvelle du domaine de Claveau ? Rien de plus simple. Laure souffla au notaire de constituer une société portant le nom de Société civile du domaine de Claveau. Un mot, un seul mot différenciait les deux appellations qui se fondaient dans un tout. Cela prêtait tellement à confusion que personne ne le remarquerait, et le notaire encore moins puisqu'il était complice. De surcroît, Laure Dissard et Frantz Latard étaient les deux seuls porteurs de parts et ce dernier était le gérant.

Ayant reçu le chèque de 900 000 francs au nom de la Société nouvelle du domaine de Claveau, le notaire le remit à Latard qui l'endossa au nom de Dupouy aux fins d'encaissement. Celui-ci préleva 260 000 francs pour l'achat de l'immeuble de la rue Vauban et remit 640 000 francs au couple Dissard-Latard, somme censée payer les travaux de rénovation de ce bien immobilier. Elle fut joyeusement dissipée par les « concubins ».

Quand il s'agira de rembourser la première échéance de l'emprunt, la banque s'adressa à Maugey puisque sa société était nommément la bénéficiaire. L'embrouille fut rapidement éclaircie et la banque se tourna vers Latard, exigeant le reversement du prêt de 900 000 francs. Latard obtint d'une de ses relations gabonaises, Sambassa M'Ba, un chèque de ce montant émis à son ordre, et qu'il savait être sans provision suffisante. En toute connaissance de cause, il l'endossa au nom de l'UCB et l'expédia à la banque qui portera plainte.

Considérant qu'ils avaient épuisé les ressources de Bordeaux et que la prudence recommandait de s'éloigner des bords de la Garonne, Laure et Latard retournèrent à Paris, ayant mûri un autre abus de confiance. Le lieu de leurs nouvelles prouesses était la ville de Carcassonne dont rien ne prouve qu'ils s'y soient rendus. Mais le nom de Carcassonne sonnait bien et cette cité semblait enfouie dans un lointain mystérieux propice aux mirages, car il s'agissait d'un mirage dont Laure entendait commercialiser l'illusion. Riche de son expérience à Bordeaux, elle voulait répéter le même scénario à Carcassonne, d'autant que trois cent cinquante kilomètres séparant les deux villes il ne pouvait y avoir entre elles d'interférences nuisibles.

Suivant son habitude, elle étudia l'environnement de sa future opération et, ayant obtenu les renseignements nécessaires à son imposture, elle fit établir un projet d'autant plus prometteur qu'elle avait appris par cœur les singularités urbaines de Carcassonne sans omettre quelques mots concernant Viollet-le-Duc, le restaurateur de la cité médiévale, ce qui lui conférait un lustre de femme cultivée.

À qui vendre ce vide ? À quelle banque s'adresser ? Assez de gens l'entouraient qui pouvaient la renseigner et l'introduire de toute bonne foi là où elle le désirait. Avec le flair d'une grande pourvoyeuse, elle opta pour la Société Générale mobilière et immobilière appartenant au groupe Empain-Schneider. Ce groupe était une sorte de monstre ingouvernable, formé par la fusion de deux grands ensembles industriels, qui réunissait sous la même autorité des trusts sidérurgiques englobant toute une gamme de fabrications auxquels furent adjoints des établissements bancaires et financiers.

Laure avait appris que depuis deux ans Empain-Schneider avait à sa tête un jeune héritier, Édouard-Jean Empain, dont les principaux collaborateurs voulaient avoir la peau. Au sein même de cet empire se livraient des combats d'influence. Elle avait perçu cet état de décomposition latente. D'utiles intermédiaires la présentèrent à la direction de la Société Générale mobilière et immobilière, sise avenue de l'Opéra. Elle obtint sans peine un chèque de 7 millions de francs. Informée, la police émit une note sous-titrant : « La célèbre aventurière Laure Dissard s'apprête à faire de nouvelles dupes [7] » sous le nom de Mme Latard et révélait que le chèque reçu n'était qu'un acompte car la banque était disposée à financer toute l'opération dont le montant était astronomique. Alertée par la police sur la personnalité véritable de cette cliente, la banque cherchait un moyen de clore ce dossier hors de toute juridiction, sans commettre d'éclat ni se couvrir de ridicule.

Pendant que s'ébruitait cette nouvelle affaire, la plainte déposée par la banque bordelaise déboucha sur l'arrestation à Paris de Laure Dissard et de Frantz Latard en un mois de décembre particulièrement rigoureux. Ils furent aussitôt incarcérés après une première comparution devant un juge d'instruction. Laure se retrouva à la Petite-Roquette, soumise à la détention préventive dans l'attente de son procès. Elle attendit pendant dix-neuf mois, interrogée, confrontée mais rejetant toute accusation par des justifications et des détournements de sens qui n'épuisaient pas son imagination.

Le procès eut lieu au mois de mai 1971 devant une chambre du tribunal de grande instance de Paris. Alignés sur le banc des prévenus, comparaissaient le notaire Dupouy de Mont-de-Marsan, Aimé Piquet, le spécialiste du prêt immobilier à Bordeaux, le cultivateur qui avait vendu à bon prix le terrain marécageux que l'expert avait évalué à cent fois de sa valeur réelle. Latard se montrait discret, presque en deuil dans un costume sombre qui faisait ressortir son teint blêmi laissant supposer qu'il avait un gros chagrin. Quant à Laure Dissard, âgée de cinquante-sept ans, elle offrait les apparences de la vertu : grands yeux candides, visage angélique, et elle s'exprimait d'une voix faible et soumise comme à confesse. Sa vêture simple, robe bleue à col blanc, aurait pu sortir des mains d'une religieuse converse et s'accordait avec le maintien modeste qu'elle avait adopté.

Le procureur peina à démêler une affaire qui se compliquait à mesure qu'il l'exposait, mais tout le monde comprit que les deux principaux accusés avaient obtenu des prêts bancaires destinés à financer des opérations immobilières qui n'existaient pas. Voulant frapper les esprits, le procureur déclara qu'il exprimerait en anciens francs le montant de l'escroquerie, ce qui ajoutait deux zéros aux sommes énoncées : « c'est plus parlant[8] », expliqua-t-il. Effectivement, il annonça que Laure Dissard avait retiré de ses montages à Bordeaux 200 millions de francs. Après quoi, il réclamait à son endroit une peine d'emprisonnement de huit ans.

Pendant les débats, les magistrats se perdaient en réflexions sur la personnalité de Laure si effacée, si éteinte dans le box des accusés et qui se bornait à répéter d'une voix faible qu'elle n'avait rien touché, alors que personne ne doutait de l'efficacité de son comportement, de sa conversation brillante, de ses dons de persuasion, de ses facultés inventives quand il s'agissait de convaincre des interlocuteurs et d'emporter la position. Qu'est-ce qui la poussait, au fond, à jouer sa liberté puisque la prison était l'aboutissement inéluctable de ses manœuvres frauduleuses ? Le procureur, décidément en verve, livra son explication : l'escroquerie n'était pas pour l'accusée une profession, mais un jeu, une drogue, un art et même l'un des beaux-arts.

Ces derniers propos n'engendrèrent pas de circonstances atténuantes. La plaidoirie de son avocat tomba à plat, bien qu'elle fût assistée dans un premier temps par Gilbert-Jules, un ancien ministre et ancien membre du Conseil constitutionnel. Laure Dissard fut condamnée à huit ans de prison, Latard à quatre. Les autres, bien que jurant que leur bonne foi avait été surprise, furent frappés de peines moins lourdes mais qui les retranchaient du monde des honnêtes gens. À l'issue du procès, Laure Dissard fut enfermée à la prison de Fresnes.

Ultérieurement, la cour d'appel confirmera les peines de Laure Dissard et de Latard, ajoutant l'interdiction de séjour de cinq années dans les départements de la Seine et de la région parisienne et ceux de la Gironde et des Alpes-Maritimes. Tous deux furent condamnés à payer solidairement à la banque bordelaise 1 700 000 francs en plus des dépens et des frais de procédure.

Celle que la police, la justice et la presse consacraient comme étant « une des plus grandes aventurières de ce temps » dut se faire à l'idée qu'elle était emprisonnée pour de longues années. Traquée en elle-même par une réalité sordide, quelles pensées l'habitaient ? Lâchait-elle la bride à son imagination, sorte de lanterne magique qui avait projeté des images chatoyantes aux grandes heures de sa vie ? Épuisée par ses dépenses nerveuses, sa santé depuis longtemps fragile était aggravée par les conditions de la détention. Elle fit de fréquents séjours à l'hôpital de la prison.

Elle n'échappait aux murs de Fresnes que les jours de transfert au cabinet d'un magistrat qui se perdait dans l'instruction d'un dossier vieux de dix-huit ans, un dossier « mis en sommeil » par des incidents de procédure et même par des interventions provenant souvent des victimes qui redoutaient, en cette année 1973, que l'égout, à force d'être colmaté depuis 1955, ne vomit soudain les scandales qui porteraient atteinte à leur honorabilité et exciteraient la moquerie. C'était l'affaire des traites de complaisance, tellement compliquée, aux ramifications si nombreuses que le réquisitoire du parquet comportait quatre cents pages.

Dix-huit ans, et Laure n'avait oublié aucun détail, ce qui lui permit lorsque, détenue depuis quarante-deux mois à Fresnes, elle comparut devant la 11e chambre correctionnelle de faire front et d'affûter ses ripostes. À la première audience consacrée surtout à son curriculum vitae, elle apparut dans le box des accusés très amaigrie, menue, mais sobrement élégante et coiffée d'une petite toque. Une fois encore elle écouta un substitut du procureur retracer sa vie. « Ce sont des ragots de police, protesta-t-elle quand le magistrat lui rappela son passé à Montparnasse sous le nom d'Anika Moor. Je faisais mes études et j'ai épousé un banquier anglais, M. Moore[9]. » Tout le reste de son existence défila et les rectifications de Laure durent paraître risibles à ceux qui connaissaient le dossier. « Pourquoi mentait-elle ? » demanda le président. « Je ne suis pas une menteuse. J'ai toujours eu au contraire la réputation d'être trop franche[10]. »

À l'écoute de son passé et des innombrables irrégularités qui jalonnaient son existence, il se dégageait le tableau d'une société corrompue et imbécile. On se représentait la châtelaine de Surville traînant dans son sillage des gens huppés mais sans aveux, les flattant, exploitant leurs faiblesses en leur proposant d'invraisemblables marchés et remportant, rien que par sa manière d'être et l'exploitation de sa féminité, ce que des entrepreneurs sérieux n'auraient jamais pu obtenir, même minoré, en montrant un bilan honnête.

Nul autre mieux que Jacques Chezleprêtre, soixante-dix-sept ans, présent dans le box, n'incarnait mieux cette fausse honorabilité, cette pseudo-compétence qui sont l'apanage de nombreux dirigeants français qui, par des promotions qui ne doivent rien au mérite, figurent au sommet de la hiérarchie. Maurice Sénécaux se tassait aussi sur le banc des accusés, et René Boujassy, tous deux fils de leur père et héritiers naturels. Un troisième faisait également piteuse mine. Manquait à la collection Mathias Duffin à l'abri aux États-Unis, jugé par défaut, et que Laure persistait à appeler son mari, jurant qu'elle l'avait épousé à Los Angeles.

Au terme de trois semaines d'audience, Laure fut condamnée pour escroquerie, faux et usage de faux à quatre ans de prison ferme, mais sa peine fut confondue avec celle qu'elle purgeait déjà à Fresnes. Une lourde amende la sanctionnait dont elle ne se soucia pas. Les autres, frappés à un moindre degré, se retrouvèrent discrédités.

Jour après jour, six années d'incarcération vont s'écouler sans que Laure Dissard parvienne à jouer de ses influences. Ses vieilles recettes n'opéraient plus, et elle ne suscitait pas la sympathie à Fresnes. La justice, à laquelle elle devait encore des comptes, ne relâchait pas sa surveillance. Répondant à une demande de renseignements complémentaires la concernant, le directeur de la prison en profita pour noter : « Détenue peu intéressante. À fait preuve à maintes reprises de mauvais esprit. Peu digne d'intérêt [11]. »

Après six années passées en grande partie à l'infirmerie de la prison, Laure fut libérée au mois d'octobre 1975 mais restait sous le coup d'une interdiction de séjour à Paris où elle désirait recevoir des soins. D'après son dossier médical, elle souffrait d'une « déminéralisation croissante de la colonne vertébrale ». Son second avocat, Me Nicole Milhaud, sollicita la levée de l'interdiction en invoquant un traitement médical urgent, et, d'autre part, elle indiquait qu'un juge instruisait un dossier où Laure Dissard était impliquée, ce qui rendait sa présence dans la capitale doublement nécessaire. Cette requête fut rejetée, l'intéressée étant multirécidiviste, mais des séjours de longue durée dans les sites interdits lui seront accordés à des fins médicales « sous réserve d'une conduite irréprochable », suivant la formule administrative.

Au volumineux dossier médical que son avocat avait communiqué aux autorités concernées, Laure avait ajouté un rapport personnel de neuf pages sur son état de santé. Elle écrit en manière de préambule : « La maladie et les troubles dont souffre Mme Dissard sont la conséquence des sévices et des tortures dont elle fut la victime pendant l'Occupation alors qu'elle était détenue par la Gestapo dans la salle des tortures de l'avenue Foch. Ce sont les coups de matraques et de crosses de fusil reçus sur la nuque par Mme Dissard qui sont la cause de l'état actuel de sa colonne vertébrale cervicale [12]. »

Amaigrie, peinant à marcher, en proie à des migraines tenaces, elle choisit de se faire soigner à l'hôpital américain de Neuilly, l'établissement le plus chic et le plus cher, fréquenté par des malades bien rentés. Elle s'y inscrivit sous le nom de Mme Duffin.

Elle avait rameuté quelques fidèles qui ne tenaient pas ses années d'emprisonnement pour une tare ou une cause de rupture. Se trouvant sans domicile, elle fut recueillie à Paris par Charles Testut, un industriel, qui l'hébergea dans un immeuble dont il était propriétaire. Elle y demeurera deux années. Puis, un de ses fils l'installa dans un logement qu'il possédait à Neuilly, pourvoyant à ses besoins tout en veillant temporairement sur sa santé. Elle avait sollicité du ministre de la Justice l'autorisation de résider chez son fils « qui juge plus prudent d'assumer lui-même un contrôle constant sur l'évolution de [son] état de santé qui l'inquiète beaucoup [13] ».

Elle souffrait de ne pouvoir se livrer à sa passion des affaires toujours aussi vivace, neutralisée par l'interdiction de séjour qui la contraignait de se soumettre à des contrôles de la police et de la gendarmerie et à faire viser tous les deux mois son carnet anthropométrique. Ainsi que l'avait indiqué son avocat, une nouvelle affaire en cours allait la déférer au mois de mars 1977 devant la 13e chambre correctionnelle où elle rejoignit son ex-concubin Frantz Latard. Il s'agissait d'une escroquerie où nous retrouvons le notaire Pierre Dupouy, flanqué d'un autre tabellion, Me Georges Pestaurie, qui reconnut que Mme Dissard l'avait « subjugué ». Présent aussi, l'industriel André Lamothe ayant servi d'intermédiaire. Il s'agissait d'une arnaque compliquée se rapportant à des terrains que le couple ne possédait pas et dont il voulait disposer. Laure sera condamnée à neuf années de détention et Latard à quatre, mais ces peines seront confondues avec celles qui les avaient déjà frappées respectivement en 1971. À l'issue du procès, tous deux ne devaient plus jamais se revoir. Quant aux trois autres, la cour leur infligea une sanction moindre.

« Péripétie ! » devait se dire Laure qui restait libre. Sa véritable délivrance vint en mai 1979 quand, à ses soixante-cinq ans, le ministère de l'Intérieur annula l'interdiction de séjour dans les départements où elle s'appliquait [14]. On pouvait croire, après tant d'inculpations et d'années de prison et avec sa santé dégradée, qu'elle se tiendrait tranquille. Elle mit à exécution une idée qu'elle mûrissait depuis longtemps et dont elle avait peaufiné le processus qu'elle pensait imparable.

En juin 1980, elle se présenta sous le nom de Mme veuve Duffin à M. Guyot, président de la société immobilière Princip, siégeant avenue Franklin-Roosevelt, une adresse de prestige telle qu'elle les aimait. Elle s'était arrangée pour qu'on la vît arriver dans une luxueuse berline conduite par un chauffeur stylé au nom de danseur de tango : Orlando Alves, un de ces serviteurs occasionnels qu'elle prélevait parmi ses connaissances. Toujours sobrement élégante, elle pouvait passer à soixante-six ans pour une de ces riches bourgeoises dévouées à leurs enfants, d'autant qu'elle montrait un visage doux et cette espèce d'étourderie charmante qui fait battre les paupières et est censée inspirer confiance. Elle annonça que sa fille qui résidait aux États-Unis voulait acheter un très bel appartement à Neuilly où l'air est meilleur qu'à Paris, et qu'elle l'avait chargée de cette transaction.

Ayant fait la synthèse des goûts de cette cliente, un collaborateur de Princip lui fera visiter boulevard Bineau un appartement mis en vente au prix de 5 millions et demi de francs (1 900 000 euros). Il lui convint. Elle ne discuta pas.

Avant même de consulter sa fille, elle accepta de verser un chèque de 275 000 francs à titre d'option. Ce chèque était émis sur le compte d'un M. Cabon qui demeurait dans les Landes et dont il fut convenu avec le vendeur qu'il resterait dans le dossier.

Laure revint et annonça qu'ayant obtenu l'accord de sa fille, elle attendait un virement de la Chase Bank de 1,5 million de dollars. Elle montra une lettre de la banque américaine confirmant ce versement. Histoire de jeter de la poudre aux yeux, elle précisa que son premier mari, M. Moore, dont elle était veuve, avait été un des dirigeants de cet établissement et que l'achat de l'appartement serait effectué au nom d'une société suisse dans laquelle sa fille possédait des intérêts hérités de son père. Puis, incidemment, elle parla de ses affaires personnelles, exposant qu'elle envisageait de recourir à un prêt hypothécaire de 3 millions de francs sur un hôtel particulier situé à Boulogne et qui valait le quintuple de cette somme. Une telle opération ressortait-elle des activités de la société Princip ? Guyot acquiesça. En plus, elle voulait obtenir rapidement un prêt de 150 000 francs garanti par les traites qui seraient émises par la société immobilière propriétaire de cet immeuble dont elle était l'actionnaire principale.

La société Princip se montra réticente, mais peu encline à brusquer une cliente qui ne marchandait pas. Après tout, cet emprunt de 150 000 francs était déjà garanti par le chèque de 275 000 francs épinglé au dossier. Laure insinua que, si sa demande n'était pas satisfaite, elle irait porter sa clientèle ailleurs afin de mettre terme aux réticences qu'elle croyait percevoir. Guyot l'apaisa, laissant entendre un aboutissement favorable sans toutefois s'engager sur l'heure. Un nouveau rendez-vous fut fixé.

Étonné par le comportement de cette cliente, Guyot entreprit des vérifications. Il apprit d'abord que le chèque de 275 000 francs tiré sur le compte du nommé Cabon était frappé d'opposition par ce dernier. Ensuite, que la lettre de crédit de 1,5 million de dollars à l'en-tête de la Chase Bank était un faux document. Il déposa alors une plainte.

Le 26 août, magnifique journée d'été dans un Paris envahi par les touristes étrangers Laure Dissard, assise dans la limousine luxueuse conduite par Orlando Alves allait au rendez-vous convenu avec la société Princip. Pensa-t-elle qu'elle était sûre de toucher un chèque de 150 000 francs, puis de disparaître ? Entrant dans l'immeuble, elle n'eut pas à se faire annoncer. Des policiers l'attendaient.

Ils l'emmenèrent au commissariat où sans peine ils établirent sa véritable identité et qu'elle était une multirécidiviste. La perquisition effectuée à son domicile permettra la saisie de la machine à écrire dont elle s'était servie pour dactylographier elle-même la lettre de crédit de la Chase Bank. Elle le reconnut. Le juge d'instruction Jean-Louis Beauguitte établit qu'elle avait précédemment tenté une autre escroquerie en remettant à un journaliste suisse de ses amis, Michel Dovaz, un autre chèque émis par Cabon, lui demandant de le déposer sur son compte et de l'encaisser, chèque qui fut rejeté.

Convoqué à Paris, Cabon, entrepreneur de travaux forestiers, déclarait que les chèques avaient été remis par lui à la dame Duffin chargée d'assurer le règlement d'un créancier. Il dit aussi que, faisant confiance à la dame Duffin, il lui avait prêté plusieurs fois une somme dépassant 1 million de francs.

Alves et Dovaz furent gardés à vue puis laissés libres. Quant à Laure Dissard, le juge d'instruction l'inculpa de tentative d'escroquerie et l'envoya le soir même au dépôt de la préfecture de police, à la disposition du procureur de la République. Le lendemain elle était incarcérée à la maison d'arrêt des femmes de Fleury-Mérogis, la plus grande prison d'Europe.

Il faut convenir que Laure Dissard avait perdu la main. Dans l'affaire Princip, elle avait manqué de maîtrise. L'usure de l'âge ? Sa lanterne magique, vieillie elle aussi à force d'avoir servi, ne projetait plus que des images brouillées. Être jeune était un luxe dont elle était à jamais dépouillée et les paroles qui sortaient de sa bouche avaient perdu les sonorités d'antan, comme si elle avait changé d'instrument et ne captivait plus l'oreille de ses interlocuteurs.

Elle restera en prison pendant deux ans et quatre mois. Ses dettes à l'égard du fisc continuaient à la poursuivre. Elle purgeait sa peine depuis deux ans quand un gendarme vint lui remettre le 20 juillet 1982 une notification de la trésorerie principale du septième arrondissement exigeant le paiement immédiat de ses arriérés. Elle répondit que, dès sa libération toute proche (elle sera libérée cinq mois après), elle se mettrait en rapport avec cette trésorerie, bien que du fait de son incarcération elle ne disposât d'aucun moyen d'existence et de solvabilité et vivait des subsides de ses enfants [15].

Extraite momentanément de sa cellule, elle affrontera un nouveau procès devant la 11e chambre correctionnelle. Ne renonçant pas à séduire, elle se présenta dans un tailleur bleu et coiffée d'un turban assorti, et prit une attitude pleine d'humilité. Encore une fois, elle fut interrogée sur son passé et elle entendit l'évocation des sinistres personnages qu'elle avait fréquentés pendant l'Occupation. Ce déballage mettait en évidence des faits jusqu'alors restés dans l'ombre et qui surgissaient de ce millefeuille judiciaire. C'est ainsi qu'on apprit que le château de Surville avait été placé sous séquestre dès 1955 par le Comité de confiscation des profits illicites. Ce gel n'avait pas empêché Laure, grâce à la complaisance de Chezleprêtre et de quelques autres, d'imaginer un échange de patrimoine entre ce château et l'hôtel particulier de Boulogne qu'elle avait fait acheter par un prête-nom. Une fraude d'autant plus crapuleuse que Surville avait été progressivement amputé de ses terres par un office du logement qui lotissait ce territoire historique. Bientôt, du château même, il ne resta rien. Naguère, questionnée par le capitaine Lequette à propos de l'achat de ce domaine, Laure avait répondu qu'elle l'avait acquis dans la perspective de le transformer en hôtel puisque, divorcée, elle était sans ressources.

Sur une période de vingt-trois ans, Laure Dissard avait été inculpée huit fois et incarcérée six. À sa sortie de prison en janvier 1983, elle atteignait sa soixante-dixième année. Elle fut hospitalisée au dire de son avocat, Me Doublet, qui ne précisa pas la durée. Elle n'avait plus de domicile fixe et vivait, d'après elle, dans le petit logement de Neuilly mis à sa disposition par son fils. En réalité, elle disposait d'autres points de chute par nécessité d'échapper au fisc contre lequel elle guerroyait et qui depuis trente-cinq ans l'assaillait de mises en demeure, de visites d'huissiers, de menaces de procès qui en eussent fait pâlir plus d'un et qu'elle écartait avec philosophie. Elle ne pouvait rien afficher qui puisse être considéré comme étant sa propriété.

Une escarmouche, peut-être la dernière, se produisit de façon inopinée. À la fin du mois d'octobre 1984, Laure circulait vers la province sur l'autoroute du Nord dans une grosse berline Peugeot dont le numéro devait être repéré et enregistré. Orlando Alves, propriétaire de la voiture, conduisait. Au péage, Laure fut l'objet d'un contrôle d'identité de la part de deux gendarmes. Ceux-ci l'ayant identifiée, grâce à leur réseau informatique, lui dirent qu'elle figurait sur une fiche du Trésor en tant que débitrice et que le ministère de l'Économie et des Finances demandait des renseignements sur sa solvabilité et ses moyens d'existence. En réponse, Laure déclara qu'elle était retraitée, vivait chez l'un de ses fils, qu'elle était divorcée et mère de cinq enfants. Elle reconnut que la fiche du Trésor s'appliquait bien à elle : « Je pense qu'il s'agit d'une dette contractée par mon ex-mari dont j'ai été rendue solidaire, M. Walter Kleinknecht. Le Trésor public m'a déjà saisi deux tableaux de valeur pour payer les dettes de mon ex-mari. Je pensais que désormais cette affaire était réglée. Mes enfants m'aident à vivre et me fournissent des rentes mensuelles. [...] J'ai élevé mes enfants seule et je n'ai jamais touché un centime de pension de la part de mon ex-mari. Je n'ai rien d'autre à vous déclarer* [16]. » Elle s'engagea à se mettre en rapport avec la direction de la comptabilité du Trésor public.

Cet incident achevé, elle évacua de ses pensées la dette dont la poursuivait le Trésor public. Elle ne cessait de nier une complicité quelconque avec Kleinknecht, insistant sur la fortune qu'il possédait avant la guerre et qui devait le laver de tout soupçon d'enrichissement illégal. La veuve Dissard et Walter Kleinknecht étaient décédés. C'est pourquoi, se présentant tantôt comme veuve Duffin ou veuve Kleinknecht, elle restait seule face aux exigences du fisc. Désormais « retraitée », elle ne pouvait qu'échafauder dans sa tête de mirifiques opérations et se contenter des éblouissements d'une imagination devenue inopérante.

La police la surveillait-elle ? Il ne le semble pas [17]. De ce côté-là, en dépit de tout, elle avait suscité une certaine

* Cf. annexe 10.

admiration. Son intelligence, son énergie, sa faculté de rebondissement, son obstination à se tailler une place dans un monde implacable ne pouvaient que captiver des fonctionnaires dont la « clientèle » se compose surtout du tout-venant. Les gros bonnets, les maîtres de la société leur échappaient dont la moralité ne valait guère mieux que celle de Laure, gens de pouvoir et d'argent, à l'abri d'une prétendue respectabilité, protégés par un arsenal juridique et des complicités jusqu'au sommet de l'État. Laure Dissard était l'envers de cette société, c'est-à-dire son miroir. Elle en était aussi le révélateur.

Disons encore qu'elle mourut à Paris en 1991, à l'âge de soixante-dix-sept ans, entourée des siens, simplement, comme une femme qui n'aurait jamais eu d'histoires. Est-ce ses yeux qui se fermèrent ou sa lanterne magique qui s'éteignit ?

ANNEXES

1.

Deux mois après le déclenchement de la Seconde Guerre mondiale, un premier rapport détaillé concernant le couple Kleinknecht est établi. Les antécédents de Laure sont exposés de la page 10, reproduite ici, à la page 24. Rapport du commissaire divisionnaire des RG Marc Bergé, 15 novembre 1939, n° 14557/15 752 3S, 38 pages.

K L E I N K N E C H T Walter

&

La Société FONDERIE & APPLICATION DES METAUX LEGERS

S O M M A I R E

gner que le passé de cet étranger nous est complètement inconnu et que la régularité de son activité financière n'a pu être déterminée.

Quoi qu'il en soit et nonobstant tout ce qui précède, la seule présence de Mme KLEINKNECHT au sein même de la société "Fonderie et Application des Métaux Légers", suffirait pour entraîner une prudente réserve en ce qui concerne le degré confiance que l'on doit accorder à KLEINKNECHT, et par voie de conséquence, à tous ceux qui l'entourent.

Mme KLEINKNECHT est en effet des plus suspectes.

DISSARD Laure, Clémentine, Eugénie, est née le 18 Avril 1914 à La Roche s/Yon (Vendée) de DISSARD Auguste, Marin, (marchand forain) et de BRIERE Laure, Eugénie, sans profession.

Avant son mariage, elle était connue sous le nom d'Amika MOORE, se disant artiste chorégraphique et de cinéma.

D'origine modeste, elle a eu au cours de sa vie des hauts et des bas qui paraissent pour le moins surprenant.

En 1933, elle habitait 26 Av. Martin, un luxueux appartement meublé, au loyer mensuel de 7.800 frs. Elle avait à son service 3 domestiques.

Pendant de nombreuses années, elle a été la maîtresse de RICOU Charley (Dit de RICOU Charley), individu des plus suspects dont il sera parlé plus loin.

Alors qu'elle demeurait 26, Av. Henri Martin, sa mère Mme Vve DISSARD, accompagnée de deux de ses oncles, s'est présentée à son domicile pour la conduire à St-Léger, près de Laval (Mayenne). De RICOU déposa plainte au Parquet de Laval contre Mme DISSARD mère pour séquestration. Il prétendait que

2.

Le château de Surville acquis par Laure Kleinknecht en novembre 1943.

Dominant la ville de Montereau, ce château, construit vers 1935, fut, paraît-il, le siège du quartier général de Napoléon pendant la campagne de France. Il appartenait depuis la Révolution à la famille de Monginot, puis de Quelen. Ruiné lors de la Seconde Guerre mondiale, il fut démoli après l'expropriation du domaine en 1957-1958.

MONTEREAU - Château de Surville. Vue prise du Parc L. Castera Edit.

MONTEREAU — Le Château de Surville

3.

Les « plans de table de la Gestapo ». À la demande et sous le contrôle de Kurt Maulaz, Laure Kleinknecht organisait à son domicile de Neuilly des repas où se mêlaient personnalités françaises et allemandes.

PLANS DE TABLE

MAULAZ
XXXXMEYER
SCHOPMEYER
CAESAR
Von COLBE
BENOIST-MECHIN

0

DRESCH
LEROY
SUSINI
HAUG
CHARMEIL
Mme LORAC
KIEFFER

0

DIETRIZ
BRENNER
GUNZEL
SCOPMEIER
MEISSEL
FARENHOLZ
KIEFFER
SCHMITZ

0

Mme WILM
Melle Von COLBE
Mme GUNZEL
Melle S.K.

0

Mr JALLOT
FIDON
BARRAGUE
DEAT
Marcel BERNARD
BOYER- VIDAL
POTIN
LAENNEC
PARI
GAUTRELET
de SAINTE-CROIX
FATH

0

DRESCH
LEROY
SUSINI
HAUG
CHARMEIL
Mme LORRC
KIEFFER

0

DEVILDERS Michel
de la GRANGE
HOFFENREICH

Von COLBE
Von COSSEL
Von KARMEINSKY

0

BICHELONNE
EMMANUELLI
LE BAIL

0

FIDON
DEAT
WILM

0

SCHMITZ
WILM
DEAT

0

DIEDERICH
MAULAZ
NEUHAUSE
WINTGEN
SCHOPMEYER

0

DIEDERICH
NEUHAUSE
WINTGEN
COGNACQ
BENOIST-MECHIN
DEAT
CHMITZ
WILM

0

SCHPMEYER
Melle Von COLBE
RISTOW
Mme WILM
WINTGEN
SEGUY et Mme
HAUG J.B.M.

0

COGNAC
BENOIST-MECHIN
DEAT
DILON
SCHMITT

0

NEUHAUSE
WINTGEN
DIEDERICH
COGNACQ

0

BICHELONNE
ENGELKE
BARRAGUE
EVREINOFF
LEMONNIER
FONSEQUE
RAU

HOFFENREICH
DEVILDER
Melle Von COLBE
BERTHAUX

0

MICHEL
STUDLER
de CALAN
LEPINTE
RIFFARD
de ROHAN CHABOT
LENCLUD
de la GRANGE
QUESNAY

0

FIDON
LEROY
EICH
VIETE
MICHEL
CHAUSSON

0

Général BINEAU
Dominique SORDET
LEGUEN
BONNARD
COGNACQ
CHATEAUBRIANT

0

VERGE
POMMEREAU
BEAUMGARTNER
de MONTALEMBERT
Mme de la BOUILLERIE

0

LEBAIL
POTIN
VERGÉ
BATAILLE
VIEILLARD
GAUTRELET
NEGRE
Frère de MARIETTE

0

LEROY
JALLOT
DRU
GUNZEL
SCOPPMEIER
LOISEAU ROUSSEAU
MICHEL
Jeanne BURAT
LEFEUVRE
KOENNECKE
Melle Von COLBE
le comte de H.S.

Mme MANDEL

0

SCHMITZ
SIMON
LEFEUVRE
JALLOT
WINTGEN
REMY
HAUG
MAULAZ
DROUANT
BASSONVILLE
FOUMENT
KURTZ
Dr THIEFFRIN

0

C. KARMAINSKY
Major MEISSEL
DIEDERICHS
SCHOPPMEYER
GUNZEL
Melle SCHMITT
M.STARCK
BIEDENWEG

0

KIEFFER
HAUG
DIEDERICHS
LOMBARD
BENOIST-MECHIN
KATE
HENFSTAENGEL
HALSWICK

0

Mme LOMBARD
WILM
ROEMER
Von COLBE
FIDON
M.L.ROBERT
Mme VIDAL
Mme K.
LAENNEC
EL AID

0

Melle EL AID
LISBETH
Von COLBE
BERNARD
LOMBARD

FARENHOLZ
MARTEINSTEIN I
FISCHER I
KOENNECKE I
HENOLR I
SO AND SO I

0 I

Melle EL AID I
Melle LISBETH I
Melle Von COLBE
Major KLEINKNECHT I
Mme BERNARD I
Mme LOMBARD
Mr CHAMOUX I
I

0 I

Mr SCHMITZ I
MARTENSTEIN
MESSEL I
VIDAL
FIDON I
L. ROBERT I
HEURER
STOLL I
KIEFFER I
AUGH I
WINGTEN

0 I
Melle EL AID I
Melle LISBETH
Melle Von COLBE I
W.KLEINKNECHT I
Melle BERNARD
Mme LOMBARD I

0

FILON I
DEAT i
KLEINKNECHT I
WILM 0 I
FILON I
SCHMITZ I
WILM I
DEAT 0 I
LEIST I
SCHOPPMEYER I
VON COLBE I
RISTOW I
WILM I
KLEINKNECHT I
WINTGEN I
SEGUY et Mme I
HAUG I
I
I

DIEDERICHS
MAULATZ
NEUHAUSE
WINTGEN
SCHOPPMEYER
COGNACQ
BENOIST-MECH.
0
DEAT
SCHMITZ
DEAT Mme
WILM
0
LEIST
SCOPPMEIER
VON COLBE
RISTOW
WILM
WINTGEN
SEGUY

FARENHOLZ
CHASSAGNE
BONNEFOUS
88888888

BENOIST-MECHIN - Ministre
DEAT Marcel - "
BONNARD Abel - "
BICHELONNE - "
LAVAL Pierre - Ier Ministre (I)

SADZIK Günther - Hauptsturmführer SS - KDS IV E I
MAULAZ (TZ) Kurt - Chef section III du BDS -Commandant SS
KIEFFER Hans - Sturmbannführer SS (Commandant), chef de la section IV-E -BDS 84, Av. Foch et du IV-2/3
HAUCK Karl - H'Scharf. SS (Enquêtes particulières)/B.D.S.
HERDT Dr. Hermann - ObersturmBannführer SS - K.B.S.
KURTZ Rudolph - KDS IV St.Ban.F;
SCHOPPMEIER _ Oberst.B.führer SS - BDS - III -
VENTER Kurt - KDS - T. Sturmbannführer
GUTEKUNST Emil - Major AST IL
DIEDERICHS - Ingénieur supérieur d'Aviation - Adjoint du général HANESSE, représ. de Goering.
MACKERT Alice, alias " LINSER " Antoinette - Secrétqire de MAU LAZ
KURTZ Adolph - KDS IV E 5
FUHRMANS - Majestic - Service économique
GEIER Ellen - SIPO-SD Paris
SCHROEDER Richard - BDS Paris
Von COSSEL - Attaché Militaire Ambassade
VOGEL - Inspecteur d'Aviation, Commandant de la Luftwaffe Amant de Florence GOULD, née LACAZE(I.7.95 San Francisco)
Von BENTHEIM - Président des Industries Aéronautiques du Reich.
ENGELKE Fritz, Sturmbannführer, Chef du Bureau d'Achat des SS
MICHEL Dr. - Chef des services Economiques du Reich en France (Majestic)
MICHEL Etienne - Chef adjt de Cabinet de Bichelonne
HANFSTAENGEL Erna - (Célèbre Maison d'Edition de Munich)
Agent occasionnel de l'AMT VI du R.S.H.A.(Schellenberg)
GUTMANN - Représentant du groupe GOERING
SCHELLENBERG Walter - Gruppenführer, chef de l'Amt VI du RSHA
KREUTZ, comte de 6 - Section III de l'Abwehr - Commandant -
LAENNEC - Mèdecin de L.D.
CAESAR - Reichsbankdirektor - Commissaire allemand pour les banques françaises sous ~~séquestre~~ contrôle
DUFFIN Mathias - II/2/05 (tantôt à Juarez - Mexique , tantôt à Mexico) Danseur aux Folies Bergères en I929 - Officier américain en I944-

4.

Extraits des interrogatoires de Karl Oberg et Helmut Knochen portant sur Laure Dissard après la guerre quand ils étaient incarcérés à la prison du Cherche-Midi dans l'attente de leurs procès.

9B

COUR DE JUSTICE

Dossier DISSARD Laure divorcée KLEINKNECHT

Extraits de documents au dossier (suite)

/ - Déposition du 19/12/1947 du Docteur KNOCHEN, ex-chef des services de Sûreté (S.I.P.O.) et de Sécurité (S.D.) allemands en France.

....

Pour nos services et surtout pour MAULAZ, Mme KLEINKNECHT s'identifie avec BICHELONNE. C'était en somme l'intermédiaire et le relai qui nous permettait de connaître l'opinion des différentes personnalités françaises fréquentant Mme KLEINKNECHT et leurs projets et de leur faire connaître les nôtres par le même canal. L'influence exercée était donc à double sens et réalisait un commerce parfait.

D'autre part, le fait que Mme KLEINKNECHT traitait directement des affaires avec ENGELKE et le général MICHEL obligeait MAULAZ de travailler étroitement avec elle afin d'être parfaitement informé et de lui prêter assistance en cas de besoin. En retour, lorsque ENGELKE recevait de Berlin des ordres d'achat comme par exemple pour des chaussures ou des textiles, il en parlait à MAULAZ après avoir informé OBERG et tenait au courant Mme KLEINKNECHT, dans le cas ou nous avions besoin du concours de BICHELONNE. Ainsi, à la demande de ENGELKE et surtout de MAULAZ Mme KLEINKNECHT influençait favorablement M. BICHELONNE qui nous donnait satisfaction. Si je me souviens bien, ceci a été le cas notamment pour une affaire de chaussures.

....

- Déposition du 5/3/1948 du général OBERG, ex-Hocherer S.S. und Polizei führer en France.

....

Quand ENGELKE voulait obtenir quelque chose de BICHELONNE, il le demandait à Mme KLEINKNECHT qui influençait le ministre français.......

Je me souviens que ENGELKE a obtenu par l'intervention de Mme KLEINKNECHT sur BICHELONNE un bon de 100.000 ou 200.000 paires de chaussures. Ce que je suis sûr c'est que Mme KLEINKNECHT a obtenu ce bon pour une quantité importante.........

[- Déposition du 27/7/1949 du Docteur HOFFENREICH, ex-juge au Tribunal Militaire allemand du "Gross Paris"

....

M. KLEINKNECHT Walter, mari de la précitée, achetait des métaux pour le compte de la Wehrmacht. Je l'ai toujours vu en civil.........

5.

Première page d'une lettre du commissaire Marc Bergé quatre jours après l'arrestation de Laure Dissard, le 18 mars 1948, inculpée d'intelligences avec l'ennemi par le tribunal permanent des forces armées et écrouée à la prison de Fresnes, lettre adressée au directeur des contributions directes en vue d'une répression fiscale.

- HJ/RD/4-

MINISTÈRE
DE L'INTÉRIEUR

DIRECTION GÉNÉRALE
DE LA SURETÉ NATIONALE

DIRECTION
des
RENSEIGNEMENTS GENERAUX
-:-:-:-:-

SN/RG/2°S. N° - 582

RÉPUBLIQUE FRANÇAISE

1

PARIS, le 22 MARS 1948

URGENT

Le COMMISSAIRE DIVISIONNAIRE BERGE Marc
de la Direction des Renseignements Généraux

à

Monsieur le DIRECTEUR des CONTRIBUTIONS DIRECTES
Chef du Secrétariat Central des Comités de
Confiscation des Profits illicites de la Seine.

à PARIS

OBJET : - a/s. de Madame DISSARD Laure, divorcée KLEINKNECHT Walter - demeurant 45 Avenue Montaigne à PARIS

J'ai l'honneur de vous faire connaître, comme suite à mes précédentes dépêches, que l'enquête diligentée sur Madame DISSARD a amené son arrestation le jeudi 18 Mars 1948. Inculpée d'Intelligences avec l'ennemi, elle a été placée sous mandat de dépôt à Fresnes par le Capitaine LEQUETTE, Juge d'Instruction au Tribunal Militaire Permanent de PARIS.

D'une volumineuse procédure établie, il résulte que Madame DISSARD, en dehors de son activité au sein de la Gestapo et de l'Abwehr a été durant l'occupation, l'un des plus importants agents de l'Espionnage économique allemand.

Représentante de l'Industrie Lourde allemande en France et notamment du "Groupe GOERING" elle s'est activement employée à faire passer les entreprises françaises sous le contrôle du Reich et à obtenir des prises

/...

6.

Certificat du docteur Pierre Aboulker du 1er mars 1947 établi deux ans et demi après l'internement de Laure dans le *Gasthaus*.

Paris, le I° Mars 1947

Docteur Pierre ABOULKER
chirurgien des hôpitaux
I5 Bl. de la Tour Maubourg
INValides 49-50

Je soussigné, Docteur Pierre ABOULKER, chirurgien des hôpitaux, domicilié à PARIS, I5 boulevard de la Tour Maubourg, certifie avoie donné mes soins, en août 1944 à Madame DISSARD, demeurant à NEUILLY- dans les circonstances suivantes:

Le I5 août 1944, je fus appelé d'urgence à NEUILLY, au domicile de Mme DISSARD à qui j'avais donné mes soins un mois auparavant à l'occasion d'un accident.Je reconnus à peine Mme DISSARD qui était étendue, dans le coma, extrêmement amaigrie et déhydratée, le regard éteint, les extrémités froides, la langue et les lèvres fuligineuses.

Je la menais d'urgence à la clinique Liautey, rue Liautey, où elle fut hospitalisée. Pendant une semaine, elle présenta un état grave avec hypothermie, chute considérable de la tension artérielle, pouls rapide et incomptable, inappétence, état d'inconscience à peu près complet où elle ne reconnait pas son entourage et délirait.

Après plusieurs jours de soins, son état s'améliora progressivement, Mme DISSARD retrouva la conscience, et pu me raconter les circonstances de son arrestation et de son incarcération. Elle ne pouvait alors soutenir une wonversation de plus de quelques minutes et était rapidement épuisée. Sa santé se rétablit très lentement.

Dans les mois qui suivirent, elle eut à plusieurs reprises de graves atteintes de santé qui réclamèrent des transfusions de sang et je puis affirmer qu'actuellement, Mme DISSARD, n'a pas encore recouvré la santé dont elle jouissait avant son incarcération.

signé: Dr. P. ABOULKER.

Copie certifiée conforme à l'original.
Paris, le 20 novembre 1947
Le Commissaire de Police
[signature]

SURETÉ ... DIRECTION ... JUDICIAIRE

7.

Lettre du docteur Poupeault, 10 septembre 1945, patronnant l'adhésion de Laure Dissard à la Fédération nationale des déportés et internés de la Résistance.

COPIE

PARIS, le IO Septembre

Chère Madame,

Je serai très heureux de présenter votre demande d'admission, à mes camarades de la F.N.D.I.R. je sais combien pendant l'occupation, vous vous êtes dépensé en faveur de tous nos amis arrêtés, et je sais aussi que dan de nombreux cas vous avez pu réussir à les tirer de prison. Je sais...que mes camarades seront heureux de vous compter parmi eux. C'est d'ailleurs votre droit car, hélas! vous aussi, avez eu à subir les agréables traitements de la Gestapo.

Croyez, Chère Madame, à l'assurance de mes sentiments les meilleurs.

Signé :POUPEAULT.

J. POUPEAULT

Chef du réseau BRUTUS-NORD

Mmebre du Bureau de la F.N.D.I.R.

Mme DISSARD

Copie certifiée conforme à l'original

Paris le 27 novembre 1947

Le Commissaire de Police

8.

Copie de la carte d'adhésion de Laure Dissard à la Fédération nationale des déportés et internés de la Résistance.

SL/Copies 2

- RECTO -

FEDERATION NATIONALE DES DEPORTES
ET INTERNES DE LA RESISTANCE
F
F.N.D.I.R.

51, R.de Boulainvilliers
Tél : JAS 10658

PARIS
(XVI°)
Tél.AUT.51-16

N° IF 2775

1947	1948
1949	1950
1951	1952

Cette carte strictement personnelle a été délivrée au Titulaire, après vérification de son activité de Résistant et de son attitude durant sa captivité, la présente carte donne droit au port de l'insigne F.N.D.I.R.

ASSOCIATION NATIONALE DES DEPORTES
ET INTERNES DE LA RESISTANCE
A.N.D.I.R.

Association déclarée à la Préfecture
de Police sous le N°7550
Section 16° arrdt.
Le Secrétaire
Départemental :
S. RENAUD

NOM et Prénoms : DISSARD Laurette

Né le 18 Avril 1914

à LA ROCHE S/YON (Vendée)

Profession SANS.

Domicile 10 Villa Guilbert PARIS

Qualité INTERNEE

23/4/46

Le Secrétaire général
Illisible

Le Titulaire

DISSARD

- VERSO -

FEDERATION NATIONALE DES DEPORTES ET INTERNES DE LA RESISTANCE
Association régie par la loi du 1°Juillet 1901

ORGANISME DE RESISTANCE
auquel à appartenu le Titulaire : ....

Pseudonyme : ....

INTERNEMENT

Entrées	Sorties	Lieux
17.7.44	16/8/44	R.des Saussaies et Av.Foch

DEPORTATION

Arrivees	Departs	Lieux

MATRICULE

9.

Certificat du 4 octobre 1944 de la Direction générale des services spéciaux (DGER) conférant à Laure Dissard une sorte d'immunité peu après sa sortie du camp de Drancy.

SL/ Copies 2

Enregistrement I64I
Entrée le 7/I0/44

GOUVERNEMENT PROVISOIRE
DE LA REPUBLIQUE FRANCAISE

Direction Générale des (D.G.E.R)
Services Spéciaux

Direction Technique
du B.S.M.

55 Bld Lannes

PARIS XVI°

Le Directeur Général des Services Spéciaux

certifie que Madame DISSARD

est connue de ses services et prie en conséquence tout membre des forces françaises de l'intérieur de lui porter aide et assistance en cas de besoin.

Pour le Directeur Général
des Services Spéciaux et par Ordre

à PARIS le 4 Octobre I944
l'Officier de Sécurité Militaire

Signé : ILLISIBLE

Valable jusqu'au I5 Novembre I944 à minuit
Strictement personnelle

Copie certifiée conforme à l'original.
Paris, le 27 novembre 1947
Le Commissaire de Police

SURETE NATIONALE – POLICE JUDICIAIRE

10.

19 octobre 1984, sur l'autoroute du Nord, dernière incursion de la police dans le passé de Laure Dissard, âgée de soixante-dix ans.

Pièce n° 16

GENDARMERIE NATIONALE

ESCADRON D'AUTOROUTE DE ROYE

UNITÉ PELOTON D'AUTOROUTE DE SENLIS 60304

CODE UNITÉ 07769 — PROCÈS-VERBAL N° 3999 / 1984

PROCÈS-VERBAL

RENSEIGNEMENTS ADMINISTRATIFS

MINISTÈRE DE L'ÉCONOMIE ET DES FINANCES COMPTABILITÉ PUBLIQUE — 2 NOV. 1984 — N°

CADRE RÉSERVÉ DESTINATAIRE 1

N° PIÈCE 01 — N° FEUILLET 01

NATURE PRÉCISE DES FAITS - RÉFÉRENCE

Renseignements administratifs suite à mise à exécution d'une fiche Trésor.

NOUS SOUSSIGNÉ(S) LEGRAND, Christian, Gendarme, Agent de Police Judiciaire
MOINE, Andrè, Gendarme, Agent de Police Judiciaire

VU L'(ES) ARTICLE(S) .... 20 ET 75 .... du code de Procédure Pénale,

RAPPORTONS LES OPÉRATIONS SUIVANTES QUE NOUS AVONS EFFECTUÉES, AGISSANT EN UNIFORME ET CONFORMÉMENT AUX ORDRES DE NOS CHEFS

DATE HEURE

CE JOUR Dix neuf octobre mil neuf cent quatre vingt quatre à quinze heures vingt en service de Police sur l'autoroute du Nord A.1, en gare de péage de CHAMANT (Oise) sens PROVINCE - PARIS procédons au contrôle d'identité de DISSARD, Laure, née le 18 Avril 1914 à LA ROCHE SUR YON (85), demeurant 56 boulevard de Maillot à NEUILLY SUR SEINE (92).

Identifiée auprès du réseau saphir de l'escadron de gendarmerie d'autoroute de ROYE (80), DISSARD, Laure fait l'objet d'une fiche Trésor N° G7804911 dossier N° DC695346, débiteur envers le Trésor poste comptable trésorerie principale de PARIS 7° Direction de la comptabilité publique bureau C2.

Suite service demandeur 93 rue de Rivoli à PARIS 75001, nous interpellons DISSARD, Laure afin de receuillir les renseignements demandés quant à sa solvabilité ses moyens d'existance.

A cet effet, nous Gendarme MOINE, Andrè entendons à 15 heures 31 :

D I S S A R D, Laure, 70 ans, retraitée, demeurant 56 boulevard Maillot à NEUILLY SUR SEINE (92), née le 18.04.1914 à LA ROCHE SUR YON (85), fille de feu Auguste et de feue BRIERE, Laure, divorcée, 5 enfants, de nationalité française, qui nous déclare à 15 heures 35 :

"""""""""""Je circule ce jour à bord du véhicule de tourisme de marque PEUGEOT 604 immatriculé 2368 JL 92 conduit et appartenant à monsieur ALVES, Orlando Ferreira, demeurant 125 rue Victor Hugo à LEVALLOIS PERRET (92). La fiche Trésor N° G7804911 dossier N° DC 695346 dont vous me portez connaissance s'applique bien à moi. Je pense qu'il s'agit d'une dette contractée par mon ex-mari (décédé à ce jour) dont j'ai été rendue solidaire, monsieur Walter KLEINKNECHT. Le trésor public m'a déjà saisi 2 tableaux de valeur pour payer les dettes de monex-mari. Je pensais que désormais cette affaire était réglée. Mes enfants m'aident à vivre et me fournissent des rentes mensuelles. Je m'engage à me mettre en rapport avec les services de la direction de la comptabilité publique bureau C2 93 rue de Rivoli à PARIS 75001, référence Trésor Public PARIS 7em arrondissement ceci dans les plus brefs délais. J'ai élévé mes enfants seules et je n'ai jamais touché un centime de pension de la part de mon ex-mari. Je n'ai rien d'autre à vous déclarer. """""""""""""""""""""""""""""""""""""""

Le 19 octobre 1984 à 15 heures 46 :
Lecture faite par moi de la déclaration ci-dessus, j'y persiste, n'ai rien à y changer, à y ajouter ou à y retrancher.

La personne entendue : — l'A.P.J.

A signé au carnet de déclarations.

DESTINATAIRES — INDEXATION ET NOMBRE D'EXEMPLAIRES

- [ ] 2 Monsieur le Procureur de la République à SENLIS
- [ ] 1 Fichier Central de la POLICE NATIONALE à PARIS
- [x] 1 Direction de la Comptabilité Publique à PARIS.
- [ ] 1 AUX ARCHIVES

transmises au CDT d'Escadron

DATE DE CLOTURE — LE 26 octobre 1984

SIGNATURE(S)

VU ET TRANSMIS LE COMMANDANT — Adjudant-Chef TELLIER Commandant le Peloton d'Autoroute de SENLIS — GENDARMERIE NATIONALE

SIGNATURE ET CACHET

11.

Acte de naissance de Laure Dissard en bas duquel, à gauche, son décès est enregistré.

N° 110. **NAISSANCE** de Laure Clémentine Eugénie Dissard. (H.)

adopté par la Nation, suivant jugement du tribunal Civil de la Seine en date du vingt-quatre mars mil neuf cent vingt.
L'officier de l'État-Civil
[illegible]

Mariée à Paris [illegible] le vingt-six mars mil neuf cent trente-huit, avec Walter Wilhelm Klemknecht, le cinq avril mil neuf cent trente-huit.
L'officier de l'état civil
[illegible]

Mariage dissous par jugement de divorce rendu le trente juin mil neuf cent quarante-cinq, par le tribunal Civil de la Seine et transcrit le dix huit Octobre mil neuf cent quarante cinq et deux Novembre mil neuf cent quarante-cinq.
L'Officier de l'État Civil

– Décédée à PARIS 15ème le 14 août 1991 –
le 26 Août 1991, l'officier de l'état civil délégué

Le Dix-huit Avril mil neuf cent quatorze, trois heures du matin, est née, à l'Hôpital départemental, Rue de Nantes Laure Clémentine Eugénie, du sexe féminin de Marius Auguste Dissard, trente trois ans, marchand forain et de Laure Eugénie Brière, vingt neuf ans, sans profession, son épouse domiciliés à Paris, 18 Rue du Plateau.

Dressé par Nous, le Dix-huit Avril mil neuf cent quatorze quatre heures du soir, sur présentation de l'enfant et déclaration faite, par le père ans
demeurant

En présence de Véronique Dupont, Infirmière à l'hôpital demeurant à la Roche sur Yon et de Albert Chiron, employé, demeurant à la Roche sur Yon qui, lecture faite, ont signé avec le déclarant et Nous, Benjamin Guillet, Chevalier de la Légion d'Honneur, premier adjoint au maire de la Roche sur Yon, Officier de l'État Civil par délégation.

Dupont   Dissard   Chiron   Guillet

Notes

Dans les notes qui suivent, deux sources sont indiquées par des initiales :

Archives de la Justice militaire = JM.

Archives nationales = AN.

Les archives de la Justice militaire regroupent les importants dossiers instruits dans le cadre de l'inculpation de Laure Dissard pour intelligences avec l'ennemi, consultés par dérogation du ministre de la Défense nationale.

Les documents consultés aux Archives nationales par dérogation du ministère de l'Intérieur comportent les dossiers suivants :

– Dossier relatif à Laure Dissard : n° 19850675 article 11.

– Dossier de Laure Dissard 1969-1979 : n° A1158563.

– Dossier de Mathias Duffin 1946-1960 : n° A 672680.

À ces dossiers s'ajoutent de nombreux documents collectés au cours de nos recherches dont nous indiquons les sources de manière explicite.

1. Une armure en satin

1. JM. Audition de Marthe Sauvage, 17 décembre 1947.

2. *Ibid.*

3. JM. Audition de Charles Ricou, 22 décembre 1947.

4. JM. Rapport des Renseignements généraux, n° 14557/15735 3 S, 15 novembre 1939. Voir annexe 1.

5. JM. Direction des Renseignements généraux, SN RG 2e S, n° 2705, 17 novembre 1944.
6. Cf. ci-dessus, n. 4.
7. JM. Audition de Jeanne Molla, 6 novembre 1947.
8. Cf. ci-dessus, n. 3.
9. Cf. ci-dessus, n. 4.
10. JM. Premier interrogatoire de Laure Dissard par le capitaine Lequette, juge d'instruction militaire, 5 mai 1948.

2. Les recettes de la fortune

1. Cf. ci-dessus, chap. 1, n. 4.
2. JM. Rapport d'ensemble CR, 30 juillet 1951, 886/III.
3. JM. Premier Interrogatoire de Laure Dissard par le capitaine Lequette, 5 mai 1948.
4. JM. Audition d'Édouard Caradec, expert financier, 16 mars 1948. Même cote pour le paragraphe suivant.
5. Cf. ci-dessus, chap. 1, n. 4.
6. *Ibid.*
7. *Ibid.*
8. *Ibid.*
9. JM. Cotes 63 à 79/A/III.
10. Cf. ci-dessus, n. 4.
11. JM. Audition de René Pare, ingénieur, non daté.
12. Cf. ci-dessus, chap. 1, n. 4.
13. Cf. ci-dessus, n. 9.
14. *Ibid.*
15. *Ibid.*
16. Cf. ci-dessus, n. 9.
17. Direction des Renseignements généraux, SN RG 2e S, n° 2705, 17 novembre 1944.
18. Cf. ci-dessus, n. 9.
19. *Ibid.*
20. JM. Note du ministère de l'Air, 2 mars 1940.
21. *Ibid.*, 14 mars 1940.
22. JM. Audition de Jean Furstenberg, 19 septembre 1947.
23. JM. Audition de Germaine Véry, 25 septembre 1947.
24. *Ibid.*

3. Aperçu d'un monde nouveau

1. Appel du maréchal Pétain, 17 juin 1940, dans *Discours aux Français*, texte établi par J.-C. Barbas, Albin Michel, 1989.
2. JM. Audition de Pierre Pettinati, 25 septembre 1947.
3. JM. Audition de Germaine Véry, 25 septembre 1947. Audition de Pierre Pettinati, 25 septembre 1947. Procès-verbal de confrontation, 20 avril 1948.
4. JM. Procès-verbal de confrontation, 20 avril 1948.
5. JM. Rapport de gendarmerie, 21 juin 1948.
6. JM. Audition de Jeanne Laforgue, 19 septembre 1947.
7. JM. Audition de Germaine Véry, 25 septembre 1947 (p. 8 et 9).
8. JM. Audition de Marie Werner, femme de chambre de Laure Dissard, 30 septembre 1947.
9. JM. Audition de Mme Jean Potin, 13 décembre 1947.
10. Ces qualificatifs basés sur des témoignages sont cités dans plusieurs rapports des Renseignements généraux signés par le commissaire divisionnaire Marc Bergé.

4. Changement de camp, changement de cap

1. JM. Audition de René Lévy, 2 mars 1949.
2. JM. Audition de Jeanne Laforgue, 19 septembre 1947.
3. JM. Audition d'Étienne Michel, 26 novembre 1947.
4. Guy Sabin, *Jean Bichelonne 1940-1944*, éditions France-Empire, 1991. Ouvrage apologétique.
5. Joseph Barthélemy, ministre de la Justice de Vichy, janvier 1941 à mars 1943, *Mémoires*, éditions Pygmalion, 1989.
6. *Délégation française auprès de la commission allemande d'armistice*, Imprimerie nationale, 1947, t. I, p. 134, 19 août 1940.
7. JM. Audition de Léa Mendel, 9 mars 1948.
8. JM. Audition de Gaston Lefeuvre, 8 mai 1948.
9. JM. PV 32/43, cote 105/32/37.

5. La fortune est lente, mais la fortune est là

1. JM. Audition de Jeanne Laforgue, 19 septembre 1947.
2. *Ibid.*
3. *Ibid.*
4. Marcel Déat, *Mémoires politiques*, éditions Denoël, 1989.
5. JM. Audition de Jean-Dominique Leca, sous-directeur retraité de la préfecture de police, 30 décembre 1948, et direction des Renseignements généraux, rapport du commissaire divisionnaire Marc Bergé, SN RG 2e S, no 2070, 9 novembre 1948.
6. Cf. ci-dessus, n. 1.
7. *Ibid.*
8. JM. Audition de Marcel Susini, 27 septembre 1948.
9. JM. Déclaration de Kurt Blanke, 29 mai 1948.
10. Audition de François Lehideux, ex-secrétaire d'État à la Production industrielle du gouvernement de Vichy, 9 mars 1946, et déclaration de Kurt Blanke, 29 mai 1948.
11. JM. Déclaration de Kurt Blanke, 29 mai 1948.
12. Commandant militaire allemand en France (MBF), 13 décembre, No IV E 3706, procès-verbal de l'interrogatoire de Paul Collette par le *Kriminal Kommissär* Karl Boemelbourg.
13. JM. Audition de Jeanne Laforgue, 19 septembre 1947.
14. JM. Audition de Joseph Tulasne devant le tribunal militaire (capitaine Lequette), 14 juin 1948.
15. JM. Enquête de l'inspecteur L. Lafarge, 4323/2835, 1er août 1941.
16. Cf. ci-dessus, n. 14.
17. Cf. ci-dessus, n. 14 et procès-verbal de l'interrogatoire de Laure Dissard par le capitaine Lequette, cote 95/III, 15 avril 1948.

6. Ciel d'orage

1. *Dommages subis par la France et l'Union française (1939-1945) Part imputable à l'Allemagne*, Imprimerie nationale, 1950, p. 43.
2. JM. Renseignements généraux basés à Vichy, no 7597/2 Pol. Rens., 9 octobre 1941.

3. JM. Audition de Tatiana Evreinoff, secrétaire de W. Kleinknecht, 27 mai 1948 et 20 septembre 1948.

4. JM. Renseignements généraux, rapport du commissaire divisionnaire Marc Bergé, 17 novembre 1948.

5. JM. Lettre de Marcel Guénot à Laure Kleinknecht, 19 novembre 1941.

6. JM. Audition de Jeanne Laforgue, 19 septembre 1947.

7. JM. Lettres de Mme René Lévy à Gérard Bardet, 3 septembre 1942, cotes 45 à 62/A/III.

7. La belle vie

1. JM. Lettre du 7 août 1948 de W. Kleinknecht au chef de la brigade de surveillance de Berlin, zone soviétique.

2. JM. Gouvernement français du Grand Berlin, auditions de Wilhelm Merker, 20 juillet et 20 août 1949, et Snaïda Merker, 26 juillet 1949.

3. JM. Audition de Snaïda Merker, 26 juillet 1949, n° 11911.

4. JM. Interrogatoire de Laure Dissard, 31 août 1948.

5. JM. Audition d'Armand Binet, expert et administrateur de séquestre, 8 octobre 1948.

6. Direction des Renseignements généraux, n° 2021, 13 août 1948.

7. JM. Auditions de Marguerite Béringer, 24 mars 1949 ; Odile Scherer, 26 mars 1949 ; Marie-Rose Holvedtz, 9 avril 1949. Toutes trois étaient employées par Kieffer.

8. JM. Déclaration faite par Kurt Maulaz à Bienne (Suisse), 28 juin 1948, cote 761/III.

9. *Ibid.*

10. JM. Interrogatoire de Helmut Knochen à la prison du Cherche-Midi, 19 décembre 1947, PV 32/26.

11. JM. Audition de Raymonde Bichelonne, 19 mai 1948.

12. Communication d'Henri Jeanjean à l'auteur.

13. JM. Audition de Friedrich Engelke dans la zone d'occupation britannique, 27 mai 1948.

14. JM. Audition d'Hélène Marcillac, née Sienkiewicz, 16 décembre 1947.

15. JM. Interrogatoire de Karl Oberg à la prison du Cherche-Midi, 5 mars 1948.

16. JM. Audition de Lucie Pradin, sans date.
17. JM. Interrogatoire de Laure Dissard, 1948, et audition d'Étienne Michel, PV 32/16, cote 149.
18. Direction générale de la Sûreté nationale, rapport de Rolf Diedrichs sur ses relations avec Laure Kleinknecht, n° 2490-21, octobre 1948.
19. JM. Audition de Tatiana Evreinoff, 451/III, 29 juin 1948.
20. JM. Interrogatoire de Jacques Benoist-Méchin, cote 32/71, 8 avril 1948.
21. Gouvernement militaire de la zone française d'occupation, audition d'Alfred Hartmann, 14 octobre 1948. Jointe au dossier une note de 6 pages sur l'organisation du commando et de son action.
22. JM. Dossier d'instruction de Laure Dissard, scellés des papiers saisis à son domicile 45 avenue Montaigne, carte de visite de Caesar.
23. JM. Déclaration de Roland Nosek, officier SS chargé notamment de la surveillance des partis politiques et des milieux diplomatiques français. (Il employait la comtesse Seckendorf), cote 701 III, 29 novembre 1948.
24. JM. Audition de Marcel Riffard, 32/112, 14 mai 1948.
25. JM. Auditions de René Lemaire, 32/113, 15 mai 1948, et de Pierre Cosmi, 32/114, 18 mai 1948.
26. JM. Interrogatoire de Laure Dissard, 23 juin 1948.
27. JM. Interrogatoire de Sadzik, détenu à la prison du Cherche-Midi, 9 septembre 1948. D'après lui, son chef Kieffer lui aurait conseillé se méfier de Laure Kleinknecht.
28. JM. Interrogatoire de Knochen, 504/III, 6 juillet 1948.
29. JM. Audition de Jeanne Fidon, 3 février 1948.
30. Sixième Comité de confiscation des profits illicites de la Seine, citation n° 1 492-IV, 6 juin 1953.
31. JM. Interrogatoire de Laure Dissard, 30 juin 1948.
32. JM. Audition de Pierre Blondelle, 7 mai 1948.
33. Cf ci-dessus, n. 18.
34. *Idem.*

8. La mission d'Erna Hanfstaengl

1. JM. Cote 730/III, 29 juillet 1944.
2. Cf. ci-dessus, chap. 7, n. 1.

3. JM. Interrogatoire de Laure Dissard, 383/III, 12 mai 1948.

4. JM. Interrogatoire de Jacques Benoist-Méchin, 32/71, 28 avril 1948, pendant qu'il purgeait sa condamnation aux travaux forcés à perpétuité pour crime de trahison. Il sera libéré en 1954.

5. JM. Lettre du 16 mars 1944, scellés des papiers saisis au domicile de Laure Dissard.

6. JM. Audition de F. Engelke, 32/120, 29 mai 1948.

7. JM. Interrogatoire de Laure Dissard, 460/III, 30 juin 1948.

8. JM. Auditions de Marie Vieillard, 32/119, 24 février 1948, et de Rolf Diedrichs, cf. ci-dessus, chap. 7, n. 18.

9. JM. Audition d'Erna Hanfstaengl, 32/38, cote 95.

10. Cf. ci-dessus, n. 6, cote 228.

11. JM. Audition de Mme Vicarie née Merz de nationalité allemande, française par son mariage, 677/III, 1er octobre 1946.

12. JM. Rapport d'ensemble CR du 30 juillet 1951, cote 866/III.

13. JM. Audition de Marie Vieillard, cf. ci-dessus, n. 8.

14. JM. Lettre d'Erna Hanfstaengl, 17 juin 1944.

15. Cf. ci-dessus, n. 12.

16. JM. Interrogatoire de Walter Schellenberg, PV 32/40, cotes 98-99. Même cote concernant les propos de Schellenberg.

17. JM. Interrogatoire de Karl Oberg, PV 32/47, cote 113, et interrogatoire d'Helmut Knochen, PV 32/26, cote 75.

18. JM. Dossier instruction du procès d'Otto Abetz.

19. JM. Friedrich Sieburg, *Dieu est-il Français ?*, éditions Bernard Grasset, 1942.

9. Fin du conte de fées

1. JM. Jugement de divorce des époux Kleinknecht, 20 juillet 1944, scellés 80/81 III, cote 80.

2. JM. Déclaration de Kurt Maulaz, cf. ci-dessus, chap. 7, n. 8.

3. JM. Audition de Marie-Thérèse Blumlein, 20/7, 4 septembre 1948.

4. JM. Audition d'Élisabeth Rossi, née Sainte-Croix, 14 mars 1948.

5. Cf. ci-dessus, n. 2.

6. JM. Interrogatoire d'Helmut Knochen, 19 décembre 1947.

7. JM. Audition de Joséphine Cator, cote 710/III, 26 janvier 1949.

8. Cf. ci-dessus, n. 2.
9. JM. Renseignement généraux, 2e S, no 2244, 10 août 1949.
10. Cf. ci-dessus, n. 7.
11. *Ibid.*
12. Cf. ci-dessus, n. 2.
13. JM. Interrogatoire Karl Oberg, 5 mars 1948.
14. JM. Audition de Raymonde Bichelonne, 19 mai 1948.
15. JM. Audition de Roger Gaillochet, PV 32/116, cote 221-222.
16. JM. Audition de F. Engelke, 9 juin 1949.
17. JM. Rapport de Rolf Diedrichs, cf. ci-dessus, chap. 7, n. 18.
18. *Ibid.*

10. Une héroïne de la Résistance

1. JM. Audition de Mme Girling, 30 avril 1948.
2. JM. Audition Joséphine Cator, cf. ci-dessus, chap. 9, n. 7.
3. JM. Audition de Robert Pomiès, 6 novembre 1947.
4. JM. Audition de Georges Barret, 15 novembre 1947.
5. JM. Dossier du rapport Clavel, 30 août 1944.
6. JM. Audition d'Étienne Michel, 16 avril 1948.
7. JM. Préfecture de police, dossier Drancy, 31 août 1944.
8. *Ibid.*
9. JM. Dossier instruction de Laure Dissard.
10. *Ibid.*
11. JM. Rapport de la direction des Renseignements généraux, 2e S, no 906, au procureur de la République.
12. AN. Z6 48, instruction du procès de Jean Luchaire.
13. JM. Direction générale des études et recherches (DGER) signé André Dewavrin, 17 octobre 1945.
14. JM. Dossier d'instruction de Laure Dissard, note de la Sûreté générale, 15 septembre 1945.
15. JM. Lettre du docteur Poupeault à Laure Dissard, 10 septembre 1945. Voir annexe 7.
16. JM. Tribunal permanent des forces armées (TPFA), p. 54 à 56, cotes 97 à 100.
17. JM. Audition du docteur Poupeault entendu sous la foi du serment, 2 mars 1948.
18. Cf. ci-dessus, n 16.

19. JM. Lettre du secrétaire adjoint de la FNDIR. Île-de-France, cote 116, scellés 80 et 81/III.

11. Un escroc sentimental

1. Direction des services de police judiciaire, 3e section, note au sujet du nommé David Désiré alias Giraudon André, novembre 1948.
2. C.P. Lettres de David-Giraudon 11, 21, 24 avril 1945.
3. Jean Cocteau ; *Journal 1942-1945*, Gallimard, 1959.
4. Lettre de la BCE, 27 novembre 1945.
5. Lettre de Laure Dissard à la BCE, 8 décembre 1945.
6. Lettre de la BCE à Laure Dissard, 10 décembre 1945.
7. Lettre de Jacques Barrault, 11 décembre 1945.
8. Lettre recommandée de la BCE à Laure Dissard, 14 décembre 1945.
9. Comité de confiscation des profits illicites de la Seine, nº 1532 (17 pages), rapport complémentaire 6 juin 1953, citation adressée à Laure Dissard.
10. Direction des Renseignement généraux, RG 2e S, nº 2996, 22 octobre 1948.
11. JM. Audition de Mme Girling, 30 avril 1948.
12. Régularisation de la réquisition transformée en bail régulier accordant la jouissance du mobilier, 11 juillet 1946 et 7 janvier 1947.
13. *France-Soir*, 10 mai 1971.
14. JM. Lettre de Giraudon non datée, incluse dans les 197 documents saisi au domicile de Laure Dissard le 18 mars 1948.
15. JM. Audition de Pierre Blondelle, 7 mai 1948.
16. AN. Cabinet de G. Anthoine, commissaire de police, dossier 437-869, 21 février 1946.
17. JM. Enquête du gendarme Briois, 4 mars 1946, cote 9/III.
18. JM. Lettre non datée de Laure Dissard à « Cher Domimie », scellés 80 et 81.

12. Le costume du commissaire Valentin

1. AN. Dossier de carrière de Marc Bergé 1978-0645, article 50.

2. *Ibid.* Rapport de J. Bardon, inspecteur général adjoint de l'administration concernant Marc Bergé, septembre 1951 (91 pages).
3. *Ibid.*
4. *Ibid.*
5. *Ibid.*
6. JM. Audition de Marthe Sauvage, 2 avril 1946.
7. JM. Audition de Marthe Sauvage, 7 décembre 1947.
8. JM. Certificat du docteur Pierre Aboulker, 1er mars 1947. Voir annexe 6.
9. JM. Rapport du commissaire Georges Valentin, 6 et 7 mars 1947, cotes 62 et 63/III.
10. JM. Audition de Désiré David alias André Giraudon, 20 mars 1948. Comme le remarquait le commissaire divisionnaire Marc Bergé, un peu désabusé : « L'enquête tournait court. » Rapport du 3 mai 1948 au procureur de la République.
11. JM. Audition de Marcel Riffard, 5 mai 1948.
12. JM. Audition de Marcel Riffard, 6 mars 1948.
13. *Ibid.*
14. JM. Le directeur de la police générale, 25 juin 1948.
15. Rapport de la Chase Bank, 5 avril 1948.
16. JM. Papiers saisis au domicile de Laure Dissard, PV 32/59, cote 89, 18 mars 1948.
17. JM. Renseignements généraux, enquête 1948 et papiers saisis au domicile de Laure Dissard, 18 mars 1948, cotes 166 à 169.
18. Lettre de Giraudon à M. Borda, conseiller commercial de l'ambassade de Colombie, non datée.
19. Cf. ci-dessus, n. 15.
20. Lettre de Giraudon à Londono y Londono, 11 mars 1948.
21. Lettre de E. Cortès Gregory à Londono y Londono, 12 avril 1948.

13. Le trésor d'Otto

1. JM. PV du commissaire Seyvoz, 8 mars 1948.
2. Abbé Jean Popot, *J'étais aumônier à Fresnes*, Librairie académique Perrin, 1962.
3. Direction générale de la Sûreté nationale, PV no 193/2, 9 février 1949.

4. JM. Interrogatoire de Waldtraut Jacobson, 17 juin 1948.
5. *Ibid.*, 2 octobre 1948.
6. Tribunal militaire permanent de Paris, instruction par le capitaine Harlin.
7. Sûreté nationale, direction des Renseignement généraux, 15 janvier 1947.
8. Lettre de la direction des Renseignements généraux au procureur de la République, 3 mai 1948, n° 906 PV 32/62 et 32/63.
9. JM. Interrogatoire de David dit Giraudon, 20 mars 1948.
10. Procuration générale de Waldtraut Jacobson en faveur de Giraudon, 15 mai 1948.
11. Direction des Renseignements généraux, SN RG n° 2996, 22 octobre 1948, rapport du commissaire divisionnaire Marc Bergé.
12. JM. Interrogatoire de Laure Dissard, 5 mai 1948, et rapport d'ensemble CR, 30 juillet 1951.
13. Ministère des Finances, demande de renseignement, 1492/1495-VI, 19 décembre 1951. Réponse de Marianne Quéau, concierge.
14. *Ibid.*
15. Cf. ci-dessus, n 12.
16. JM. Interrogatoire de Laure Dissard, cote 261, 14 décembre 1944.
17. Quelques journaux parmi d'autres : *L'Aurore*, 9, 12, 15 avril 1948. *Le Matin*, 10, 12 avril 1948. *Combat*, 9, 15, 16 avril 1948. *Le Populaire*, 5 avril 1948. *L'Époque*, 9 avril 1948. *Le Monde*, deux articles en avril 1948.
18. *Carrefour*, 14 avril 1948, article de Géo London concernant Laure Dissard et André Giraudon. *France-Soir*, 12 avril 1948.
19. JM. Le chef de la délégation française du comité tripartite d'étude et de renseignement à Berlin, 5 août 1948.

14. Discorde en Helvétie

1. Direction des Renseignements généraux, 5e interrogatoire de H. Knochen, 6 janvier 1947.
2. JM. Document 87A II carton 4, p. 8 et ss.
3. JM. Audition de Mireille Saleman, 15 janvier 1949.
4. Lettre de Giraudon à Jaillet, 20 juin 1948.

5. Télégramme envoyé de Dijon par Giraudon à Jaillet, 21 juin 1948. Lettre adressée à Jaillet, 24 juin 1948, sur laquelle Giraudon avait inscrit en tête : « Référence à rappeler : 3567 » pour faire accroire à une activité professionnelle intense.

6. Rapport de Manuel Perret, commissaire spécial de police à Pontarlier, 15 juillet 1949. Le commissaire dressera trois procès-verbaux.

7. *Ibid.*

8. JM. Interrogatoire de Laure Dissard par le commandant Lequette, 29 juillet 1949.

9. JM. Interrogatoire de K. Oberg, 5 mars 1948.

10. JM. Interrogatoire de H. Knochen, 19 décembre 1947.

11. JM. Audition de Joséphine Cator, cote 710/III, 26 décembre 1949.

12. Déclaration de K. Maulaz faite en Suisse, 28 juin 1949.

13. Audition de F. Engelke en zone d'occupation britannique, 9 juin 1949.

14. Communication d'Henri Jeanjean à l'auteur.

15. JM. Déclaration de K. Blanke, 29 mai 1948.

16. Rapport de Rolf Diedrichs, cf. ci-dessus chap. 7, n. 18.

17. JM. Audition d'Erna Hanfstaengl, cf. ci-dessus, chap. 8, n. 9.

18. JM. Audition de Paul Hoffenreich, 27 juillet 1949.

19. *Ibid.*

20. JM. Lettres de Walter Kleinknecht à Marcel Leroy, 19 novembre et 31 décembre 1947, 13 février 1948. Concernant les rapports de Leroy avec les Kleinknecht, cf. ses auditions devant la justice militaire, 9 mars et 7 avril 1948 et 18 janvier 1949.

21. Direction des Renseignements généraux, 2e S, n° 2542. Lettre de Walter Kleinknecht, 7 août 1948.

22. Même source que note précédente. Lettre de Walter Kleinknecht, 31 décembre 1947.

23. JM. Expertise médicale du docteur Piédelièvre, 19 novembre 1949.

24. Direction générale de la Sûreté nationale au directeur du Comité de confiscation des profits illicites, 21 octobre 1948.

25. Direction des Renseignements généraux, 2e S, n° 2996, 20 octobre 1948.

26. Le juge d'instruction Jacques Batigne à Marseille au directeur des Renseignements généraux, 11 juin 1948.

27. Pièce jointe au dossier de David Désiré alias Giraudon André. Cabinet du juge Batigne, 11 juin 1948.

15. « Aller à Montpipeau »

1. Direction des Renseignements généraux, 2e S, n° 2058, 21 juillet 1949. Du commissaire divisionnaire Marc Bergé à M. Bonhoure, juge d'instruction.
2. Agence France-Presse : « Un faux baron et son complice », 23 avril 1951.
3. Renseignements généraux, 3 juin 1951.
4. *Ibid.*, 21 septembre 1951.
5. Arrêté d'expulsion pris en 1950.
6. AN. Articles 19 n° 98221, 39 n° 288 A, 44 n° 330 A.
7. AN. Interrogatoire de Mathias Duffin, 6 octobre 1955.
8. AN. Interrogatoire de Laure Dissard, 6 octobre 1955.
9. AN. Direction de la police judiciaire 2e section, 29 novembre 1955.
10. Cf. ci-dessus, n. 6.
11. AN. Dossier Mathias Duffin, note du 8 février 1955.
12. Cour de justice du département de la Seine, dossier Wiet, 3, 19, 22 octobre 1946 et 9 juin 1948, exposé des faits : 7 pages.
13. Police judiciaire, 6e section, n° 266-6-56, interrogatoire de Jacques Chezleprêtre, 3 août 1956.
14. AN. Dossier Mathias Duffin, lettre du 18 avril 1955 du directeur général de la Sûreté nationale.
15. Comité de confiscation des profits illicites, citation de Walter Kleinknecht, 6 juin 1953 (20 pages).
16. Comité de confiscation des profits illicites, procès-verbal de carence, dossier n° 13962, 13 décembre 1955.
17. Audition de François Louis, directeur de la BUF, 10 décembre 1955.
18. Direction des services de la police judiciaire 6e section, n° 266-6-56, 3 mai 1956. Auditions de Pierre Béteille, 14 décembre 1955 ; Georges Legrand, 14 décembre 1955 ; Jean Théry, 27 décembre 1955 ; François Louis, 15 février 1956 ; Jacques Chezleprêtre, 10 février 1956.
19. JM. Réquisitoire définitif, 2 décembre 1955.
20. Non-lieu en faveur de Laure Dissard, 5 décembre 1955.

16. Inlassable Pénélope

1. *France-Soir, Franc-Tireur, Libération*, datés du 8 décembre 1955.
2. AN. Direction des services de la préfecture, police judiciaire 6e section, 266-6-56, 3 mai 1956 JJB/mld/8.
3. AN. Enquête du commissaire J.J. Bourlès, 4 mai 1956.
4. *Ibid.*, 18 décembre 1956 (10 pages).
5. AN. Audition de Jacques Chezleprêtre, 3 août 1956.
6. AN. Directeur général de la Sûreté nationale, 4 décembre 1958.
7. AN. Lettre du procureur de la République, n° 53645 F, 17 juillet 1959.
8. *Le Journal du Parlement*, 23 juillet 1957.

17. La lanterne magique

1. AN. Interrogatoire de Schwarm, 26 avril 1960, cote 19890188, art. 2, liasse n° 1.
2. Lettre de Laure Dissard au receveur général de la Seine, 26 décembre 1960.
3. *Ibid.*
4. *France-Soir*, 22 janvier 1961.
5. AN. Secrétariat général police centrale, SN RG Inf 3, n° 775, 9 octobre 1968.
6. AN. DG RG Inf 4, n° 468, 18 août 1969.
7. Note des Renseignements généraux, 23 juin 1969.
8. *France-Soir*, 10 mai 1971.
9. *L'Aurore*, 8 mai 1973.
10. *Ibid.*
11. AN. Rapport du directeur de la prison de Fresnes, 6 février 1975.
12. AN. 2001/64 MI2, n° A1158563.
13. *Ibid.*
14. AN. Ministère de l'Intérieur, 8e bureau, direction de la réglementation et du contentieux, 10 mai 1979.
15. Gendarmerie nationale, PV de renseignement administratif n° 2408, pièce n° 13, 20 juillet 1982.

16. Peloton d'autoroute de Senlis 60304, PV n° 3999/1984, 19 octobre 1984.

17. La dernière consultation du dossier de Laure Dissard fut effectuée par un fonctionnaire de la direction de la surveillance du territoire le 31 octobre 1990, dix mois avant son décès à Paris le 14 août 1991.

Index des noms de personnes

Le nom de Laure Dissart, ex-épouse Kleinknecht, et ses différents pseudonymes ne figurent pas dans cet index.

Remerciements

Ce livre a pu se faire grâce aux dérogations me donnant accès à divers dossiers contenant des pans entiers de la vie de Laure Dissard. Rien n'a été écrit qui ne soit tiré des documents les plus sûrs.

Mes remerciements s'adressent à Mme la ministre de la Défense dont les services ont bien voulu m'accorder les autorisations nécessaires à la consultation d'archives de la Justice militaire conservées au Blanc. Là, le colonel Matignon, officier greffier en chef, le commandant Dugardin et leur équipe m'ont largement facilité la tâche par leur expérience et leur sens de l'hospitalité.

M. François Giustiniani, chef de la mission des Archives nationales auprès du ministère de l'Intérieur, a réservé le meilleur accueil à mes premières démarches dans ce secteur d'information ainsi que sa collaboratrice Mme Aude Guillon.

Mme Martine de Boisdeffre, directrice des Archives de France, et ses collaborateurs, Mme Pétillat et M. Arnaud de Castelbajac, ont bien voulu s'entremettre auprès du ministère de l'Intérieur, collectant les dossiers nécessaires à mon travail. Ces dossiers, je les ai étudiés au Centre des archives contemporaines de Fontainebleau où j'ai apprécié la disponibilité de ses collaborateurs et les conditions de travail qui répondent aux exigences de la recherche.

Que soit également remercié J.C.M., féru d'histoire, toujours en quête du document rare.

Table

DU MÊME AUTEUR

ROMANS

Figurants pour un convoi, Mercure de France.
I - *L'attente devant un piédestal.*
II - *L'envol d'un migrateur.*
III - *Mémorial d'un autre âge.*
Méphisto Club, Orban.
Le Grand Résident, Albin Michel.

HISTOIRE – DOCUMENTS

Combattant du Vercors, Fayard, premières éditions, réédition chez De Borée.
Mission sans retour, l'affaire Wallenberg, prix de la Licra, Albin Michel.
L'Affrontement, Albin Michel.
Une si douce Occupation, Simone de Beauvoir, Jean-Paul Sartre, 1940-1944, Albin Michel.
Fernand de Brinon, l'aristocrate de la Collaboration, prix de la biographie de l'Académie française, Albin Michel.

Composition Nord Compo
Impression : Imprimerie Floch, mars 2005
Éditions Albin Michel
22, rue Huyghens, 75014 Paris
www.albin-michel.fr
ISBN : 2-226-15860-X
N° d'édition : 23173. – N° d'impression : 62593
Dépôt légal : avril 2005
Imprimé en France.